Cidade das Cinzas

Obras da autora publicadas pela Editora Record:

***Série* Os Instrumentos Mortais**

Cidade dos ossos
Cidade das cinzas
Cidade de vidro
Cidade dos anjos caídos
Cidade das almas perdidas
Cidade do fogo celestial

***Série* As Peças Infernais**

Anjo mecânico
Príncipe mecânico
Princesa mecânica

***Série* Os Artifícios das Trevas**

Dama da meia-noite
Senhor das sombras
Rainha do ar e da escuridão

***Série* As Maldições Ancestrais**

Os pergaminhos vermelhos da magia
O Livro Branco perdido

***Série* As Últimas Horas**

Corrente de ouro

O códex dos Caçadores de Sombras
As crônicas de Bane
Uma história de notáveis Caçadores de Sombras e seres do Submundo:
Contada na linguagem das flores
Contos da Academia dos Caçadores de Sombras
Fantasmas do Mercado das Sombras

Cidade das Cinzas

CASSANDRA CLARE

OS INSTRUMENTOS MORTAIS

LIVRO DOIS

Tradução de
Rita Sussekind

5ª edição

Galera
RIO DE JANEIRO
2025

CIP-BRASIL. CATALOGAÇÃO NA PUBLICAÇÃO
SINDICATO NACIONAL DOS EDITORES DE LIVROS, RJ

Clare, Cassandra
C541c Cidade das cinzas / Cassandra Clare; tradução de Rita Sussekind. - 5ª ed.
v.2 - Rio de Janeiro: Galera Record, 2025.
5ª ed. (Os instrumentos mortais; 2)

Tradução de: City of ashes
Sequência de: Cidade dos ossos
ISBN 978-85-01-09225-0

1. Ficção americana. I. Sussekind, Rita. II. Título. III. Série.

16-34918 CDD: 028.5
CDU: 087.5

Título original:
City of ashes

Publicado mediante acordo com a autora, c/o BAROR INTERNATIONAL, INC., Armonk, New York, U.S.A.

Texto revisado pelo novo Acordo Ortográfico da Língua Portuguesa.

Direitos exclusivos de publicação em língua portuguesa somente para o Brasil adquiridos pela
EDITORA RECORD LTDA.
Rua Argentina 171 — Rio de Janeiro, RJ — 20921-380 — Tel.: (21) 2585-2000,
que se reserva a propriedade literária desta tradução.

Impresso no Brasil

ISBN 978-85-01-09225-0

Seja um leitor preferencial Record.
Cadastre-se e receba informações sobre nossos lançamentos e nossas promoções.

Atendimento e venda direta ao leitor:
sac@record.com.br.

CÓPIA NÃO AUTORIZADA É CRIME
ABDR
ASSOCIAÇÃO BRASILEIRA DE DIREITOS REPROGRÁFICOS
RESPEITE O DIREITO AUTORAL
EDITORA AFILIADA

Para o meu pai,
que não é mau.
Bem, talvez um pouquinho.

Agradecimentos

Escrever este livro não teria sido possível sem o apoio e o incentivo do meu grupo de escrita: Holly Black, Kelly Link, Ellen Kushner, Delia Sherman, Gavin Grant e Sarah Smith. Eu também não teria conseguido sem a Equipe NB: Justine Larbalestier, Maureen Johnson, Margaret Crocker, Libba Bray, Cecil Castellucci, Jaida Jones, Diana Peterfreund e Marissa Edelman. Agradeço também a Eve Sinaiko e Emily Lauer a ajuda (e os comentários sarcásticos), e a Sarah Rees Brennan, por amar Simon mais do que qualquer outra pessoa no mundo. Sou muito grata a todos na Simon & Schuster e na Walker Books por acreditarem nesta série. Agradecimentos especiais a minha editora, Karen Wojtyla, por todas as observações, a Sarah Payne por fazer mudanças muito depois do prazo final, a Bara MacNeill por acompanhar o arsenal de Jace, e ao meu agente, Barry Goldblatt, por me dizer que estou sendo uma idiota quando estou sendo uma idiota. À minha família também: minha mãe, meu pai, Kate Conner, Jim Hill, minha tia Naomi e minha prima Joyce, por todo o apoio. E a Josh, que é <3.

Essa língua amarga

Conheço suas ruas, doce cidade
Conheço os demônios e anjos que se reúnem
e se empoleiram em seus galhos como pássaros.
Conheço você, rio, como se corresse pelo meu coração.
Sou sua filha guerreira.
Existem cartas escritas com seu corpo
como uma fonte é feita de água.
Existem línguas das quais você é o projeto
e quando as falamos
a cidade ascende.

— Elka Cloke

Prólogo
Fumaça e Diamantes

A imponente estrutura de vidro e aço se erguia de sua posição na Front Street como uma agulha brilhante costurando o céu. O Metrópole, o mais caro entre os novos condomínios de Manhattan, tinha 57 andares. No mais alto, o quinquagésimo sétimo, ficava o apartamento mais luxuoso de todos: a cobertura Metrópole, uma obra de arte lustrosa com design em preto e branco. Novo demais para ter acumulado poeira, o piso de mármore refletia as estrelas, visíveis através das enormes janelas panorâmicas. O vidro da janela era perfeitamente cristalino, produzindo uma ilusão tão perfeita de que não havia nada entre o espectador e a paisagem que se dizia que era capaz de causar vertigem até em quem não tinha medo de altura.

Longe lá embaixo corria a tira prateada que era o East River, adornado por pontes brilhantes e pontilhado de barcos que não passavam de pequenas manchas, dividindo as margens luminosas que eram Manhattan e o Brooklyn, um de cada lado. Em uma noite clara, a Estátua da Liberdade era visível ao sul — mas havia neblina naquele dia, e a Liberty Island estava escondida atrás da névoa branca.

Por mais espetacular que fosse a vista, o homem diante da janela não parecia particularmente impressionado. O rosto austero e estreito se franziu quando ele se afastou do vidro e atravessou a sala, a sola das botas ecoando contra o piso de mármore.

— Você *ainda* não está pronto? — perguntou ele, passando a mão pelo cabelo branco como sal. — Já estamos aqui há quase uma hora.

O menino ajoelhado no chão levantou os olhos para encará-lo, nervoso e mal-humorado.

— É o mármore. É mais duro do que eu imaginava. Está dificultando o desenho do pentagrama.

— Então deixe o pentagrama de lado. — Aproximando-se era mais fácil ver que, apesar do cabelo branco, o homem não era idoso. O rosto severo era rígido, porém não tinha rugas, e os olhos eram claros e firmes.

O menino engoliu em seco e as asas pretas que saíam de suas omoplatas (ele fizera cortes na parte de trás da jaqueta jeans para acomodá-las) bateram nervosas.

— O pentagrama é necessário em todos os rituais de invocação de demônios. O senhor sabe disso. Sem ele...

— Não estamos protegidos. Eu sei, jovem Elias. Mas ande logo com isso. Conheço feiticeiros que podiam invocar um demônio, conversar com ele e despachá-lo para o inferno no tempo que você levou para desenhar meia estrela.

O menino não disse nada, simplesmente atacou o mármore novamente, com ímpeto revigorado. Suor pingava da testa, e ele empurrou o cabelo para trás com a mão, cujos dedos eram conectados por delicadas membranas que pareciam teias.

— Pronto — disse, finalmente, recompondo-se com uma exclamação. — Está pronto.

— Ótimo. — O homem parecia satisfeito. — Vamos começar.

— Meu dinheiro...

— Eu disse que você vai receber o seu dinheiro *depois* que eu falar com Agramon, não antes.

Elias se levantou e tirou a jaqueta. Apesar dos buracos que tinha cortado, as asas continuavam apertadas; livres, elas se esticaram e se expandiram, soprando uma brisa pela sala não ventilada. As asas eram da cor de um petróleo lustroso: pretas e marcadas por um arco-íris de cores inebriantes. O homem afastou o olhar, como se as asas o desagradassem, mas Elias pareceu não notar. Ele começou a circular o pentagrama que havia desenhado, dando voltas no sentido anti-horário e entoando um cântico em uma linguagem demoníaca que soava como chamas destruindo madeira.

Com um som como o de ar sendo sugado de um pneu, o contorno do pentagrama pegou fogo repentinamente. As enormes janelas refletiam estrelas de cinco pontas.

Alguma coisa começou a se mover dentro do pentagrama, algo amorfo e preto. Elias entoava o cântico mais rápido agora, erguendo as mãos e traçando delicadas linhas no ar com os dedos. Onde passavam, um fogo azul surgia. O homem não sabia falar cthoniano, a língua dos feiticeiros, com fluência, mas reconhecia palavras suficientes para entender o cântico repetido por Elias: *Agramon, eu o invoco. Pelos espaços entre os mundos, eu o invoco.*

O homem colocou a mão no bolso. Algo duro, frio e metálico tocou seus dedos. Ele sorriu.

Elias havia parado de andar. Estava na frente do pentagrama agora, a voz aumentando e diminuindo em um cântico uniforme, e o fogo azul queimando ao redor dele como raios. De repente, uma pequena nuvem de fumaça preta surgiu de dentro do pentagrama e se ergueu em espiral, expandindo-se e se solidificando. Dois olhos pairavam na sombra como joias presas a uma teia de aranha.

— *Quem me chama através dos mundos?* — perguntou Agramon com uma voz que era como cacos de vidro. — *Quem me invoca?*

Elias tinha parado de entoar o cântico. Estava parado na frente do pentagrama — exceto pelas asas, que batiam lentamente. O ar cheirava a corrosão e queima.

— Agramon — disse. — Sou o feiticeiro Elias. Fui eu que o invoquei.

Por um instante fez-se silêncio. Em seguida, o demônio riu, se é que fumaça pode ser considerada risada. A risada em si era cáustica como ácido.

— *Feiticeiro tolo* — bufou Agramon. — *Menino tolo.*

— Você é tolo se acha que pode me ameaçar — disse Elias, mas sua voz tremia como as asas. — Você vai permanecer prisioneiro deste pentagrama, Agramon, até que eu o liberte.

— Vou? — A fumaça foi para a frente, criando e recriando a si mesma. Uma gavinha assumiu a forma de mão humana e atingiu a borda do pentagrama em chamas que a continha. Então, com um impulso, a fumaça atravessou a fronteira da estrela e espalhou-se sobre a borda como uma onda quebrando. As chamas gotejaram e padeceram enquanto Elias, gritando, cambaleava para trás. Ele estava entoando um cântico agora, em cthoniano rápido, feitiços de contenção e desterro. Nada aconteceu; a nuvem de fumaça veio inexoravelmente, e começou a tomar forma — uma figura horrível, enorme e deformada, os olhos brilhantes se alterando, arredondados como discos voadores, emitindo uma luz assustadora.

O homem observou impassível enquanto Elias gritava novamente e se virava para correr. Ele não alcançou a porta. Agramon lançou-se para a frente, a nuvem escura envolvendo o feiticeiro como um marinheiro. Elias se debateu por um instante sob ele e em seguida ficou imóvel.

A forma escura recuou, deixando o feiticeiro deitado, contorcido no chão de mármore.

— Espero — disse o homem, que tinha retirado o objeto feio e metálico do bolso e estava brincando despreocupadamente com ele — que não tenha feito nada que o torne inútil para mim. Preciso do sangue dele.

Agramon virou-se, um pilar preto com olhos mortais de diamante. Observou o homem com o terno caro, o rosto estreito e despreocupado, marcas pretas cobrindo a pele e o objeto brilhante na mão.

— *Você pagou uma criança feiticeira para me invocar? E não disse a ele o que eu podia fazer?*

— Adivinhou — disse o homem.

Agramon disse com admiração relutante:

— *Manobra inteligente.*

O homem deu um passo em direção ao demônio.

— Eu *sou* muito inteligente. Também sou seu mestre agora. Tenho o Cálice Mortal. Você deve me obedecer, ou sofrer as consequências.

O demônio ficou em silêncio por um instante. Em seguida inclinou-se em direção ao chão, em sinal de obediência — o mais próximo a que uma criatura sem corpo podia chegar de se ajoelhar.

— *Estou ao seu serviço, meu lorde...* — disse educadamente, deixando uma pergunta no ar.

O homem sorriu.

— Pode me chamar de Valentim.

Parte 1
Uma Temporada no Inferno

Acredito que estou no Inferno, portanto estou.

— Arthur Rimbaud

1

A Flecha de Valentim

— Ainda está bravo?

Apoiado na parede do elevador, Alec olhou para Jace do outro lado do espaço pequeno.

— Não estou bravo.

— Ah, está, sim. — Jace gesticulou de forma acusatória para o meio-irmão, em seguida gemeu quando uma onda de dor atravessou seu braço. O corpo inteiro doía por causa de uma queda de três andares que havia sofrido naquela tarde, quando despencara de uma madeira apodrecida e aterrissara em uma pilha de sucata metálica. Até nos dedos havia hematomas. Alec, que só havia pouco tempo tinha aposentado as muletas que tivera de usar depois da batalha contra Abbadon, não parecia muito melhor do que Jace. As roupas estavam cobertas de lama, e os longos cabelos pendiam em tiras lisas e suadas. Havia um longo corte na lateral da bochecha.

— Não estou — disse Alec entredentes. — Só porque você disse que os demônios dragões estavam extintos...

— Eu *disse* praticamente extintos.

Alec apontou o dedo para ele.

— Praticamente extintos — repetiu, a voz tremendo de raiva — não é EXTINTOS O SUFICIENTE.

— Entendi — disse Jace. — Vou pedir para corrigirem a parte do livro que diz "praticamente extinto" para "não extinto o bastante para Alec. Ele prefere os monstros muito, muito extintos". *Assim* você vai ficar mais feliz?

— Meninos, meninos — disse Isabelle, que estava examinando o próprio rosto na parede espelhada do elevador. — Não briguem. — Ela se virou com um sorriso ensolarado. — Tudo bem, foi um pouco mais agitado do que esperávamos, mas achei divertido.

Alec olhou para ela e balançou a cabeça.

— Como você consegue *nunca* se sujar?

Isabelle deu de ombros filosoficamente.

— Tenho o coração puro. Isso repele a lama.

Jace riu tão alto que ela olhou para ele com a testa franzida. Ele balançou os dedos sujos de lama para ela. As unhas eram luas crescentes pretas.

— Imundo por dentro e por fora.

Isabelle estava prestes a responder quando o elevador parou com o ruído de pneus cantando.

— Está na hora de consertar isso — disse ela, abrindo a porta. Jace a seguiu para a entrada, ansioso para se livrar das armas e da armadura e tomar um banho. Havia convencido os meios-irmãos a ir caçar com ele apesar de nenhum deles se sentir confortável agora que estavam por conta própria, visto que Hodge não estava mais lá para dar instruções. Jace queria o conforto da luta, a diversão pesada de matar e a distração dos ferimentos. E, sabendo disso, os irmãos concordaram, arrastando-se por túneis subterrâneos desertos até encontrarem o demônio Dragonidae e matarem-no. Os três trabalhavam juntos em perfeita união, como sempre fizeram. Como uma família.

Jace abriu a jaqueta e pendurou-a em um dos pinos na parede. Alec estava sentado no banco baixo de madeira ao lado dele, tirando as botas cobertas de esterco. Cantarolava para si mesmo, para que Jace percebesse que não estava *tão* irritado assim. Isabelle estava tirando os grampos dos cabelos, deixando que caíssem sobre os ombros.

— Agora estou com fome — disse ela. — Queria que a mamãe estivesse aqui para preparar alguma coisa para nós.

— É melhor que ela não esteja — disse Jace, tirando o cinto de armas. — Já estaria reclamando dos tapetes.

— Quanto a isso você tem razão — disse uma voz suave, e Jace se virou, as mãos ainda no cinto, e viu Maryse Lightwood com os braços cruzados, parada na entrada. Ela usava um tailleur preto, e os cabelos, pretos como os de Isabelle, estavam presos em uma trança grossa que se estendia até a metade das costas. Seus olhos, de um azul glacial, varreram os três como uma lanterna policial.

— Mãe! — Recuperando a compostura, Isabelle correu para abraçá-la. Alec se levantou e foi até elas, tentando ocultar o fato de que ainda estava mancando.

Jace ficou onde estava. Alguma coisa no olhar de Maryse o congelou no lugar. Certamente o que ele dissera não tinha sido *tão* ruim, tinha? Eles zombavam da obsessão da mãe com os tapetes antigos o tempo todo...

— Onde está o papai? — perguntou Isabelle, afastando-se da mãe. — E Max?

Fez-se uma pausa quase imperceptível. Então Maryse respondeu:

— Max está no quarto dele. O seu pai, infelizmente, ainda está em Alicante. Aconteceram alguns problemas que exigem a atenção dele.

Alec, normalmente mais sensível a humores do que a irmã, pareceu hesitar.

— Algum problema?

— Poderia fazer a mesma pergunta a *você*. — O tom da mãe era seco. — Está mancando?

— Eu...

Alec era um péssimo mentiroso. Isabelle tomou a dianteira por ele, suavemente.

— Encontramos um demônio Dragonidae nos túneis do metrô, mas não foi nada.

— E suponho que aquele Demônio Maior com o qual vocês lutaram na semana passada também não tenha sido nada?

Até Isabelle se calou diante disso. Olhou para Jace, que desejou que ela não o tivesse feito.

— Não foi planejado. — Jace tinha dificuldade para se concentrar. Maryse ainda não o cumprimentara, nem sequer um "oi", e ainda estava olhando para ele com olhos que pareciam adagas azuis. Havia um vazio no estômago dele que estava começando a se espalhar. A mãe nunca tinha olhado para ele assim antes, independentemente do que ele tivesse feito. — Foi um erro...

— Jace! — Max, o Lightwood mais novo, passou por Maryse e disparou para a sala, escapando da mão estendida da mãe. — Você voltou! Vocês todos voltaram! — Ele girou em um círculo, sorrindo triunfante para Alec e Isabelle. — Achei *mesmo* que tinha ouvido o elevador.

— E eu achei que tivesse dito para você ficar no seu quarto — disse Maryse.

— Não me lembro disso — disse Max com uma seriedade que fez com que até Alec sorrisse. Max era pequeno para sua idade — parecia ter mais ou menos uns 7 anos —, mas tinha uma seriedade que, aliada aos óculos gigantescos, lhe dava um ar de alguém mais velho. Alec esticou a mão e bagunçou o cabelo do irmão, mas Max ainda estava olhando para Jace, os olhos brilhando. Jace sentiu o punho frio no estômago relaxar ligeiramente. Max sempre havia idolatrado Jace como um herói, de um jeito que não idolatrava o próprio irmão, provavelmente porque Jace era mais tolerante à presença dele do que Alec. — Ouvi dizer que você lutou contra um Demônio Maior — disse. — Foi incrível?

— Foi... diferente — conteve-se Jace. — Como foi em Alicante?

— Foi *incrível.* Vimos as coisas mais legais do mundo. Tem um arsenal enorme em Alicante, e eles me levaram para alguns dos lugares onde se fazem as armas. E me ensinaram um novo jeito de fazer lâminas serafim, um jeito que faz com que elas durem mais, e vou tentar fazer Hodge me mostrar...

Jace não conseguiu evitar; os olhos desviaram imediatamente para Maryse, com expressão incrédula. Então Max não sabia sobre Hodge? Ela não tinha *contado*?

Maryse viu o olhar e seus lábios se contraíram na finura de uma faca.

— Chega, Max. — Ela pegou o filho caçula pelo braço.

Ele levantou a cabeça e olhou surpreso para ela.

— Mas estou conversando com Jace...

— Estou vendo. — Ela o empurrou gentilmente na direção de Isabelle. — Isabelle, Alec, levem seu irmão para o quarto. Jace — a voz dela estava rígida ao pronunciar o nome dele, como se um ácido invisível secasse as sílabas em sua boca —, vá se ajeitar e me encontre na biblioteca assim que terminar.

— Não estou entendendo — disse Alec, olhando da mãe para Jace, e para ela outra vez. — O que está acontecendo?

Jace podia sentir o frio na espinha.

— É sobre o meu pai?

Maryse jogou a cabeça para trás subitamente, duas vezes, como se as palavras "meu pai" fossem dois tapas.

— Na biblioteca — disse entredentes. — Conversamos mais tarde.

Alec disse:

— O que aconteceu durante a sua ausência não foi culpa do Jace. Estávamos todos envolvidos. E Hodge disse...

— Conversamos sobre Hodge mais tarde também. — Os olhos de Maryse estavam em Max, e seu tom se agravava.

— Mas, mãe — protestou Isabelle —, se vai castigar Jace, deve nos castigar também. É o mais justo. Todos nós fizemos exatamente as mesmas coisas.

— Não — disse Maryse após uma pausa tão longa que Jace pensou que ela não fosse dizer nada. — Não fizeram, não.

— Regra número um de anime — disse Simon. Ele se sentou apoiado em uma pilha de almofadas ao pé da cama, com um saco de batatas chips em uma das mãos e o controle da televisão na outra. Vestia uma camiseta preta com os dizeres BLOGUEI SUA MÃE e uma calça jeans com um rasgo em um dos joelhos. — Nunca brinque com um monge cego.

— Eu sei — disse Clary, pegando uma batata e mergulhando-a no pote de molho equilibrado em uma bandeja entre eles. — Por alguma razão eles são sempre muito melhores do que monges que enxergam. — Ela olhou para a tela. — Esses caras estão dançando?

— Isso não é dança. Estão tentando matar um ao outro. Esse cara é o inimigo mortal do outro, lembra? Ele matou o pai dele. Por que estariam dançando?

Clary mastigou a batata e encarou a tela, pensativa. Os giros animados de nuvens cor-de-rosa e amarelas agitavam-se entre as figuras de dois homens alados que flutuavam um ao redor do outro, cada um segurando uma lança brilhante. Ocasionalmente um deles falava, mas como os diálogos eram em japonês e as legendas em chinês, isso não esclarecia muita coisa.

— O cara com o chapéu — disse ela. — Ele é o malvado?

— Não, o do chapéu era o pai. Ele era o imperador mágico, e aquele era o chapéu do poder. O malvado era o da mão mecânica que fala.

O telefone tocou. Simon repousou o saco de batatas chips e se preparou para se levantar e atender. Clary segurou-o pelo pulso.

— Não. Deixa para lá.

— Mas pode ser Luke. Ele pode estar ligando do hospital.

— Não é ele — disse Clary, parecendo ter mais certeza do que tinha. — Ele ligaria para o meu celular, não para a sua casa.

Simon olhou para ela por um longo instante antes de se deixar cair novamente no tapete ao lado dela.

— Se você está dizendo. — Ela podia ouvir a dúvida na voz dele, mas também a garantia silenciosa: *Só quero que você fique feliz.* Ela não tinha certeza de que "feliz" fosse algo que pudesse estar agora, não quando sua mãe estava no hospital presa a tubos e máquinas barulhentas, e Luke estava parecendo um zumbi, caído na cadeira de plástico ao lado da cama. Não com a preocupação incessante com Jace, pegando o telefone dezenas de vezes para ligar para o Instituto antes de desligar sem sequer discar o número. Se Jace quisesse falar com ela, *ele* podia ligar.

Talvez tivesse sido um erro levá-lo para ver Jocelyn. Clary tinha certeza de que se a mãe ouvisse a voz do filho, do primogênito, acordaria. Mas não foi o que aconteceu. Jace tinha ficado rígido e sem jeito ao lado da cama, com o rosto parecendo a pintura de um anjo, os olhos vazios e indiferentes. Clary finalmente perdera a paciência e gritara com ele, que gritara de volta antes de ir embora. Luke observou enquanto ele se afastava com um interesse quase clínico no rosto exaurido.

— Essa foi a primeira vez que vi vocês agirem como irmã e irmão — observara.

Clary não dissera nada em resposta. Não havia razão para dizer a ele o quanto ela queria que Jace *não* fosse seu irmão. Não era possível mudar o próprio DNA, não importava quanto isso pudesse deixá-la *feliz*.

Mesmo que não conseguisse se sentir exatamente feliz, ela pensou, ao menos, na casa de Simon, no quarto dele, sentia-se confortável e em casa. Ela o conhecia havia tempo suficiente para se lembrar de quando havia uma cama em forma de caminhão de bombeiro e uma pilha de Legos no canto do quarto. Agora a cama era um futon que ele tinha ganhado de presente da irmã, e as paredes estavam cobertas por pôsteres de bandas como Rock Solid Panda e Stepping Razor. Havia uma bateria no canto onde antes ficavam os Legos, e um computador no outro canto, a tela ainda congelada em uma imagem do World of Warcraft. Era quase tão familiar quanto estar no seu próprio quarto em casa — que não existia mais, então, ao menos, estava na segunda opção.

— Mais chibis — Simon disse melancolicamente. Todos os personagens na tela haviam se transformado em versões em miniatura deles próprios e perseguiam uns aos outros balançando panelas e potes. — Vou mudar de canal — anunciou, pegando o controle. — Cansei desse anime. Não dá para entender a história, e ninguém nunca faz sexo.

— É óbvio que não fazem — disse Clary, pegando mais uma batata. — Animes são feitos para toda a família.

— Se você quiser algo menos familiar, podemos tentar os canais pornôs — observou Simon. — Prefere *As bruxas peitudas* ou *Enquanto traço Dianne*?

— Me dá isso! — Clary tentou pegar o controle, mas Simon, rindo, já havia trocado de canal.

A risada parou de repente. Clary olhou surpresa e viu Simon encarando a TV. Estava passando em filme antigo, em preto e branco: *Drácula*. Ela já tinha visto com a mãe. Bela Lugosi, magro e pálido, aparecia na tela, enrolado na famosa capa de colarinho alto, os lábios contraídos, exibindo os dentes pontudos. "Nunca bebo... vinho", entoou com seu sotaque húngaro.

— Adoro o fato de as teias de aranha serem feitas de borracha — disse Clary, tentando soar relaxada. — Dá pra ver nitidamente.

Mas Simon já estava de pé, deixando cair o controle na cama.

— Já volto — murmurou. Estava com o rosto da cor do céu de inverno antes de chover. Clary o observou partir, mordendo o lábio com força; foi a primeira vez desde que sua mãe tinha sido hospitalizada que ela percebeu que talvez Simon também não estivesse tão *feliz*.

Secando o cabelo com uma toalha, Jace olhou para o próprio reflexo no espelho com uma careta zombeteira. Uma runa de cura havia cuidado dos piores ferimentos, mas não tinha ajudado com as sombras sob os olhos, nem com as linhas rígidas nos cantos da boca. A cabeça doía, e ele se sentia levemente tonto. Sabia que deveria ter comido alguma coisa naquela manhã, mas tinha acordado nauseado e ofegante por causa dos pesadelos, sem querer parar para comer, apenas desejando a libertação de uma atividade física para transformar os sonhos em hematomas e suor.

Deixando a toalha de lado, pensou desejoso no chá preto doce que Hodge fazia com as flores noturnas da estufa. O chá afastava a fome e trazia uma onda de energia. Desde o desaparecimento de Hodge, Jace vinha experimentando ferver folhas de plantas na água para ver se conseguia reproduzir o mesmo efeito, mas o único resultado era um líquido amargo com gosto de cinzeiro que o fazia engasgar e cuspir.

Descalço, foi até o quarto e vestiu um jeans e uma camisa limpa. Pôs os cabelos louros e molhados para trás, franzindo a testa. Estava comprido demais, caindo nos olhos — algo do que Maryse certamente reclamaria. Ela sempre o fazia. Ele podia não ser filho biológico dos Lightwood, mas eles o tratavam como tal desde que fora adotado, quando tinha 10 anos, após a morte do pai. A *suposta* morte, Jace fez questão de lembrar a si mesmo, o sentimento vazio surgindo novamente nas entranhas. Ele vinha se sentindo como uma abóbora de Halloween nos últimos dias, como se suas vísceras tivessem sido arrancadas com um garfo e jogadas no canto, mesmo que ele permanecesse com um sorriso esculpido no rosto. Constantemente pensava se alguma das coisas nas quais acreditava a respeito da própria vida tinha algum fundo de verdade. Pensara que era órfão — não era. Acreditava que era filho único — tinha uma irmã.

Clary. A dor voltou, mais forte. Ele a reprimiu. Direcionou os olhos para o pedaço de espelho quebrado no topo da cômoda, ainda refletindo os ramos verdes e um diamante de céu azul. Era quase crepúsculo em Idris agora: o céu estava escuro como cobalto. Sufocando com o vazio, Jace calçou as botas e desceu para a biblioteca.

Ficou imaginando durante o trajeto sobre o que Maryse queria falar com ele a sós. Ela estava com cara de quem iria puxá-lo e bateria nele. Não conseguia se lembrar da última vez que tinha posto as mãos nele. Os Lightwood não aplicavam muitas punições corporais — uma sensível mudança em relação a ser criado por Valentim, que inventava todo tipo de castigos dolorosos para estimular a obediência. A pele de Caçador de Sombras de Jace sempre se curava, cobrindo até as piores evidências. Nos dias e semanas após a morte do pai, ele se lembrava de ter procurado cicatrizes no corpo, alguma marca que servisse como suvenir, uma lembrança que o ligasse fisicamente à memória paterna.

Chegou à biblioteca e bateu uma vez antes de empurrar e abrir a porta. Maryse estava lá, sentada na cadeira de Hodge perto da lareira. Uma réstia de luz descia pelas janelas altas e Jace podia ver fios brancos nos cabelos dela. Maryse segurava uma taça de vinho tinto; havia uma garrafa ornamental na mesa ao lado.

— Maryse — disse.

Ela se assustou e derrubou um pouco do vinho.

— Jace. Não ouvi você entrar.

Ele não se mexeu.

— Você se lembra daquela música que costumava cantar para Isabelle e Alec quando eles eram pequenos e tinham medo do escuro, para fazê-los dormir?

Maryse pareceu espantada.

— Do que você está falando?

— Eu ficava ouvindo através da parede — disse ele. — O quarto do Alec ficava perto do meu naquela época.

Ela não disse nada.

— Era em francês — continuou Jace. — A música.

— Não sei por que você se lembraria de algo assim. — Ela olhou para ele como se Jace a estivesse acusando de alguma coisa.

— Você nunca cantou para mim.

Fez-se uma pausa quase imperceptível. Então:

— Ah, você — disse ela. — Você nunca teve medo do escuro.

— Que espécie de criança de 10 anos nunca tem medo do escuro?

Ela ergueu as sobrancelhas.

— Sente-se, Jonathan — disse. — Agora.

Devagar o suficiente para irritá-la, ele se dirigiu para o outro lado da sala e se jogou sobre uma das cadeiras ao lado da mesa.

— Prefiro que não me chame de Jonathan.

— Por que não? É o seu nome. — Ela olhou para ele pensativa. — Há quanto tempo você sabe?

— Sei o quê?

— Não seja tolo. Você sabe exatamente o que eu estou perguntando. — Ela girou a taça entre os dedos. — Há quanto tempo sabe que o Valentim é seu pai?

Jace considerou e descartou diversas respostas. Em geral ele conseguia o que queria com Maryse fazendo-a rir. Ele era uma das poucas pessoas no mundo que *conseguia* fazê-la rir.

— Há mais ou menos tanto tempo quanto você.

Maryse balançou a cabeça lentamente.

— Não acredito.

Jace sentou-se ereto. As mãos estavam cerradas em punhos e apoiadas nos braços das cadeiras. Ele podia ver um leve tremor em seus dedos e imaginou se aquilo já tinha acontecido antes. Achava que não. Sempre tivera mãos tão firmes quanto sua pulsação.

— Você não *acredita* em mim?

Ele ouviu a incredulidade na própria voz e estremeceu. É evidente que não acreditava nele. Isso tinha ficado óbvio desde que ela chegara em casa.

— Não faz sentido, Jace. Como você podia não saber quem era o seu próprio pai?

— Ele me disse que era Michael Wayland. Nós morávamos na casa de campo de Wayland...

— Um belo toque esse — disse Maryse. — E o seu nome? Qual é o seu verdadeiro nome?

— Você sabe o meu nome verdadeiro.

— Jonathan. Eu sabia que esse era o nome do filho do Valentim. Sabia que o Michael também tinha um filho chamado Jonathan. É um nome comum entre Caçadores de Sombras, nunca achei estranho terem o mesmo, mas eu nunca perguntei o nome do meio do filho do Michael. Mas agora não consigo deixar de pensar. Há quanto tempo o Valentim vinha planejando o que ia fazer? Há quanto tempo sabia que ia matar Jonathan Wayland...? — Ela se interrompeu, os olhos fixos em Jace. — Você nunca se pareceu com o Michael — disse. — Mas às vezes as crianças não se parecem com os pais. Nunca tinha pensado nisso antes. Mas agora vejo Valentim em você. O jeito como está me olhando. Essa provocação. Você não se importa com o que eu digo, se importa?

Ele se importava. A única coisa em que era bom era em ter certeza de que ela não perceberia.

— Faria alguma diferença se eu me importasse?

Ela pousou a taça na mesa ao lado. Estava vazia.

— Você responde perguntas com outras perguntas para me distrair, exatamente como Valentim sempre fez. Talvez eu devesse saber.

— Talvez nada. Ainda sou exatamente a mesma pessoa que fui nos últimos sete anos. Nada mudou em mim. Se eu não a fiz se lembrar do Valentim nos últimos anos, não vejo por que faria agora.

O olhar dela passeou por Jace e em seguida desviou, como se ela não suportasse olhar diretamente para ele.

— Certamente quando falávamos sobre Michael você deveria saber que não era possível que estivéssemos falando sobre o seu pai. As coisas que dizíamos sobre ele jamais se aplicariam ao Valentim.

— Vocês diziam que ele era um bom homem. — Ele sentiu a raiva se contorcendo por dentro. — Um Caçador de Sombras corajoso. Um pai amoroso. Achei que essa descrição fosse precisa o bastante.

— E fotos? Você deve ter visto fotos de Michael Wayland e percebido que ele não era o homem que você chamava de pai. — Ela mordeu o lábio. — Dê uma ajuda aqui, Jace.

— Todas as fotos foram destruídas na Ascensão. Foi isso que *você* me disse. Agora eu fico imaginando se talvez não tenha sido porque Valentim mandou queimar todas para que ninguém soubesse quem fazia parte do Ciclo. Nunca tive uma foto do meu pai — disse Jace, e imaginou se soava tão amargo quanto se sentia.

Maryse pôs uma das mãos na têmpora e começou a massageá-la, como se estivesse com dor.

— Não consigo acreditar nisso — disse, como que para si mesma. — É uma loucura.

— Então não acredite. Acredite em *mim* — disse Jace, e sentiu o tremor nas mãos se intensificar.

Ela abaixou a mão.

— Você não acha que é isso que eu *quero*? — perguntou, e por um segundo ele ouviu naquela voz o eco da Maryse que entrava em seu quarto quando ele tinha 10 anos e olhava fixamente para o teto, pensando no pai, e ficava sentada ao lado da cama até que ele dormisse, pouco antes do amanhecer.

— Eu não sabia — disse Jace novamente. — E, quando ele me chamou para ir com ele para Idris, eu disse não. Ainda estou aqui. Será que isso não conta?

Ela se virou para olhar a garrafa ornamental, como se considerasse a possibilidade de precisar de mais uma bebida, mas pareceu descartar a ideia.

— Queria que contasse — disse ela. — Mas existem tantas razões pelas quais seu pai pode querer que você fique no Instituto. No que diz respeito a Valentim, não posso me dar ao luxo de confiar em ninguém que tenha sido influenciado por ele.

— Ele influenciou você — disse Jace, e se arrependeu instantaneamente ao ver a expressão no rosto de Maryse.

— E *eu* o repudiei — disse ela. — E você? Será que conseguiria? — Os olhos azuis de Maryse tinham a mesma cor dos de Alec, mas Alec nunca tinha olhado para ele daquele jeito. — Diga que o odeia, Jace. Diga que odeia aquele homem e tudo o que ele representa.

Alguns segundos passaram, e Jace, olhando para baixo, viu que estava com as mãos fechadas tão fortemente que as juntas destacavam-se, brancas e duras como os ossos de um esqueleto de peixe.

— Não posso dizer isso.

Maryse respirou fundo.

— *Por que* não?

— Por que você não pode dizer que confia em mim? Vivi com você por quase metade da minha vida. Certamente você deve me conhecer um pouco.

— Você parece tão sincero, Jonathan. Sempre pareceu, mesmo quando era pequeno e tentava culpar Isabelle ou Alec por alguma coisa errada que tinha feito. Só conheci uma pessoa que podia parecer tão persuasiva quanto você.

Jace sentiu um gosto metálico na boca.

— Você está falando do meu pai.

— Sempre existiram apenas dois tipos de pessoa no mundo para o Valentim. Aqueles a favor do Ciclo, e os que eram contra. Os últimos eram inimigos, e os primeiros eram armas em seu arsenal. Eu o vi tentando transformar cada um dos amigos, até a própria mulher, em uma arma para a Causa, e você quer que eu acredite que ele não teria feito o mesmo com o próprio filho? — Ela balançou a cabeça. — Eu o conhecia muito bem. — Pela primeira vez Maryse olhou para ele com mais tristeza do que raiva. — Você é uma flecha atirada diretamente no coração da Clave, Jace. Você é a flecha do Valentim. Sabendo disso ou não.

Clary fechou a porta do quarto, deixando a televisão ligada, e foi procurar por Simon. Encontrou-o na cozinha, curvado sobre a pia, a água correndo. Ele estava com as mãos cruzadas na placa de drenagem.

— Simon? — A cozinha era clara, de um amarelo alegre, as paredes decoradas com desenhos de giz de cera e lápis emoldurados que Simon e Rebecca tinham feito na escola. Rebecca tinha talento para o desenho, dava para perceber, mas os de Simon, que deveriam retratar pessoas, pareciam parquímetros com tufos de cabelo.

Ele não levantou o olhar, apesar de ela saber, pelo enrijecimento dos músculos dos ombros, que ele a tinha escutado entrar. Clary foi até a pia e pousou uma das mãos sobre as costas dele. Sentia as protuberâncias da espinha dorsal através da camiseta fina de algodão e ficou imaginando se ele tinha emagrecido. Não dava para perceber apenas observando-o, mas olhar para Simon era como olhar para um espelho — quando você vê alguém todos os dias, nem sempre percebe as pequenas diferenças na aparência.

— Você está bem?

Ele fechou a torneira com um movimento brusco.

— Óbvio. Estou bem.

Ela pôs um dedo na lateral do queixo dele e virou seu rosto em direção ao dela. Ele estava suando, os cabelos escuros na testa grudados na pele, apesar de o ar que entrava pela janela entreaberta da cozinha estar fresco.

— Você não parece bem. Foi o filme?

Ele não respondeu.

— Desculpe, eu não deveria ter rido, é que...

— Você não se lembra? — A voz dele parecia rouca.

— Eu... — Clary se interrompeu. Aquela noite, olhando para trás, parecia um grande borrão de corrida, sangue e suor, de sombras projetadas em entradas, de queda no espaço. Ela se lembrava dos rostos brancos dos vampiros, como disjuntores de papel contra a escuridão, e se lembrava de Jace segurando-a, gritando em seu ouvido. — Na verdade, não. É tudo um borrão.

Seu olhar atravessou-a, para, em seguida, ficar focado novamente.

— Eu pareço diferente para você? — perguntou.

Ela levantou os olhos até encontrar os dele. Eram cor de café — um marrom rico sem qualquer nuance de cinza ou avelã. Se ele parecia diferente? Talvez houvesse um toque extra de confiança na maneira como se comportava desde que tinha matado Abbadon, o Demônio Maior; mas havia também uma introspecção nele, como se estivesse observando ou esperando alguma coisa. Era algo que ela também notara em Jace. Talvez fosse a consciência da mortalidade.

— Você continua sendo Simon.

Ele fechou um pouco os olhos como se estivesse aliviado, e quando seus cílios baixaram, ela reparou no quão angulosas as maçãs do rosto dele estavam. Ele *tinha* emagrecido, pensou, e estava prestes a dizer isso quando ele se inclinou e a beijou.

Ela ficou tão surpresa ao sentir a boca dele na sua que ficou completamente rígida, tentando agarrar a borda da pia para se sustentar. Contudo, não o afastou, e, tomando isso como um sinal explícito de encorajamento, Simon pôs a mão atrás da cabeça de Clary e aprofundou o beijo, abrindo sua boca com a dele. A boca de Simon era suave, mais suave do que tinha sido a de Jace, e a mão que apoiava sua nuca era calorosa e meiga. E ele tinha gosto de sal.

Ela se permitiu fechar os olhos e por um instante flutuou tonta pela escuridão do calor, sentindo os dedos de Simon se movimentarem por seu cabelo. Quando o toque do telefone interrompeu o torpor, ela deu um pulo para trás, como se ele a tivesse empurrado, apesar de não ter se movido. Eles se olharam por um instante, confusos, como duas pessoas que se vissem repentinamente transportadas para uma estranha paisagem onde nada era familiar.

Simon desviou o olhar primeiro, esticando-se para alcançar o telefone na parede atrás da estante de condimentos.

— Alô? — Ele parecia normal, mas o peito subia e descia rapidamente. Entregou o fone a Clary.

Clary o pegou. Ela ainda sentia o coração batendo na garganta, como as asas de um inseto preso sob sua pele. *É Luke, ligando do hospital. Aconteceu alguma coisa com a minha mãe.*

Ela engoliu em seco.

— Luke? É você?

— Não. É Isabelle.

— Isabelle? — Clary levantou o olhar e viu Simon observando-a, apoiado na pia. O rubor nas bochechas dele havia diminuído. — Por que você está... Quero dizer, o que foi?

Havia um nó na voz da menina, como se ela estivesse chorando.

— Jace está aí?

Clary esticou o braço que segurava o telefone para poder olhar para ele antes de trazê-lo de volta ao ouvido.

— Jace? Não. Por que ele estaria aqui?

O suspiro de Isabelle em resposta ecoou pela linha telefônica como um engasgo.

— É que... ele *sumiu*.

2
Hunter's Moon

Maia Roberts nunca havia confiado em meninos lindos, razão pela qual detestou Jace Wayland desde a primeira vez em que o viu.

Seu irmão, Daniel, havia nascido com a pele cor de mel e os enormes olhos escuros da mãe, e tinha se tornado o tipo de pessoa que colocava fogo nas asas de borboletas para assisti-las queimar e morrer enquanto voavam. Ele a havia atormentado também, inicialmente de formas sutis e sem importância, beliscando-a onde os hematomas não ficassem evidentes, trocando o xampu por alvejante. Ela reclamava com os pais, mas eles não acreditavam. Ninguém acreditava ao olhar para Daniel; confundiam beleza com inocência e bondade. Quando ele quebrou o braço dela no primeiro ano do ensino médio, ela fugiu de casa, mas os pais a levaram de volta. No segundo ano, Daniel foi nocauteado na rua por um motorista que o atropelou e fugiu, matando-o no ato. Junto aos pais do lado do túmulo, Maia sentira vergonha da própria sensação de alívio. Deus, pensara ela, certamente a puniria por estar satisfeita com a morte do irmão.

No ano seguinte, foi o que ele fez. Ela conheceu Jordan. Cabelos longos e escuros, quadris estreitos em jeans gastos, camisetas de bandas de indie rock e cílios como os de uma menina. Ela jamais poderia imaginar que ele se interessaria por ela — meninos daquele tipo geralmente preferiam meninas pálidas, magrinhas e com óculos coloridos —, mas ele parecia gostar de suas formas arredondadas. Dissera, entre beijos, que ela era linda. Os primeiros meses foram como um sonho; os últimos, como um pesadelo. Ele se tornou possessivo, controlador. Quando estava com raiva dela, rosnava, e dava-lhe tapas na cara, deixando marcas que se assemelhavam a excesso de blush. Quando ela tentou terminar com ele, o menino a empurrou, derrubando-a no pátio de sua própria casa, antes de correr para dentro e fechar a porta.

Mais tarde, ela beijou outro menino na frente dele, apenas para evidenciar que estava tudo acabado. Maia nem sequer se lembrava do nome do menino. Lembrava de estar andando de volta para casa naquela noite, a chuva molhando seus cabelos com gotículas, lama sujando as calças enquanto ela cortava caminho pelo parque perto de casa. Lembrava-se da sombra escura explodindo por trás do carrossel de metal, o enorme lobo molhado jogando-a na poça, a dor horrorosa dos dentes do bicho cerrando-se sobre sua garganta. Maia gritara e se debatera, sentindo o gosto do próprio sangue quente na boca, enquanto o cérebro gritava: *Isso é impossível. Impossível.* Não havia lobos em Nova Jersey, não naquela vizinhança comum, não no século XXI.

Seus berros fizeram algumas luzes se acenderem nas casas da vizinhança, janelas se iluminaram, uma após a outra, como fósforos se acendendo. O lobo a soltou, deixando rastros de sangue e pele rasgada com os dentes.

Vinte e quatro pontos mais tarde, ela estava de volta ao quarto cor-de-rosa, com a mãe caminhando de um lado para o outro, ansiosa. O médico da emergência dissera que a mordida parecia de um cachorro grande, mas Maia sabia que não. Antes de o lobo se virar para fugir correndo, ela ouvira uma voz quente, sussurrada e familiar no ouvido.

— Você é minha agora. Sempre será minha.

Ela nunca mais viu Jordan — ele e os pais empacotaram tudo que tinham no apartamento e se mudaram, e nenhum dos amigos sabia para onde tinham ido, ou não admitiam saber. Ela ficou apenas um pouco surpresa na lua cheia seguinte quando as dores começaram: dores cortantes que rasgavam as pernas, de cima a baixo, forçando-a ao chão, curvando-lhe a coluna do mesmo modo que um mágico dobraria uma colher. Quando os dentes explodiram para fora da gengiva e caíram no chão como chicletes, ela desmaiou. Ou pensou ter desmaiado. Acordou a quilômetros de distância de casa, nua e coberta de sangue, a cicatriz no braço pulsando como um batimento cardíaco. Naquela noite pegou o trem para Manhattan. Não foi uma decisão difícil. Ser birracial já era complicado o suficiente em sua vizinhança em Nova Jersey. Só Deus sabe o que poderiam fazer com um lobisomem.

Não foi difícil encontrar um bando ao qual se juntar. Havia vários deles em Manhattan. Ela acabou se unindo ao grupo dos que ficavam na parte baixa da cidade, os que dormiam em velhas delegacias de polícia em Chinatown.

Os líderes do bando eram mutáveis. Primeiro Kito, depois Véronique, em seguida Gabriel, e agora Luke. Maia até que gostava de Gabriel, mas Luke era melhor. Tinha um olhar confiável, olhos azuis e gentis, e não era bonito demais, então ela não desgostou dele no ato. Estava suficientemente confortável com o bando, dormindo na velha delegacia, jogando cartas e comendo comida chinesa quando a lua não estava cheia, caçando pelo parque quando estava, e, no dia seguinte, bebendo para curar a ressaca da transformação no Hunter's Moon, um dos melhores bares underground de lobisomens. Tinha cerveja perto do pátio e ninguém ligava se você tivesse menos de 21 anos. Ser um licantrope fazia com que a pessoa crescesse depressa e, contanto que brotassem pelos e garras uma vez ao mês, podia-se beber no Moon, independentemente da idade que tivesse em anos mundanos.

Atualmente ela mal pensava na família, mas quando o menino louro com o casaco preto e longo entrou no bar, Maia congelou. Ele não se parecia com Daniel, não exatamente — os cabelos de Daniel eram escuros e se cacheavam perto da pele marrom da nuca, e aquele menino era completamente branco e louro. Mas tinham o mesmo corpo belo, a mesma maneira de andar, como uma pantera à procura de uma presa, e a mesma confiança plena no próprio poder de atração. Ela cerrou a mão convulsivamente ao redor do copo, e teve que lembrar a si mesma: *Ele está morto. Daniel está morto.*

Uma onda de murmúrios atravessou o bar assim que o menino chegou, como uma onda atingindo a proa de um barco. O menino agiu como se não tivesse percebido nada, puxou um banco com o pé e sentou-se com os cotovelos apoiados no bar. Maia o ouviu pedir uma dose de uísque no silêncio que sucedeu os murmúrios. Ele tomou metade da bebida com um gole rápido. O líquido tinha a mesma cor dourada e escura de seus cabelos. Quando levantou a mão para pousar o copo no balcão do bar, Maia viu as Marcas pretas e curvilíneas nas costas das mãos.

Morcego, o cara sentado ao lado dela — Maia já tinha sido namorada dele, mas eram amigos agora —, murmurou alguma coisa sob a respiração que soou como "Nephilim".

Então era isso. O menino não era um lobisomem. Era um Caçador de Sombras, um membro da força policial secreta do mundo oculto. Eles conservavam a Lei, amparados pelo Pacto, e não era possível tornar-se um deles, era preciso nascer um deles. Era o sangue que os tornava o que eram. Havia muitos rumores sobre eles, a maioria desagradável: eram arrogantes, orgulhosos, cruéis; empinavam o nariz e desprezavam os seres do Submundo. Havia poucas coisas que os licantropes detestavam mais do que Caçadores de Sombras — exceto talvez um vampiro.

Dizia-se também que os Caçadores de Sombras matavam demônios. Maia se lembrava da primeira vez que tinha ouvido que demônios existiam e o que faziam. Tinha ficado com dor de cabeça. Vampiros e lobisomens eram apenas pessoas com uma doença, até aí ela entendia, mas esperar que ela acreditasse em toda aquela baboseira de céu e inferno, anjos e demônios, considerando que até então ninguém podia afirmar com certeza se havia ou não um Deus ou para onde a pessoa ia depois que morria? Não era justo. Ela acreditava em demônios — já tinha visto obras deles o suficiente para negar, mas preferia poder não acreditar.

— Imagino — disse o menino, inclinando-se sobre os cotovelos ainda mais para perto do bar — que não sirvam Bala de Prata aqui. Muitas associações negativas? — Os olhos brilhavam, estreitos e faiscantes como a lua crescente.

O homem que trabalhava no bar, Pete Aberração, apenas olhou para ele e balançou a cabeça com desdém. Se o garoto não fosse um Caçador de Sombras, pensou Maia, Pete o teria posto para fora do Moon, mas em vez disso ele simplesmente foi até a outra ponta do bar e se ocupou secando copos.

— Na verdade — disse Morcego, que não conseguia não se meter em tudo —, não servimos porque é uma cerveja muito vagabunda.

O menino voltou o olhar estreito para Morcego e sorriu entretido. A maioria das pessoas não sorria daquela maneira quando Morcego olhava de um jeito estranho para elas: Morcego tinha 1,98m de altura e uma cicatriz grossa que deixara seu rosto desfigurado onde havia sido atingido com pó de prata. Morcego não era um dos noturnos, o bando que vivia na delegacia, dormindo em velhas celas. Tinha o próprio apartamento e até um emprego. Tinha sido um bom namorado, até dispensar Maia por uma bruxa ruiva chamada Eve, que morava em Yonkers e lia mãos na própria garagem.

— E o que *você* está bebendo? — perguntou o menino, inclinando-se tão para perto de Morcego que parecia ofensivo. — Um cabelinho do cachorro que mordeu... bem, todo mundo?

— Você se acha bem engraçadinho. — A essa altura o restante do bando tinha se inclinado para ouvi-los, prontos para defender Morcego se ele resolvesse dar um trato naquele menino detestável. — Não acha?

— Morcego — disse Maia. Ela imaginou se era a única do bando que duvidava da *capacidade* de Morcego em dar um trato no menino. Não que duvidasse de Morcego. Era algo no olhar do menino. — Não.

Morcego a ignorou.

— *Não* acha?

— Quem sou eu para negar o óbvio? — Os olhos do menino passaram por Maia como se ela fosse invisível e voltaram-se para Morcego. — Não imagino que queira me contar o que houve com o seu rosto? Parece... — E nesse instante ele se inclinou para a frente e disse alguma coisa para Morcego, tão baixo que Maia não escutou. Em seguida, Morcego desferiu um golpe, que deveria ter-lhe quebrado a mandíbula, mas o garoto não estava mais lá. Estava a uns bons metros de distância, rindo, quando o punho de Morcego acertou seu copo abandonado e o enviou voando pelo bar até a parede oposta em uma explosão de vidro estilhaçado.

Pete Aberração apareceu na lateral do bar, o punho enorme segurando a camisa de Morcego, antes que Maia pudesse piscar.

— Basta — disse. — Morcego, por que não vai dar uma volta e se acalmar?

Morcego se contorceu na mão de Pete.

— Dar uma *volta*? Você ouviu...

— Ouvi — falou Pete em voz baixa. — Ele é um Caçador de Sombras. Vá dar uma volta, cachorrinho.

Morcego xingou e se afastou de Pete. Foi em direção à saída, com os ombros rígidos de raiva. A porta bateu atrás dele.

O menino havia parado de sorrir e estava olhando para Pete Aberração com certo ressentimento sombrio, como se ele tivesse tirado um brinquedo com o qual pretendia se divertir.

— Não era necessário — disse. — Sei cuidar de mim.

Pete olhou para o Caçador de Sombras.

— É com o meu bar que estou preocupado — respondeu finalmente. — É melhor você procurar outro lugar, Caçador de Sombras, se não quiser problemas.

— Não disse que não queria problemas. — O menino se sentou novamente no banco. — Além disso, não terminei a minha bebida.

Maia olhou para trás, onde a parede do bar estava ensopada de álcool.

— Para mim parece que terminou — disse ela.

Por um instante o menino simplesmente pareceu espantado; em seguida uma faísca de divertimento iluminou seus olhos dourados. Naquele instante, ele se pareceu tanto com Daniel que Maia quis se afastar.

Pete deslizou mais um copo de líquido âmbar através do balcão antes que o menino pudesse responder.

— Aqui está — disse ele. Desviou os olhos para Maia, que pensou ter visto alguma repreensão neles.

— Pete... — começou ela. Não conseguiu terminar. A porta do bar se abriu violentamente. Morcego estava parado na entrada. Maia demorou um instante para perceber que a frente e as mangas da camisa estavam ensopadas de sangue.

Ela deslizou para fora do banco e correu até ele.

— Morcego! Você está machucado?

O rosto dele estava cinzento, a cicatriz prateada destacada na bochecha como um pedaço de arame torto.

— Um ataque — respondeu. — Tem um corpo no beco. Um garoto morto. Sangue... por todos os lados. — Ele balançou a cabeça e olhou para baixo, para si mesmo. — O sangue não é meu. Estou bem.

— Um corpo? Mas quem...

A resposta de Morcego foi engolida na comoção. Assentos foram abandonados enquanto o bando correu para a porta. Pete saiu de trás do balcão e abriu caminho pelo grupo. Só o menino Caçador de Sombras ficou onde estava, com a cabeça abaixada sobre a bebida.

Através de buracos na multidão ao redor da porta, Maia conseguiu dar uma olhada no pavimento cinza do beco, cheio de sangue. Ainda estava molhado e tinha corrido entre as rachaduras da pavimentação como as gavinhas de uma planta rubra.

— A *garganta* cortada? — Pete estava dizendo para Morcego, cujo rosto já havia recuperado a cor. — Como...

— Tinha alguém no beco. Alguém ajoelhado sobre ele — disse Morcego. Sua voz era firme. — Não como uma pessoa, como uma sombra. Fugiu quando me viu. Ele ainda estava vivo. Um pouco. Ajoelhei sobre ele, mas... — Morcego deu de ombros. Foi um movimento casual, mas as veias em seu pescoço estavam saltadas como raízes grossas enroladas em um tronco de árvore. — Ele morreu sem dizer nada.

— Vampiros — disse uma licantrope rechonchuda que estava perto da porta. O nome dela era Amabel, Maia achava. — As Crianças Noturnas. Não pode ter sido outra coisa.

Morcego olhou para ela, em seguida virou e atravessou o recinto em direção ao bar. Ele agarrou o Caçador de Sombras pela jaqueta, ou pelo menos esticou o braço como se fosse essa a sua intenção, mas o menino já estava de pé, se virando fluidamente.

— Qual é o seu problema, lobisomem?

A mão de Morcego ainda estava esticada.

— Você é surdo, Nephilim? — rosnou ele. — Tem um garoto morto no beco. Um dos nossos.

— Você quer dizer um licantrope ou outra espécie de ser do Submundo? — O menino ergueu as sobrancelhas claras. — Vocês parecem iguais para mim.

Ouviu-se um rugido baixo — Maia notou, com alguma surpresa, que veio de Pete Aberração. Ele tinha voltado para o bar e estava cercado pelo restante do bando, todos com os olhos fixos no Caçador de Sombras.

— Era apenas um filhote — disse Pete. — O nome dele era Joseph.

O nome não trazia lembranças a Maia, mas ela viu a mandíbula contraída de Pete e sentiu uma agitação no estômago. O bando estava em uma expedição guerreira agora, e se o Caçador de Sombras tivesse algum juízo, estaria recuando como um louco. Mas não estava. Ele simplesmente ficou parado, olhando para eles com aqueles olhos dourados e um sorriso estranho no rosto.

— Um menino licantrope? — perguntou.

— Ele era do bando — disse Pete. — Tinha apenas 15 anos.

— E exatamente o que você espera que eu faça a respeito?

Pete o encarava incrédulo.

— Você é um Nephilim — disse. — A Clave nos deve proteção nessas circunstâncias.

O menino olhou ao redor do bar, lentamente, com um olhar de tal insolência que um rubor se espalhou pelo rosto de Pete.

— Não vejo nenhuma ameaça contra a qual vocês precisem ser protegidos por aqui — disse o menino. — Exceto pela decoração ruim e um possível problema de mofo. Mas isso geralmente pode ser resolvido com alvejante.

— Há um *cadáver* do lado de fora da porta da frente do bar — disse Morcego, pronunciando as palavras cuidadosamente. — Você não acha...

— Acho que está um pouco tarde para que ele precise de proteção se já está morto — interrompeu o menino.

Pete continuava a encará-lo. Suas orelhas já estavam pontudas e quando falou a voz foi abafada pelos caninos que engrossavam.

— Você deve tomar cuidado, Nephilim — disse. — Deve tomar muito cuidado.

O menino olhou para ele com olhos opacos.

— Devo?

— Então não vai fazer nada? — disse Morcego. — É isso?

— Vou terminar o meu drinque — respondeu o menino, olhando para o copo pela metade ainda no balcão —, se você deixar.

— Então essa é a atitude da Clave uma semana depois dos Acordos? — questionou Pete, enojado. — A morte de seres do Submundo não significa nada para vocês?

O menino sorriu, e Maia sentiu uma pontada na espinha. Ele parecia exatamente como Daniel logo antes de esticar os braços e arrancar as asas de uma joaninha.

— É a cara do povo do Submundo esperar que a Clave limpe a bagunça para vocês. Como se pudéssemos nos incomodar só porque um filhote idiota resolveu usar o próprio sangue para fazer pintura a dedo...

E utilizou uma palavra, uma palavra que os próprios lobisomens nunca usavam, uma palavra imundamente desagradável que sugeria uma relação indevida entre lobos e mulheres humanas.

Antes que mais alguém pudesse se mexer, Morcego se lançou contra o Caçador de Sombras, mas ele não estava mais lá. Morcego cambaleou e girou, confuso. O bando se espantou.

Maia ficou de queixo caído. O menino Caçador de Sombras estava sobre o bar, com os pés afastados. Realmente parecia um anjo vingador se preparando para despachar justiça divina, como os Caçadores de Sombras deviam fazer. Em seguida, ele esticou a mão e curvou os dedos em direção a si mesmo rapidamente, um gesto que ela conhecia do parquinho e queria dizer *Venha me pegar* — e o bando correu em direção a ele.

Morcego e Amabel avançaram para o bar; o menino girou tão rapidamente que o reflexo no espelho atrás do bar pareceu um borrão. Maia o viu dar um chute e no momento seguinte os dois estavam gemendo no chão em uma confusão de vidro quebrado. Ela pôde ouvir o menino rindo enquanto alguém esticava o braço e o puxava para baixo; ele afundou na multidão com uma graça que transmitia complacência e em seguida ela não conseguia mais enxergá-lo, vendo apenas um emaranhado de pernas e braços agitados. Ainda assim, achou que continuava a ouvir suas risadas, mesmo em meio a flashes de metal — a ponta de uma faca —, e se ouviu inspirar de susto.

— Chega.

Era a voz de Luke, quieto, firme como um batimento cardíaco. Era estranho como sempre se reconhecia a voz do líder do próprio bando. Maia virou e o viu parado exatamente na entrada do bar, com uma das mãos na parede. Ele não parecia apenas cansado, mas *arrasado*, como se algo o estivesse rasgando por dentro; mesmo assim, sua voz era calma ao repetir.

— Chega. Deixem o menino em paz.

O bando se afastou do Caçador de Sombras, e apenas Morcego permaneceu onde estava, desafiador, uma das mãos ainda agarrando a parte de trás da camisa do Caçador de Sombras, a outra segurando uma faca de lâmina curta. O menino tinha sangue no rosto, mas estava longe de parecer alguém que precisasse ser resgatado; tinha no rosto um sorriso de aparência tão perigosa quanto o vidro quebrado que sujava o chão.

— Ele não é um menino — disse Morcego. — É um Caçador de Sombras.

— São bem-vindos aqui — disse Luke em um tom neutro. — São nossos aliados.

— Ele disse que não tinha importância — continuou Morcego, furioso. — Joseph...

— Eu sei — disse Luke, baixinho. Seus olhos desviaram para o menino louro. — Você veio até aqui só para arrumar uma briga, Jace Wayland?

O menino sorriu, esticando o lábio machucado de modo que um rastro fino de sangue percorreu o queixo.

— Luke.

Morcego, espantado por ouvir o primeiro nome do líder do bando saindo da boca do Caçador de Sombras, soltou a camisa de Jace.

— Eu não sabia...

— Não há *nada* para saber — disse Luke, a exaustão de seus olhos invadindo a voz.

Pete Aberração falou, a voz um ronco baixo.

— Ele disse que a Clave não se importava com a morte de um único licantrope, nem mesmo uma criança. E só faz uma semana desde os Acordos, Luke.

— O Jace não fala pela Clave — disse Luke —, e não havia nada que ele pudesse ter feito, mesmo que quisesse. Não é verdade?

Ele olhou para Jace, que estava muito pálido.

— Como você...

— Eu sei o que aconteceu — interrompeu Luke. — Com a Maryse.

Jace enrijeceu, e por um momento Maia enxergou através do entretenimento selvagem similar ao de Daniel e viu o que havia por baixo, e era escuro, agonizante, e fez com que ela se lembrasse mais dos próprios olhos no espelho do que dos do irmão.

— Quem contou a você? Clary?

— Não foi Clary. — Maia nunca tinha ouvido Luke pronunciar aquele nome antes, mas ele disse com um tom que sugeria que se tratava de alguém especial para ele, e para o menino Caçador de Sombras também. — Sou o líder do bando, Jace. Ouço coisas. Agora vamos. Vamos até o escritório de Pete para conversar.

Jace hesitou por um momento antes de dar de ombros.

— Tudo bem, mas você me deve pelo uísque que eu não bebi.

— Esse foi o meu último palpite — disse Clary com um suspiro derrotado, afundando nos degraus do lado de fora do Metropolitan e encarando desconsoladamente a Quinta Avenida.

— Foi um bom palpite. — Simon se sentou ao lado dela, as longas pernas esparramadas a sua frente. — Quero dizer, ele gosta de armas e matanças, então, por que não a maior coleção de armas da cidade? Eu sempre gosto de uma visita ao Armas e Armaduras, de qualquer forma. Me dá ideias para a minha campanha.

Ela olhou para ele surpresa.

— Você ainda joga com Eric, Kirk e Matt?

— Óbvio. Por que não jogaria?

— Achei que os jogos poderiam ter perdido um pouco do apelo para você desde que... — *Desde que as nossas verdadeiras vidas começaram a se parecer demais com uma das suas campanhas.* Repletas de mocinhos, bandidos, magia incrivelmente ruim e objetos encantados importantes que você tinha que encontrar se quisesse vencer o jogo.

Exceto que em um jogo os mocinhos sempre venciam, derrotavam os bandidos e voltavam para casa com o tesouro, enquanto na vida real eles tinham perdido o tesouro, e às vezes Clary não tinha certeza de quem os mocinhos e os bandidos realmente eram.

Ela olhou para Simon e sentiu uma onda de tristeza. Se ele desistisse dos jogos, seria culpa dela, assim como tudo que tinha acontecido a ele nas últimas semanas tinha sido culpa dela. Clary se lembrou do rosto pálido dele na pia naquela manhã minutos antes de beijá-la.

— Simon... — começou.

— Agora estou interpretando um meio troll clérigo que quer vingança contra os orcs que mataram sua família — disse ele, animado. — É muito legal.

Ela riu exatamente quando o celular tocou. Tirou-o do bolso e abriu: era Luke.

— Não o encontramos — disse ela, antes que ele pudesse dizer alô.

— Não. Mas eu encontrei.

Ela se sentou, ereta.

— Você está brincando. Ele está aí? Posso falar com ele? — Clary percebeu que Simon olhava para ela com atenção e abaixou a voz. — Ele está bem?

— Pode-se dizer isso.

— Como assim "pode-se dizer"?

— Provocou uma briga com um bando de lobisomens. Está com alguns cortes e hematomas.

Clary semicerrou os olhos. Por que, por que Jace teria provocado uma briga com um bando de lobos? O que teria dado nele? Mas era Jace. Ele arrumaria uma briga com um caminhão Mack se tivesse vontade.

— Acho que você deveria vir até aqui — disse Luke. — Alguém precisa colocar um pouco de juízo na cabeça dele, e eu não estou tendo muita sorte.

— Onde vocês estão? — perguntou Clary.

Ele disse a ela: um bar chamado Hunter's Moon na Hester Street. Clary ficou imaginando se seria disfarçado com feitiços. Desligando o telefone, voltou-se para Simon, que a encarava com sobrancelhas erguidas.

— O filho pródigo voltou?

— Mais ou menos. — Ela se levantou desajeitada e esticou as pernas exauridas, calculando mentalmente quanto tempo levariam para ir a Chinatown de metrô e se valeria a pena gastar o dinheiro que Luke lhe dera com um táxi. Provavelmente não, decidiu; se ficassem presos no trânsito, levariam mais tempo do que de metrô.

— ... ir com você? — concluiu Simon, levantando-se. Ele estava um degrau abaixo dela, o que os deixava praticamente da mesma altura. — O que você acha?

Ela abriu a boca, em seguida fechou outra vez, rapidamente.

— Er...

Ele parecia resignado.

— Você não ouviu uma palavra do que eu disse nos últimos dois minutos, ouviu?

— Não — admitiu. — Estava pensando em Jace. Acho que ele está mal. Desculpe.

Os olhos castanhos de Simon escureceram.

— E suponho que você vá correndo curar as feridas dele?

— Luke me pediu para ir — Clary respondeu. — Eu esperava que você fosse comigo.

Simon deu um chute de leve no degrau acima do seu com a bota.

— Eu vou, mas por quê? Luke não pode levar Jace de volta para o Instituto sem a sua ajuda?

— Provavelmente pode, mas ele acha que Jace talvez esteja disposto a conversar comigo sobre o que está acontecendo antes.

— Pensei que pudéssemos fazer alguma coisa hoje à noite — disse Simon. — Algo divertido. Assistir a um filme. Jantar.

Ela olhou para ele. A distância, conseguia ouvir água caindo no chafariz do museu. Pensou na cozinha da casa dele, as mãos úmidas dele em seu cabelo, mas tudo parecia muito distante apesar de ela conseguir visualizar a cena — como talvez seja possível se lembrar da foto de um incidente sem conseguir se lembrar do incidente em si.

— Ele é meu irmão — disse ela. — Tenho que ir.

Simon parecia estar esgotado demais até para suspirar.

— Então eu vou com você.

O escritório no fundo do Hunter's Moon ficava em um corredor estreito, todo sujo de serragem. Aqui e ali a serragem estava marcada com pegadas e manchada com um líquido escuro que não parecia cerveja. Todo o lugar cheirava a fumaça e alguma coisa ruim, um pouco como — Clary tinha que admitir, apesar de jamais ousar dizer a Luke — cachorro molhado.

— Ele não está no melhor dos humores — disse Luke, parando diante de uma porta fechada. — Eu o tranquei no escritório do Pete Aberração depois que ele quase matou metade do meu bando apenas com as mãos. Não quis conversar comigo, então pensei em você. — Ele deu de ombros, depois olhou do rosto espantado de Clary para o de Simon. — O que foi?

— Não posso acreditar que ele veio *aqui* — disse Clary.

— Não posso acreditar que você conheça alguém chamado Pete Aberração — completou Simon.

— Conheço muitas pessoas — disse Luke. — Não que o Pete Aberração seja exatamente uma *pessoa*, mas quem sou eu para falar. — Ele abriu a porta do escritório. Era uma sala vazia, sem janelas, com as paredes cheias de flâmulas de esportes. Havia uma mesa cheia de papéis com um pequeno sistema de TV, e atrás dela, em uma cadeira cujo couro estava tão marcado que mais parecia mármore raiado, estava Jace.

Assim que a porta se abriu, Jace pegou um lápis amarelo de cima da mesa e arremessou-o. O lápis voou pelo ar e atingiu a parede, bem perto da cabeça de Luke, onde ficou cravado, vibrando. Os olhos de Luke se arregalaram.

Jace sorriu de leve.

— Desculpe, não vi que era você.

Clary sentiu o coração se contrair. Havia dias que não via Jace, e ele parecia diferente de alguma maneira — não apenas o rosto ensanguentado e os hematomas, que eram visivelmente novos, mas a pele parecia mais rija, os ossos mais proeminentes.

Luke indicou Simon e Clary com um aceno de mão.

— Trouxe umas pessoas para ver você.

Os olhos de Jace se moveram em direção a eles. Estavam tão vazios como se tivessem sido pintados no rosto.

— Infelizmente — disse ele —, eu só tinha um lápis.

— Jace... — começou Luke.

— Não quero ele aqui. — Jace apontou para Simon com o queixo.

— Isso não é justo. — Clary estava indignada. Será que ele tinha se esquecido que Simon havia salvado a vida de Alec, talvez a vida de todos eles?

— Fora daqui, mundano — disse Jace, apontando para a porta.

Simon acenou com a mão.

— Tudo bem. Eu espero no corredor. — Ele saiu, abstendo-se de bater a porta atrás de si, apesar de Clary ter percebido que era o que ele queria.

Ela se voltou novamente para Jace.

— Você precisa ser tão... — começou, mas parou ao ver o rosto dele. Parecia despido, estranhamente vulnerável.

— Desagradável? — ele concluiu para ela. — Só quando a minha mãe adotiva me expulsa de casa com instruções para nunca mais voltar a bater à porta dela. Geralmente sou extraordinariamente amável. Tente em qualquer outro dia da semana que não acabe com *a* ou *o*.

Luke franziu o cenho.

— Maryse e Robert Lightwood não são as minhas pessoas prediletas, mas eu não posso acreditar que ela tenha feito isso.

Jace pareceu surpreso.

— Você conhece os Lightwood?

— Eles participaram do Ciclo comigo — disse Luke. — Fiquei surpreso ao saber que estavam à frente do Instituto daqui. Parece que fizeram um acordo com a Clave depois da Ascensão, para garantir alguma espécie de clemência no tratamento deles, enquanto Hodge, bem, sabemos o que aconteceu com ele. — Luke ficou em silêncio por um momento. — Maryse disse que estava exilando você, por assim dizer?

— Ela não acredita que eu achava que era filho de Michael Wayland e me acusou de estar compactuando com Valentim o tempo todo; disse que eu o ajudei a fugir com o Cálice Mortal.

— Então por que você ainda estaria aqui? — perguntou Clary. — Por que você não fugiu com ele?

— Ela não disse, mas desconfio que ela pense que fiquei para servir de espião. Uma víbora em seu seio. Não que ela tenha utilizado a palavra "seio", mas a ideia estava lá.

— Um espião para Valentim? — Luke parecia consternado.

— Ela acha que Valentim imaginou que, por causa do afeto que têm por mim, ela e Robert acreditariam em qualquer coisa que eu dissesse. Então Maryse decidiu que a solução é não ter mais nenhum afeto por mim.

— Afeto não funciona assim — Luke balançou a cabeça. — Não dá para desligar, como uma lâmpada. Principalmente quando se é pai ou mãe.

— Eles não são meus pais de verdade.

— Sangue não é o único laço paternal. Eles foram seus pais por sete anos, de todas as maneiras que importam. Maryse só está magoada.

— Magoada? — Jace parecia incrédulo. — *Ela* está magoada?

— Ela amava Valentim, lembre-se disso — disse Luke. — Assim como todos nós. Ele a feriu demais e ela não quer que seu filho faça o mesmo. Tem medo que você tenha mentido para eles. Que a pessoa que ela pensou que você fosse durante todos esses anos seja apenas um ardil, um truque. Você precisa tranquilizá-la.

A expressão de Jace era uma mistura perfeita de teimosia e espanto.

— Maryse é adulta! Ela não deveria precisar ser tranquilizada por mim.

— Ora, vamos, Jace — disse Clary. — Você não pode esperar um comportamento perfeito de todos. Adultos também fazem besteiras. Volte para o Instituto e converse com ela racionalmente. Seja homem.

— Não quero ser homem — disse Jace. — Quero ser movido à angústia adolescente, sem conseguir confrontar os próprios demônios internos e descontando tudo verbalmente nos outros.

— Bem — disse Luke —, nisso você está se saindo muito bem.

— Jace — interrompeu Clary, antes que eles começassem a brigar sério —, você tem que voltar para o Instituto. Pense em Alec e Izzy, pense no que isso vai significar para eles.

— Maryse vai inventar alguma coisa para acalmá-los. Talvez ela diga que eu fugi.

— Não vai funcionar — disse Clary. — Isabelle parecia histérica ao telefone.

— Isabelle sempre parece histérica — disse Jace, mas pareceu satisfeito. Ele se inclinou para trás na cadeira. Os hematomas na mandíbula e na maçã do rosto se destacavam como marcas escuras e amorfas contra a pele. — Não vou voltar para um lugar onde não confiam em mim. Não tenho mais 10 anos de idade. Posso cuidar de mim.

Luke parecia não estar certo disso.

— Para onde você vai? Como vai viver?

Os olhos de Jace brilharam.

— Eu tenho 17 anos. Sou praticamente um adulto. Qualquer Caçador de Sombras adulto tem o direito de...

— Qualquer *adulto*, mas esse não é o seu caso. Você não pode receber um salário da Clave porque é jovem demais. Aliás, os Lightwood são obrigados por Lei a cuidar de você. Se não o fizerem, outra pessoa será designada ou...

— Ou o quê? — Jace se levantou da cadeira. — Eu vou para um orfanato em Idris? Serei jogado em uma família desconhecida? Posso arrumar um emprego no mundo dos mundanos por um ano, viver como um *deles*...

— Não, você não pode — disse Clary. — Eu sei, Jace, eu *era* um deles. Você é novo demais para qualquer emprego que fosse querer, e além do mais as habilidades que você tem, bem, a maioria dos assassinos profissionais é mais velha do que você. E eles são criminosos.

— Não sou um assassino.

— Se você vivesse no mundo dos mundanos — disse Luke —, é o que seria.

Jace enrijeceu, comprimindo os lábios, e Clary percebeu que as palavras de Luke o tinham atingido com força.

— Vocês não entendem — protestou ele, um desespero repentino na voz. — Não posso voltar. Maryse quer que eu diga que odeio Valentim. E eu não posso fazer isso.

Jace levantou o queixo, rígido, os olhos em Luke como se ele esperasse que o homem mais velho respondesse com escárnio ou até horror. Afinal, Luke tinha mais motivos para odiar Valentim do que quase todas as pessoas no mundo.

— Eu sei — disse Luke. — Eu também o amei uma vez.

Jace expirou, quase com alívio, e Clary pensou de repente: *É por isso que ele veio para cá, para esse lugar. Não para arrumar uma briga, mas para chegar a Luke. Porque Luke entenderia*. Nem tudo que Jace fazia era insano ou suicida, ela lembrou a si mesma. Apenas parecia ser.

— Você não deveria ter que dizer que odeia o seu pai — disse Luke. — Nem mesmo para tranquilizar Maryse. Ela deveria entender.

Clary encarou Jace, tentando decifrar sua expressão. Era como um livro escrito em uma língua estrangeira que ela não conhecia bem.

— Ela realmente disse que não queria que você voltasse nunca mais? — perguntou Clary. — Ou você simplesmente concluiu que era isso e então foi embora?

— Ela disse que provavelmente seria melhor que eu encontrasse outro lugar para ficar por um tempo. Não disse onde.

— Você deu a ela uma chance de dizer? — perguntou Luke. — Olhe, Jace, você pode se sentir absolutamente à vontade para ficar comigo pelo tempo que precisar. Quero que saiba disso.

O estômago de Clary revirou. A ideia de Jace morando na mesma casa que ela, sempre por perto, a encheu de uma mistura de felicidade e horror.

— Obrigado. — A voz de Jace era firme, mas ele olhou instantaneamente, sem conseguir evitar, para Clary, e ela pôde ver em seus olhos a mesma mistura horrível de emoções que estava sentindo. *Luke*, pensou, *às vezes eu gostaria que você não fosse tão generoso. Ou tão cego.*

— Acho que você deveria ao menos voltar para o Instituto por tempo suficiente para conversar com Maryse e descobrir o que ela estava querendo dizer — prosseguiu Luke. — Mais talvez do que você esteja disposto a ouvir.

Jace desviou os olhos de Clary.

— Tudo bem. — A voz dele era áspera. — Mas com uma condição: não quero ir sozinho.

— Eu vou com você — disse Clary rapidamente.

— Eu sei. — A voz de Jace era baixa. — E quero que você vá, mas quero que Luke vá também.

Luke pareceu espantado.

— Jace... Eu moro aqui há quinze anos e nunca fui ao Instituto. Nem uma vez. Duvido que Maryse goste mais de mim do que...

— Por favor — pediu Jace, e apesar da voz seca e de ter falado baixo, Clary quase sentiu, como algo palpável, o orgulho que ele teve que combater para dizer essas duas palavras.

— Tudo bem. — Luke fez que sim com a cabeça, o aceno de um líder de bando acostumado a fazer o que era necessário, quisesse ou não. — Então vou com vocês.

Simon se apoiou na parede no corredor do lado de fora do escritório de Pete e tentou não sentir pena de si mesmo.

O dia havia começado bem. Razoavelmente bem, pelo menos. Primeiro o episódio infeliz com o filme do Drácula na televisão fazendo com que se sentisse nauseado e desmaiasse, trazendo à tona todas as emoções, todos os desejos que vinha tentando abafar e esquecer. Em seguida, de algum modo, o enjoo o alterara e ele se vira beijando Clary do jeito que queria havia anos. As pessoas sempre diziam que as coisas nunca aconteciam como esperavam que acontecessem. Estavam enganadas.

E ela *retribuíra* o beijo...

E agora estava lá dentro com Jace, e Simon tinha uma sensação desagradável e incômoda no estômago, como se tivesse engolido uma vasilha de minhocas. Era uma sensação doentia à qual tinha se acostumado ultimamente. Não costumava ser sempre assim, nem mesmo depois que percebeu o que sentia por Clary. Ele nunca a pressionara, nunca tinha despejado seus sentimentos nela. Sempre tivera certeza de que um dia ela acordaria dos sonhos de príncipes e heróis de kung fu e perceberia o que estava na cara dos dois: pertenciam um ao outro. E se ela não tinha parecido interessada em Simon, pelos menos também não tinha parecido interessada em mais ninguém.

Até Jace. Ele se lembrou de estar sentado nos degraus da varanda da casa de Luke, assistindo a Clary explicar para ele quem era Jace e o que ele fizera, enquanto Jace examinava as unhas e bancava o superior. Simon mal a escutara. Estivera ocupado demais percebendo como ela *olhava* para o menino louro com as tatuagens estranhas e o rosto bonito e anguloso. Bonito demais, pensara Simon, mas Clary obviamente não havia concordado: olhava para ele como se fosse um dos heróis da ficção que ganhara vida. Ele nunca a tinha visto olhar para ninguém daquele jeito e sempre pensara que, se um dia ela o fizesse, seria para ele. Mas não fora, e aquilo machucara mais do que ele imaginara que qualquer coisa pudesse ser possível.

Descobrir que Jace era irmão de Clary foi como ser enviado para a frente de um esquadrão de fuzilamento, depois receber um adiamento no último minuto. De repente o mundo parecia cheio de possibilidades outra vez.

Agora ele não tinha mais tanta certeza.

— Olá. — Alguém vinha vindo pelo corredor, alguém não muito alto, passando cautelosamente pelos respingos de sangue. — Você está esperando para falar com o Luke? Ele está aí dentro?

— Não exatamente. — Simon saiu da frente da porta. — Quer dizer, mais ou menos. Ele está lá dentro com uma amiga minha.

A pessoa, que tinha acabado de parar perto dele, encarou-o. Simon podia ver que era uma menina de mais ou menos 16 anos, com a pele macia e marrom. Os cabelos castanho-dourados estavam presos em diversas trancinhas, e o rosto dela tinha o formato exato de um coração. Tinha um corpo compacto e sinuoso, quadris largos em uma cintura estreita.

— O cara do bar? O Caçador de Sombras?

Simon deu de ombros.

— Bem, detesto ter que dizer isso — ela continuou —, mas seu amigo é um babaca.

— Ele não é meu amigo — retrucou Simon. — E eu concordo plenamente, para falar a verdade.

— Mas pensei que você tivesse dito...

— Estou esperando a irmã dele — disse Simon. — Ela é a minha melhor amiga.

— E está lá dentro com ele agora? — A menina apontou o polegar para a porta. Ela usava anéis em todos os dedos, joias de aparência primitiva feitas de bronze e ouro. Os jeans eram velhos, porém limpos, e, quando ela virou a cabeça, Simon viu a cicatriz que percorria todo o pescoço por cima do colarinho da camisa. — Bem — disse ela com ressentimento —, entendo de irmãos babacas. Imagino que não seja culpa dela.

— Não é. Mas ela talvez seja a única pessoa a quem ele vá dar ouvidos.

— Ele não me pareceu do tipo que ouve — comentou a menina, e captou o olhar de lado dele com um de seus próprios olhares. Divertimento passou pelo rosto dela. — Você está olhando para a minha cicatriz. Foi onde fui mordida.

— Mordida? Quer dizer que você é uma...

— Licantrope — completou ela. — Como todos aqui. Exceto você e o babaca. E a irmã do babaca.

— Mas você não foi sempre uma licantrope. Quero dizer, você não nasceu assim.

— Quase nenhum de nós nasce assim. É o que nos torna diferentes dos seus amigos Caçadores de Sombras.

— O quê?

Ela deu um sorriso fugaz.

— Fomos humanos um dia.

Simon não respondeu. Depois de alguns minutos, a menina estendeu a mão.

— Sou Maia.

— Simon. — Ele apertou a mão dela. Era seca e macia. Ela olhou para ele através de cílios castanho-dourados, da cor de torrada com manteiga. — Como você sabe que Jace é um babaca? — perguntou ele. — Ou talvez eu devesse perguntar: como você descobriu?

Ela puxou a mão de volta.

— Ele destruiu o bar. Socou o meu amigo Morcego. Chegou a bater em alguns do bando até deixá-los inconscientes.

— Eles estão bem? — perguntou, alarmado. Jace não parecia perturbado, mas conhecendo-o, Simon não tinha a menor dúvida de que poderia matar diversas pessoas em uma única manhã e sair para comer waffles depois. — Eles foram ao médico?

— A um feiticeiro — respondeu a menina. — Os da nossa espécie não frequentam muitos médicos mundanos.

— Seres do Submundo?

Ela ergueu as sobrancelhas.

— Então ensinaram a você os jargões?

Simon se aborreceu.

— Como você sabe que não sou um deles? Ou um de vocês? Um Caçador de Sombras, ou um ser do Submundo, ou...

Ela balançou a cabeça até sacudir as tranças.

— Simplesmente emana de você — disse, com uma ponta de amargura —, a sua *humanidade*.

A intensidade da voz dela quase o fez tremer.

— Eu posso bater na porta — sugeriu ele, sentindo-se ridículo de repente —, se você quiser falar com o Luke.

Ela deu de ombros.

— Apenas diga a ele que Magnus está aqui, verificando a cena no beco. — Ele deve ter demonstrado espanto, pois ela prosseguiu: — Magnus Bane. É um feiticeiro.

Eu sei, Simon queria dizer, mas deixou para lá. A conversa já tinha sido estranha demais.

— Tudo bem.

Maia virou como se fosse embora, mas parou no meio do corredor, apoiando uma das mãos na moldura da porta.

— Você acha que ela vai conseguir colocar um pouco de juízo na cabeça dele? — perguntou. — A irmã?

— Se ele der ouvidos a alguém, será a ela.

— É bonitinho — disse Maia. — Que ele ame a irmã desse jeito.

— É — disse Simon. — É uma graça.

3
A Inquisidora

Na primeira vez que Clary vira o Instituto, ele parecera uma igreja dilapidada, com o telhado quebrado, faixas da polícia amarelas manchadas selando a porta. Agora ela não precisava se concentrar para afastar a ilusão. Mesmo do outro lado da rua conseguia ver exatamente como era, uma catedral gótica alta, cujos pináculos pareciam perfurar o céu azul-escuro como facas.

Luke silenciou. Pela expressão em seu rosto estava nítido que alguma espécie de luta estava sendo travada dentro dele. Enquanto subiam os degraus, Jace colocou a mão dentro da camisa, como que por força do hábito, mas quando a puxou de volta estava vazia. Ele riu sem humor.

— Esqueci. Maryse pegou as minhas chaves antes de eu ir embora.

— Óbvio que pegou. — Luke estava bem diante das portas do Instituto. Ele tocou gentilmente os símbolos esculpidos na madeira logo abaixo da arquitrave. — Essas portas são exatamente com as do Salão do Conselho em Idris. Nunca pensei que fosse voltar a ver uma do tipo.

Clary quase se sentiu culpada por interromper o devaneio de Luke, mas havia questões práticas que precisavam ser resolvidas.

— Se não temos chave...

— Não precisamos de chave. Um Instituto deve estar aberto a qualquer Nephilim que não tenha intenção de machucar os habitantes.

— E se eles quiserem nos machucar? — murmurou Jace.

Os cantos da boca de Luke tremeram.

— Acho que não faz diferença.

— É, a Clave sempre organiza as coisas do jeito dela. — A voz de Jace soou abafada; o lábio inferior estava inchando, a pálpebra esquerda ficando roxa.

Por que ele não se curou?, perguntou-se Clary.

— Ela pegou a sua estela também? — perguntou ela.

— Não peguei nada quando saí — disse Jace. — Não queria levar nada que os Lightwood tinham me dado.

Luke olhou para ele com alguma preocupação.

— Todo Caçador de Sombras precisa ter uma estela.

— Eu arrumo outra — retrucou Jace, e pôs a mão na porta do Instituto. — Em nome da Clave — disse —, peço entrada nesse local sagrado. E em nome do Anjo Raziel, peço suas bênçãos em minha missão contra...

As portas se abriram. Clary pôde ver o interior da catedral através delas, a escuridão sombria iluminada aqui e ali por velas em candelabros de ferro altos.

— Bem, isso é conveniente — disse Jace. — Acho que é mais fácil conseguir uma bênção do que eu tinha imaginado. Talvez eu devesse pedir a bênção na minha missão contra todos que usam branco depois do Dia do Trabalho.

— O Anjo sabe qual é a sua missão — disse Luke. — Você não precisa pronunciar as palavras em voz alta, Jonathan.

Por um instante Clary pensou ter visto alguma coisa passar pelo rosto de Jace — incerteza, surpresa, talvez até alívio?

— Não me chame assim. Não é o meu nome. — Foi tudo o que disse no entanto.

* * *

Passaram pelo andar térreo da catedral, pelos bancos vazios e pela luz queimando eternamente no altar. Luke olhou em volta curioso e até pareceu surpreso quando o elevador, como uma gaiola dourada, chegou para transportá-los para cima.

— Isso deve ter sido ideia da Maryse — disse ao entrarem. — É a cara dela.

— Está aqui há tanto tempo quanto eu — disse Jace enquanto a porta se fechava atrás deles.

O trajeto de subida foi breve, e ninguém falou. Clary ficou mexendo nervosamente nas franjas do cachecol. Ela se sentia um pouco culpada por ter dito a Simon para ir para casa e esperar até que ela ligasse mais tarde. Percebeu pelo contrair irritado dos ombros enquanto ele ia pela Canal Street que ele se sentira sumariamente dispensado. Mesmo assim, não conseguia imaginar tê-lo, um mundano, ali enquanto Luke argumentava com Maryse Lightwood a favor de Jace; apenas tornaria tudo ainda mais constrangedor.

O elevador parou com um ruído, eles saltaram e deram de cara com Coroinha esperando na entrada, com um laço vermelho ligeiramente gasto em volta do pescoço. Jace se abaixou para passar as costas da mão na cabeça do gato.

— Onde está Maryse?

Coroinha fez um barulho na garganta, algo entre um ronronado e um rosnado, e seguiu pelo corredor. Eles foram atrás, Jace em silêncio, Luke olhando ao redor com uma curiosidade evidente.

— Nunca pensei que fosse ver o interior desse lugar.

— Parece com o que você imaginou? — perguntou Clary.

— Eu estive nos Institutos de Londres e Paris, e esse não é muito diferente. Mas de alguma forma...

— De alguma forma o quê? — Jace estava vários passos à frente.

— É mais frio — disse Luke.

Jace não disse nada. Tinham chegado à biblioteca. Coroinha sentou-se como se indicasse que não pretendia avançar. Havia vozes quase inaudíveis passando através das portas espessas de madeira, mas Jace abriu sem bater e entrou.

Clary ouviu uma voz exclamar, surpresa. Por um instante seu coração se contraiu ao pensar em Hodge, que só faltava dormir naquela sala. Hodge, com sua voz áspera, e Hugo, o corvo que lhe servia de companhia quase constante — e que havia, sob as ordens de Hodge, quase arrancado seus olhos.

Não era Hodge, é óbvio. Atrás da enorme mesa equilibrada nas costas de dois anjos ajoelhados estava uma mulher de meia-idade com os cabelos pretos de Isabelle e o porte elegante e rijo de Alec. Vestia um tailleur preto, liso, contrastando com os anéis coloridos e brilhantes que faiscavam nos seus dedos.

Ao lado, outra figura: um adolescente esguio, razoavelmente forte, com cabelos escuros ondulados e pele cor de mel. Quando ele se virou para olhar para eles, Clary não conseguiu conter a exclamação de surpresa.

— Raphael?

Por um momento o rapaz pareceu espantado. Em seguida sorriu, com dentes muito brancos e afiados — nenhuma surpresa, considerando que se tratava de um vampiro.

— *Dios* — disse ele, dirigindo-se a Jace. — O que aconteceu com você, irmão? Parece até que um bando de lobos tentou te detonar.

— Isso ou foi um palpite surpreendentemente bom, ou você ficou sabendo do que aconteceu — disse Jace.

O sorrisinho de Raphael se transformou em um sorriso largo.

— Eu ouço coisas.

A mulher atrás da mesa se levantou.

— Jace — disse ela, com a voz cheia de ansiedade. — Aconteceu alguma coisa? Por que você voltou tão cedo? Pensei que fosse ficar com... — O olhar de Maryse passou por ele e foi para Luke e Clary. — E quem é você?

— A irmã de Jace — disse Clary.

Os olhos de Maryse se fixaram em Clary.

— Sim, estou vendo. Você se parece com Valentim. — Ela se voltou para Jace. — Você trouxe a sua irmã com você? E um mundano, também? Aqui não é seguro para nenhum de vocês agora. *Principalmente* para um mundano...

— Mas eu não sou um mundano... — interrompeu Luke, sorrindo de leve.

A expressão de Maryse mudou lentamente de espanto para choque enquanto olhava para Luke — *realmente* olhava para ele — pela primeira vez.

— *Lucian*?

— Olá, Maryse. Quanto tempo.

O rosto de Maryse estava paralisado, e naquele instante ela pareceu repentinamente mais velha, mais velha até do que Luke. Endireitou-se cuidadosamente.

— Lucian — disse ela novamente, com as mãos sobre a mesa. — Lucian Graymark.

Raphael, que vinha assistindo a tudo com o olhar brilhante e curioso de um pássaro, voltou-se para Luke.

— Você matou Gabriel.

Quem era Gabriel?, Clary encarou Luke, confusa. Ele deu de ombros levemente.

— Matei, exatamente como ele matou o líder do bando antes dele. É como funciona com os licantropes.

Maryse levantou o olhar ao ouvir isso.

— O líder do bando?

— Se você lidera o bando agora, é hora de conversarmos — disse Raphael, inclinando a cabeça graciosamente na direção de Luke, apesar do olhar cauteloso. — Mas talvez não nesse exato momento.

— Mandarei alguém providenciar — disse Luke. — As coisas têm estado muito tumultuadas ultimamente. Talvez eu esteja um pouco atrasado com a diplomacia.

— Talvez. — Foi só o que Raphael disse. Virou-se novamente para Maryse. — Os nossos assuntos já estão concluídos?

Maryse respondeu com esforço:

— Se você diz que as Crianças Noturnas não estão envolvidas nessas mortes, então aceito a sua palavra. É o que devo fazer, a não ser que outras evidências venham à luz.

Raphael franziu o cenho.

— À luz? — disse. — Não gosto dessa expressão. — Então se virou, e Clary viu com espanto que podia enxergar *através* dos cantos dele, como se ele fosse uma fotografia borrada nas margens. Tinha a mão esquerda transparente, e através dela Clary podia ver o grande globo metálico que Hodge sempre mantivera na mesa. Ouviu-se emitindo um leve ruído de surpresa enquanto a transparência se espalhava para os braços, e dos ombros para o peito, e em um segundo ele desapareceu, como uma figura sendo apagada de um desenho. Maryse exalou um suspiro de alívio.

Clary ficou de queixo caído.

— Ele está *morto*?

— Quem, Raphael? — disse Jace. — Não. Aquilo era só uma projeção dele. Ele não pode entrar no Instituto fisicamente.

— Por que não?

— Porque aqui é território sagrado — respondeu Maryse. — E ele é um condenado. — Seus olhos gélidos não perderam nem um pouco do frio quando ela dirigiu o olhar a Luke. — Você, líder do bando, aqui? — perguntou ela. — Suponho que não deveria me surpreender. Parece mesmo o seu tipo, não?

Luke ignorou a amargura no tom.

— Raphael estava aqui por causa do filhote que foi morto hoje?

— Por isso e por causa de um feiticeiro morto — respondeu Maryse. — Foi encontrado morto na zona sul, com dois dias de intervalo.

— Mas por que Raphael estava aqui?

— O sangue do feiticeiro havia sido drenado — disse Maryse. — Parece que quem quer que tenha matado o lobisomem foi interrompido antes que o sangue pudesse ser retirado, mas a suspeita naturalmente caiu sobre as Crianças Noturnas. O vampiro veio aqui para me garantir que o povo dele não teve nada a ver com isso.

— E você acredita nele? — perguntou Jace.

— Não quero falar sobre assuntos da Clave com você agora, Jace, principalmente na presença de Lucian Graymark.

— Eu me chamo apenas Luke agora — disse placidamente. — Luke Garroway.

Maryse balançou a cabeça.

— Quase não o reconheci. Você parece um mundano.

— A ideia é essa.

— Todos nós pensamos que você estivesse morto.

— Esperavam — disse Luke, ainda placidamente. — Esperavam que eu estivesse morto.

Maryse parecia estar engasgada com alguma coisa.

— É melhor se sentarem — disse ela finalmente, apontando em direção às cadeiras na frente da mesa. — Bem — continuou depois que todos tomaram os assentos —, talvez vocês queiram me contar por que estão aqui.

— Jace — disse Luke, sem preâmbulos — quer um julgamento diante da Clave. Estou disposto a testemunhar a favor dele. Eu estava presente naquela noite em Renwick, quando Valentim se revelou. Lutei contra ele e quase nos matamos. Posso confirmar que tudo que Jace disse que aconteceu é verdade.

— Não tenho certeza — argumentou Maryse — sobre o quanto vale a *sua* palavra.

— Posso ser um licantrope — disse Luke —, mas também sou um Caçador de Sombras. Estou disposto a ser testado pela Espada, se isso ajudar.

Pela Espada? Isso soava mal. Clary olhou para Jace. Por fora ele estava calmo, os dedos entrelaçados no colo, mas havia uma tensão contida nele, como se estivesse a ponto de explodir. Ele percebeu que ela estava olhando e disse:

— A Espada da Alma. O segundo dos Instrumentos Mortais. É utilizada em julgamentos para ver se um Caçador de Sombras está mentindo.

— Você não é um Caçador de Sombras — Maryse disse a Luke, como se Jace não tivesse falado. — Não vive pela Lei da Clave há muito, muito tempo.

— Houve um tempo em que você também não viveu por ela — retrucou Luke. Um vermelho acentuado se espalhou pelas bochechas de Maryse. — Pensei — ele continuou — que a essa altura você já tivesse superado a incapacidade de confiar nos outros, Maryse.

— Algumas coisas a gente nunca esquece — disse ela. Sua voz tinha uma suavidade perigosa. — Você acha que simular a própria morte foi a maior mentira que Valentim já nos contou? Acha que charme significa sinceridade? Eu achava. E me enganei. — Ela se levantou e se apoiou na mesa sobre as mãos delicadas. — Ele nos disse que abriria mão da própria vida pelo Ciclo e que esperava que fizéssemos o mesmo. E teríamos feito, todos nós, eu sei. Eu quase *fiz*. — Ela passou os olhos por Jace e Clary e fixou-os em Luke. — Você se lembra — continuou — de como ele nos disse que a Ascensão não seria nada, mal seria uma batalha, alguns embaixadores sem armas contra a força absoluta do Ciclo. Eu estava tão confiante na nossa rápida vitória que, quando fui para Alicante, deixei Alec em casa e pedi a Jocelyn que cuidasse dele enquanto eu estivesse fora. Ela se recusou. E agora sei o motivo. Ela *sabia*, e você também. E não nos alertaram.

— Eu tentei alertá-los sobre Valentim — disse Luke. — E vocês não me ouviram.

— Não estou falando sobre Valentim. Estou falando sobre a Ascensão! Foram cinquenta dos nossos contra quinhentos do Submundo...

— Vocês estavam dispostos a trucidá-los desarmados quando pensaram que seriam apenas cinco deles — disse Luke baixinho.

As mãos de Maryse cerraram sobre a mesa.

— *Nós* fomos trucidados — disse ela. — No meio da carnificina, procuramos Valentim para nos guiar, mas ele não estava lá. Àquela altura a Clave já tinha cercado o Salão dos Acordos. Pensamos que o Valentim tivesse sido morto, e estávamos prontos para dar as nossas próprias vidas em uma última tentativa desesperada. Então me lembrei de Alec; se eu morresse, o que seria do meu menininho? — A voz dela falhou. — Então abaixei os braços e me entreguei para a Clave.

— Você fez a coisa certa, Maryse — disse Luke.

Ela se irritou com ele, os olhos ardendo.

— Não seja condescendente comigo, lobisomem. Se não fosse por você...

— Não grite com ele! — interrompeu Clary, quase se levantando. — A culpa foi sua por ter acreditado em Valentim...

— Você acha que não sei disso? — Havia um tom áspero na voz de Maryse agora. — A Clave deixou isso bem nítido quando nos interrogou.

Eles estavam com a Espada da Alma e sabiam quando estávamos mentindo, mas não podiam nos *fazer* falar, nada podia nos fazer falar, até...

— Até o quê? — Foi Luke quem falou. — Eu nunca soube. Sempre imaginei o que disseram a vocês para colocá-los contra ele.

— Apenas a verdade — disse Maryse, soando cansada. — Que Valentim não tinha morrido no Salão. Tinha fugido, abandonando-nos para morrermos sem ele. Tinha morrido depois, nos disseram, queimado até a morte na própria casa. A Inquisidora nos mostrou os ossos dele, os ossos carbonizados da família. Evidentemente, isso foi apenas mais uma mentira... — Interrompeu-se, em seguida se recompôs e disse com palavras decididas: — Estava tudo em ruínas àquela altura de qualquer forma. Estávamos finalmente falando uns com os outros, nós do Ciclo. Antes da batalha, o Valentim me chamou de lado e disse que, dentre todos no Ciclo, era em mim que mais confiava, sua tenente mais próxima. Quando a Clave nos interrogou, descobri que ele tinha dito a mesma coisa para todos.

— Não há fúria maior do que a de uma mulher ferida — murmurou Jace, tão baixinho que somente Clary ouviu.

— Ele mentiu não só para a Clave, mas para nós. Usou a nossa lealdade e o nosso afeto. Exatamente como fez quando mandou você para nós — disse Maryse, olhando diretamente para Jace. — E agora ele voltou e tem o Cálice Mortal. Passou anos planejando isso, o tempo todo, tudo. Não posso me dar ao luxo de confiar em você, Jace. Sinto muito.

Jace não disse nada. Estava com o rosto inexpressivo, mas ficou mais pálido enquanto Maryse falava, os novos machucados se destacando na mandíbula e na bochecha.

— E depois? — perguntou Luke. — O que você espera que ele faça? Para onde ele deve ir?

Ela fixou os olhos em Clary por um instante.

— Por que não para junto da irmã? — disse. — Família...

— *Isabelle* é a irmã do Jace — interrompeu Clary. — Alec e Max são seus irmãos. O que você vai dizer a eles? Vão odiá-la para sempre se expulsar Jace de casa.

Maryse olhou para ela.

— O que *você* sabe sobre isso?

— Eu conheço Alec e Isabelle — respondeu Clary. A imagem de Valentim veio ao seu pensamento e não foi bem-recebida. Ela a afastou. — Família é mais do que sangue. Valentim não é o meu pai. Luke é. Exatamente como Alec, Max e Isabelle são a família do Jace. Se tentar arrancá-lo da família, deixará uma ferida que jamais vai cicatrizar.

Luke a olhava com uma espécie de respeito e surpresa. Algo acendeu nos olhos de Maryse... incerteza?

— Clary — disse Jace suavemente. — Chega. — Ele parecia derrotado. Clary voltou-se para Maryse.

— E a Espada? — demandou.

Maryse olhou para ela com uma confusão genuína.

— A Espada?

— A Espada da Alma — disse Clary. — A que se usa para saber se um Caçador de Sombras está mentindo ou não. Você pode usar com Jace.

— É uma boa ideia. — Havia uma ponta de animação na voz de Jace.

— Clary, as suas intenções são boas, mas você não sabe o que a Espada significa — interveio Luke. — A única pessoa que pode utilizá-la é a Inquisidora.

Jace inclinou-se para a frente.

— Então convoque-a. Convoque a Inquisidora. Quero acabar com isso.

— *Não* — disse Luke, mas Maryse estava olhando para Jace.

— A Inquisidora — disse ela com relutância — já está a caminho...

— Maryse. — A voz de Luke falhou. — Não diga que você a colocou no meio disso!

— Eu? Não! Você achou que a Clave não iria se envolver nesse conto selvagem de guerreiros Renegados, Portais e mortes encenadas? Depois do que Hodge fez? Estamos todos sob investigação agora, graças a Valentim — concluiu, vendo a expressão pálida e espantada de Jace. — A Inquisidora poderia colocar Jace na cadeia. Poderia tirar as Marcas dele. Achei que seria melhor...

— Que Jace não estivesse aqui quando ela chegasse — disse Luke. — Não foi à toa que você ficou tão ansiosa para mandá-lo embora.

— Quem é a Inquisidora? — perguntou Clary. A palavra invocou imagens da Inquisição espanhola, de torturas, chicotes e suplícios. — O que ela *faz*?

— Ela investiga os Caçadores de Sombras para a Clave — respondeu Luke. — Certifica-se de que a Lei não foi violada pelos Nephilim. Investigou todos os membros do Ciclo depois da Ascensão.

— Ela amaldiçoou Hodge? — perguntou Jace. — Mandou vocês para cá?

— Ela escolheu o nosso exílio e a pena dele. Não tem apreço por nós e detesta o pai de vocês.

— Eu não vou embora — disse Jace, ainda muito pálido. — O que ela vai fazer se chegar e eu não estiver aqui? Vai pensar que vocês conspiraram para me esconder. Vai punir *vocês*, você, Alec, Isabelle e Max.

Maryse não disse nada.

— Maryse, não seja tola — disse Luke. — Ela vai culpá-la ainda mais se deixar Jace ir. Mantê-lo aqui e permitir o juízo pela Espada será um sinal de boa-fé.

— Manter Jace... você não pode estar falando sério, Luke! — disse Clary. Ela sabia que a Espada tinha sido ideia dela, mas estava começando a se arrepender de ter sugerido aquilo. — Ela parece péssima.

— Mas se Jace for embora — disse Luke —, nunca mais vai poder voltar. Nunca mais vai ser um Caçador de Sombras. Gostando ou não, a Inquisidora é o braço direito da Lei. Se o Jace quiser continuar a ser parte da Clave, terá que colaborar com ela. Ele tem algo a seu favor, algo que os membros do Ciclo não tinham depois da Ascensão.

— E o que é? — perguntou Maryse.

Luke esboçou um leve sorriso.

— Ao contrário de vocês — disse —, Jace está falando a verdade.

Maryse respirou forte, em seguida voltou-se para Jace.

— No fim das contas, a decisão é sua — disse. — Se você quiser o julgamento, pode ficar até a Inquisidora chegar.

— Eu fico — respondeu ele. Havia uma firmeza no tom, sem qualquer raiva, o que surpreendeu Clary. Ele parecia estar olhando além de Maryse, com uma luz brilhando nos olhos, como um fogo refletido. Naquele instante, Clary não pôde evitar pensar que ele se parecia muito com o pai.

4

O Cuco no Ninho

— Suco de laranja, melaço e ovos com a validade expirada há semanas e algo que se parece com uma espécie de alface.

— Alface? — Clary espiou dentro da geladeira sobre o ombro de Simon. — Ah, isso é mussarela.

Simon deu de ombros e fechou a geladeira de Luke com o pé.

— Vamos pedir uma pizza?

— Já pedi — disse Luke, entrando na cozinha com o telefone sem fio na mão. — Uma vegetariana grande e três cocas. E liguei para o hospital — acrescentou, colocando o telefone na base. — Nenhuma mudança no estado de Jocelyn.

— Ah — disse Clary. Ela se sentou à mesa de madeira na cozinha de Luke. Geralmente Luke era bem organizado, mas no momento a mesa estava coberta de correspondências fechadas e pilhas de pratos sujos. A bolsa verde de Luke estava pendurada no encosto de uma cadeira. Ela sabia que deveria estar ajudando na limpeza, mas, ultimamente, simplesmente não tinha forças. A cozinha de Luke era pequena e ligeiramente suja em seus melhores dias; ele não era um grande cozinheiro, como comprovava o fato de não haver especiarias na prateleira de temperos pendurada sobre o velho fogão. Em vez disso, ele a utilizava para guardar caixas de café e chá.

Simon se sentou ao lado dela enquanto Luke tirava a louça suja de cima da mesa e a colocava na pia.

— Você está bem? — perguntou em voz baixa.

— Estou. — Clary conseguiu sorrir. — Eu não estava esperando que a minha mãe fosse acordar hoje, Simon. Tenho a sensação de que ela está... esperando alguma coisa.

— Você sabe o quê?

— Não. Só sei que falta alguma coisa. — Ela olhou para Luke, mas ele estava ocupado esfregando vigorosamente os pratos na pia para limpá-los. — Ou alguém.

Simon olhou confuso para ela, em seguida deu de ombros.

— Parece que a cena no Instituto foi bem intensa.

Clary deu de ombros.

— A mãe de Alec e Isabelle é assustadora.

— Qual é mesmo o nome dela?

— May-ris — disse Clary, imitando a pronúncia de Luke.

— É um antigo nome de Caçadores de Sombras. — Luke secou as mãos em um pano de prato.

— E Jace decidiu ficar e lidar com essa tal Inquisidora? Ele não quis ir embora? — perguntou Simon.

— É o que ele tem que fazer se quiser ter uma vida de Caçador de Sombras — disse Luke. — E ser isso, um Nephilim, significa tudo para Jace. Conheci outros Caçadores de Sombras como ele em Idris. Se alguém tirasse isso dele...

O ruído familiar da campainha soou. Luke colocou o pano de prato no balcão.

— Já volto.

— É muito estranho pensar em Luke como alguém que já foi um Caçador de Sombras um dia. Mais estranho do que pensar nele como um lobisomem — disse Simon assim que Luke saiu da cozinha.

— Sério? Por quê?

Simon deu de ombros.

— Já ouvi falar em lobisomens antes. São uma espécie de elemento conhecido. Ele vira lobo uma vez por mês, e daí? Mas a coisa dos Caçadores de Sombras... é como um culto.

— Não é como um culto.

— Óbvio que é. Caçar demônios é a vida deles. E olham de cima para todo mundo. Nos chamam de mundanos, como se não fossem seres humanos. Não são amigos de pessoas normais, não frequentam os mesmos lugares, não conhecem as mesmas piadas, acham que estão acima de nós. — Simon levantou uma das pernas e mexeu na franja do rasgo no joelho da calça jeans. — Conheci mais um licantrope hoje.

— Não me diga que você estava com Pete Aberração no Hunter's Moon. — Ela teve uma sensação de desconforto na boca do estômago, mas não saberia dizer exatamente o que a estava provocando. Provavelmente era puro estresse.

— Não. Era uma menina — disse Simon. — Mais ou menos da nossa idade. Chamada Maia.

— Maia? — Luke estava de volta à cozinha trazendo uma caixa de pizza branca e quadrada. Ele a colocou na mesa e Clary esticou a mão para abrir. O cheiro quente de massa, molho de tomate e queijo a fez se lembrar do quão faminta estava. Ela pegou uma fatia sem esperar que Luke lhe desse um prato. Ele se sentou com um sorriso largo, balançando a cabeça.

— Maia faz parte do bando, certo? — perguntou Simon, pegando uma fatia também.

Luke assentiu.

— Sim. É uma boa menina. Já ficou aqui cuidando da livraria algumas vezes enquanto eu estava no hospital. Ela me deixa pagá-la em livros.

Simon olhou para Luke por cima da pizza.

— Você está apertado com dinheiro?

Luke deu de ombros.

— Dinheiro nunca foi importante para mim, e o bando cuida dos seus.

— A minha mãe sempre dizia que quando ficávamos apertadas ela vendia uma das ações do meu pai. Mas como o cara que eu pensava que era meu pai não era, duvido que o Valentim tenha alguma ação... — disse Clary.

— A sua mãe estava vendendo aos poucos as joias que tinha — disse Luke. — Valentim tinha dado a ela algumas peças de família, joias que pertenceram aos Morgenstern durante gerações. Mesmo uma peça pequena era vendida por um preço bastante alto em um leilão. — Ele suspirou. — Agora se foram, embora Valentim possa tê-las recuperado nos destroços do seu apartamento.

— Bem, espero que tenha dado alguma satisfação a ela pelo menos — disse Simon. — Vender as coisas dele assim. — Ele pegou um terceiro pedaço de pizza. Era realmente incrível, Clary pensou, o quanto os meninos adolescentes podem comer sem engordar ou passar mal.

— Deve ter sido estranho para você — ela disse para Luke. — Ver Maryse Lightwood daquele jeito, depois de tanto tempo.

— Não exatamente estranho. Maryse não está diferente agora do que era antes, aliás, está mais parecida com ela mesma do que nunca, se é que isso faz sentido.

Clary achou que fazia. A aparência de Maryse Lightwood fez com que se lembrasse da menina magra e sombria na foto que Hodge havia lhe dado, aquela em que ela inclinava o queixo de forma arrogante.

— Como acha que ela se sente em relação a você? — perguntou Clary. — Realmente acha que ela esperava que você estivesse morto?

Luke sorriu.

— Talvez não por ódio, mas teria sido mais conveniente e menos confuso para eles se eu tivesse morrido, com certeza. O fato de que não só estou vivo, mas liderando o bando de lobisomens da zona sul dificilmente é algo pelo que estariam torcendo. É função deles, afinal, manter a paz entre os seres do Submundo, e cá estou eu, com uma história com eles e muitas razões para querer vingança. Estão preocupados que eu seja um coringa.

— E você é? — perguntou Simon. A pizza tinha acabado, então ele esticou o braço e pegou uma das bordas mordiscadas de Clary. Ele sabia que ela detestava as bordas. — Um coringa, quero dizer.

— Não há nada de secreto a meu respeito. Sou impassível. Sou um homem de meia-idade.

— Exceto que, uma vez por mês, você se transforma em lobisomem e sai por aí rasgando e aniquilando coisas — disse Clary.

— Poderia ser pior — retrucou Luke. — Todos sabem que há homens da minha idade que costumam comprar carros esporte e dormir com modelos.

— Você só tem 38 anos — comentou Simon. — Isso não é meia-idade.

— Obrigado, Simon, agradeço de verdade. — Luke abriu a caixa de pizza, e, ao perceber que estava vazia, fechou-a com um suspiro. — Apesar de você ter comido a pizza inteira.

— Eu só comi cinco fatias — protestou Simon, inclinando a cadeira de modo que ela se equilibrou precariamente nas duas pernas de trás.

— Quantas fatias você acha que tinha na pizza, bobão? — perguntou Clary.

— Menos de cinco fatias não caracterizam uma refeição. Só um lanche. — Simon olhou apreensivo para Luke. — Isso significa que você vai se transformar em lobo e me comer?

— Definitivamente não. — Luke se levantou e jogou a caixa de pizza no lixo. — Você seria pegajoso e difícil de digerir.

— Mas em conformidade com as leis judaicas — disse Simon alegremente.

— Pode deixar que vou indicá-lo para licantropes judeus. — Luke apoiou as costas na pia. — Mas respondendo sua pergunta anterior, Clary, foi estranho ver Maryse Lightwood, mas não por causa dela. Foi o ambiente. O Instituto me lembrou muito o Salão dos Acordos em Idris, pude sentir a força dos símbolos do *Livro Gray* ao redor de mim depois de quinze anos tentando esquecê-los.

— E conseguiu? — perguntou Clary. — Conseguiu esquecê-los?

— Existem coisas que você nunca esquece. Os símbolos do Livro são mais do que ilustrações. Eles se tornam parte de você. Parte da sua pele. Ser um Caçador de Sombras é algo que nunca nos deixa. É um dom que se carrega no sangue e não se pode mudar mais do que se pode mudar o tipo sanguíneo.

— Estava pensando — disse Clary — se eu não deveria fazer umas Marcas.

Simon deixou cair a borda de pizza que estava beliscando.

— Você está brincando.

— Não estou, não. Por que eu brincaria com um assunto desses? E por que eu *não deveria* fazer Marcas? Sou uma Caçadora de Sombras. Não custa tentar me proteger do jeito que dá.

— Tentar se proteger do quê? — perguntou Simon, inclinando-se para a frente de modo que as pernas da frente da cadeira em que estava sentado aterrissaram no chão com estrépito. — Achei que essa história de caçar demônios já estivesse encerrada. Pensei que você estivesse tentando levar uma vida normal.

O tom de Luke era ameno.

— Não tenho certeza de que exista uma vida normal.

Clary olhou para o braço onde Jace havia desenhado a única Marca que ela havia recebido. Ainda podia ver o traçado branco como um laço que havia deixado para trás, mais uma lembrança do que uma cicatriz.

— É óbvio que eu quero me afastar de toda essa maluquice, mas e se a maluquice vier atrás de mim? E se eu não tiver escolha?

— Talvez você não queira se afastar da maluquice tanto assim — murmurou Simon. — Pelo menos não enquanto Jace ainda estiver envolvido.

Luke limpou a garganta.

— A maioria dos Nephilim passa por diversos níveis de treinamento antes de receber Marcas. Eu não recomendaria que você recebesse uma Marca antes de ter alguma instrução. Mas se quer fazer isso, a escolha é sua, é óbvio. Contudo, tem uma coisa que você precisa ter. Algo que todos os Caçadores de Sombras precisam ter.

— Um comportamento desprezível e arrogante? — disse Simon.

— Uma estela — disse Luke. — Todo Caçador de Sombras precisa de uma estela.

— *Você* tem uma? — perguntou Clary, surpresa.

Sem responder, Luke saiu da cozinha. Voltou depois de alguns instantes, segurando um objeto embrulhado em tecido preto. Luke colocou-o sobre a mesa e desenrolou o pano, revelando um instrumento que parecia uma varinha reluzente, feito de cristal pálido e opaco. Uma estela.

— É bonita — disse Clary.

— Que bom que você achou — disse Luke —, porque quero que ela seja sua.

— Minha? — Clary olhou espantada para ele. — Mas é sua, não é?

Ele balançou a cabeça.

— Era da sua mãe. Ela não quis deixar no apartamento, caso você encontrasse, então me pediu para guardar.

Clary pegou a estela. Era fria ao toque, apesar de saber que se aqueceria e brilharia quando fosse utilizada. Era um objeto estranho; não era longo o suficiente para ser uma arma, nem curto o suficiente para ser manejado com a mesma facilidade que se manuseia um instrumento de desenho. Ela supôs que o tamanho estranho era apenas algo a que a pessoa se acostumava com o tempo.

— Posso ficar com ela?

— Óbvio. É um modelo antigo, é óbvio, desatualizado há quase vinte anos. Pode ser que tenham aprimorado o design desde então. Ainda assim, é confiável o bastante.

Simon observou-a enquanto ela segurava a estela como a batuta de um maestro, desenhando formas invisíveis no ar entre eles.

— Isso me lembra um pouco quando o meu avô me deu os velhos tacos de golfe dele.

Clary riu e baixou a mão.

— É, exceto que você nunca usou.

— E eu espero que você nunca tenha que usar isso — disse Simon, e desviou o olhar rapidamente, antes que ela pudesse responder.

Fumaça ergueu-se das Marcas como espirais pretas, e ele sentiu o cheiro da própria pele queimando. O pai estava sobre ele com a estela, cuja ponta brilhava, vermelha como a ponta de um atiçador que tivesse passado tempo demais no fogo.

— Feche os olhos, Jonathan — dissera ele. — A dor só é o que você permite que ela seja. — Mas a mão de Jace se curvou em si mesma, involuntariamente, como se sua pele estivesse se retraindo, girando para escapar da estela. Ele ouviu o estalo quando um osso da mão quebrou, depois outro...

Jace abriu os olhos e piscou na escuridão, a voz do pai desaparecendo como fumaça em um vento crescente. Sentia gosto de sangue. Tinha mordido a parte de dentro do lábio. Ele se sentou, franzindo o cenho.

Ouviu o estalo outra vez e olhou para baixo involuntariamente, para a mão. Não estava marcada. Percebeu que o som vinha da sala de fora. Alguém batendo, ainda que de forma hesitante, à porta.

Ele rolou para fora da cama, tremendo ao pisar o chão frio com os pés descalços. Tinha dormido de roupa e olhou com desgosto para a camisa amassada. Provavelmente ainda estava cheirando a lobo. Sentia dores por todo o corpo.

Ouviu a batida novamente. Atravessou a sala e abriu a porta. Piscou, surpreso.

— Alec?

Com as mãos nos bolsos da calça jeans, Alec deu de ombros, inseguro.

— Desculpe-me por acordar você assim. A minha mãe mandou te chamar. Ela quer falar com você na biblioteca.

— Agora? — Jace olhou para o amigo. — Fui até o seu quarto mais cedo, mas você não estava.

— Eu tinha saído. — Alec não parecia ansioso para compartilhar mais do que isso.

Jace passou a mão pelo cabelo desgrenhado.

— Tudo bem. Espere um instante enquanto eu troco a camisa. — Indo para o guarda-roupa, remexeu em uma pilha de quadrados cuidadosamente dobrados até encontrar uma camisa azul-escura de mangas compridas. Tirou cuidadosamente a que estava vestindo, grudada à pele em alguns pontos com o sangue seco.

Alec desviou o olhar.

— O que aconteceu com você? — Estava com a voz estranhamente embargada.

— Arrumei uma briga com um bando de lobisomens. — Jace passou a blusa azul por cima da cabeça. Vestido, seguiu Alec pelo corredor. — Tem alguma coisa no seu pescoço — observou.

A mão de Alec voou para a garganta.

— O quê?

— Parece uma marca de mordida — disse Jace. — O que você fez o dia inteiro?

— Nada. — Vermelho como um tomate, a mão ainda grudada no pescoço, Alec avançou pelo corredor. Jace o seguiu. — Fui andar no parque. Tentei esfriar a cabeça.

— E encontrou um vampiro?

— O quê? Não! Eu caí.

— Em cima do *pescoço*? — Alec emitiu um ruído e Jace concluiu que era melhor deixar o assunto de lado. — Tudo bem, como quiser. Por que você precisava esfriar a cabeça?

— Por sua causa. Por causa dos meus pais — respondeu Alec. — A minha mãe veio e explicou por que estava tão irritada depois que você foi embora. E explicou sobre Hodge. Obrigado por não me contar, por sinal.

— Desculpe. — Foi a vez de Jace ruborizar. — Eu não consegui...

— Bem, a coisa não parece boa. — Alec finalmente tirou a mão do pescoço e se virou para lançar um olhar acusatório a Jace. — O que parece é que você estava escondendo coisas. Coisas sobre Valentim.

Jace parou onde estava.

— *Você* acha que eu estava mentindo? Sobre saber que o meu pai era Valentim?

— Não! — Alec pareceu espantado, ou pela pergunta, ou pela veemência de Jace ao fazê-la. — E também não me importo com quem seja o seu pai. Você continua sendo a mesma pessoa. Seja quem for. — As palavras saíram frias, antes que ele pudesse contê-las. — Só estou dizendo — o tom de Alec era aplacado — que você sabe ser um pouco...

duro às vezes. Apenas pense antes de falar, é só o que estou pedindo. Ninguém aqui é seu inimigo, Jace.

— Bem, obrigado pelo conselho — retrucou Jace. — Posso ir sozinho até a biblioteca.

— *Jace...*

Mas ele já tinha ido, deixando a angústia de Alec para trás. Detestava quando outras pessoas se preocupavam por causa dele. Fazia com que ele se sentisse como se de fato houvesse algo com que se preocupar.

A porta da biblioteca estava entreaberta. Sem se incomodar em bater, Jace entrou. Sempre foi um de seus cômodos preferidos no Instituto — havia algo de reconfortante na mistura antiquada de madeira e bronze, os livros com capas de couro e veludo se estendendo pela parede como velhos amigos que o esperavam voltar. Agora um sopro de ar frio o atingiu no instante em que empurrou a porta. O fogo que geralmente ardia na enorme lareira durante o outono e o inverno não passava de um monte de cinzas. As luzes tinham sido apagadas. A única luminosidade vinha através das janelas estreitas e da claraboia da torre, no alto.

Sem querer, Jace pensou em Hodge. Se ele estivesse ali, a lareira estaria acesa, os lampiões também, formando piscinas de reflexos de luz dourada nos tacos do chão. O próprio Hodge estaria largado na poltrona perto da lareira, com Hugo sobre um dos ombros e um livro aberto ao lado.

Entretanto, havia alguém na velha poltrona de Hodge. Alguém magro e cinza, que se levantou de forma fluida, como a serpente de um encantador de cobras, e virou-se para ele com um sorriso frio.

Era uma mulher. Usava uma capa cinza antiquada que caía até os sapatos e por baixo um terninho justo verde-acinzentado com colarinho mandarim, cujos pontos rígidos pressionavam o pescoço dela. Os cabelos eram de uma espécie de louro pálido quase branco, puxados firmemente para trás, e seus olhos eram lascas cinza brilhantes. Jace podia senti-los, como o toque de água gélida, enquanto seu olhar passeava dos jeans imundos e sujos de lama para o rosto ferido e os olhos, onde estacionou.

Por um segundo, algo quente se acendeu no olhar dela, como o brilho de uma chama presa sob gelo. Em seguida, sumiu.

— Você é o menino?

Antes que Jace pudesse responder, outra voz o fez: era Maryse, que havia entrado na biblioteca atrás dele. Ele se perguntou por que não a ouvira se aproximar e percebeu que ela tinha trocado os saltos por chinelos. Estava com uma túnica longa de seda estampada, e os lábios contraídos.

— Sim, Inquisidora — disse ela. — Esse é Jonathan Morgenstern.

A Inquisidora foi em direção a Jace como fumaça cinza pairando. Parou na frente dele e estendeu a mão — os dedos longos e brancos fizeram Jace se lembrar de uma aranha albina.

— Olhe para mim, menino — disse ela, e de repente os dedos longos estavam sob seu queixo, forçando-o a olhar para cima. Ela era incrivelmente forte. — Você vai me chamar de Inquisidora. Não deve me chamar de mais nada. — A pele ao redor dos olhos da mulher era marcada com linhas finas como rachaduras em tinta. Dois vincos corriam dos cantos da boca ao queixo. — Entendeu?

Durante quase toda a vida, a Inquisidora tinha sido uma figura distante e quase mítica para Jace. Sua identidade e mesmo muitas de suas funções permaneciam envoltas no sigilo da Clave. Ele sempre imaginara que ela seria como os Irmãos do Silêncio, com poder contido e mistérios escondidos. Não tinha imaginado alguém tão direto — e tão hostil. Aqueles olhos pareciam atacá-lo, rompendo a armadura de confiança e divertimento, expondo-o por completo.

— O meu nome é Jace — disse ele. — Não é menino. Jace Wayland.

— Você não tem direito ao nome Wayland — retrucou ela. — Você é Jonathan Morgenstern. Apropriar-se do nome Wayland faz de você um mentiroso. Exatamente como o seu pai.

— Na verdade — disse Jace —, prefiro pensar que sou mentiroso de um jeito inteiramente meu.

— Entendo. — Um pequeno sorriso se formou nos lábios pálidos da Inquisidora. Não era um sorriso simpático. — Você não tolera autoridades, exatamente como o seu pai. Como o anjo cujo nome vocês dois carregam. — Com os dedos ela agarrou o queixo dele com uma ferocidade repentina, afundando as unhas dolorosamente na pele. — Lúcifer teve a devida recompensa por sua rebelião quando Deus o atirou na cova do inferno. — Ela tinha um hálito amargo como vinagre. — Se você desafiar a *minha* autoridade, prometo que invejará esse destino.

Ela soltou Jace e deu um passo para trás. Ele podia sentir o rastro lento de sangue onde as unhas da Inquisidora haviam cortado seu rosto. Suas mãos tremeram de raiva, mas ele se recusou a erguer uma delas para limpar.

— Imogen... — começou Maryse, mas em seguida se corrigiu. — Inquisidora Herondale, ele concordou com um julgamento pela Espada. Você pode descobrir se ele está falando a verdade.

— Sobre o pai? Sim. Eu sei que posso. — O colarinho duro da Inquisidora Herondale afundou na garganta quando ela virou para olhar para Maryse. — Sabe, Maryse, a Clave não está satisfeita com você. Você e Robert são os guardiões do Instituto e têm sorte por suas fichas terem permanecido relativamente limpas ao longo dos anos. Há poucas perturbações demoníacas até recentemente, e tudo tem estado quieto nos últimos dias. Nenhum relatório, nem de Idris, então a Clave está se sentindo clemente. Nós até imaginamos, algumas vezes, se vocês tinham de fato deixado de ser fiéis a Valentim. Do jeito que está, ele preparou uma armadilha para vocês, que caíram direitinho. É o caso de pensar se iam se deixar enganar dessa forma.

— Não teve armadilha nenhuma — interrompeu Jace. — O meu pai sabia que os Lightwood me criariam se pensassem que eu era filho de Michael Wayland. Só isso.

A Inquisidora o encarou como se ele fosse uma barata falante.

— Você conhece o pássaro cuco, Jonathan Morgenstern?

Jace imaginou se ser Inquisidora — não podia ser um emprego agradável — tinha deixado Imogen Herondale um pouco confusa.

— O quê?

— O pássaro cuco — disse ela. — Veja bem, cucos são parasitas. Eles colocam ovos nos ninhos de outros pássaros. Quando o ovo choca, o filhote cuco empurra os outros para fora do ninho. Os pobres pássaros pais trabalham até a morte tentando encontrar comida suficiente para alimentar o enorme filhote cuco que mata seus filhotes e toma o lugar deles.

— Enorme? — disse Jace. — Você me chamou de gordo?

— Foi uma analogia.

— Eu não sou gordo.

— E eu — disse Maryse — não quero a sua piedade, Imogen. Eu me recuso a acreditar que a Clave vá punir a mim ou ao meu marido por termos optado por criar o filho de um amigo falecido. — Ela enrijeceu os ombros. — E não é como se não tivéssemos contado o que estávamos fazendo.

— E eu nunca machuquei nenhum dos Lightwood, de nenhuma forma — disse Jace. — Trabalhei duro. Pode dizer o que quiser sobre o meu pai, mas ele fez de mim um Caçador de Sombras. Conquistei o meu lugar aqui.

— Não defenda o seu pai para mim — retrucou a Inquisidora. — Eu o conheci. Ele era e é o mais execrável dos homens.

— Execrável? Quem diz "execrável"? E o que isso quer dizer?

Os cílios sem cor da Inquisidora tocaram as bochechas quando ela cerrou os olhos, com o olhar especulativo.

— Você *é* arrogante — disse afinal. — E intolerante. Foi o seu pai que o ensinou a se comportar desse jeito?

— Não com ele — respondeu Jace secamente.

— Então você o está imitando. Valentim foi um dos homens mais arrogantes e desrespeitosos que eu já conheci. Suponho que tenha criado você para ser exatamente como ele.

— Sim — disse Jace, sem conseguir se conter —, fui treinado para ser um gênio do mal desde menino. Arrancar asas de moscas, envenenar o suprimento de água da terra; já fazia de tudo isso no jardim de infância. Acho que todos temos muita sorte por o meu pai ter forjado a própria morte antes de chegar aos estupros e saques que fariam parte da minha educação, ou ninguém estaria a salvo.

Maryse soltou um ruído muito parecido com um rugido de horror.

— Jace...

Mas a Inquisidora a interrompeu.

— E assim como o seu pai, não consegue controlar o próprio temperamento. Os Lightwood o mimaram e permitiram que as suas piores qualidades evoluíssem. Você pode se parecer com um anjo, Jonathan Morgenstern, mas sei exatamente o que você é.

— Ele é apenas um menino — disse Maryse. Ela o estava *defendendo*? Jace olhou rapidamente para ela, mas ela não o encarou de volta.

— Valentim também já foi apenas um menino. Agora antes de vasculharmos a sua cabeça loura para descobrir a verdade, sugiro que se acalme. E sei exatamente onde pode fazer isso muito bem.

Jace olhou para ela sem entender.

— Está me mandando para o meu quarto?

— Estou mandando você para as prisões da Cidade do Silêncio. Depois de uma noite lá, acredito que será muito mais cooperativo.

Maryse engasgou.

— Imogen, você não pode!

— Certamente posso. — Seus olhos brilhavam como lâminas. — Você tem alguma coisa para me dizer, Jonathan?

Jace só conseguiu encará-la. Havia diversos níveis na Cidade do Silêncio, e ele só havia visto os dois primeiros, onde os arquivos eram guardados e onde os Irmãos sentavam em conselho. As celas de prisão ficavam no nível mais baixo da Cidade, abaixo do cemitério onde milhares de Caçadores de Sombras falecidos estavam enterrados, descansando em silêncio. As celas eram reservadas aos piores criminosos possíveis: vampiros rebelados, feiticeiros que quebravam a Lei do Pacto, Caçadores de Sombras que derramavam o sangue uns dos outros. Jace não era nenhuma dessas coisas. Como poderia sequer sugerir enviá-lo para lá?

— Muito sábio, Jonathan. Vejo que já está aprendendo a melhor lição que a Cidade do Silêncio tem para ensinar... — O sorriso da Inquisidora era como o de um esqueleto feliz. — Como manter a boca fechada.

Clary estava ajudando Luke a limpar os restos do jantar quando a campainha tocou outra vez. Ela se levantou, desviando o olhar para Luke.

— Está esperando alguém?

Ele franziu o cenho, secando as mãos no pano de prato.

— Não. Espere aqui. — Ela o viu esticar a mão para pegar alguma coisa em uma das prateleiras enquanto saía da cozinha. Algo que reluzia.

— Você viu aquela faca? — Simon assobiou, levantando-se da mesa. — Ele está esperando confusão?

— Acho que ultimamente ele sempre está esperando confusão — respondeu Clary. Ela espiou pela porta da cozinha e viu Luke abrir a porta da frente. Podia ouvir a voz dele, mas não o que estava dizendo. Ele não parecia chateado.

A mão de Simon em seu ombro a puxou para trás.

— Fique longe da porta. Qual é o seu problema, está louca? E se tiver alguma espécie de demônio lá fora?

— Nesse caso Luke poderia precisar da nossa ajuda. — Ela olhou para a mão dele em seu ombro, sorrindo. — Agora você está todo protetor? Que bonitinho.

— Clary! — Luke a chamou da porta da frente. — Venha cá. Quero que conheça alguém.

Clary afagou a mão de Simon e a colocou de lado.

— Já volto.

Luke estava apoiado no umbral da porta, com os braços cruzados. A faca na mão dele já tinha desaparecido milagrosamente. Havia uma menina nos degraus diante da casa, uma menina com cabelos castanhos ondulados presos em várias tranças e uma jaqueta de veludo escura.

— Essa é Maia — disse Luke. — De quem eu estava falando.

A menina olhou para Clary. Sob a luz brilhante da varanda, seus olhos tinham uma estranha cor âmbar esverdeada.

— Você deve ser Clary.

Clary confirmou que sim.

— Então aquele menino, o garoto de cabelos louros que destruiu o Hunter's Moon é seu irmão?

— Jace — Clary respondeu de forma curta, sem gostar da curiosidade intrometida da menina.

— Maia? — Era Simon, surgindo atrás de Clary, as mãos enfiadas nos bolsos da jaqueta jeans.

— É. Você é Simon, não é? Sou péssima com nomes, mas me lembro do seu. — A menina sorriu para ele por trás de Clary.

— Ótimo — disse Clary. — Agora somos todos amigos.

Luke tossiu e se ajeitou.

— Queria que vocês se conhecessem, porque Maia vai trabalhar na livraria nas próximas semanas — disse ele. — Se a virem entrando e saindo, não se preocupem. Ela tem a chave.

— E vou ficar de olhos bem abertos para qualquer coisa estranha — prometeu Maia. — Demônios, vampiros, qualquer coisa.

— Obrigada — disse Clary. — Estou me sentindo bastante segura agora.

Maia olhou para ela.

— Você está sendo sarcástica?

— Estamos todos um pouco tensos — interveio Simon. — Eu pelo menos fico feliz em saber que alguém vai ficar de olho na minha namorada quando ninguém estiver em casa.

Luke ergueu as sobrancelhas, mas não disse nada.

— Simon tem razão. Desculpe por eu ter me irritado — disse Clary.

— Tudo bem. — Maia parecia solidária. — Soube sobre a sua mãe. Sinto muito.

— Eu também — disse Clary, virando-se e voltando para a cozinha. Ela se sentou à mesa e pôs o rosto entre as mãos. Um instante mais tarde Luke foi atrás dela.

— Desculpe — disse ele. — Acho que você não estava com vontade de conhecer ninguém.

Clary olhou para ele através dos dedos.

— Cadê o Simon?

— Conversando com a Maia — disse Luke, e de fato Clary podia ouvir as vozes, suaves como sussurros, do outro lado da casa. — Só achei que seria bom ter uma pessoa amiga por perto.

— Eu tenho Simon.

Luke empurrou os óculos para cima do nariz novamente.

— Por acaso eu o ouvi chamar você de namorada?

Ela quase riu da expressão de espanto.

— Acho que sim.

— Isso é uma coisa nova ou é algo que eu já deveria saber mas me esqueci?

— Eu mesma nunca tinha escutado. — Ela tirou as mãos do rosto e olhou para ele. Pensou no símbolo, o olho aberto, que decorava a parte de trás da mão direita de todos os Caçadores de Sombras. — A namorada de alguém — disse ela. — A irmã de alguém, a filha de alguém. Todas essas coisas que eu nunca soube que era, e ainda não sei de fato o que sou.

— E não é essa a eterna questão? — perguntou Luke, e Clary ouviu a porta se fechar na outra extremidade da casa, e os passos de Simon se aproximando da cozinha. O cheiro do ar frio da noite entrou com ele.

— Tudo bem se eu dormir aqui hoje? — perguntou ele. — Está um pouco tarde para ir para casa.

— Você sabe que é sempre bem-vindo. — Luke olhou para o relógio. — Vou dormir um pouco. Tenho que acordar às cinco da manhã para chegar ao hospital antes das seis.

— Por que seis? — perguntou Simon depois que Luke saiu da cozinha.

— É quando o horário de visitas do hospital começa — respondeu Clary. — Você não precisa dormir no sofá. Não se não quiser.

— Não me importo em ficar para fazer companhia a você amanhã — disse ele, afastando o cabelo escuro para fora do olho impacientemente. — De jeito nenhum.

— Eu sei. Quis dizer que você não precisa dormir *no sofá* se não quiser.

— Então onde... — Ele parou de falar, os olhos arregalados por trás dos óculos. — Ah.

— É uma cama de casal — disse ela. — No quarto de hóspedes.

Simon tirou as mãos dos bolsos. As bochechas estavam vermelhas. Jace teria tentado agir com naturalidade; Simon nem tentou.

— Tem *certeza*?

— Tenho.

Ele atravessou a cozinha em direção a ela, abaixou-se e beijou-a de leve e meio desajeitado na boca. Sorrindo, ela se levantou.

— Chega de cozinhas — disse. — Sem mais cozinhas. — E pegando-o firmemente pelos pulsos, puxou-o, em direção ao quarto de hóspedes onde dormia.

5
Pecados dos Pais

A escuridão das prisões da Cidade do Silêncio era mais profunda do que qualquer escuridão que Jace já tivesse conhecido. Ele não conseguia enxergar a forma da própria mão diante dos olhos, não conseguia enxergar o chão nem o teto da cela. O que sabia sobre ela era o que tinha visto sob o brilho de uma tocha ao chegar, guiado por um contingente de Irmãos do Silêncio, que tinham aberto o portão de grade da cela para ele, conduzindo-o para dentro como se fosse um criminoso comum.

Provavelmente era exatamente isso que pensavam que ele fosse.

Ele sabia que a cela tinha o chão de pedra, que três das paredes eram de rocha, e que a quarta era feita de barras electrum com espaços estreitos entre si, as extremidades afundadas na pedra. Sabia que havia uma porta naquelas barras. Também sabia que havia uma longa barra de metal que passava pela parede leste, pois os Irmãos do Silêncio tinham anexado um dos anéis de um par de algemas prateadas nessa barra e o outro ao pulso dele. Jace podia caminhar alguns passos pela cela, fazendo barulho como o fantasma de Marley, mas era o máximo que conseguia fazer. Já tinha deixado o pulso em carne viva puxando a algema sem pensar. Pelo menos era canhoto — uma pequena luz naquela escuridão impenetrável. Não que fizesse muita diferença, mas era um consolo saber que tinha a mão boa livre.

Iniciou um novo passeio lento pela cela, passando os dedos na parede enquanto andava. Era angustiante não saber as horas. Em Idris tinha aprendido com o pai a identificar o horário pelo ângulo do sol, o comprimento das sombras da tarde, a posição das estrelas no céu noturno. Mas não havia estrelas ali. Aliás, ele já tinha começado a se perguntar se voltaria a ver o céu.

Jace fez uma pausa. Por que tinha pensado nisso? Era óbvio que voltaria a ver o céu. A Clave não iria *matá-lo*. A pena de morte era reservada a assassinos. Porém o nervosismo do medo continuou nele, sob a pele, estranho como uma pontada de dor inesperada. Jace não era inclinado a ataques de pânico aleatórios — Alec teria dito que ele se beneficiaria se tivesse um pouco de covardia para o seu próprio bem. O medo nunca fora algo que o afetara muito.

Ele pensou em Maryse dizendo: *Você nunca teve medo do escuro.*

Era verdade. Aquela ansiedade não era natural, não tinha nada a ver com ele. Tinha de haver mais do que simplesmente a escuridão. Ele respirou superficialmente mais uma vez. Só precisava aguentar uma noite. Uma noite. Só isso. Deu mais um passo para a frente, a algema tilintando de forma sombria.

Um som rasgou o ar, congelando-o onde estava. Era um uivo agudo, um ruído de terror puro e descontrolado. Parecia se estender como a nota musical de um violino, aumentando e tornando-se mais agudo e afiado até ser repentinamente interrompido.

Jace praguejou. Os ouvidos estavam apitando, e ele podia sentir o gosto do pavor na boca, como metal amargo. Quem diria que o medo tinha um gosto? Encostou as costas à parede da cela, tentando se acalmar.

Ouviu o som novamente, dessa vez mais alto, e houve mais um grito, depois outro. Alguma coisa colidiu acima, e Jace desviou involuntariamente antes de se lembrar que estava vários níveis abaixo do chão. Ouviu outra batida e formou uma imagem na cabeça: as portas do mausoléu se abrindo, os corpos dos Caçadores de Sombras mortos havia séculos se libertando, nada além de esqueletos sustentados por tendões secos, arrastando-se pelo chão branco da Cidade do Silêncio com dedos ossudos e sem carne...

Chega! Com um engasgo pelo esforço, Jace afastou a visão. Os mortos não voltam. E, além disso, eram corpos de Nephilim como ele próprio, seus irmãos e suas irmãs assassinados. Ele não tinha nada que temer deles. *Então por que estava com tanto medo?* Cerrou as mãos em punhos, as unhas enterrando-se nas palmas. Esse pânico não era digno dele. Ele venceria. Ia derrotá-lo. Respirou fundo, enchendo os pulmões, exatamente quando outro grito soou, dessa vez muito alto. O ar deixou seu peito enquanto algo batia ruidosamente, muito perto, e ele viu um feixe repentino de luz, uma flor vermelha ardente agredindo seus olhos.

O Irmão Jeremiah surgiu, a mão direita segurando uma tocha que ainda queimava e o capuz caído para trás revelando uma face retorcida em uma expressão grotesca de terror. A boca previamente costurada se abriu em um grito mudo, os fios sangrentos rasgados pendurados nos lábios cortados. O sangue, preto sob a luz da tocha, respingava nas vestes claras dele. Deu alguns passos cambaleantes para a frente com as mãos estendidas — em seguida, enquanto Jace assistia completamente incrédulo, Jeremiah se lançou para a frente e caiu impetuosamente no chão. Jace ouviu o estilhaçar de ossos enquanto o corpo do arquivista atingia o solo e a tocha se chocava contra o chão, rolando para fora da mão de Jeremiah e em direção à valeta rasa de pedra cortada no chão, bem à frente da porta da cela.

Jace se ajoelhou instantaneamente, esticando-se o máximo que a corrente permitia, os dedos tentando alcançar a tocha. Não conseguia tocá-la. A luz se apagava rapidamente, mas pelo fraco brilho ele podia ver o rosto morto de Jeremiah virado para ele, o sangue ainda escorrendo da boca aberta. Seus dentes eram tocos pretos deformados.

A sensação no peito de Jace era a de que algo pesado estava sendo pressionado contra ele. Os Irmãos do Silêncio nunca abriam a boca, nunca falavam, riam ou gritavam. Mas tinha sido aquele o barulho que Jace escutara, agora tinha certeza — os gritos de homens que não choravam havia meio século, um som de horror mais profundo e poderoso do que o antigo Símbolo do Silêncio. Mas como podia ser? E onde estavam os outros Irmãos?

Jace queria gritar para pedir ajuda, mas o peso no peito continuava pressionando-o. Ele parecia não conseguir ar suficiente. Esticou-se novamente para tentar pegar a tocha e sentiu um dos pequenos ossos do pulso se romper. A dor percorreu todo o braço, mas deu a ele o centímetro extra de que precisava. Pegou a tocha e se levantou. Enquanto a chama voltava à vida, ouviu outro barulho. Um barulho *espesso*, uma espécie de resvalo feio e arrastado. Sentiu os pelos da nuca se arrepiarem, afiados como agulhas. Empurrou a tocha para a frente, a mão trêmula enviando pinceladas de luz dançante pelas paredes, iluminando as sombras.

Não havia nada lá.

Em vez de alívio, no entanto, ele sentiu o terror se intensificar. Estava agora arfando violentamente, como se tivesse estado embaixo da água. O medo era agravado pois não lhe era nada familiar. O que tinha *acontecido* com ele? De repente tinha se tornado um covarde?

Puxou com força a algema, esperando que a dor clareasse a mente. Não adiantou. Ouviu o barulho novamente, o resvalo que batia e que agora estava próximo. Havia também outro ruído por trás do resvalo, um sussurro suave e constante. Jamais havia escutado um som tão vil. Quase ensandecido de pavor, cambaleou para trás contra a parede e levantou a tocha com a mão que tremia loucamente.

Por um instante, nítido como a luz do dia, viu todo o recinto: a cela, a porta com barras, as pedras e o corpo morto de Jeremiah no chão. Havia uma porta logo atrás de Jeremiah. Abriu-se lentamente. Algo se ergueu pela porta. Algo enorme, escuro e amorfo. Olhos como gelo queimando, afundados em dobras escuras profundas, encaravam Jace com um divertimento ríspido. Então a coisa se lançou para a frente. Uma grande nuvem de vapor turvo se ergueu diante do olhar de Jace como uma onda varrendo a superfície do oceano. A última coisa que viu foi a chama da lanterna derretendo em verde e azul antes de ser engolida pela escuridão.

Beijar Simon era agradável. Um agradável do tipo suave, como deitar em uma rede num dia de verão com um livro e um copo de limonada. Era o tipo de coisa que você podia continuar fazendo sem se sentir entediada, apreensiva, desconcertada ou incomodada com muita coisa, exceto com o fato de que a barra de metal do sofá-cama estava afundando em suas costas.

— Ai — disse Clary, tentando se livrar da barra de metal, sem conseguir.

— Eu machuquei você? — Simon se levantou de lado, parecendo preocupado. Ou talvez fosse o fato de que sem os óculos os olhos dele parecessem duas vezes maiores e mais escuros.

— Não, você não, a cama. É como um instrumento de tortura.

— Não percebi — disse ele sombriamente, enquanto ela pegava uma almofada do chão, onde tinha caído, e a colocava embaixo deles.

— Você não perceberia — ela riu. — Onde a gente estava?

— Bem, o meu rosto estava aproximadamente onde está agora, mas o seu estava muito mais perto do meu. Pelo menos é o que eu me lembro.

— Que romântico. — Ela o puxou para cima dela, e ele se equilibrou nos cotovelos. Os corpos estavam alinhados, e ela podia sentir as batidas do coração de Simon através das camisetas dos dois. Os cílios dele, normalmente escondidos por trás dos óculos, encostaram na bochecha dela quando ele se inclinou para beijá-la. Ela deu uma risada trêmula. — Isso é estranho para você? — sussurrou.

— Não. Acho que quando você imagina bastante alguma coisa, a realidade dela parece...

— Anticlímax?

— Não. Não! — Simon recuou, olhando para ela com uma convicção míope. — Nunca pense isso. Isso é o oposto de anticlímax. É...

Risadas reprimidas borbulharam no peito de Clary.

— Tudo bem, talvez você também não queira dizer *aquilo*.

Ele fechou um pouco os olhos, a boca curvando-se em um sorriso.

— Certo, agora quero dizer alguma coisa espertinha para você de volta, mas só o que consigo pensar é...

Ela sorriu para ele.

— Que você quer transar?

— Pare com isso. — Ele pegou as mãos dela, prendeu-as na colcha e olhou solenemente para ela. — Que eu te amo.

— Então você *não* quer transar?

Ele soltou as mãos dela.

— Não disse isso.

Ela riu e empurrou o peito dele com as duas mãos.

— Deixe-me levantar.

Ele pareceu alarmado.

— Não quis dizer que *só* quero transar...

— Não é isso. Quero vestir o pijama. Não posso levar esses amassos a sério enquanto ainda estou de meia. — Ele olhou para ela pesarosamente enquanto Clary pegava o pijama na cômoda e se dirigia até o banheiro. Fechando a porta, ela fez uma pequena careta para ele. — Já volto.

O que quer que ele tivesse dito em resposta se perdeu quando ela fechou a porta. Ela escovou os dentes, em seguida deixou a água correr por um bom tempo na pia, encarando a si mesma no espelho do armário do banheiro. Estava com os cabelos despenteados e as bochechas vermelhas. Será que aquilo contava como resplendor?, ela imaginou. Pessoas apaixonadas deveriam resplandecer, não deviam? Ou talvez isso só se aplicasse a mulheres grávidas, ela não conseguia se lembrar exatamente, mas com certeza devia estar um pouco diferente. Afinal de contas, era a primeira longa sessão de beijos que vivenciava — e fora bom, ela disse a si mesma, seguro, agradável e confortável.

É óbvio, tinha beijado Jace na noite do aniversário dela, e não tinha sido seguro, confortável e agradável em nada. Tinha sido como abrir um veio de alguma coisa desconhecida dentro do próprio corpo, algo mais quente, mais doce e mais amargo do que sangue. *Não pense em Jace,* disse furiosamente para si mesma, mas ao se olhar no espelho, viu os olhos escurecerem e soube que o corpo se lembrava mesmo que a mente não quisesse.

Deixou a água fria correr e lavou o rosto antes de pegar o pijama. Ótimo, percebeu, tinha trazido a parte de baixo, mas não a de cima. Por mais que Simon pudesse gostar, parecia um pouco cedo demais para iniciar os arranjos noturnos sem camisa. Ela voltou para o quarto, apenas para descobrir que Simon dormia no meio da cama, agarrando o almofadão como se fosse uma pessoa. Reprimiu uma risada.

— Simon... — sussurrou, em seguida ouviu os dois bipes agudos que indicavam que uma mensagem de texto tinha acabado de chegar no celular. O telefone estava na mesa de cabeceira. Clary pegou o aparelho e viu que a mensagem era de Isabelle.

Abriu o celular e desceu rapidamente para o texto. Leu duas vezes, só para se certificar de que não estava imaginando coisas. Em seguida correu para o armário para pegar o casaco.

— Jonathan.

A voz falou na escuridão: lenta, sombria e familiar como a dor. Jace piscou os olhos e viu apenas escuridão. Estremeceu. Estava deitado curvado no chão gelado de pedra. Devia ter desmaiado. Sentiu uma onda de fúria pela própria fraqueza, pela própria fragilidade.

Rolou para o lado, o pulso torcido latejando na algema.

— Tem alguém aí?

— Certamente você reconhece o seu próprio pai, Jonathan. — Ouviu a voz novamente, e realmente a conhecia: o som de ferro velho, a quase falta de suavidade. Ele tentou se levantar, mas as botas deslizaram em uma poça de alguma coisa e ele escorregou para trás, atingindo a parede com os ombros com força. A corrente batia como um coro de carrilhões de vento de aço.

— Você está machucado? — Uma luz brilhou acima, afligindo os olhos de Jace. Ele piscou para espantar as lágrimas ardentes e viu Valentim do outro lado das grades, ao lado do corpo do Irmão Jeremiah. Uma pedra de luz enfeitiçada em uma mão projetava um brilho branco no recinto. Jace podia ver as manchas de sangue nas paredes; e sangue novo, um pequeno lago que tinha escorrido da boca aberta de Jeremiah. Sentiu o estômago se revirar e se contrair e pensou na figura amorfa que tinha visto antes, com olhos como joias ardentes.

— Aquela coisa — ele engasgou. — Onde está? O que *era*?

— Você *está* machucado. — Valentim se aproximou da grade. — Quem mandou trancá-lo aqui? Foi a Clave? Foram os Lightwood?

— Foi a Inquisidora. — Jace olhou para si mesmo. Havia mais sangue na calça e na camisa. Não sabia dizer se era dele. Sangue pingava lentamente sob a algema.

Valentim olhou pensativo para ele através das grades. Era a primeira vez em anos que Jace via o pai com roupas de batalha — as roupas de couro grossas de Caçador de Sombras que permitiam liberdade de movimento ao mesmo tempo que protegiam a pele de quase todos os venenos demoníacos; pulseiras de electrum nos braços e pernas, cada qual marcada com uma série de glifos e símbolos. Havia uma correia larga no peito e o cabo de uma espada brilhava sobre o ombro. Ele se agachou então, ficando com os olhos pretos e frios na altura dos de Jace, que se surpreendeu ao não ver raiva neles.

— A Inquisidora e a Clave são a mesma coisa. E os Lightwood nunca deveriam ter permitido que isso acontecesse. Eu jamais teria deixado ninguém fazer isso com você.

Jace pressionou os ombros contra a parede; era o mais longe do pai que a corrente permitia que fosse.

— Você veio até aqui para me matar?

— Matar você? Por que eu iria querer matar você?

— Bem, por que você matou Jeremiah? E nem se incomode em me empurrar alguma historinha sobre como você resolveu passar por aqui depois que ele morreu espontaneamente. Sei que foi você que fez isso.

Pela primeira vez Valentim olhou para o corpo do Irmão Jeremiah.

— Eu realmente o matei, e o restante dos Irmãos do Silêncio também. Tive que matá-los. Eles tinham uma coisa da qual eu precisava.

— O quê? Decência?

— Isso — respondeu Valentim, e sacou a espada da capa no ombro em um movimento veloz. — Maellartach.

Jace sufocou o engasgo de surpresa na garganta. Ele a reconhecia: a espada enorme e de lâmina pesada com o cabo em forma de asas abertas era a que ficava pendurada sobre as Estrelas Falantes na sala do conselho dos Irmãos do Silêncio.

— Você *roubou* a espada dos Irmãos do Silêncio?

— Nunca foi deles — disse Valentim. — Pertence a todos os Nephilim. Essa é a lâmina com a qual o Anjo retirou Adão e Eva do jardim do Éden. *E ele colocou no leste do jardim do Éden Querubim e uma espada flamejante que virava para todos os lados* — citou, olhando para a lâmina.

Jace molhou os lábios secos.

— O que você vai fazer com ela?

— Direi isso — disse Valentim — quando achar que posso confiar em você e souber que você confia em mim.

— *Confiar* em você? Depois que passou sorrateiramente pelo Portal em Renwick e o destruiu para que eu não pudesse ir atrás de você? E depois de como tentou matar Clary?

— Eu jamais machucaria a sua irmã — disse Valentim, com um flash de raiva. — Não mais do que machucaria você.

— Tudo que você sempre fez foi me machucar! Foram os Lightwood que me protegeram.

— Não fui eu que tranquei você aqui. Não sou eu que o ameaço e desconfio de você. São os Lightwood e os amigos da Clave. — Valentim fez uma pausa. — Vê-lo assim, ver como o trataram e ver que mesmo assim você continua estoico... Estou muito orgulhoso de você.

Com isso, Jace levantou o olhar surpreso, tão depressa que sentiu uma onda de tontura. Sua mão latejava insistentemente. Reprimiu a dor até a respiração se acalmar.

— *O quê?*

— Agora percebo o que fiz de errado em Renwick — prosseguiu Valentim. — Eu o imaginava como o menininho que deixei para trás em Idris, que obedecia a cada um dos meus desejos. Em vez disso encontrei um jovem obstinado, independente e corajoso, e, no entanto, eu o tratei como se ainda fosse uma criança. Não foi à toa que se rebelou contra mim.

— Eu me rebelei? Eu... — A garganta de Jace enrijeceu, cortando as palavras que queria dizer. O coração tinha começado a bater no ritmo do latejar da mão.

Valentim continuou:

— Nunca tive a chance de explicar o meu passado para você, de contar por que agi daquela forma.

— Não há nada para explicar. Você matou os meus avós. Manteve a minha mãe prisioneira. Feriu outros Caçadores de Sombras para alcançar seus próprios objetivos. — Cada palavra na boca de Jace tinha gosto de veneno.

— Você só conhece metade dos fatos, Jonathan. Eu menti quando você era criança porque era jovem demais para entender. Agora tem idade o suficiente para saber a verdade.

— Então me *diga* a verdade.

Valentim esticou o braço entre as barras da cela e pôs a mão sobre a de Jace. A textura dura e calejada dos dedos dele era exatamente como quando Jace tinha 10 anos de idade.

— Quero confiar em você, Jonathan — disse ele. — Posso?

Jace queria responder, mas as palavras não saíam. Sentia como se uma barra de ferro estivesse sendo lentamente apertada contra o peito, cortando o ar por alguns centímetros.

— Gostaria... — sussurrou.

Um barulho ecoou sobre eles. Um ruído como a batida de uma porta de metal; em seguida, Jace ouviu passos, sussurros ecoando das paredes de pedra da Cidade. Valentim começou a se levantar, fechando a mão sobre a luz enfeitiçada até que ela se tornasse apenas um brilho fraco e ele próprio se transformasse em uma sombra com contornos fracos.

— Mais depressa do que pensei — murmurou, e olhou para Jace através das grades.

Jace olhou para além dele, mas não conseguia ver nada a não ser o fraco brilho da luz enfeitiçada. Pensou na forma escura e turva que vira antes, destruindo toda a luz diante de si.

— O que está vindo? O que é? — perguntou, inclinando-se para a frente sobre os joelhos.

— Tenho que ir — disse Valentim. — Mas ainda não acabamos, você e eu.

Jace pôs a mão na grade.

— Me solte. Seja o que for, quero poder lutar.

— Soltá-lo agora estaria longe de ser uma gentileza. — Valentim fechou completamente a mão ao redor da pedra de luz enfeitiçada. Ela piscou, apagando-se e deixando o recinto na escuridão. Jace se lançou contra as barras da cela, com a mão quebrada, gritando em protesto e dor.

— Não! — gritou. — Pai, *por favor*.

— Quando quiser me encontrar — disse Valentim —, vai me encontrar. — Em seguida ouviu-se apenas o ruído de passos recuando rapidamente e a própria respiração fraca de Jace enquanto ele afundava na cela.

No trajeto do metrô, Clary se viu incapaz de sentar. Andou de um lado para o outro no vagão praticamente vazio, os fones do iPod pendurados no pescoço. Isabelle não tinha atendido ao telefone quando Clary ligara, e uma sensação irracional de preocupação a cobrira.

Ela pensou em Jace no Hunter's Moon, coberto de sangue. Com os dentes expostos, rosnando de raiva, ele parecia mais um lobisomem do que um Caçador de Sombras encarregado de proteger humanos e manter as criaturas do Submundo na linha.

Subiu as escadas da estação de metrô da 96th, reduzindo a corrida a uma caminhada apenas ao se aproximar da esquina onde ficava o Instituto, com sua grande sombra cinza. Estava quente nos túneis, e o suor na nuca escorria frio enquanto ela atravessava o concreto rachado até a porta da frente do Instituto.

Esticou o braço para alcançar a enorme aldrava de ferro que pendia da arquitrave, em seguida hesitou. Ela era uma Caçadora de Sombras, não era? Tinha o direito de estar no Instituto, tanto quanto os Lightwood. Com um ímpeto decidido, alcançou a maçaneta da porta, tentando se lembrar das palavras que Jace tinha dito.

— Em nome do Anjo, eu...

A porta se abriu para uma escuridão marcada pelas chamas de dúzias de pequenas velas. Enquanto passava apressada entre os bancos, as velas piscaram como se estivessem rindo dela. Chegou ao elevador e fechou a porta de metal atrás de si, apertando os botões com o dedo trêmulo. Desejou que o nervosismo sumisse — será que estava preocupada *com* Jace, imaginou, ou apenas preocupada com *ver* Jace? Seu rosto, emoldurado pelo colarinho levantado do casaco, era muito branco e pequeno, os olhos grandes e verde-escuros, lábios pálidos e machucados. Nem um pouco bonita, pensou desanimada, e se forçou a conter o pensamento. Qual era a importância da aparência? Jace não se importava. Jace *não podia* se importar.

O elevador parou ruidosamente e Clary abriu a porta. Coroinha estava esperando por ela no vestíbulo. Ele a saudou com um miado descontente.

— O que houve, Coroinha? — A voz dela parecia anormalmente alta no recinto silencioso. Imaginou se haveria alguém no Instituto. Talvez estivesse sozinha. O pensamento lhe deu arrepios. — Tem alguém em casa?

O gato persa virou-se de costas e foi andando pelo corredor. Passaram pela sala de música e pela biblioteca, ambas vazias, antes de Coroinha dobrar mais uma vez e se sentar diante de uma porta fechada. *Muito bem, então. Aqui estamos*, a expressão dele parecia dizer.

Antes que pudesse bater, a porta se abriu, revelando Isabelle sentada na entrada, descalça, vestindo jeans e um casaco lilás. Ela se levantou ao ver Clary.

— Achei que tivesse ouvido alguém vindo pelo corredor, mas não pensei que seria *você* — disse ela. — O que está fazendo aqui?

Clary a encarou.

— Você me mandou aquela mensagem. Disse que a Inquisidora tinha colocado o Jace na *cadeia*.

— Clary! — Isabelle olhou para os dois lados do corredor, em seguida mordeu o lábio. — Não quis dizer que era para você vir correndo para cá *agora*.

Clary ficou horrorizada.

— Isabelle! *Cadeia!*

— Sim, mas... — Com um suspiro derrotado, Isabelle deu um passo para o lado, gesticulando para Clary entrar no quarto. — Bem, já que está aqui, é melhor entrar. E você, pode sair — disse ela, acenando com a mão para Coroinha. — Vá vigiar o elevador.

Coroinha olhou indignado para ela, deitou-se e começou a dormir.

— *Gatos* — murmurou Isabelle e fechou a porta.

— Oi, Clary. — Alec estava sentado na cama desfeita de Isabelle, com os pés calçados balançando na lateral. — O que você está fazendo aqui?

Clary sentou-se no banco na frente da penteadeira incrivelmente bagunçada de Isabelle.

— Isabelle me mandou uma mensagem. Ela me contou sobre o que aconteceu com Jace.

Isabelle e Alec trocaram um olhar expressivo.

— Ora, Alec — disse Isabelle. — Achei que ela devia saber. Não sabia que ia vir correndo para cá!

O estômago de Clary revirou.

— Óbvio que vim! Ele está bem? Por que a Inquisidora o colocou na cadeia?

— Não é exatamente uma cadeia. Ele está na Cidade do Silêncio — disse Alec, sentando-se ereto e puxando uma das almofadas de Isabelle para o colo. Ficou mexendo na franja de contas costurada às bordas.

— Na Cidade do Silêncio? Por quê?

Alec hesitou.

— Há algumas celas sob a Cidade do Silêncio. Eles às vezes colocam criminosos lá, antes de deportá-los para Idris para serem julgados perante o Conselho. Pessoas que fizeram coisas muito ruins. Assassinos, vampiros renegados, Caçadores de Sombras que violaram os Acordos. É onde Jace está agora.

— Trancado com um bando de *assassinos*? — Clary estava de pé, inconformada. — Qual é o problema de vocês? Por que não estão mais preocupados?

Alec e Isabelle trocaram mais um olhar.

— É só por uma noite — disse Isabelle. — E não tem mais ninguém lá com ele. Nós perguntamos.

— Mas por quê? O que ele *fez*?

— Foi malcriado com a Inquisidora. Só isso, até onde sei.

Isabelle se empoleirou na ponta da penteadeira.

— É inacreditável.

— Então a Inquisidora deve ser louca — disse Clary.

— Não é, na verdade — disse Alec. — Se Jace fosse do seu exército mundano, você acha que ele teria permissão para responder aos superiores? De jeito nenhum.

— Bem, não durante uma *guerra*. Mas Jace não é um soldado.

— Nós somos todos soldados. Jace tanto quanto o restante de nós. Existe uma hierarquia de comando, e a Inquisidora fica quase no topo. Jace fica quase na base. Ele deveria tê-la tratado com mais respeito.

— Se você concorda que ele tem que estar na cadeia, por que me pediu para vir até aqui? Só para me fazer concordar com você? Não vejo razão. O que você quer que eu faça?

— Não achamos que ele deveria estar na cadeia — irritou-se Isabelle. — Só que ele não deveria ter respondido a um dos membros mais altos da Clave. Além disso — acrescentou com a voz mais baixa —, achei que você talvez pudesse ajudar.

— Ajudar? Como?

— Eu disse a você antes — respondeu Alec —, na maior parte do tempo parece que Jace está tentando se matar. Ele tem que aprender a se cuidar, e isso inclui colaborar com a Inquisidora.

— E você acha que eu posso ajudar a fazer com que ele entenda isso? — disse Clary, com incredulidade na voz.

— Não tenho certeza de que alguém possa ajudar Jace a fazer alguma coisa — disse Isabelle. — Mas acho que você pode fazê-lo se lembrar de que tem um motivo para viver.

Alec olhou para a almofada na mão e deu um puxão forte e repentino na franja. Contas rolaram pelo cobertor de Isabelle como uma chuva localizada.

Isabelle franziu o cenho.

— Alec, não.

Clary queria dizer para Isabelle que eles eram a família de Jace, não ela, e que a voz deles teria mais peso do que a dela jamais poderia ter. Mas não parava de ouvir a voz de Jace em sua mente, dizendo: *Nunca me senti como se pertencesse a lugar nenhum. Mas você faz eu sentir como se pertencesse.*

— Podemos ir até a Cidade do Silêncio para vê-lo?

— Você vai dizer a ele para colaborar com a Inquisidora? — perguntou Alec.

Clary considerou.

— Primeiro quero ouvir o que ele tem a dizer.

Alec deixou a almofada cair na cama e se levantou, franzindo o cenho. Antes que pudesse dizer qualquer coisa, ouviu-se uma batida à porta. Isabelle se levantou da penteadeira e foi atender.

Era um menino pequeno e de cabelos escuros, com os olhos quase escondidos atrás de óculos. Vestia uma calça jeans e um casaco grande demais para ele e trazia um livro em uma das mãos.

— Max — disse Isabelle com alguma surpresa —, achei que você estivesse dormindo.

— Eu estava na sala das armas — disse o menino, que só podia ser o filho mais novo dos Lightwood. — Mas ouvi uns barulhos vindo da biblioteca. Acho que alguém pode estar tentando entrar em contato com o Instituto. — Ele olhou ao redor de Isabelle, para Clary. — Quem é essa?

— Essa é Clary — disse Alec. — Ela é irmã do Jace.

Os olhos de Max arregalaram.

— Achei que ele não tivesse nenhum irmão ou irmã.

— Era o que todos nós achávamos — disse Alec, pegando o casaco que tinha deixado sobre uma das cadeiras de Isabelle e colocando-o. Seus cabelos caíam como uma auréola escura e macia, estalando com eletricidade estática. Ele empurrou os fios de volta, impacientemente. — É melhor eu ir para a biblioteca.

— Vamos os dois — disse Isabelle, pegando o chicote dourado, que estava enrolado como uma corda brilhante em uma gaveta, e prendendo o punho no cinto. — Talvez tenha acontecido alguma coisa.

— Onde estão os pais de vocês? — perguntou Clary.

— Foram chamados há algumas horas. Um menino fada foi assassinado no Central Park. A Inquisidora foi com eles — explicou Alec.

— E vocês não quiseram ir?

— Não fomos convidados. — Isabelle enrolou as duas tranças escuras no topo da cabeça e prendeu o cabelo em uma pequena adaga de vidro. — Cuide do Max. Já voltamos.

— Mas... — Clary protestou.

— A gente *já* volta. — Isabelle saiu pelo corredor com Alec atrás. Assim que a porta se fechou atrás deles, Clary se sentou na cama e olhou apreensiva para Max. Nunca tinha passado muito tempo com crianças; sua mãe nunca deixara que trabalhasse como babá, e não sabia ao certo como conversar com elas, o que poderia diverti-las. Ajudava um pouco o fato de que este menino em particular lembrava um Simon naquela idade, os braços e pernas finos, e óculos que pareciam grandes demais para seu rosto.

Max retribuiu o olhar fixo com um olhar pensativo, sem timidez, mas reflexivo e contido.

— Quantos anos você tem? — ele finalmente se pronunciou.

Clary se espantou.

— Quantos anos pareço ter?

— 14.

— Tenho 16, mas as pessoas sempre pensam que sou mais nova do que realmente sou, porque sou baixinha.

Max meneou a cabeça.

— Eu também — disse ele. — Tenho 9 anos, mas todo mundo acha que eu tenho 7.

— Para mim você parece ter 9 — disse Clary. — O que é isso que você está segurando? É um livro?

Max tirou a mão de trás das costas. Estava segurando algo largo, fino e de papel, mais ou menos do tamanho de uma das revistas que eram vendidas nos balcões dos supermercados. Aquela tinha a capa colorida com escrita japonesa sob as palavras em inglês. Clary riu.

— Naruto — disse. — Eu não sabia que você gostava de mangás. Onde conseguiu esse aí?

— No aeroporto. Eu gosto dos desenhos, mas não consigo ler.

— Então me dá aqui. — Ela abriu a revista, mostrando as páginas para ele. — Você lê de trás para a frente, da direita para a esquerda, ao invés de da esquerda para a direita. E lê cada página no sentido horário. Você sabe o que isso significa?

— Óbvio — disse Max. Por um instante Clary ficou preocupada de tê-lo chateado, mas ele parecia suficientemente satisfeito quando pegou de volta o livro e o abriu na última página. — Esse aqui é o número nove, é melhor eu comprar os outros oito antes de começar a ler.

— Boa ideia. Talvez você possa pedir para alguém te levar na Midtown Comics, ou no Planeta Proibido.

— *Planeta Proibido*? — Max pareceu espantado, mas antes que Clary pudesse explicar, Isabelle entrou correndo pela porta, sem fôlego.

— *Era* alguém tentando entrar em contato com o Instituto — disse ela antes que Clary pudesse perguntar. — Um dos Irmãos do Silêncio. Aconteceu alguma coisa na Cidade dos Ossos.

— Que tipo de coisa?

— Não sei. Nunca ouvi falar nos Irmãos do Silêncio pedindo ajuda antes. — Isabelle estava visivelmente alarmada. Ela se voltou para o irmão. — Max, vá para o seu quarto e fique lá, OK?

Max apertou os lábios.

— Você e Alec vão sair?

— Vamos.

— Para a Cidade do Silêncio?

— Max...

— Eu quero ir.

Isabelle balançou a cabeça em negativa; o cabo da pequena adaga na cabeça dela brilhava como uma ponta de fogo.

— De jeito nenhum. Você é novo demais.

— Você também não tem 18 anos!

Isabelle virou-se para Clary com um olhar meio ansioso, meio desesperado.

— Clary, venha aqui um segundo, *por favor*.

Clary se levantou espantada, e Isabelle a pegou pelo braço e puxou-a para fora do quarto, batendo a porta atrás. Houve uma pancada quando Max se atirou contra ela.

— Droga — praguejou Isabelle, segurando a maçaneta —, você pode pegar a minha estela para mim, por favor? Está no meu bolso...

Apressadamente, Clary ofereceu a estela que Luke tinha dado para ela mais cedo naquela noite.

— Use a minha.

Com alguns traços rápidos, Isabelle esculpiu um símbolo de Tranca na porta. Clary ainda podia ouvir os protestos de Max do outro lado enquanto Isabelle se afastava da porta fazendo uma careta e devolvia a estela a Clary.

— Eu não sabia que você tinha uma.

— Era da minha mãe — disse Clary, em seguida repreendeu a si própria. *É da minha mãe. Continua sendo da minha mãe.*

— Hum. — Isabelle bateu na porta com o punho fechado. — Max, há algumas barras de cereal na gaveta da cabeceira se você ficar com fome. A gente volta assim que der.

Ouviu-se outro grito indignado atrás da porta; dando de ombros, Isabelle virou e se apressou pelo corredor, com Clary ao lado.

— O que a mensagem dizia? — perguntou Clary. — Só que havia algum problema?

— Ocorreu um ataque. Só isso.

Alec estava esperando por elas do lado de fora da biblioteca. Vestia a armadura preta de couro dos Caçadores de Sombras por cima das roupas. Estava protegido por manoplas nos braços e Marcas cercavam a garganta e os pulsos. Lâminas serafim, cada uma com o nome de um anjo, brilhavam no cinto ao redor da cintura.

— Está pronta? — perguntou ele à irmã. — Max já está encaminhado?

— Ele está bem. — Ela esticou o braço. — Me marque.

Enquanto traçava os símbolos na parte de trás das mãos e nos pulsos de Isabelle, Alec olhou para Clary.

— É melhor você ir para casa — disse ele. — Não vai querer estar aqui sozinha quando a Inquisidora voltar.

— Quero ir com vocês — disse Clary, as palavras saindo antes que pudesse contê-las.

Isabelle puxou a mão de volta e soprou a pele Marcada como se estivesse esfriando um café quente demais.

— Você parece Max.

— Max tem 9 anos. Eu tenho a mesma idade que você.

— Mas não tem nenhum treinamento — rebateu Alec. — Vai ser apenas um estorvo.

— Não, não vou. Algum de vocês já entrou na Cidade do Silêncio? — perguntou Clary. — Eu já. Sei como entrar. Sei me orientar.

Alec se esticou, guardando a estela.

— Não acho que...

Isabelle interrompeu.

— Ela tem razão, na verdade. Acho que deveria vir se quiser.

Alec pareceu completamente espantado.

— Na última vez em que enfrentamos um demônio ela simplesmente se encolheu e gritou. — Ao ver o olhar ácido de Clary, ele lançou um olhar de desculpas. — Desculpe, mas é verdade.

— Acho que ela precisa de uma chance para aprender — disse Isabelle. — Você sabe o que Jace sempre diz. Às vezes não é necessário procurar pelo perigo, às vezes o perigo acha *você*.

— Você não pode me trancar como fez com Max — acrescentou Clary vendo o ar decidido de Alec fraquejar. — Não sou criança e sei onde fica a Cidade dos Ossos. Posso chegar lá sem você.

Alec virou-se de costas, balançando a cabeça e resmungando qualquer coisa sobre meninas. Isabelle esticou a mão para Clary.

— Me dá a sua estela — disse ela. — É hora de você receber algumas Marcas.

6

Cidade das Cinzas

No fim Isabelle fez apenas duas Marcas em Clary, uma no dorso de cada mão. Uma era o olho aberto que havia na mão de todos os Caçadores de Sombras. A outra era como duas foices cruzadas; Isabelle disse que era um Símbolo de Proteção. Ambos os símbolos queimaram quando a estela tocou a pele, mas a dor diminuiu enquanto Clary, Isabelle e Alec iam para a zona sul no táxi preto cigano. Quando chegaram à Second Avenue e saltaram, as mãos e os braços de Clary pareciam leves como se ela estivesse usando asas de água em uma piscina.

Os três ficaram em silêncio enquanto passavam sob o arco de ferro e entravam no Cemitério de Mármore. Na última vez em que Clary tinha estado naquele pequeno jardim, estava correndo apressada atrás do Irmão Jeremiah. Agora, pela primeira vez, notou os nomes marcados nas paredes: *Youngblood, Fairchild, Thrushcross, Nightwine, Ravenscar.* Havia símbolos ao lado dos nomes. Na cultura dos Caçadores de Sombras cada família tinha o próprio símbolo: o dos Wayland era um martelo de ferreiro, o dos Lightwood era uma tocha, e o de Valentim, uma estrela.

A grama crescia sobre os pés da estátua do Anjo no centro do jardim. Os olhos do Anjo estavam cerrados, as mãos esguias fechadas sobre a haste de um cálice de pedra, a reprodução do Cálice Mortal. A face de pedra era impassível, riscada de sujeira e fuligem.

— Na última vez que vim aqui, o Irmão Jeremiah usou um símbolo na estátua para abrir a porta para a Cidade — disse Clary.

— Eu não ia querer usar um dos símbolos dos Irmãos do Silêncio — disse Alec. Seu rosto era severo. — Eles deveriam ter sentido a nossa presença antes de chegarmos até aqui. Agora estou começando a me preocupar. — Ele pegou uma adaga no cinto e passou a lâmina na mão exposta. Sangue escorreu do corte. Cerrando o punho sobre o cálice de pedra, Alec deixou o sangue cair dentro dele. — Sangue de Nephilim — disse. — Deve funcionar como chave.

As pálpebras do Anjo de pedra se abriram. Por um instante, Clary quase esperou ver olhos encarando-a por entre as saliências de pedra, mas só havia mais granito. Um segundo depois, a grama aos pés do Anjo começou a se dividir. Surgiu uma linha preta torta, rasgando o chão como uma cobra, curvando-se para longe da estátua. Clary pulou para trás apressadamente enquanto uma entrada escura se abria a seus pés.

Ela espiou dentro dele. Escadas continuavam além da sombra. Na última vez que estivera ali, a escuridão era iluminada em intervalos por tochas que clareavam os degraus. Agora havia apenas trevas.

— Tem alguma coisa errada — disse Clary. Nem Isabelle nem Alec pareceram inclinados a discutir. Clary pegou no bolso a pedra de luz enfeitiçada que Jace tinha lhe dado e a ergueu sobre a cabeça. Uma luz se espalhou através de seus dedos. — Vamos.

Alec pisou à frente dela.

— Eu vou na frente, e você me segue. Isabelle, você fica atrás.

Avançaram lentamente. Os sapatos molhados de Clary escorregavam pelos degraus envelhecidos. Ao pé da escada havia um túnel curto que se abria em um salão enorme, um pomar de arcos brancos com pedras semipreciosas incrustadas. Fileiras de mausoléus acumulavam-se nas sombras como casas de cogumelos em um conto de fadas. O mais distante deles desaparecia na sombra; a pedra enfeitiçada não era forte o suficiente para iluminar todo o salão.

Alec olhou sombriamente pelas fileiras.

— Nunca pensei que fosse entrar na Cidade do Silêncio — disse ele. — Nem depois de morrer.

— Eu não falaria com tanta tristeza — disse Clary. — O Irmão Jeremiah me contou o que fazem com os seus mortos. Queimam e usam quase todas as cinzas para fazer o mármore da Cidade. — *O sangue e os ossos de assassinos de demônios são, em si, uma proteção forte contra o mal. Mesmo na morte, a Clave serve à Causa.*

— Humpf — bufou Isabelle. — É considerado uma honra. Além disso, até parece que vocês, mundanos, não queimam os seus mortos.

Isso não torna a coisa menos arrepiante, pensou Clary. O cheiro de cinzas e fumaça pairava pesado no ar, familiar a ela da última vez que tinha estado ali — mas havia mais alguma coisa sob aqueles odores, um aroma mais pesado e mais espesso, como fruta apodrecida.

Franzindo o cenho como se também sentisse o cheiro, Alec pegou uma das lâminas angelicais do cinto de armas.

— *Arathiel* — sussurrou, e o brilho da lâmina se uniu à luz enfeitiçada de Clary na hora em que encontravam a segunda escadaria e desciam em uma escuridão ainda mais densa. A luz pulsava na mão de Clary como uma estrela morrendo, e ela se perguntou se elas descarregavam, como lanternas com pilhas acabando. Esperava que não. A ideia de estar imersa em total escuridão naquele lugar arrepiante a encheu de um terror visceral.

O cheiro de fruta podre aumentou quando chegaram ao fim da escadaria e se viram em outro túnel longo que se abria em um pavilhão cercado por pináculos de ossos esculpidos — um pavilhão do qual Clary se lembrava muito bem. Estrelas prateadas incrustadas deixavam o chão brilhante como confete precioso. No centro do pavilhão havia uma mesa preta. Um fluido escuro formava uma poça na superfície lisa e gotejava pelo chão em riachos.

Quando Clary se pusera diante do Conselho de Irmãos, havia uma espada de prata e aparência pesada pendurada atrás da mesa, na parede. A espada não estava lá agora; no lugar dela havia, besuntado na parede, um leque escarlate.

— Isso é *sangue*? — sussurrou Isabelle. Ela não parecia assustada, apenas espantada.

— Parece que sim. — Os olhos de Alec examinaram a sala. As sombras eram grossas como tinta e pareciam cheias de movimentos. Ele agarrava a lâmina serafim com firmeza.

— O que pode ter acontecido? — disse Isabelle. — Os Irmãos do Silêncio... achei que fossem *indestrutíveis*...

A voz dela parou quando Clary se virou, a pedra de luz enfeitiçada em sua mão capturando sombras estranhas entre os pináculos. Cada uma tinha uma forma mais estranha que a outra. Ela desejou que a pedra brilhasse mais forte, e ela o fez, projetando um raio de luminosidade a distância.

Perfurado em um dos pináculos, como uma minhoca em um gancho, estava o corpo morto de um Irmão do Silêncio. Mãos como laços ensanguentados pendiam pouco acima do chão de mármore. O pescoço dele parecia quebrado. Havia uma piscina de sangue sob o corpo, coagulado e preto à luz da pedra.

Isabelle engasgou-se.

— Alec. Você está vendo...

— Estou. — A voz dele era severa. — Já vi coisa pior. É com Jace que estou preocupado.

Isabelle avançou e tocou a mesa preta de basalto, passando levemente os dedos na superfície.

— Esse sangue está quase fresco. O que quer que tenha acontecido, não foi há muito tempo.

Alec foi na direção do corpo empalado. Havia rastros saindo da piscina de sangue no chão.

— Pegadas — disse ele. — Alguém correndo. — Alec indicou com a mão curvada que as meninas deveriam segui-lo. Elas obedeceram, e Isabelle parou apenas para limpar as mãos sujas de sangue nas proteções de couro das pernas.

O rastro das pegadas saía do pavilhão e seguia por um túnel estreito, desaparecendo na escuridão. Quando Alec parou, olhando ao redor, Clary ultrapassou-o impaciente, deixando a pedra iluminar o caminho branco-prateado à frente deles. Ela podia ver um conjunto de portas duplas no fim do túnel; estavam entreabertas.

Jace. De alguma forma podia senti-lo; sabia que estava perto. Partiu em uma quase corrida, as botas fazendo barulho contra o chão duro. Ouviu Isabelle gritar atrás dela, e em seguida ela e Alec também estavam correndo atrás de Clary. Ela atravessou as portas no fim do salão e se viu em uma larga sala de pedra, bifurcada por uma fileira de metal enfiada profundamente no chão. Clary conseguiu identificar uma forma caída do outro lado das barras. Logo à frente da cela estava o corpo de um Irmão do Silêncio.

Clary soube imediatamente que ele estava morto. A maneira como estava deitado, como uma boneca cujas juntas tinham sido torcidas para o lado errado até quebrarem. A túnica cor de pergaminho estava dilacerada. O rosto cheio de cicatrizes, contorcido em uma expressão de puro terror, ainda era reconhecível. Era o Irmão Jeremiah.

Ela passou pelo corpo e foi até a porta da cela. Era feita de barras com pouco espaço entre si e tinha dobradiças em um dos lados. Não parecia haver tranca nem maçaneta que ela pudesse puxar. Ouviu Alec, atrás dela, dizer seu nome, mas sua atenção não estava voltada para ele, e sim para a porta. Era óbvio que não havia uma maneira visível de abri-la, percebeu; os Irmãos não lidavam com o que era visível, mas com o que não era. Segurando a pedra em uma das mãos, ela procurou a estela da mãe com a outra.

Do outro lado das barras veio um barulho. Uma espécie de sussurro ou engasgo abafado; ela não sabia ao certo o quê, mas reconheceu a fonte: Jace. Atacou a porta com a ponta da estela, tentando manter o símbolo de Abertura na cabeça quando ainda estava surgindo, preto e entalhado contra o metal duro. O electrum chiou onde a estela o tocou. *Abra*, ordenou para a porta, *abra, abra, ABRA*!

Um ruído como tecido rasgando atravessou o recinto. Clary ouviu Isabelle gritar quando as dobradiças explodiram e a porta caiu para dentro da cela como uma ponte levadiça. Clary podia ouvir outros barulhos, metal raspando em metal, um som alto, como um punhado de pedras sendo lançadas. Mergulhou para dentro da cela, equilibrando-se sobre a porta caída.

A pedra enfeitiçada preencheu a pequena sala, deixando-a tão iluminada quanto o dia. Ela mal percebeu as fileiras de algemas — todas de metais diversos: ouro, prata, aço e ferro — se soltarem das paredes e caírem no chão de pedra. Estava com os olhos fixos na figura caída no canto; podia ver o cabelo brilhante, a mão esticada, a algema solta a alguma distância. Os pulsos estavam expostos e ensanguentados, a pele marcada com terríveis hematomas.

Clary se ajoelhou, deixando a estela de lado, e o virou gentilmente. *Era* Jace. Havia outro hematoma na bochecha dele, e o rosto estava muito branco, mas ela conseguia ver o movimento sob as pálpebras. Uma veia pulsava na garganta. Ele estava vivo.

O alívio a invadiu como uma onda quente, desfazendo as cordas de tensão que a tinham segurado por todo aquele tempo. A pedra caiu no chão ao lado dela, onde continuou brilhando. Ela afastou o cabelo da testa de Jace com uma ternura que não sabia que tinha — nunca tivera irmãos nem irmãs, nem mesmo primos. Nunca estivera em uma situação que envolvesse fazer curativos, beijar joelhos ralados ou cuidar de alguém.

Contudo não tinha problema em sentir essa ternura por Jace, pensou, sem querer afastar as mãos mesmo enquanto as pálpebras de Jace tremiam e ele resmungava. Era irmão dela, por que não deveria se importar com o que acontecesse a ele?

Jace abriu os olhos. As pupilas estavam enormes, dilatadas. Talvez tivesse batido a cabeça? Fixou os olhos nela com um olhar de assombro confuso.

— *Clary* — disse. — O que você está fazendo aqui?

— Vim encontrar você — disse ela, porque era a verdade.

O rosto de Jace se contorceu.

— Você está mesmo aqui? Eu não... eu não estou morto, estou?

— Não — ela respondeu, acariciando a lateral do rosto dele. — Você desmaiou, só isso, e provavelmente bateu a cabeça também.

Ele levantou a mão para cobrir a dela que estava em sua bochecha.

— Valeu a pena — disse com uma voz tão baixa que ela não teve certeza sobre o que ele dissera afinal.

— O que está acontecendo? — Era Alec, baixando a cabeça para passar pela entrada. Clary retirou a mão, e em seguida se repreendeu silenciosamente. Não estava fazendo nada de errado.

Jace lutou para conseguir se sentar. Estava com o rosto cinzento e na camisa havia respingos de sangue. A expressão de Alec era de preocupação.

— Você está bem? — perguntou, se ajoelhando. — O que aconteceu? Consegue se lembrar?

Jace levantou a mão que não estava machucada.

— Uma pergunta de cada vez, Alec. A minha cabeça parece que vai explodir.

— Quem fez isso com você? — Isabelle parecia espantada e furiosa ao mesmo tempo.

— Ninguém fez nada comigo. Eu mesmo fiz, tentando me livrar das algemas. — Jace olhou para o pulso. Parecia que ele tinha raspado quase toda a pele, então franziu o cenho.

— Aqui — Clary e Alec disseram ao mesmo tempo, ambos se esticando para pegar a mão dele. Os olhares se encontraram e Clary retirou a mão primeiro. Alec pegou o pulso de Jace e sacou a estela; com alguns movimentos rápidos, desenhou um *iratze*, uma marca de cura, logo abaixo da faixa de pele ensanguentada.

— Obrigado — agradeceu Jace. A parte machucada do pulso já estava começando a se curar. — O Irmão Jeremiah...

— Está morto — disse Clary.

— Eu sei. — Dispensando a ajuda oferecida por Alec, Jace se levantou e ficou de pé, usando a parede como apoio. — Ele foi assassinado.

— Os Irmãos do Silêncio mataram uns aos outros? — perguntou Isabelle. — Não entendo, não entendo por que eles *fariam* uma coisa dessas...

— Não fizeram — disse Jace. — Alguma coisa os matou. Não sei o quê. — Um espasmo de dor contorceu o rosto dele. — A minha cabeça...

— Talvez devêssemos ir — disse Clary, nervosa. — Antes que o que quer que os tenha matado...

— Venha nos pegar? — completou Jace. Ele olhou para a camisa ensanguentada e para a mão ferida. — Acho que já foi embora, mas suponho que ele ainda poderia trazer de volta.

— Quem poderia trazer o que de volta? — perguntou Alec, mas Jace não disse nada. Seu rosto tinha ido de cinza a branco como papel. Alec o segurou quando ele começou a deslizar pela parede. — Jace...

— Estou bem — Jace protestou, mas agarrou a manga de Alec com força. — Eu consigo me levantar.

— Para mim parece que você está usando a parede para se manter de pé. Não é a minha definição de levantar.

— Isso significa se apoiar — Jace disse a ele. — Se apoiar vem logo antes de se levantar.

— Parem de brigar — repreendeu Isabelle, chutando uma tocha apagada para fora do caminho. — Temos que sair daqui. Se há alguma coisa forte o suficiente para matar os Irmãos do Silêncio, pode acabar conosco brincando.

— Izzy tem razão. É melhor irmos. — Clary pegou a pedra e se levantou. — Jace... você consegue andar?

— Ele pode se apoiar em mim. — Alec colocou o braço de Jace sobre o próprio ombro. Jace se apoiou nele completamente. — Vamos — disse Alec gentilmente. — A gente conserta você lá fora.

Lentamente foram para a porta da cela, onde Jace parou, olhando para a figura do Irmão Jeremiah caída e curvada no chão. Isabelle se ajoelhou e puxou o capuz marrom de lã do Irmão do Silêncio para cobrir o rosto contorcido. Quando se levantou, todos os rostos estavam sérios.

— Nunca vi um Irmão do Silêncio com medo — disse Alec. — Não achei que fosse possível sentirem medo.

— Todo mundo sente medo. — Jace ainda estava muito pálido, e apesar de estar apoiando a mão ferida contra o peito, Clary não achava que fosse por causa da dor física. Ele parecia distante, como se tivesse se recolhido em si mesmo, escondendo-se de alguma coisa.

Eles refizeram os passos pelos corredores escuros e subiram os degraus estreitos que levavam até o pavilhão das Estrelas Falantes. Quando chegaram a ele, Clary notou o forte cheiro de sangue e de queimado que não tinha percebido ao passar por ali antes. Apoiado em Alec, Jace olhou em volta com uma mistura de horror e confusão no rosto. Clary viu que ele estava olhando para a parede oposta, onde havia sangue respingado.

— Jace. Não olhe — disse ela. Em seguida se sentiu tola; afinal de contas, ele era um caçador de demônios, já tinha visto coisas piores.

Ele balançou a cabeça.

— Alguma coisa parece errada...

— Tudo parece errado aqui. — Alec inclinou a cabeça na direção da floresta de arcos que levava para longe do pavilhão. — É o caminho mais rápido para fora desse lugar. Vamos.

Não falaram muito enquanto faziam o caminho de volta pela Cidade dos Ossos. Cada sombra parecia ondular, como se na escuridão houvesse criaturas esperando para saltar sobre eles. Isabelle estava sussurrando alguma coisa sob a respiração. Apesar de Clary não conseguir ouvir as palavras em si, parecia outra língua, algo antigo — latim, talvez.

Quando chegaram às escadas que levavam para fora da Cidade, Clary soltou um suspiro silencioso de alívio. A Cidade dos Ossos podia ter sido belíssima um dia, mas era assustadora agora. Quando chegaram ao último lance de degraus, a luz agrediu seus olhos, fazendo com que ela gritasse de surpresa. Podia ver fracamente a estátua do Anjo no alto da escadaria, iluminada por trás com uma luz dourada brilhante, clara como o dia. Clary olhou em volta para os outros, que pareciam tão confusos quanto ela.

— O sol não pode ter nascido já, pode? — murmurou Isabelle. — Quanto tempo ficamos lá embaixo?

Alec verificou o relógio.

— Não muito.

Jace murmurou alguma coisa, baixa demais para que mais alguém escutasse. Alec se abaixou para ouvir.

— O que você disse?

— Luz enfeitiçada — disse Jace, dessa vez mais alto.

Isabelle se apressou para o alto das escadas, Clary atrás dela e Alec logo atrás das duas, se esforçando para carregar Jace para cima. Quando chegou ao topo, Isabelle parou repentinamente, como se tivesse congelado. Clary gritou por ela, que não se moveu. No instante seguinte, Clary estava a seu lado, e foi sua vez de olhar em volta embasbacada.

O jardim estava cheio de Caçadores de Sombras — vinte, talvez trinta, vestindo roupas escuras de caça, tatuados com Marcas, cada um segurando uma pedra de luz enfeitiçada brilhante.

À frente do grupo estava Maryse, com a armadura preta de Caçadora de Sombra e uma capa com o capuz para trás. Atrás dela havia dúzias de estranhos, homens e mulheres que Clary jamais havia visto, mas que tinham Marcas dos Nephilim nos braços e rostos. Um deles, um homem bonito com pele de ébano, virou-se para encarar Clary e Isabelle — e, ao lado delas, Jace e Alec, que tinham subido e estavam piscando diante da luz inesperada.

— Pelo Anjo — disse o homem. — Maryse, já tinha gente lá embaixo.

A boca de Maryse se abriu em um engasgo silencioso ao ver Isabelle. Em seguida fechou-a, contraindo os lábios em uma linha fina esbranquiçada, como um traço desenhado com giz.

— Eu sei, Malik — disse ela. — Esses são os meus filhos.

7

A Espada Mortal

Um murmúrio de surpresa percorreu a multidão. Os que estavam de capuz os jogaram para trás, e Clary pôde perceber pelos olhares de Jace, Alec e Isabelle que muitos dos Caçadores de Sombras no jardim eram familiares.

— Pelo Anjo! — O olhar incrédulo de Maryse passou de Alec para Jace e Clary, e voltou para a filha. Jace tinha se afastado de Alec no instante em que Maryse falou, e estava um pouco distante dos outros três, com as mãos nos bolsos enquanto Isabelle girava nervosa o chicote dourado nas mãos. Alec, enquanto isso, parecia estar mexendo no telefone, apesar de Clary não conseguir imaginar para quem ele estaria ligando. — O que vocês estão fazendo aqui? Alec? Isabelle? Foi feita uma chamada perturbadora da Cidade do Silêncio...

— Nós respondemos — disse Alec. O olhar dele desviou ansiosamente para a multidão reunida. Clary não podia culpá-lo pelo nervosismo. Aquele era o maior grupo de Caçadores de Sombras adultos, de

Caçadores de Sombras em geral, que ela já tinha visto. Ficou olhando de um rosto para o outro, registrando as diferenças entre eles, que variavam bastante em idade, raça e na aparência geral, e no entanto davam a mesma impressão de enorme poder contido. Isabelle podia sentir os olhares sutis sobre ela, examinando-a, avaliando-a. Uma delas, uma mulher com cabelos prateados, a encarava vorazmente, sem nenhuma sutileza. Clary piscou e desviou o olhar enquanto Alec prosseguia. — Vocês não estavam no Instituto, e não podíamos convocar ninguém, então nós mesmos viemos.

— Alec...

— E não importa, de qualquer forma — disse Alec. — Estão mortos. Os Irmãos do Silêncio. Estão todos mortos. Foram assassinados.

Dessa vez não houve qualquer ruído na multidão reunida. Em vez disso eles pareceram paralisados, como um bando de leões ao ver uma gazela.

— *Mortos?* — repetiu Maryse. — O que você quer dizer com estão mortos?

— Acho que o que ele quer dizer está bem evidente — disse uma mulher com um longo casaco cinza que apareceu de repente ao lado de Maryse. Sob a luz que piscava, ela parecia a Clary uma espécie de caricatura de Edward Gorey, com ângulos acentuados, cabelo puxado para trás e olhos fundos e pretos, como se as órbitas tivessem sido arrancadas do rosto. Ela trazia um pedaço brilhante de pedra de luz enfeitiçada em uma corrente comprida de prata, enrolada nos dedos mais finos que Clary já tinha visto. — Estão todos mortos? — perguntou, dirigindo-se a Alec. — Não encontraram ninguém vivo na Cidade?

Alec balançou a cabeça em negativa.

— Não que tenhamos visto, Inquisidora.

Então *aquela* era a Inquisidora, percebeu Clary. Ela certamente parecia alguém capaz de jogar meninos adolescentes em celas de masmorras por nenhum motivo além de não gostar do comportamento deles.

— Que vocês *tenham visto* — repetiu a Inquisidora, os olhos como contas, duros e brilhantes. Ela se voltou para Maryse. — Pode ser que ainda haja sobreviventes. Eu enviaria os seus para uma verificação na Cidade.

Os lábios de Maryse enrijeceram. Pelo pouco que Clary tinha aprendido a respeito dela, sabia que a mãe adotiva de Jace não gostava que lhe dissessem o que fazer.

— Muito bem.

Ela se voltou para o restante dos Caçadores de Sombras — não havia tantos, Clary começou a perceber, quanto inicialmente achara que houvesse, mais perto de vinte do que de trinta, apesar de o choque do surgimento ter criado a sensação de que se tratava de um grupo enorme.

Maryse falou com Malik em voz baixa e ele fez que sim com a cabeça. Tomando o braço da mulher de cabelos prateados, guiou os Caçadores de Sombras para a entrada da Cidade dos Ossos. Enquanto eles desciam as escadas, levando consigo as pedras de luz enfeitiçada, o brilho no jardim começou a diminuir. A última da fila era a mulher com o cabelo de prata. Na metade do caminho de descida, ela parou, virou e olhou para trás — diretamente para Clary. Tinha olhos cheios de uma ânsia terrível, como se tivesse um desejo profundo e desesperado de dizer alguma coisa a Clary. Após um momento puxou o capuz de volta sobre a cabeça e desapareceu nas sombras.

Maryse quebrou o silêncio.

— Por que alguém mataria os Irmãos do Silêncio? Eles não são guerreiros, não carregam Marcas de batalha...

— Não seja ingênua, Maryse — disse a Inquisidora. — Isso não foi um ataque aleatório. Os Irmãos do Silêncio podem não ser guerreiros, mas são essencialmente guardiões e são muito bons no que fazem. Sem falar que são difíceis de matar. Alguém queria alguma coisa da Cidade dos Ossos e estava disposto a matar os Irmãos do Silêncio para isso. Foi premeditado.

— O que a faz ter tanta certeza?

— A busca impossível que nos atraiu para o Central Park? O menino fada morto?

— Eu não chamaria aquilo de busca impossível. O sangue do menino fada tinha sido drenado, como os outros. Essas mortes podem causar sérios problemas entre as Crianças Noturnas e os outros seres do Submundo...

— Distrações — disse a Inquisidora, descartando a hipótese. — Ele nos queria longe do Instituto para que ninguém respondesse aos Irmãos quando pedissem ajuda. De fato engenhoso, mas ele sempre foi engenhoso.

— Ele? — foi Isabelle que falou, o rosto pálido entre as ondas pretas do cabelo. — Você quer dizer...

As palavras seguintes de Jace fizeram com que um choque percorresse Clary, como se ela tivesse tocado uma corrente elétrica.

— Valentim — disse ele. — Valentim levou a Espada Mortal. Foi por isso que ele matou os Irmãos do Silêncio.

Um sorriso fino e repentino se formou no rosto da Inquisidora, como se Jace tivesse dito alguma coisa que lhe tivesse agradado muito.

Alec se espantou e olhou para Jace.

— *Valentim*? Mas você não disse que ele estava lá.

— Ninguém perguntou.

— Ele não pode ter matado os Irmãos. Estavam destruídos. Nenhuma pessoa poderia ter feito tudo aquilo.

— Provavelmente teve ajuda demoníaca — disse a Inquisidora. — Ele já usou demônios para o ajudarem antes. E com a proteção do Cálice, poderia invocar criaturas muito perigosas. Mais perigosas que os Raveners — acrescentou com uma curva no lábio, e apesar de não ter olhado para Clary ao dizê-lo, as palavras pareceram, de alguma forma, um tapa verbal. A vaga esperança de que a Inquisidora não a tivesse reconhecido se dissipou. — Ou os patéticos Renegados.

— Quanto a isso eu não sei. — Jace estava muito pálido, com machas febris nas maçãs do rosto. — Mas foi o Valentim. Eu o vi. Aliás, ele estava com a Espada quando foi até a cela e me provocou pelas grades. Foi como um filme ruim, exceto pelo fato de ele não ter ficado enrolando o bigode com os dedos.

Clary olhou preocupada para ele. Estava falando rápido demais, ela pensou, e não parecia conseguir ficar de pé com muita firmeza.

A Inquisidora não pareceu perceber.

— Então você está dizendo que Valentim *contou* tudo isso a você? Disse que matou os Irmãos do Silêncio porque queria a Espada do Anjo?

— O que mais ele contou? Disse para onde estava indo? O que pretende fazer com os dois Instrumentos Mortais? — perguntou Maryse rapidamente.

Jace balançou a cabeça.

A Inquisidora foi em direção a ele, o casaco girando em volta de si como fumaça flutuante. Os olhos e a boca cinza eram linhas horizontais firmes.

— Não acredito em você.

Jace simplesmente olhou para ela.

— Não achei que fosse acreditar.

— E duvido que a Clave acredite.

— Jace não é mentiroso — Alec disse com fervor.

— Use o cérebro, Alexander — disse a Inquisidora, sem tirar os olhos de Jace. — Deixe de lado a lealdade ao seu amigo por um instante. Qual é a probabilidade de o Valentim ter passado pela cela do filho para uma conversa paternal sobre a Espada da Alma e não ter mencionado o que pretende fazer com ela, nem sequer para onde estava indo?

— *S'io credesse che mia risposta fosse* — disse Jace em uma língua que Clary não conhecia — *a persona che mai tornasse al mondo...*

— Dante. — A Inquisidora pareceu um pouco entretida. — *Inferno*. Você ainda não está no inferno, Jonathan Morgenstern, apesar de que, se insistir em continuar mentindo para a Clave, vai desejar que estivesse. — Ela se voltou para os outros. — Não parece estranho para mais ninguém que a Espada da Alma tenha desaparecido na noite anterior ao julgamento de Jonathan Morgenstern perante ela, e que tenha sido o pai dele quem a levou?

Jace pareceu chocado ao ouvir isso. Seus lábios se abriram levemente em sinal de surpresa, como se aquilo jamais tivesse ocorrido a ele.

— O meu pai não levou a espada por *mim*. Ele levou para *ele*. Duvido que soubesse do julgamento.

— Mesmo assim, é incrivelmente conveniente para você. E para ele, que não vai ter que se preocupar que você revele seus segredos.

— É — disse Jace —, ele está morrendo de medo que eu conte para todo mundo que ele sempre quis ser bailarina. — A Inquisidora simplesmente olhou para ele. — E não *sei* nenhum segredo do meu pai — disse ele, de maneira menos atrevida. — Ele nunca me contou nada.

A Inquisidora olhou para ele com algo próximo a tédio.

— Se o seu pai não pegou a Espada para protegê-lo, então *por que* ele pegou?

— É um Instrumento Mortal — disse Clary. — É poderosa. Como o Cálice. Valentim gosta de poder.

— O Cálice tem uso imediato — disse a Inquisidora. — Ele pode utilizá-lo para criar um exército. A Espada é usada em julgamentos. Não vejo como pode interessar a ele.

— Ele pode ter feito isso para desestabilizar a Clave — sugeriu Maryse. — Para enfraquecer o nosso moral. Para dizer que não há nada que possamos proteger dele se ele quiser bastante. — Era um argumento surpreendentemente bom, pensou Clary, mas Maryse não parecia muito convencida. — O fato é que...

Contudo não chegaram a ouvir o que era o fato, pois naquele instante Jace levantou a mão como se quisesse fazer uma pergunta, pareceu espantado e sentou-se na grama repentinamente, como se as pernas tivessem cedido. Alec se ajoelhou ao lado dele, mas Jace acenou para afastar a preocupação.

— Me deixe em paz. Estou bem.

— Você não está bem — Clary se juntou a Alec na grama, e Jace olhou para ela com olhos cujas pupilas estavam imensas e escuras apesar da pedra enfeitiçada que iluminava a noite. Ela olhou para o pulso de Jace, onde Alec havia desenhado o *iratze*. A Marca desaparecera, nem mesmo uma cicatriz branca fora deixada para trás para indicar que tinha dado certo. Seus olhos encontraram os de Alec e ela viu a própria ansiedade refletida ali. — Tem alguma coisa errada com ele — disse. — Alguma coisa séria.

— Ele provavelmente precisa de um símbolo de cura. — A Inquisidora parecia estar imensamente aborrecida com Jace por ter se machucado durante eventos de tal importância. — Um *iratze* ou...

— Já tentamos — disse Alec. — Não está funcionando. Acho que tem alguma coisa demoníaca acontecendo aqui.

— Como veneno de demônio? — Maryse se movimentou como se quisesse ir até Jace, mas foi contida pela Inquisidora.

— Ele está envergonhado — disse ela. — Deveria estar nos confins das celas da Cidade do Silêncio agora.

Alec se levantou ao ouvir isso.

— Você não pode falar uma coisa dessas, *olhe* só para ele! — Ele gesticulou para Jace, que havia caído de volta sobre a grama com os olhos fechados. — Não consegue nem ficar de pé. Precisa de médicos, precisa...

— Os Irmãos do Silêncio estão mortos — disse a Inquisidora. — Você está sugerindo um hospital mundano?

— Não. — A voz de Alec era firme. — Pensei que pudéssemos levá-lo até o Magnus.

Isabelle produziu um ruído que era um misto de espirro e tosse. Ela se virou enquanto a Inquisidora olhava para Alec confusa.

— Magnus?

— É um feiticeiro — disse Alec. — Na verdade é o Magnífico Feiticeiro do Brooklyn.

— Você está falando de Magnus Bane — disse Maryse. — Ele tem uma reputação...

— Ele me curou depois que eu lutei contra um Demônio Maior — disse Alec. — Os Irmãos do Silêncio não puderam fazer nada, mas Magnus...

— Isso é ridículo — disse a Inquisidora. — O que você quer é ajudar Jonathan a escapar.

— Ele não está bem o suficiente para escapar — disse Isabelle. — Não consegue ver isso?

— Magnus jamais deixaria isso acontecer — disse Alec, olhando para a irmã na tentativa de contê-la. — Ele não está interessado em contrariar a Clave.

— E como ele proporia prevenir que isso acontecesse? — Da voz da Inquisidora pingava um sarcasmo ácido. — Jonathan é um Caçador de Sombras; não é muito fácil nos manter presos.

— Talvez você devesse perguntar a ele — sugeriu Alec.

A Inquisidora abriu seu sorriso cortante.

— Perfeitamente. Onde ele está?

Alec olhou para o telefone que tinha na mão, em seguida novamente para a figura cinza esguia diante dele.

— Ele está aqui — disse. Levantou a voz. — Magnus! Magnus, venha aqui.

Até a Inquisidora ergueu as sobrancelhas quando Magnus passou pelo portão. O Magnífico Feiticeiro vestia calças de couro pretas, um cinto com uma fivela em forma de um M de joias e um casaco militar prussiano azul-cobalto, aberto sobre uma camisa branca de renda. Ele brilhava com camadas de purpurina. Pousou o olhar no rosto de Alec por um instante, com animação e mais alguma coisa antes de olhar para Jace, que estava na grama.

— Ele está morto? — perguntou. — Parece morto.

— Não. — Irritou-se Maryse. — Ele não está morto.

— Você verificou? Posso dar um chute se você quiser. — Magnus foi na direção de Jace.

— Pare com isso! — Irritou-se a Inquisidora, soando como a professora do terceiro ano de Clary ao exigir que ela parasse de desenhar na mesa com a caneta. — Ele não está morto, mas está machucado — acrescentou, quase de má vontade. — Suas habilidades médicas são necessárias. Jonathan precisa estar bem o suficiente para o interrogatório.

— Tudo bem, mas vai custar.

— Eu pago — disse Maryse.

A Inquisidora nem sequer piscou.

— Muito bem. Mas ele não pode ficar no Instituto. Só porque a Espada desapareceu, não significa que o interrogatório não vá acontecer conforme planejado. Enquanto isso, o menino deve ser mantido sob observação. Está evidentemente em risco de fuga.

— Risco de fuga? — questionou Isabelle. — Você está agindo como se ele tivesse tentado escapar da Cidade do Silêncio...

— Bem — disse a Inquisidora —, ele não está na cela agora, está?

— Isso não é justo! Você não podia esperar que ele ficasse lá cercado de pessoas mortas!

— Não é justo? Não é *justo*? Você realmente espera que eu acredite que você e o seu irmão foram motivados a vir para a Cidade dos Ossos por causa de um chamado, e não porque queriam libertar Jonathan do que obviamente consideram confinamento desnecessário? E espera que eu acredite que vocês não vão tentar libertá-lo outra vez se ele permanecer no Instituto? Acha que pode me enganar com a mesma facilidade com que engana seus pais, Isabelle Lightwood?

Isabelle ficou completamente vermelha. Magnus falou antes que ela pudesse responder.

— Ouçam, não tem problema — disse ele. — Jace pode ficar na minha casa.

A Inquisidora voltou-se para Alec.

— O seu feiticeiro compreende — disse ela — que Jonathan é uma testemunha de suma importância para a Clave?

— Ele não é o *meu* feiticeiro. — As maçãs do rosto de Alec ruborizaram com um tom de vermelho forte.

— Já mantive prisioneiros para a Clave antes — disse Magnus. O tom de piada tinha sido abandonado. — Acho que vai achar a minha ficha muito boa nesse departamento. O meu contrato é dos melhores.

Era imaginação de Clary ou os olhos dele pareceram se demorar em Maryse quando disse isso? Ela não teve tempo de ponderar; a Inquisidora emitiu um ruído agudo que podia ser de entretenimento ou nojo.

— Tudo bem então. Avise-me quando ele estiver bem o suficiente para falar, feiticeiro. Ainda tenho muitas perguntas para ele — disse ela.

— Perfeitamente — respondeu Magnus, mas Clary teve a sensação de que ele não estava prestando atenção a ela. Atravessou o gramado graciosamente e foi para perto de Jace; era tão alto quanto magro, e quando Clary levantou os olhos para olhar para ele, ficou surpresa pela quantidade de estrelas que havia surgido. — Ele consegue falar? — Magnus perguntou a Clary, indicando Jace.

Antes que ela pudesse responder, os olhos de Jace se abriram. Ele olhou para o feiticeiro, tonto e confuso.

— O que você está fazendo aqui?

Magnus sorriu para Jace, e seus dentes brilharam como diamantes afiados.

— Olá, colega de quarto — disse ele.

Parte 2
Os Portões do Inferno

Antes de mim coisa alguma foi criada, salvo coisas
Eternas, e eterno perduro.
Abandonai toda a esperança, vós que aqui entrais.

— Dante, *Inferno*

8
A Corte Seelie

No sonho Clary era novamente uma criança, caminhando pela *faixa de areia estreita perto do calçadão em Coney Island. O ar estava pesado com o cheiro de cachorro-quente e amendoins torrados e com os gritos de crianças. O mar ondulava a distância, a superfície azul cinzenta viva com a luz do sol.*

Clary podia se ver como que de uma certa distância, vestindo um pijama infantil grande demais para ela. A bainha da calça se arrastava pela praia. Areia molhada se prendia entre os dedos dos pés, e o cabelo pesava na nuca. Não havia nuvens e o céu estava claro e azul, mas ela tremia ao caminhar pelo perímetro da água em direção a uma figura que mal enxergava ao longe.

Ao se aproximar, a figura de repente se tornou nítida, como se Clary tivesse focado a lente de uma câmera. Era a mãe dela, ajoelhando-se diante das ruínas de um castelo de areia pela metade. Estava com o mesmo vestido branco que Valentim tinha posto nela em Renwick. Na mão tinha um graveto molhado, quase prateado pela longa exposição ao sal e ao vento.

— Você veio para me ajudar? — perguntou a mãe, levantando a cabeça. O cabelo de Jocelyn estava despenteado e soprava livre no vento, fazendo com que parecesse mais nova do que era. — Há tanta coisa para fazer, e tão pouco tempo.

Clary engoliu o nó na garganta.

— Mãe... Eu senti muito a sua falta.

Jocelyn sorriu.

— Eu também senti muito a sua falta, querida. Mas não morri, você sabe. Estou apenas dormindo.

— Então como eu te acordo? — gritou Clary, mas a mãe estava olhando para o mar com uma expressão perturbada. O céu tinha se tornado um crepúsculo cinza ferro e as nuvens pretas pareciam pedras pesadas.

— Venha cá — disse Jocelyn, e, quando Clary foi até ela, disse: — Estique o braço.

Clary o fez. Jocelyn passou o graveto molhado sobre a pele dela. O toque ardeu como a queimadura de uma estela e deixou a mesma linha preta e grossa. O símbolo que Jocelyn fez foi uma forma que Clary nunca tinha visto antes, mas instintivamente achou tranquilizadora.

— Para que serve isso?

— É para te proteger. — A mãe de Clary a soltou.

— Contra o quê?

Jocelyn não respondeu, apenas olhou para o mar. Clary virou-se e viu que o oceano tinha se afastado, deixando pilhas de lixo salgado, montes de alga e peixes desesperados debatendo-se no rastro aquático. A água havia se reunido em uma onda gigante que se erguia como a lateral de uma montanha, como uma avalanche prestes a cair. Os gritos de crianças no calçadão haviam se transformado em berros. Enquanto Clary olhava horrorizada, viu que a borda da onda era transparente como uma membrana e através dela podia ver coisas que pareciam se mover sob a superfície do oceano, coisas enormes, escuras e amorfas, forçando contra a superfície da água. Levantou as mãos para o ar...

E acordou engasgada, o coração batendo dolorosamente contra as costelas. Estava na cama no quarto de hóspedes da casa de Luke, e a luz da tarde atravessava as cortinas. O cabelo estava grudado ao pescoço com o suor, e os braços queimavam e doíam. Quando se sentou e ligou o abajur da mesa de cabeceira, viu sem surpresa a Marca preta que percorria todo o seu antebraço.

Quando entrou na cozinha, percebeu que Luke tinha deixado um café da manhã para ela: um pão doce em uma caixinha de papelão manchada de gordura. Também havia deixado um bilhete na geladeira. *Fui ao hospital.*

Clary comeu o pão doce enquanto ia ao encontro de Simon. Ele deveria estar na esquina da Bedford perto da estação de metrô do trem L às 5 horas, mas não estava. Ela sentiu uma pontada de ansiedade antes de se lembrar da loja de discos usados na esquina da Sixth Avenue. Como não podia deixar de ser, ele estava olhando os CDs na seção de lançamentos. Estava com um casaco de veludo cor de ferrugem com uma manga rasgada e uma camiseta azul com o logotipo de um menino usando fones de ouvido e dançando com uma galinha. Ele sorriu ao vê-la.

— Eric acha que a gente deveria mudar o nome da banda para Mojo Pie — disse ele como saudação.

— Qual é o nome agora? Esqueci.

— Champagne Enema — respondeu enquanto selecionava um CD da Yo La Tengo.

— Troquem — disse Clary. — A propósito, eu sei o que a sua camiseta significa.

— Não sabe nada. — Ele foi até a frente da loja para comprar o CD. — Você é uma boa menina.

Lá fora o vento estava frio. Clary puxou o cachecol até o queixo.

— Fiquei preocupada quando não te vi na estação do metrô.

Simon puxou o gorro para baixo, franzindo o cenho como se a luz do sol incomodasse os olhos.

— Desculpe. Eu me lembrei que queria esse CD e pensei...

— Não tem problema. — Ela fez um gesto com a mão para ele. — O problema é comigo. Entro em pânico com muita facilidade hoje em dia.

— Bem, depois do que você passou, ninguém pode culpá-la. — Simon parecia abalado. — Ainda não consigo acreditar no que aconteceu com a Cidade do Silêncio. Não posso acreditar que você estava *lá*.

— Luke também não. Ele teve um ataque.

— Aposto que sim. — Eles estavam passando pelo McCarren Park, a grama sob os pés se tornando marrom e o ar repleto de luz dourada. Cachorros corriam sem coleira entre as árvores. *Tudo muda na minha vida, mas o mundo continua o mesmo*, pensou Clary. — Você já falou com Jace desde o que aconteceu? — perguntou Simon, mantendo a voz neutra.

— Não, mas falei com Isabelle e Alec algumas vezes. Aparentemente ele está bem.

— Ele pediu para ver você? É por isso que estamos indo?

— Ele não *precisa* pedir. — Clary tentou não demonstrar irritação enquanto viravam na rua de Magnus. Era ladeada de prédios baixos de armazéns que tinham sido transformados em lofts e estúdios para os moradores artistas (e ricos) de lá. A maioria dos carros estacionados no meio-fio era cara.

Enquanto se aproximavam do prédio de Magnus, Clary viu uma figura esguia se levantar de onde estava sentada. Alec. Ele estava usando um casaco preto longo, feito com o material resistente e ligeiramente brilhante que os Caçadores de Sombras gostavam de usar em seus equipamentos. Tinha as mãos e a garganta marcadas com símbolos, e pelo brilho fraco no ar que o rodeava era nítido que estava disfarçado com um feitiço para parecer invisível.

— Eu não sabia que você ia trazer o mundano. — Ele desviou os olhos azuis para Simon, desconfortável.

— É disso que eu mais gosto em vocês — disse Simon. — Sempre fazem com que eu me sinta muito bem-vindo.

— Ora vamos, Alec — disse Clary. — Qual é o problema? Não é como se o Simon nunca tivesse vindo aqui.

Alec soltou um suspiro teatral, deu de ombros e os guiou pelas escadas. Destrancou a porta do apartamento de Magnus utilizando uma chave prateada, que colocou de volta no bolso da frente do casaco assim que terminou de abri-la, como se esperasse que os acompanhantes não vissem.

À luz do dia o apartamento era como uma boate vazia deveria parecer durante as horas em que ficava fechada: escuro, sujo e surpreendentemente pequeno. As paredes eram nuas, marcadas aqui e ali com tinta brilhosa, e os tacos do chão onde as fadas haviam dançado uma semana antes eram deformados e escorregadios por causa do efeito do tempo.

— Olá, olá. — Magnus surgiu na frente deles. Estava usando uma túnica verde de seda que ia até o chão aberta sobre uma blusa prateada de malha e uma calça jeans preta. Uma pedra vermelha brilhante piscava em sua orelha esquerda. — Alec, meu querido. Clary. E menino rato. — Ele fez uma breve reverência para Simon, que parecia entediado. — A que devo o prazer?

— Viemos ver o Jace — disse Clary. — Ele está bem?

— Não sei — disse Magnus. — Ele costuma ficar deitado no chão daquele jeito sem se mexer?

— O que... — começou Alec, mas parou quando Magnus riu. — Não tem graça.

— É tão fácil provocá-lo. E, sim, o seu amigo está bem. Bem, exceto pelo fato de que fica tirando tudo do lugar e tentando limpar. E agora não acho nada. Ele é compulsivo.

— Ele realmente gosta das coisas arrumadas — disse Clary, pensando no seu quarto impecável no Instituto.

— Bem, eu não. — Magnus estava observando com o canto do olho enquanto Alec olhava fixamente a distância, franzindo o cenho. — Jace está lá dentro, se quiserem vê-lo. — Ele apontou para a porta no final da sala.

"Lá dentro" acabou se revelando uma salinha de tamanho médio surpreendentemente aconchegante, com paredes manchadas, cortinas de veludo sobre as janelas e poltronas de tecido como icebergs amplos e coloridos em um mar de carpete bege. Havia um sofá cor-de-rosa arrumado com lençóis e um cobertor, ao lado, uma bolsa cheia de roupas. Nenhuma luz penetrava pelas cortinas pesadas; a única fonte de luminosidade era a tela da televisão, que brilhava apesar de o aparelho não estar ligado na tomada.

— O que está passando? — perguntou Magnus.

— *Esquadrão da moda* — disse a voz pausada familiar, que emanava de uma figura esparramada em uma das poltronas. Ele se sentou para a frente e, por um instante, Clary pensou que Jace pudesse se levantar para cumprimentá-los. Em vez disso, balançou a cabeça em direção à tela. — Calça cáqui de cintura alta? Quem usa isso? — Ele se virou e olhou para Magnus. — Energia sobrenatural praticamente ilimitada, e você só usa para assistir a reprises. Que desperdício.

— Além disso, TV a cabo funciona do mesmo jeito — destacou Simon.

— O meu jeito é mais barato. — Magnus bateu palmas e a sala de repente se inundou com luminosidade. Jace, acomodado na cadeira, levantou o braço para cobrir o rosto. — Você consegue fazer *isso* sem mágica?

— Na verdade — disse Simon —, consigo. Se você assistisse a programas de venda saberia disso.

Clary sentiu que o clima na sala estava despencando.

— Chega — disse ela. Olhou para Jace, que tinha baixado o braço e estava piscando os olhos, irritado com a luz. — Nós temos que conversar — disse ela. — Todos nós. Sobre o que vamos fazer agora.

— Eu ia assistir a *Project Runway* — disse Jace. — Vai passar em seguida.

— Não vai, não — disse Magnus. Ele estalou os dedos e a TV desligou, soltando uma pequena nuvem de fumaça enquanto a imagem sumia. — Você precisa lidar com isso.

— De repente está interessado em resolver os meus problemas?

— Estou interessado em ter o meu apartamento de volta. Estou cansado de você limpando o tempo todo. — Magnus estalou o dedo novamente, de forma ameaçadora. — Levante.

— Ou você vai ser o próximo a ir pelos ares — disse Simon, contente.

— Não há necessidade de esclarecer o meu estalar de dedos — disse Magnus. — A implicação ficou bem clara no estalo em si.

— Tudo bem. — Jace se levantou da cadeira. Estava descalço e havia uma linha de pele cinza-arroxeada no pulso onde os hematomas ainda estavam se curando. Parecia cansado, mas não como se ainda sentisse dor. — Vocês querem uma mesa redonda, podemos fazer uma mesa redonda.

— Adoro mesas redondas — disse Magnus alegremente. — Combinam mais comigo do que as quadradas.

Na sala, Magnus produziu uma enorme mesa circular cercada por cinco cadeiras de madeira com encostos altos.

— Incrível — disse Clary, deslizando para uma das cadeiras. Era surpreendentemente confortável. — Como é que se pode criar alguma coisa do nada desse jeito?

— Não pode — disse Magnus. — Tudo vem de algum lugar. Essas aqui vêm de uma loja que copia antiguidades na Quinta Avenida, por exemplo. E esses — de repente cinco copos de papel apareceram sobre a mesa, vapor exalando gentilmente dos respectivos buracos nas tampas de plástico — vêm do Dean & DeLuca na Broadway.

— Isso parece roubo, não? — Simon puxou um copo para si. Tirou a tampa. — Hum... Mochaccino. — Ele olhou para Magnus. — Você pagou por isso?

— Óbvio — disse Magnus enquanto Jace e Alec riam silenciosamente. — Faço notas de dólar aparecerem magicamente na caixa registradora deles.

— Sério?

— Não. — Magnus tirou a tampa do próprio café. — Mas você pode fingir que sim se fizer com que se sinta melhor. Então, qual é o primeiro item da nossa lista de discussão?

Clary pôs as mãos ao redor do próprio copo de café. Podia ser roubado, mas também era quente e cheio de cafeína. Ela poderia passar no Dean & DeLuca depois e depositar um dólar no pote de gorjeta alguma hora.

— Descobrir o que está acontecendo seria um bom começo — disse ela, soprando a espuma. — Jace, você disse que o que aconteceu na Cidade do Silêncio foi culpa de Valentim?

Jace olhou para o próprio café.

— Foi.

Alec pôs a mão no braço de Jace.

— O que aconteceu? Você o viu?

— Eu estava na cela — disse Jace com uma voz sem emoção. — Ouvi os Irmãos do Silêncio gritando. Em seguida Valentim desceu com... com alguma coisa. Não sei o que era. Tipo uma fumaça, com olhos brilhantes. Um demônio, mas não era como nenhum que eu já tenha visto. Ele veio até a grade e me disse...

— Disse o quê? — A mão de Alec deslizou do braço para o ombro de Jace. Magnus limpou a garganta e Alec baixou a mão, ruborizado, enquanto Simon sorria diante do café intocado.

— Maellartach — disse Jace. — Ele queria a Espada da Alma e matou os Irmãos do Silêncio para consegui-la.

Magnus estava franzindo o cenho.

— Alec, ontem à noite, quando os Irmãos do Silêncio convocaram ajuda, onde estava o Conclave? Por que não havia ninguém no Instituto?

Alec pareceu surpreso por a pergunta ter sido dirigida a ele.

— Houve um assassinato do Submundo no Central Park ontem à noite. Um menino fada foi morto. O corpo estava sem sangue.

— Aposto que a Inquisidora acha que fui eu também — disse Jace. — O meu reino de terror continua.

Magnus se levantou e foi para a janela. Abriu a cortina, permitindo que entrasse luz o suficiente para iluminar a silhueta de seu perfil de falcão.

— Sangue — disse ele, meio para si mesmo. — Eu tive um sonho, duas noites atrás. Vi uma cidade inteira de sangue, com torres feitas de ossos, e sangue correndo como água pelas ruas.

Simon olhou para Jace.

— Ficar na janela murmurando sobre sangue é algo que ele faz sempre?

— Não — respondeu Jace. — Às vezes ele faz isso sentado no sofá.

Alec lançou um olhar severo para os dois.

— Magnus, o que há de errado?

— O sangue — disse Magnus novamente. — Não pode ser coincidência. — Ele parecia estar olhando para a rua. O sol se punha rapidamente sobre a silhueta da cidade a distância: o céu estava listrado com cor de alumínio e ouro rosado. — Ocorreram diversos assassinatos de seres do Submundo essa semana. Um feiticeiro, morto em um edifício perto do porto da South Street. Estava com o pescoço e os pulsos cortados, e o sangue havia sido drenado do corpo. E um lobisomem foi morto no Hunter's Moon há alguns dias. A garganta dele também estava cortada.

— Parece coisa de vampiros — comentou Simon, repentinamente pálido.

— Acho que não — diz Jace. — Pelo menos Raphael disse que não era obra das Crianças Noturnas. Ele pareceu inflexível a esse respeito.

— É, porque *ele* é confiável — murmurou Simon.

— Nesse caso acho que ele está falando a verdade — disse Magnus, fechando a cortina. Tinha o rosto anguloso, sombreado. Enquanto voltava para a mesa, Clary viu que trazia um livro pesado, envolvido em tecido verde. Ela não achava que ele o estivesse segurando alguns momentos antes. — Houve forte presença demoníaca em ambos os locais. Acho que outra pessoa foi responsável por todas as três mortes. Não Raphael e o clã dele, mas Valentim.

Os olhos de Clary foram para Jace. Sua boca estava apertada.

— Por que acha isso? — foi tudo o que perguntou, no entanto.

— A Inquisidora achou que o assassinato do menino fada foi uma distração — disse ele rapidamente. — Para que pudesse invadir a Cidade do Silêncio sem se preocupar com o Conclave.

— Existem maneiras mais simples de criar uma distração — disse Jace —, e não é uma decisão sábia se indispor com o Povo das Fadas. Ele não teria assassinado um deles se não tivesse motivo.

— Ele teve motivo — disse Magnus. — Havia algo que ele queria do menino fada, assim como havia algo que queria do feiticeiro e do lobisomem que matou.

— E o que era? — perguntou Alec.

— O sangue — disse Magnus, e abriu o livro verde. Nas páginas finas de pergaminho havia palavras escritas que brilhavam como fogo. — Ah, aqui. — Ele levantou o olhar, cutucando a página com uma unha afiada. Alec se inclinou para a frente. — Você não vai conseguir ler — alertou Magnus. — Está escrito em uma língua demoníaca. Purgatês.

— Mas consigo reconhecer os desenhos. Essa é Maellartach. Já vi antes em livros. — Alec apontou para uma ilustração de uma espada prateada, familiar a Clary; era a espada que percebera que estava faltando na parede da Cidade do Silêncio.

— O Ritual da Conversão Infernal — disse Magnus. — É isso que Valentim está tentando fazer.

— O que do quê? — Clary franziu a testa.

— Todo objeto mágico tem uma aliança — explicou Magnus. — A aliança da Espada da Alma é de serafim, como aquelas facas angelicais que vocês, Caçadores de Sombras, utilizam, mas mil vezes mais poderosa, porque o poder foi extraído do próprio Anjo, não simplesmente da invocação do nome angelical. O que Valentim quer é reverter a aliança, tornar um objeto de poder demoníaco, em vez de angelical.

— Bem legítimo para mal legítimo — disse Simon, satisfeito.

— Ele está citando *Dungeons and Dragons* — explicou Clary. — Ignorem.

— Como a espada do Anjo, Maellartach teria uso limitado para Valentim — disse Magnus. — Mas como uma espada cujo poder demoníaco se iguala ao poder angelical possuído outrora, bem, há muito que pode oferecer a ele. Poder sobre demônios, por exemplo. Não apenas a proteção limitada que o Cálice oferece, mas o poder de invocar demônios e forçá-los a obedecerem-no.

— Um exército de demônios? — disse Alec.

— Esse cara gosta de exércitos — observou Simon.

— Poder até para levá-los a Idris, talvez — concluiu Magnus.

— Não sei por que ele quereria ir para lá — disse Simon. — É lá que ficam todos os caçadores de demônios, não é? Eles não *aniquilariam* os demônios?

— Demônios vêm de outras dimensões — disse Jace. — Não sabemos quantas existem. O número pode ser infinito. Os encantos mantêm a maioria afastada, mas se viessem todos de uma vez...

Infinito, pensou Clary. Ela se lembrou do Demônio Maior Abbadon, e tentou imaginar centenas dele. Ou milhares. Sentia a pele fria e exposta.

— Não entendo — disse Alec. — O que o ritual tem a ver com seres do Submundo mortos?

— Para realizar o Ritual de Conversão, você precisa ferver a Espada até que ela esteja vermelha de tão quente, em seguida esfriá-la quatro vezes, cada uma delas no sangue de um filho do Submundo. Uma vez no de um filho de Lilith, outra no sangue de um filho da lua, então no de um filho da noite e ainda no de um filho das fadas — explicou Magnus.

— Meu Deus — disse Clary. — Então ele ainda não terminou a matança? Ainda falta mais uma criança?

— Mais duas. Ele não teve sucesso com o filhote de lobisomem. Foi interrompido antes que pudesse extrair todo o sangue do qual precisava. — Magnus fechou o livro, e poeira voou das páginas. — Seja qual for o objetivo final do Valentim, ele já avançou mais de meio caminho na conversão da Espada. Provavelmente já consegue obter algum poder dela. Já poderia estar invocando demônios...

— Mas é de se esperar que se ele estivesse fazendo isso houvesse relatórios de perturbações, excesso de atividade demoníaca — disse Jace. — Mas a Inquisidora disse que o que está acontecendo é o oposto, que tudo tem estado calmo.

— Era de se esperar que estivesse mesmo — disse Magnus — se Valentim estivesse chamando *todos os demônios para si*. Não é à toa que está tudo calmo.

Todos se entreolharam. Antes que qualquer um pudesse pensar em algo para dizer, um barulho agudo cortou a sala, fazendo Clary se assustar. Caiu café quente no pulso dela, que engasgou com a dor repentina.

— É a minha mãe — disse Alec, verificando o telefone. — Já volto. — Ele foi até a janela e manteve a cabeça abaixada e a voz baixa demais para que se pudesse escutar.

— Deixe eu ver — disse Simon, pegando a mão de Clary. Havia uma mancha vermelha no pulso dela onde o líquido quente a escaldara.

— Estou bem. Nada demais.

Simon levantou a mão dela e beijou o machucado.

— Agora vai melhorar.

Clary emitiu um ruído de espanto. Ele nunca tinha feito nada como aquilo antes. Mas esse era o tipo de coisa que namorados faziam, não era? Puxando o pulso de volta, ela se voltou para o outro lado da mesa e viu Jace olhando fixamente para eles com os olhos dourados ardendo.

— Você é uma Caçadora de Sombras — disse ele. — Sabe cuidar de ferimentos. — Ele empurrou a estela através da mesa em direção a ela. — Use-a.

— Não — disse Clary, e empurrou a estela de volta.

Jace bateu a mão sobre a estela.

— Clary...

— Ela disse que não quer — disse Simon. — Ha-ha.

— Ha-ha? — Jace parecia incrédulo. — *Essa* é a sua resposta?

Desligando o telefone, Alec se aproximou da mesa com um olhar confuso.

— O que está acontecendo?

— Parece que estamos presos em uma cena de novela mexicana — observou Magnus. — Tudo muito chato.

Alec afastou um fio de cabelo dos olhos.

— Falei com a minha mãe sobre a Conversão Infernal.

— Deixem-me adivinhar — disse Jace. — Ela não acreditou. E, além disso, botou toda a culpa em mim.

Alec franziu o cenho.

— Não exatamente. Ela disse que levaria o assunto ao Conclave, mas não tinha a atenção da Inquisidora no momento. Tenho a impressão de que a Inquisidora tirou a minha mãe do caminho e assumiu. Ela parecia irritada. — O telefone em sua mão tocou outra vez. Ele levantou um dedo. — Desculpem, é Isabelle. Um segundo. — Alec foi até a janela com o telefone na mão.

Jace olhou para Magnus.

— Acho que você tem razão quanto ao lobisomem no Hunter's Moon. O cara que encontrou o corpo disse que tinha alguém no beco com ele. Alguém que fugiu.

Magnus fez que sim com a cabeça.

— O que me parece é que Valentim foi interrompido no meio do que quer que ele estivesse fazendo para conseguir o sangue de que precisa. Provavelmente vai tentar outra vez com outra criança licantrope.

— Tenho que avisar Luke — disse Clary, levantando da cadeira.

— Espere. — Alec estava de volta com o telefone na mão e uma expressão peculiar no rosto.

— O que Isabelle queria? — perguntou Jace.

Alec hesitou.

— Ela disse que a rainha da corte Seelie requisitou uma audiência conosco.

— Óbvio — disse Magnus. — E Madonna quer que eu seja dançarino dela na próxima turnê mundial.

Alec pareceu confuso.

— Quem é Madonna?

— Quem é a rainha da corte Seelie? — perguntou Clary.

— É a rainha das fadas — disse Magnus. — Bem, a rainha local pelo menos.

Jace pôs a cabeça entre as mãos.

— Diga a Isabelle que não.

— Mas ela acha uma boa ideia — protestou Alec.

— Então diga que não *duas vezes*.

Alec franziu o cenho.

— O que você quer dizer com isso?

— Ah, apenas que algumas das ideias de Isabelle são magníficas, e outras são desastres completos. Lembra daquela ideia que ela teve de usar túneis abandonados do metrô para se deslocar sob a cidade? Não vamos nem começar a falar dos ratos gigantes...

— Na verdade, eu preferia não falar sobre rato nenhum — disse Simon

— Dessa vez é diferente — disse Alec. — Ela quer que a gente vá à corte Seelie.

— Você tem razão, dessa vez é diferente — disse Jace. — É a pior ideia que ela já teve *na vida*.

— Ela conhece um cara na corte — disse Alec. — Ele disse a ela que a rainha Seelie está interessada em nos encontrar. A Isabelle ouviu a minha conversa com a nossa mãe e achou que se pudéssemos explicar a nossa teoria sobre Valentim e a Espada da Alma para a rainha, a corte Seelie ficaria do nosso lado, talvez até se aliasse a nós contra o Valentim.

— É seguro ir até lá? — perguntou Clary.

— É óbvio que não é *seguro* — disse Jace, como se ela tivesse feito a pergunta mais idiota que ele já tinha ouvido.

Ela lançou um olhar irritado para ele.

— Não sei nada sobre a corte Seelie. De vampiros e lobisomens eu entendo. Existem filmes suficientes sobre eles, mas fadas são coisas de criança. Eu me vesti de fada no dia das bruxas quando tinha 8 anos. A minha mãe fez um chapéu para mim em forma de flor.

— Eu me lembro disso. — Simon tinha se encostado para trás na cadeira, com os braços cruzados sobre o peito. — Eu fui um Transformer. Na verdade, um Decepticon.

— Podemos voltar ao assunto? — pediu Magnus.

— Tudo bem — disse Alec. — A Isabelle acha, e eu *concordo*, que não é uma boa ideia ignorar o Povo das Fadas. Se eles querem conversar, que mal há nisso? Além do mais, se a corte Seelie estivesse do nosso lado, a Clave *teria* que ouvir o que temos a dizer.

Jace riu sem humor.

— O Povo das Fadas não ajuda *humanos*.

— Caçadores de Sombras não são humanos — disse Clary. — Não de verdade.

— Não somos muito melhores para eles — disse Jace.

— Não podem ser piores que vampiros — murmurou Simon. — E você se virou bem com eles.

Jace olhou para Simon como se ele fosse algo que tivesse encontrado crescendo sob uma pia.

— Se *virou bem com eles*? Com isso acho que você quer dizer que nós sobrevivemos?

— Bem...

— Fadas — continuou Jace, como se Simon não tivesse falado —, são frutos de demônios e anjos: têm a beleza dos anjos e a perversidade dos demônios. Um vampiro pode atacá-lo, se você entrar no domínio deles, mas uma fada pode fazê-lo dançar até morrer, com as pernas se reduzindo a tocos, atraí-lo para nadar à meia-noite e arrastá-lo aos gritos para debaixo da água até seus pulmões explodirem, encher os olhos com pó de fada até você arrancá-los das órbitas.

— Jace! — irritou-se Clary, interrompendo-o no meio do discurso. — Cale a boca. Meu Deus. Chega.

— Olha só, é fácil ser mais esperto do que um lobisomem ou um vampiro — disse Jace. — Eles não são mais inteligentes do que ninguém. Mas fadas vivem centenas de anos e são ardilosas como cobras. Não podem mentir, mas adoram praticar o relato criativo de verdades. Descobrem o que você mais quer no mundo e lhe dão, mas com um veneno presente que fará com que você se arrependa eternamente por um dia tê-lo desejado — suspirou. — Não costumam ajudar pessoas, costumam prejudicá-las fingindo que estão ajudando.

— E você acha que nós não somos inteligentes o suficiente para perceber a diferença? — perguntou Simon.

— Eu não acho que você seja inteligente o suficiente para não ser transformado em um rato por acidente.

Simon olhou para ele fixamente.

— Não vejo qual é a importância da sua opinião quanto ao que devemos fazer — disse ele. — Considerando que não pode ir conosco. Você não pode ir a lugar nenhum.

Jace se levantou, empurrando a cadeira para trás violentamente.

— Você não vai levar Clary para a corte Seelie sem mim e *ponto final*.

Clary o encarou boquiaberta. Ele estava vermelho de raiva, com os dentes cerrados e as veias saltadas no pescoço. Também estava evitando olhar para ela.

— Eu posso cuidar de Clary — disse Alec, e havia pesar na voz dele; se era por Jace ter duvidado de suas habilidades ou por outro motivo, Clary não sabia.

— Alec — disse Jace, com os olhos fixos no amigo. — Não. Você não pode.

Alec engoliu em seco.

— Nós vamos — disse ele. Pronunciou as palavras como um pedido de desculpas. — Jace, seria uma estupidez ignorar uma solicitação da corte Seelie. Além disso, Isabelle provavelmente já disse a eles que vamos.

— Não tem a menor chance de eu deixar você fazer isso, Alec — disse Jace com uma voz perigosa. — Eu luto com você se for preciso.

— Por mais que isso soe tentador — disse Magnus, dobrando as mangas longas e prateadas —, existe outra maneira.

— Que outra maneira? É uma ordem da Clave, não posso escapar na malandragem.

— Mas eu posso — sorriu Magnus. — Nunca duvide das minhas habilidades no campo da malandragem, Caçador de Sombras, pois elas são épicas e memoráveis em sua esfera de ação. Encantei o contrato com a Inquisidora de modo que eu pudesse deixá-lo sair por um curto espaço de tempo se desejasse, desde que outro Nephilim estivesse disposto a assumir o seu lugar.

— Onde você vai encontrar outro... Ah! — disse Alec humildemente. — Está falando de mim.

Jace ergueu as sobrancelhas.

— Ah, agora você não *quer* ir à corte Seelie?

Alec enrubesceu.

— Acho mais importante você ir do que eu. Você é o filho de Valentim, tenho certeza de que é você que a rainha realmente quer ver. Além disso, você é charmoso.

Jace o encarou.

— Talvez não agora — corrigiu Alec. — Mas *geralmente* você é charmoso. E as fadas são muito suscetíveis a charme.

— E se você ficar aqui, tenho toda a primeira temporada de *Gilligan's Island* em DVD — disse Magnus.

— Ninguém poderia recusar *isso* — disse Jace. Ele continuava sem olhar para Clary.

— Isabelle pode encontrar com vocês no parque perto do lago das Tartarugas — disse Alec. — Ela conhece uma entrada secreta para a corte. Vai estar esperando.

— E uma última coisa — disse Magnus, balançando um dedo decorado com um anel para Jace. — Tente não ser morto na corte Seelie. Se você morrer, terei muitas explicações para dar.

Com isso, Jace sorriu. Era um sorriso perturbador, menos um flash de divertimento do que o brilho de uma lâmina ao ser retirada da bainha.

— Sabe — disse ele —, suspeito que vá ter que dar explicações comigo morrendo ou não.

Gavinhas espessas de musgo e plantas cercavam a borda do lago das Tartarugas em um contorno verde. A superfície da água estava parada, ondulando aqui e ali onde patos passavam flutuando, ou agitando-se com o brilho prateado de um rabo de peixe.

Havia um pequeno mirante de madeira construído sobre a água; Isabelle estava sentada nele, olhando para o lago. Parecia uma princesa em um conto de fadas, esperando no alto da torre que alguém se aproximasse para resgatá-la.

Não que Isabelle tivesse um comportamento que de alguma forma lembrasse uma princesa tradicional. Com seu chicote, suas botas e suas facas faria picadinho de qualquer um que tentasse prendê-la em uma torre, construiria uma ponte com os restos e caminharia despreocupada de volta para a liberdade, e o *tempo todo* com o cabelo maravilhoso. Isso fazia de Isabelle alguém difícil de se gostar, apesar de Clary tentar.

— Izzy — disse Jace ao se aproximarem do lago, e ela deu um salto e girou. Tinha um sorriso deslumbrante.

— Jace! — Ela voou até ele e o abraçou. Era assim que irmãs deveriam agir, pensou Clary. Não completamente rígidas, estranhas e peculiares, mas felizes e amorosas. Ao observar Jace abraçando Isabelle, tentou ensinar às próprias feições como formar uma expressão feliz e amorosa.

— Você está bem? — perguntou Simon com alguma preocupação. — Os seus olhos estão vesgos.

— Estou bem. — Clary abandonou a tentativa.

— Tem certeza? Você parece meio... *contorcida*.

— Deve ser alguma coisa que eu comi.

Isabelle se aproximou com Jace a um passo dela. Usava um longo vestido preto com botas e um casaco ainda mais longo, de veludo verde macio, cor de musgo.

— Não acredito que você conseguiu! — exclamou ela. — Como convenceu Magnus a deixar Jace sair?

— Eu o troquei por Alec — respondeu Clary.

Isabelle pareceu levemente alarmada.

— *Permanentemente*?

— Não — disse Jace. — Só por algumas horas. A não ser que eu não volte — disse pensativamente. — Nesse caso, talvez ele possa segurá-lo. Tipo um aluguel com opção de compra.

Isabelle parecia incerta.

— A mamãe e o papai não vão gostar nem um pouco, se descobrirem.

— Que você libertou um possível criminoso trocando-o pelo irmão com um feiticeiro que parece um *Sonic* gay e se veste como o Pegador de Crianças de *O calhambeque mágico*? — perguntou Simon. — Não, provavelmente não.

Jace olhou para ele pensativo.

— Existe alguma razão específica para você estar aqui? Não tenho certeza de que devemos levá-lo à corte Seelie. Eles detestam mundanos.

Simon revirou os olhos.

— Isso de novo não.

— O que de novo não? — perguntou Clary.

— Toda vez que eu o irrito, ele recorre à política de "não é permitida a entrada de mundanos". — Simon apontou para Jace. — Deixe-me lembrá-lo que, da última vez que vocês quiseram me deixar para trás, eu salvei a vida de todo mundo.

— Óbvio — disse Jace. — Uma vez...

— As cortes de fadas *são* perigosas — interrompeu Isabelle. Um vento cortante tinha começado a soprar. Soprou folhas secas no chão à frente deles e fez Simon estremecer. Ele colocou as mãos nos bolsos de lã do casaco.

— Você não precisa ir — disse Clary.

Ele olhou para ela, um olhar firme e calculado. Ela se lembrou dele na casa de Luke, chamando-a de *minha namorada* sem qualquer medida, dúvida ou indecisão. Podia-se dizer tudo sobre Simon exceto que ele não sabia o que queria.

— Preciso — disse ele. — Preciso sim.

Jace emitiu um ruído baixo.

— Então acho que estamos prontos — disse ele. — Não espere nenhum tratamento especial, mundano.

— Veja pelo lado bom — disse Simon. — Se precisarem de um sacrifício humano, podem me oferecer. Não sei se o restante de vocês se qualifica.

Jace se alegrou.

— É sempre bom quando alguém se oferece para ser o primeiro no paredão.

— Vamos — disse Isabelle. — A porta está prestes a abrir.

Clary olhou em volta. O sol tinha se posto completamente e a lua estava alta, uma fatia branca cremosa projetando um reflexo no lago. Não estava exatamente cheia, mas sombreada em um dos lados, com a aparência de um olho entreaberto. O vento noturno soprava nos galhos das árvores, fazendo-os bater uns contra os outros com o som de ossos ocos.

— Para onde vamos? — perguntou Clary. — Onde é a porta?

O sorriso de Isabelle era como um segredo sussurrado.

— Sigam-me.

Ela foi até a borda da água, as botas deixando marcas profundas na lama molhada. Clary a seguiu, satisfeita por estar usando jeans e não uma saia enquanto Isabelle segurava o casaco e o vestido por cima dos joelhos, deixando as pernas brancas e finas expostas acima das botas. Tinha a pele coberta de Marcas como chamas de fogo negro.

Atrás dela, Simon praguejou ao escorregar na lama; Jace fez um movimento automático para ajudá-lo enquanto todos viravam. Simon retraiu o braço.

— Não preciso da sua ajuda.

— Parem. — Isabelle bateu com o pé na água rasa da beira do lago. — Vocês dois. Aliás, vocês três. Se não ficarmos unidos na corte Seelie, estamos mortos.

— Mas eu não... — começou Clary.

— Talvez você não, mas o jeito que você deixa esses dois agirem... — Isabelle indicou os meninos com um aceno desdenhoso de mão.

— Não posso dizer a eles o que fazer!

— Por que não? — perguntou a outra menina. — Honestamente, Clary, se você não começar a utilizar um pouco da sua superioridade feminina natural, não sei o que vou fazer com você. — Ela virou-se para o lago, em seguida voltou-se novamente. — E antes que eu me esqueça — acrescentou com severidade —, pelo amor do Anjo, *não* comam nem bebam nada enquanto estivermos no subsolo; nenhum de vocês, tá?

— Subsolo? — Simon perguntou, preocupado. — Ninguém disse nada sobre subsolo.

Isabelle jogou as mãos no ar e mergulhou no lago. O casaco verde de veludo girou ao redor dela como um enorme lírio.

— Vamos. Só temos até os movimentos da lua.

O que da lua? Balançando a cabeça, Clary pisou no lago. A água era rasa e límpida; sob o brilho das estrelas ela podia ver as formas escuras de pequenos peixes passando em torno de seus calcanhares. Ela cerrou os dentes ao avançar pelo lago. O frio era intenso.

Atrás dela, Jace entrou na água com uma graça contida que mal fez a superfície ondular. Atrás dele, Simon espirrava água e praguejava. Isabelle, tendo chegado ao centro do lago, ficou parada lá, com água até as costelas. Estendeu a mão em direção a Clary.

— Pare.

Clary parou. Bem à frente dela, o reflexo da lua brilhava sobre a água como uma enorme travessa de prata. Alguma parte dela sabia que não funcionava assim; a lua tinha que se afastar de você quando você se aproximava, sempre recuando, mas lá estava, pairando sobre a superfície da água como se estivesse ancorada no lugar.

— Jace, você primeiro — disse Isabelle e acenou para ele. — Venha.

Ele ultrapassou Clary, cheirando a couro e carvão. Ela o viu sorrir ao virar, em seguida deu um passo para trás, para o reflexo da lua — e desapareceu.

— Certo — disse Simon, incomodado. — Certo, isso foi estranho.

Clary olhou para ele. Estava com água somente até os quadris, mas tremia e as mãos abraçavam os cotovelos. Ela sorriu para ele e deu um passo para trás, sentindo um choque mais gelado quando foi para o reflexo prateado cintilante. Ela balançou por um momento, como se tivesse perdido o equilíbrio no degrau mais alto da escada, em seguida caiu para trás na escuridão enquanto a lua a engolia.

Clary atingiu um chão de terra, tropeçou e sentiu uma mão no braço, endireitando-a. Era Jace.

— É só ter calma — disse ele, e a soltou.

Ela estava ensopada, filetes de água gelada corriam pelas costas da blusa, o cabelo molhado estava grudado ao rosto. As roupas encharcadas pareciam pesar uma tonelada.

Estava em um corredor sujo, iluminado por um musgo ligeiramente brilhante. Um emaranhado de vinhas formava uma cortina em uma das extremidades do corredor e gavinhas longas e peludas pendiam do teto como cobras. Raízes de árvores, percebeu Clary. Estavam no nível subterrâneo. E era frio ali, frio o bastante para que se formassem nuvens de fumaça quando ela respirava.

— Frio? — Jace também estava ensopado, os cabelos claros quase sem cor onde grudavam nas bochechas e na testa. Corria água dos jeans molhados e da jaqueta, e a blusa branca que vestia estava completamente transparente. Ela podia ver as linhas escuras das Marcas permanentes através da blusa e a cicatriz fraca no ombro.

Clary desviou o olhar rapidamente. Tinha água nos cílios, borrando a visão como lágrimas.

— Estou bem.

— Você não parece bem. — Ele se aproximou, e ela pôde sentir o calor que vinha dele mesmo através das roupas molhadas, aquecendo sua pele gelada.

Uma forma escura passou por perto, ela viu com o canto do olho, e atingiu o chão com uma batida. Era Simon, também ensopado. Ele rolou para cima dos joelhos e olhou em volta freneticamente.

— Meus óculos...

— Estão comigo. — Clary estava acostumada a recuperar os óculos dele durante jogos de futebol. Eles pareciam cair sempre embaixo dos pés dele, onde eram inevitavelmente pisoteados. — Aqui.

Ele os colocou, tirando a sujeira das lentes.

— Obrigado.

Clary podia sentir Jace observando-os, sentia os olhos dele como um peso sobre os ombros. Imaginou se Simon também sentia. Ele se levantou, franzindo o cenho, exatamente quando Isabelle caiu, aterrissando graciosamente de pé. Água pingava dos longos cabelos brilhantes e descia pelo casaco de veludo pesado, mas ela mal parecia notar.

— Oooh, isso foi divertido.

— Já sei — disse Jace. — Vou te dar um dicionário de Natal esse ano.

— Por quê? — perguntou Isabelle.

— Para você procurar o significado de "divertido". Não sei se você sabe.

Isabelle puxou a massa pesada de cabelo para a frente e a torceu como se estivesse lavando roupa.

— Você está jogando água no meu chope.

— O chope já está bem aguado, caso não tenha percebido — Jace olhou em volta. — E agora? Para que lado vamos?

— Para lado nenhum — disse Isabelle. — Esperamos aqui e eles vêm nos buscar.

Clary não se impressionou com a sugestão.

— Como eles sabem que estamos aqui? Tem uma campainha que temos que tocar ou algo do tipo?

— A corte sempre sabe o que acontece no seu território. A nossa presença não vai passar despercebida.

Simon olhou desconfiado para ela.

— E como você sabe tanto sobre fadas e a corte Seelie?

Para a surpresa de todos, Isabelle enrubesceu. Um instante mais tarde a cortina de vinhas se abriu e um homem fada passou por ela, sacudindo os longos cabelos. Clary já tinha visto alguns deles na festa de Magnus e tinha se impressionado tanto com a beleza fria quanto com um aspecto meio alienígena mesmo enquanto dançavam e bebiam. Aquele não era exceção: os cabelos caíam em camadas azuis e pretas ao redor de um adorável rosto frio e anguloso; tinha olhos verdes como vinhas ou musgo e uma marca de nascença ou uma tatuagem em forma de folha em uma das maçãs do rosto. Usava uma armadura marrom prateada como tronco de árvore no inverno e quando se movia a armadura exibia uma infinidade de cores: preto turfa, verde musgo, cinza, azul celeste.

Isabelle soltou um grito e se jogou nos braços dele.

— Meliorn!

— Ah — disse Simon, baixinho e sem nenhum sinal de divertimento —, então é assim que ela sabe.

O homem fada — Meliorn — olhou solenemente para ela, em seguida se soltou e colocou-a gentilmente de lado.

— Não é hora para afeto — disse ele. — A rainha da corte Seelie solicitou uma reunião com os três Nephilim de vocês. Vão comparecer?

Clary colocou a mão no ombro de Simon, protetora.

— E o nosso amigo?

Meliorn estava impassível.

— Humanos mundanos não são permitidos na corte.

— Gostaria que alguém tivesse dito isso antes — disse Simon para ninguém em particular. — Então devo esperar aqui até vinhas começarem a crescer em mim?

Meliorn considerou.

— Isso pode proporcionar um bom divertimento.

— Simon não é um mundano comum. Ele é confiável — disse Jace, para espanto de todos, mais de Simon do que do restante. Clary percebeu que Simon ficou surpreso, porque ele encarou Jace sem dizer nada. — Ele já lutou muitas batalhas conosco.

— Com isso você quer dizer uma batalha — murmurou Simon. — Duas se contar a batalha da qual eu participei como um rato.

— Não vamos entrar na corte Seelie sem ele — disse Clary, com a mão ainda no ombro de Simon. — Foi a sua rainha quem requisitou essa audiência conosco, lembra? Não foi nossa ideia vir aqui.

Uma faísca de divertimento sombrio passou pelos olhos verdes de Meliorn.

— Como queiram — disse ele. — E que não seja dito que a corte Seelie não respeita os desejos dos seus convidados. — Ele fez um giro perfeito e começou a guiá-los pelo corredor sem parar para ver se o estavam seguindo. Isabelle se apressou para caminhar ao lado dele, e Jace, Clary e Simon os seguiram em silêncio.

— É *permitido* se envolver com fadas? — perguntou Clary finalmente. — A sua... Os Lightwood aceitariam bem Isabelle e... como ele se chama?

— Meliorn — disse Simon.

— E Meliorn saindo?

— Não tenho certeza se eles estão *saindo* — disse Jace, enfatizando a última palavra com pesada ironia. — Diria que eles ficam mais tempo em casa. Ou, nesse caso, embaixo de casa.

— Parece que você não aprova. — Simon empurrou uma raiz de árvore de lado. Eles tinham ido de um corredor de paredes sujas para outro revestido de pedras lisas, com apenas algumas raízes penduradas entre as pedras acima. O chão era de alguma espécie de material rígido polido, não mármore, mas pedra raiada e marcada com linhas de material brilhante, como joias em pó.

— Não reprovo exatamente — disse Jace. — As fadas são conhecidas por flertar com mortais ocasionalmente, mas sempre os abandonam, em geral em péssimas condições.

As palavras fizeram um calafrio percorrer a espinha de Clary. Naquele instante, Isabelle riu, e Clary pôde perceber por que Jace havia baixado a voz, pois as paredes de pedra projetaram a voz de Isabelle amplificada e a fizeram ecoar, de modo que a risada que soltou parecia vir das paredes.

— Você é hilário! — Ela tropeçou quando o salto da bota ficou preso entre duas pedras, e Meliorn a amparou e a ajudou a se endireitar sem mudar de expressão.

— Não entendo como vocês humanos conseguem andar com sapatos tão altos.

— É o meu lema — disse Isabelle com um sorriso abafado. — Nada com menos de 18 centímetros.

Meliorn olhou para ela, petrificado.

— Estou falando sobre os meus *saltos* — disse Isabelle. — É um trocadilho. Sabe? Um jogo de...

— Vamos — disse o cavalheiro fada. — A rainha vai ficar impaciente. — Ele prosseguiu pelo corredor sem olhar novamente para Isabelle.

— Esqueci — murmurou Isabelle enquanto os outros a alcançavam. — Fadas não têm senso de humor.

— Bem, eu não diria isso — disse Jace. — Tem uma boate de fadas na zona sul chamada Hot Wings. Não que eu já tenha ido — acrescentou.

Simon olhou para Jace e abriu a boca como se quisesse fazer uma pergunta, depois pareceu pensar melhor. Fechou a boca com um estalo exatamente quando o corredor se abriu em uma sala ampla com chão de terra e paredes alinhadas com altos pilares de pedra entrelaçados por vinhas e flores brilhantes que explodiam em cores. Tecidos finos pendiam entre os pilares, pintados de um azul suave quase da mesma tonalidade do céu. A sala estava cheia de luz, apesar de Clary não conseguir ver nenhuma tocha e do efeito geral ser de um pavilhão de verão ao sol e não de uma sala subterrânea cheia de pedras e terra.

A primeira impressão de Clary foi de que estava ao ar livre; a segunda foi de que a sala estava cheia de pessoas. Uma música estranha e doce tocava, marcada com notas agridoces — uma espécie de equivalente auditivo a mel misturado com suco de limão — e havia um círculo de fadas dançando ao som da música, os pés mal parecendo tocar o chão. Os cabelos — azuis, pretos, castanhos, escarlates, ouro metálico e branco gelo — flutuavam como bandeiras.

Ela podia ver de onde surgira o folclore sobre as fadas, pois de fato tinham os rostos adoráveis e pálidos, com asas lilases, douradas e azuis

— mas como podia ter acreditado em Jace quanto a quererem feri-la? A música que chocara seus ouvidos inicialmente, agora parecia apenas doce. Ela sentiu o impulso de balançar o próprio cabelo e mover os próprios pés no ritmo da dança. A música lhe dizia que se ela fizesse isso, também ficaria tão leve que mal tocaria o chão com os pés. Deu um passo para a frente...

E foi puxada para trás pelo braço. Jace olhava fixamente para ela, os olhos dourados brilhantes como os de um gato.

— Se você dançar com eles — disse em voz baixa —, vai dançar até morrer.

Clary piscou para ele. Sentiu como se tivesse sido arrancada de um sonho, grogue e semiacordada. Sua voz estava arrastada quando falou.

— Quêêêêê?

Jace emitiu um ruído impaciente. Ele estava com a estela na mão; ela não o tinha visto pegá-la. Ele agarrou o pulso de Clary e fez uma Marca rápida e pungente na pele do interior do braço.

— Agora olhe.

Ela olhou novamente — e congelou. Os rostos que antes pareciam tão adoráveis ainda eram adoráveis, mas por trás se escondia algo traiçoeiro, quase selvagem. A menina com as asas rosa e azul chamou-a, e Clary viu que seus dedos eram feitos de galhos enxertados com folhas fechadas. Os olhos eram inteiramente pretos, sem íris nem pupila. O menino dançando ao lado tinha pele esverdeada como veneno e chifres curvados saindo das têmporas. Quando ele girou na dança, o casaco caiu aberto e Clary viu que embaixo dele havia costelas vazias. Tinha laços tecidos nos ossos nus, possivelmente para fazê-los parecerem mais festivos. O estômago de Clary embrulhou.

— Vamos. — Jace puxou-a e ela tropeçou para a frente. Quando recuperou o equilíbrio, olhou em volta ansiosa à procura de Simon. Ele estava na frente, e ela viu que Isabelle o segurava com firmeza. Dessa vez, ela não se importou. Duvidava que Simon conseguisse passar pela sala sozinho.

Contornando o círculo de dançarinos, passaram pela sala e por uma cortina de seda azul e entraram em outro corredor, revestido de um material marrom brilhante como o exterior de uma noz. Isabelle soltou Simon, e ele parou imediatamente de andar; quando Clary chegou perto viu que foi porque Isabelle havia amarrado o cachecol nos olhos dele. Ele estava lutando contra o nó quando Clary o alcançou.

— Deixe comigo — disse ela, e ele ficou parado enquanto ela o desamarrava e devolvia o cachecol a Isabelle com um aceno de cabeça de gratidão.

Simon colocou o cabelo para trás; estava molhado onde o cachecol havia sido preso.

— Foi uma música e tanto — observou. — Um pouco country, um pouco rock'n'roll.

Meliorn, que havia parado para esperar por eles, franziu o cenho.

— Você não gostou?

— Gostei até demais — disse Clary. — Qual era o objetivo, alguma espécie de teste? Ou piada?

Ele deu de ombros.

— Estou acostumado com mortais que caem facilmente nos nossos feitiços de disfarce, não tanto com um Nephilim. Pensei que tivesse proteções.

— Ela tem — disse Jace, encarando os olhos verdes jade de Meliorn.

Meliorn apenas deu de ombros e voltou a andar. Simon manteve o ritmo ao lado de Clary por alguns segundos antes de falar.

— Então, o que eu perdi? Dançarinas nuas?

Clary pensou no menino fada com as costelas expostas e deu de ombros.

— Nada tão agradável.

— Existem formas de humanos participarem de festas de fadas — disse Isabelle, que estava ouvindo a conversa. — Se eles derem a você um símbolo, como uma folha ou uma flor, e você o segurar durante toda a noite. Ou se você for em companhia de uma fada... — Ela olhou para Meliorn, mas ele tinha chegado a uma tela folhosa em uma parede e parado lá.

— Esses são os aposentos da rainha — disse ele. — Ela veio da corte no norte para se inteirar da morte da criança. Se tiver que haver guerra, ela quer ser quem irá declará-la.

De perto, Clary podia ver que a tela era feita de vinhas espessas entrelaçadas, incrustadas com gotículas cor de âmbar. Meliorn afastou as vinhas e sinalizou para que passassem para o outro lado.

Jace foi primeiro, seguido por Clary. Ela se esticou, olhando em volta com curiosidade.

A sala em si era simples, as paredes de terra cobertas por tecido claro. Coisas obscuras brilhavam em jarros de vidro. Uma linda mulher reclinada em um sofá baixo cercada pelo que deviam ser seus cortesãos — uma mistura heterogênea de fadas, desde pequeninas até outras que pareciam belas meninas humanas com cabelos compridos... se você não considerasse os olhos pretos e sem pupilas.

— Minha rainha — disse Meliorn, fazendo uma reverência acentuada. — Eu trouxe os Nephilim.

A rainha sentou-se ereta. Ela tinha cabelos longos e escarlates que pareciam flutuar ao seu redor como folhas de outono na brisa. Tinha olhos azul-claros como vidro e o olhar afiado como uma lâmina.

— Três desses são Nephilim — disse ela. — O outro é mundano.

Meliorn pareceu se encolher para trás, mas a rainha nem sequer olhou para ele. Estava com o olhar fixo nos Caçadores de Sombras. Clary podia sentir o peso, como um toque. Apesar do encanto, não havia nada de frágil na rainha. Ela era tão brilhante e difícil de olhar quanto uma estrela cadente.

— Nossas desculpas, senhora. — Jace deu um passo à frente, colocando-se entre a rainha e os companheiros. Tinha mudado o tom de voz; havia algo na maneira como falava agora, algo cuidadoso e delicado. — O mundano é nossa responsabilidade. Devemos proteção a ele. Por isso o mantemos conosco.

A rainha inclinou a cabeça para o lado, como um pássaro interessado. Toda a atenção estava em Jace agora.

— Uma dívida de sangue? — murmurou. — Com um mundano?

— Ele salvou a minha vida — disse Jace. Clary sentiu Simon enrijecer de surpresa ao lado. Ela desejou que ele não demonstrasse. Fadas não podiam mentir, e Jace tampouco estava mentindo, Simon *havia* salvado sua vida. Só não tinha sido essa a razão pela qual o tinham trazido.

Clary começou a entender o que Jace tinha dito sobre relato criativo da verdade. — Por favor, senhora. Esperávamos que entendesse. Ouvimos dizer que era tão gentil quanto bela, e nesse caso... bem, a sua gentileza deve ser, de fato, extrema.

A rainha se desfez em sorrisos e se inclinou para a frente, os cabelos brilhantes fazendo sombra em seu rosto.

— Você é tão charmoso quanto o seu pai, Jonathan Morgenstern — disse ela, e gesticulou para as almofadas espalhadas no chão. — Venham, sentem-se ao meu lado. Comam alguma coisa. Bebam. Descansem. A conversa flui melhor com lábios molhados.

Por um instante, Jace pareceu abalado. Hesitou. Meliorn se inclinou para perto dele e falou suavemente.

— Não seria sábio recusar uma oferta da rainha da corte Seelie.

Os olhos de Isabelle desviaram para ele. Em seguida ela deu de ombros.

— Apenas sentar não vai nos fazer mal.

Meliorn os conduziu até uma pilha de almofadas sedosas perto do divã da rainha. Clary se sentou cuidadosamente, meio que esperando que houvesse alguma raiz afiada pronta para cutucá-la no bumbum. Parecia o tipo de coisa que a rainha acharia divertido. Mas nada aconteceu. As almofadas eram muito confortáveis; ela se ajeitou com os outros ao redor.

Uma fada de pele azulada veio em direção a eles carregando uma travessa com quatro xícaras prateadas. Cada um pegou uma xícara com um líquido dourado. Havia pétalas de rosa flutuando na superfície.

Simon colocou a dele de lado.

— Não quer? — perguntou a fada.

— A última bebida de fada que eu tomei não me caiu muito bem — murmurou.

Clary mal ouviu. A bebida tinha um aroma inebriante que subia à cabeça, mais rico e delicioso do que rosas. Ela pegou uma pétala e esmagou-a entre o polegar e o indicador, liberando mais perfume.

Jace deu uma cotovelada no braço dela.

— Não beba — disse ele, baixinho.

— Mas...

— Não... Beba.

Ela pousou a xícara, como Simon havia feito. O indicador e o polegar estavam manchados de rosa.

— Bem — disse a rainha. — Meliorn disse que vocês alegam saber quem matou a nossa criança no parque ontem à noite. Apesar de que, digo a vocês agora, não me parece mistério nenhum. Uma criança fada, sem sangue? Vocês vieram me trazer o nome de um vampiro específico? Mas todos os vampiros são culpados nesse caso por violar a Lei, e deveriam ser punidos adequadamente. Apesar do que pode parecer, não somos um povo tão particular.

— Ah, por favor — disse Isabelle. — Não foram vampiros.

Jace lançou-lhe um olhar.

— O que Isabelle quer dizer é que estamos quase certos de que o assassino é outra pessoa. Achamos que ele pode estar tentando direcionar as suspeitas para os vampiros para se proteger.

— Têm provas disso?

O tom de Jace era calmo, mas o ombro que esbarrou em Clary estava rígido de tensão.

— Ontem à noite, os Irmãos do Silêncio também foram aniquilados, e nenhum deles teve o sangue drenado.

— E o que isso tem a ver com a nossa criança? Mortes de Nephilim são trágicas para os Nephilim, mas não para mim.

Clary sentiu uma picada afiada na mão esquerda. Ao olhar para baixo, viu a forma minúscula de uma fadinha se afastando entre as almofadas. Uma conta vermelha de sangue havia se erguido no dedo dela. Colocou o dedo na boca com uma careta. As fadinhas eram bonitinhas, mas mordiam com força.

— A Espada da Alma também foi roubada — disse Jace. — Você sabe sobre Maellartach?

— A espada que faz os Caçadores de Sombras dizerem a verdade — disse a rainha, com divertimento sombrio. — Nós, fadas, não temos necessidade de um objeto como esse.

— Foi levada por Valentim Morgenstern — disse Jace. — Ele matou os Irmãos do Silêncio para consegui-la, e achamos que matou o menino fada também. Precisava do sangue de uma fada para efetuar uma transformação na Espada. Para torná-la uma ferramenta que pudesse usar.

— E ele não vai parar — acrescentou Isabelle. — Ainda vai precisar de mais sangue depois disso.

As sobrancelhas altas da rainha se ergueram ainda mais.

— Mais sangue de fada?

— Não — disse Jace, dirigindo um olhar para Isabelle que Clary não conseguiu interpretar. — Mais sangue do Submundo. Ele precisa do sangue de um lobisomem, e de um vampiro...

Os olhos da rainha brilharam com a luz refletida.

— Isso não parece algo com o que nos preocupamos.

— Ele matou um dos *seus* — disse Isabelle. — Não quer vingança?

O olhar da rainha foi suave e delicado como a asa de uma mariposa.

— Não imediatamente — disse ela. — Somos um povo paciente, porque temos todo o tempo do mundo. Valentim Morgenstern é nosso velho inimigo, mas temos inimigos ainda mais antigos. Ficamos satisfeitos em esperar e assistir.

— Ele está invocando demônios — disse Jace. — Criando um exército...

— Demônios — disse a rainha com leveza, enquanto os cortesãos conversavam atrás dela. — Demônios são responsabilidade sua, não são, Caçador de Sombras? Não é por isso que têm autoridade sobre todos nós? Porque são vocês que *destroem demônios*?

— Não estou aqui para lhe dar ordens em nome da Clave. Viemos quando nos chamaram, pois achamos que se soubessem a verdade, nos ajudariam.

— Foi isso que pensaram? — A rainha se sentou na parte da frente da cadeira, os longos cabelos vivos e agitados. — Lembre-se, Caçador de Sombras, existem alguns que se enervam com a regra da Clave. Talvez estejamos cansados de lutar suas guerras por vocês.

— Mas essa guerra não é só nossa — disse Jace. — Valentim detesta seres do Submundo mais do que detesta demônios. Se ele nos derrotar, virá atrás de vocês em seguida.

Os olhos da rainha se fixaram nele.

— E, quando vier — disse Jace —, lembre-se de que foi um Caçador de Sombras que a alertou de que ele estava a caminho.

Fez-se silêncio. Até a corte havia se calado, observando sua senhora. Por fim, a rainha se encostou para trás nas almofadas e tomou um gole de um cálice prateado.

— Alertando-me sobre o seu próprio pai — disse ela. — Pensei que vocês, mortais, fossem capazes de ter afeto filial. No entanto, você não parece demonstrar qualquer lealdade em relação a Valentim.

Jace não disse nada. Pareceu, pela primeira vez, sem palavras.

Gentilmente, a rainha prosseguiu.

— Ou talvez a sua hostilidade seja simulação. O amor cria mentirosos na sua espécie.

— Mas nós não amamos o nosso pai — disse Clary enquanto Jace permanecia assustadoramente quieto. — Nós o odiamos.

— Odeiam? — A rainha parecia quase entediada.

— Você sabe como são os laços familiares, senhora — disse Jace, recuperando a voz. — Eles nos agarram com tanta força quanto vinhas. E às vezes, como vinhas, apertam com força o bastante para matar.

Os cílios da rainha se agitaram.

— Você trairia o seu próprio pai pelo bem da Clave?

— Mesmo ele, senhora.

Ela riu, um som tão brilhante e frio quanto gelo.

— Quem diria — disse ela — que os pequenos experimentos de Valentim se voltariam contra ele.

Clary olhou para Jace, mas pela sua expressão ela podia ver que ele não sabia do que a rainha estava falando.

Foi Isabelle quem falou.

— *Experimentos*?

A rainha nem sequer olhou para ela. O olhar, de um azul luminoso, estava fixo em Jace.

— O Povo das Fadas é um povo que guarda segredos — disse ela. — Dos nossos e dos outros. Pergunte ao seu pai, da próxima vez que o vir, que sangue corre em suas veias, Jonathan.

— Não estava planejando perguntar nada a ele na próxima vez que o vir — respondeu Jace. — Mas se a senhora deseja, eu o farei.

Os lábios da rainha se curvaram em um sorriso.

— Acho que você é um mentiroso, mas um mentiroso charmoso. Charmoso o suficiente para que eu jure o seguinte: faça essa pergunta ao seu pai, e prometo a você que qualquer ajuda em meu poder será destinada contra Valentim.

Jace sorriu.

— A sua generosidade é tão admirável quanto o seu encanto, senhora.

Clary emitiu um ruído de engasgo, mas a rainha pareceu satisfeita.

— Acho que já encerramos aqui — acrescentou Jace, levantando-se das almofadas. Ele já havia pousado a bebida intocada anteriormente ao lado da de Isabelle. Todos se levantaram depois dele. Isabelle estava falando com Meliorn no canto, perto da porta de vinhas. Ele parecia ligeiramente acuado.

— Um momento. — A rainha se levantou. — Um de vocês deve ficar.

Jace parou na metade do caminho para a porta e virou-se para encará-la.

— Como assim?

Ela estendeu uma das mãos para indicar Clary.

— Uma vez que a nossa comida ou bebida toca lábios mortais, o mortal é nosso. Você sabe disso, Caçador de Sombras.

Clary ficou espantada.

— Mas eu não bebi nada! — Ela se virou para Jace. — Ela está mentindo.

— Fadas não mentem — disse ele, confusão e ansiedade se alternando no rosto dele. Olhou novamente para a rainha. — Temo que esteja enganada, senhora.

— Olhe para os dedos dela e me diga que ela não os lambeu.

Simon e Isabelle estavam olhando agora. Clary olhou para a mão.

— Limpei o sangue — disse ela. — Uma das fadinhas mordeu o meu dedo, estava sangrando... — Ela se lembrou do gosto doce do sangue misturado ao suco no dedo. Em pânico, foi até a porta de vinha e parou quando o que pareceram mãos invisíveis a empurraram de volta para a sala. Olhou para Jace, apavorada.

— É verdade.

Jace estava vermelho.

— Suponho que deveria ter esperado uma traquinagem como essa — disse ele para a rainha, sem o tom anterior de flerte. — Por que está fazendo isso? O que quer de nós?

A voz da rainha era suave como pelos de aranha.

— Talvez eu só esteja curiosa — disse ela. — Não é sempre que tenho jovens Caçadores de Sombra tão ao meu alcance. Como nós, vocês atribuem sua ascendência ao céu, e isso me intriga.

— Mas, ao contrário de vocês — disse Jace —, não há nada do inferno em nós.

— Vocês são mortais, envelhecem, morrem — disse a rainha de forma tranquila. — Se isso não for o inferno, por favor, me diga o que é.

— Se você só quer estudar um Caçador de Sombras, não serei de grande utilidade — interrompeu Clary. A mão doía onde a fada havia mordido, e ela combateu o impulso de gritar ou chorar. — Não sei nada sobre caçar demônios, quase não tenho treinamento. Sou a pessoa errada para pegar. — *Para Cristo*, acrescentou silenciosamente.

Pela primeira vez a rainha olhou diretamente para ela. Clary queria se encolher.

— Na verdade, Clarissa Morgenstern, você é precisamente a pessoa certa. — Seus olhos brilharam ao absorver a derrota de Clary. — Graças às mudanças que o seu pai fez em você, não é como outros Caçadores de Sombras. Os seus dons são diferentes.

— *Os meus dons*? — Clary estava espantada.

— Você tem o dom de palavras que não podem ser ditas, e o seu irmão tem o dom do próprio Anjo. O seu pai se certificou disso quando o seu irmão era criança, antes mesmo de você nascer.

— O meu pai nunca me deu nada — disse Clary. — Ele nem sequer me deu um nome.

Jace parecia tão espantado quanto Clary.

— Ainda que o Povo das Fadas não minta — disse ele —, é possível mentir *para* eles. Acho que você foi vítima de um truque ou de uma piada, senhora. Não há nada de especial em mim nem na minha irmã.

— Com que habilidade menospreza os próprios encantos — disse a rainha com uma risada. — Apesar de dever saber que não é da espécie comum de menino humano, Jonathan... — Ela olhou de Clary para Jace e para Isabelle, que fechou a boca com um estalo, e para Jace novamente. — Será possível que não saiba? — murmurou.

— Eu sei que não vou deixar a minha irmã aqui na sua corte — respondeu Jace —, e como não há nada que se possa aprender sobre ela ou sobre mim, talvez você possa nos fazer o favor de soltá-la. — *Agora que já se divertiu*, diziam os olhos, apesar da voz educada e fria como água.

O sorriso da rainha era largo e terrível.

— E se eu lhe dissesse que ela poderia ser libertada com um beijo?

— Você quer que Jace a *beije*? — disse Clary, espantada.

A rainha gargalhou, e imediatamente os cortesãos imitaram o contentamento. A risada era uma mistura bizarra e desumana de pios, ganidos e cacarejo, como o grito agudo de animais com dor.

— Apesar do charme — disse a rainha —, esse beijo não vai libertar a menina.

Os quatro se entreolharam, espantados.

— Eu poderia beijar Meliorn — sugeriu Isabelle.

— Nem esse. Nem nenhum da minha corte.

Meliorn se afastou de Isabelle, que olhou para os companheiros e jogou as mãos para o alto.

— Eu não vou beijar nenhum de vocês — disse ela com firmeza. — Só para esclarecer.

— Acho que não é necessário — disse Simon. — Se basta um beijo...

Ele foi em direção a Clary, que estava congelada de surpresa. Quando ele a pegou pelos cotovelos, ela teve que lutar contra o impulso de empurrá-lo. Não que nunca tivesse beijado Simon antes, mas essa teria sido uma situação peculiar mesmo que beijá-lo fosse algo que ela se sentisse completamente confortável fazendo, o que não era o caso. No entanto, era a resposta lógica, não era? Sem conseguir se conter, ela olhou rapidamente para Jace e o viu franzir as sobrancelhas.

— Não — disse a rainha, a voz como cristal tilintando. — Também não é o que quero.

Isabelle revirou os olhos.

— Ora, pelo amor do Anjo. Se não há outra maneira de nos livrarmos disso, *eu* beijo o Simon. Já o beijei antes e não foi tão ruim.

— Obrigado — disse Simon. — É muito lisonjeiro.

— É uma pena — disse a rainha da corte Seelie. Tinha uma expressão afiada com uma espécie de deleite cruel, e Clary imaginou se o que ela queria na verdade não era um beijo, mas vê-los contraindo-se com desconforto. — Temo que também não seja o caso.

— Bem, eu não vou beijar o mundano — disse Jace. — Prefiro ficar aqui para sempre e apodrecer.

— Para sempre? — disse Simon. — Para sempre é muito tempo.

Jace ergueu as sobrancelhas.

— Eu sabia — disse ele. — Você quer me beijar, não quer?

Simon jogou as mãos para o alto, exasperado.

— Óbvio que não, mas se...

— Acho que o que dizem é verdade — observou Jace. — Não há homens heterossexuais nas trincheiras.

— É *ateus*, idiota — disse Simon furiosamente. — Não há *ateus* nas trincheiras.

— Por mais que isso tudo seja muito divertido — disse a rainha friamente, inclinando-se para a frente —, o beijo que vai libertar a menina é o que ela mais deseja. — O deleite cruel no rosto e na voz dela se acentuou, as palavras pareciam esfaquear os ouvidos de Clary como agulhas. — Apenas isso e nada mais.

Simon parecia ter sido agredido. Clary queria se aproximar dele, mas ficou congelada no lugar, horrorizada demais para se mover.

— Por que você está fazendo isso? — perguntou Jace.

— Prefiro pensar que estou oferecendo uma bênção a *você*.

Jace enrubesceu, mas não disse nada. Evitou olhar para Clary.

— Isso é ridículo. Eles são irmãos — disse Simon.

A rainha deu de ombros, uma contorção delicada delineando o movimento.

— O desejo nem sempre diminui com o desgosto. Nem pode ser outorgado, como um favor, aos mais merecedores. E como as minhas palavras impõem a minha magia, você pode saber a verdade. Se ela não deseja o beijo dele, não será libertada.

Simon disse alguma coisa, furioso, mas Clary não o ouviu: suas orelhas estavam zunindo, como se um enxame de abelhas nervosas estivesse preso na cabeça dela. Simon girou, parecendo enfurecido.

— Você não precisa fazer isso, Clary, é um truque... — disse ele.

— Não é um truque — disse Jace. — É um teste.

— Bem, não sei sobre você, Simon — disse Isabelle com a voz nervosa. — Mas *eu* gostaria de tirar Clary daqui.

— E você beijaria Alec — disse Simon — só porque a rainha da corte Seelie pediu?

— Óbvio que beijaria. — Isabelle parecia irritada. — Se a alternativa fosse ficar presa na corte Seelie para sempre? Quem se importa, de qualquer forma? É só um beijo.

— É verdade — disse Jace. Clary olhou para ele, com o limite nebuloso da visão, enquanto ele se aproximava dela e colocava a mão em seu ombro, virando-a para encará-lo. — É só um beijo — Apesar do tom ser severo, as mãos eram inexplicavelmente gentis. Ela deixou que ele a virasse e olhou para ele. Seus olhos estavam muito escuros, talvez pela pouca luz na corte, talvez por outro motivo. Ela podia ver o próprio reflexo nas pupilas dilatadas de Jace, uma pequena imagem de si própria naqueles olhos. — Você pode fechar os olhos e pensar na Inglaterra, se quiser — disse ele.

— Mas eu nunca fui para a Inglaterra — retrucou ela, mas fechou os olhos. Podia sentir o peso frio e úmido das roupas geladas e grudadas na pele, o ar doce da caverna, ainda mais frio, e as mãos de Jace em seus ombros, as únicas coisas calorosas. Em seguida ele a beijou.

Ela sentiu o toque dos lábios dele, gentis no início, e os dela se abriram automaticamente sob a pressão. Quase contra a vontade, ela se sentiu ficar fluida e flexível, esticando-se para cima para envolver os braços no pescoço dele como um girassol roda em direção à luz. Os braços dele deslizaram em volta dela, passando pelos cabelos, e o beijo deixou de ser suave e se tornou feroz, tudo em um instante, como uma chama se acendendo. Clary ouviu um ruído percorrer a corte ao redor deles, uma onda de barulho, mas não significou nada, se perdeu no ímpeto do sangue que corria pelas veias, a sensação entorpecente de leveza no corpo.

As mãos de Jace saíram do cabelo e deslizaram pelas costas, ela sentiu a pressão pesada das palmas dele nas omoplatas, e em seguida ele se afastou, soltando-se gentilmente, afastando as mãos dela do pescoço e dando um passo para trás. Por um instante, Clary pensou que fosse desabar; sentiu como se algo essencial tivesse sido arrancado dela, um braço ou uma perna, e encarou Jace com um espanto confuso — o que ele tinha sentido será que não tinha sentido nada? Ela não achava que poderia suportar se ele não tivesse sentido nada.

Jace olhou para ela, e quando ela viu o olhar em seu rosto, viu os olhos dele em Renwick, quando tinha assistido ao Portal que o separava de casa se estilhaçar em mil pedaços irrecuperáveis. Ele sustentou o olhar de Clary por uma fração de segundo, em seguida desviou o olhar, os músculos da garganta se mexendo. Ele cerrou as mãos em punhos nas laterais do corpo.

— Foi bom o bastante? — perguntou ele, virando para encarar a rainha e os cortesãos. — Serviu para diverti-los?

A rainha estava com a mão na boca, meio cobrindo um sorriso.

— Estamos muito entretidos — disse ela. — Mas não acho que tanto quanto vocês.

— Só posso presumir — disse Jace —, que emoções mortais a divirtam porque você não possui nenhuma.

Ela parou de sorrir.

— Calma, Jace — disse Isabelle. Ela se virou para Clary. — Pode ir agora? Está livre?

Clary foi até a porta e não se surpreendeu ao não encontrar resistência barrando a passagem. Ficou parada com a mão entre as vinhas e olhou para Simon. Ele a encarava como se nunca a tivesse visto.

— É melhor irmos — disse ela. — Antes que seja tarde demais.

— Já é tarde demais — disse ele.

Meliorn os conduziu para fora da corte Seelie e os deixou de volta no parque, todos sem dizer uma palavra. Clary achava que as costas dele pareciam rígidas e reprovadoras. Ele se afastou depois que saíram no lago, sem nem sequer se despedir de Isabelle, e desapareceu no reflexo da lua.

Isabelle olhou para ele com as sobrancelhas franzidas.

— Definitivamente terminamos — disse ela.

Jace emitiu um ruído como uma risada engasgada e puxou o colarinho da camisa para cima. Estavam todos tremendo. A noite fria tinha cheiro de sujeira, plantas e modernidade humana — Clary quase podia sentir o cheiro de ferro no ar. O entorno da cidade circulando o parque brilhava com luzes vorazes: azul gelo, verde fresco, vermelho picante, e o lago se sobrepunha calmamente às margens de terra. O reflexo da lua tinha se movido para a borda oposta do lago, e estremecia por lá como se tivesse medo deles.

— É melhor voltarmos. — Isabelle levantou o casaco ainda molhado sobre os ombros. — Antes que congelemos até a morte.

— Vamos demorar a vida inteira para voltar para o Brooklyn — disse Clary. — Talvez seja melhor pegarmos um táxi.

— Ou podíamos simplesmente ir para o Instituto — sugeriu Isabelle. Ao perceber o olhar de Jace, acrescentou rapidamente: — Não tem ninguém lá, estão todos na Cidade dos Ossos, procurando pistas. Só vamos levar um segundo para passar lá e pegar suas roupas, vestir alguma coisa seca. Além disso, o Instituto ainda é a sua casa, Jace.

— Tudo bem — disse Jace para a surpresa evidente de Isabelle. — Tem mesmo uma coisa no meu quarto de que preciso.

Clary hesitou.

— Não sei. Acho que vou pegar um táxi com Simon. — Talvez se passassem um tempinho a sós, ela pudesse explicar o que tinha acontecido na corte Seelie, que não era o que ele estava pensando.

Jace estava examinando o relógio para ver se tinha sofrido algum dano com a água e olhou para ela, com as sobrancelhas erguidas.

— Isso pode ser um pouco difícil — disse —, considerando que ele já foi.

— Ele *o quê*? — Clary se virou e olhou. Simon não estava lá; os três estavam sozinhos no lago. Ela correu pela colina e gritou o nome dele. A distância conseguiu vê-lo caminhando decidido pela trilha de concreto que ia para fora do parque, para a rua. Ela o chamou novamente, mas ele não olhou para trás.

9

E a Morte não Terá Qualquer Autoridade

Isabelle dissera a verdade: o Instituto estava completamente deserto. Ou quase completamente. Max estava dormindo no sofá vermelho do vestíbulo quando eles entraram. Os óculos estavam ligeiramente tortos, e ele nitidamente não tinha planejado cair no sono: havia um livro aberto no chão onde ele o tinha derrubado, e os pés calçados pendiam na borda do sofá, de uma maneira que parecia provavelmente desconfortável.

Clary imediatamente sentiu afeto por ele. Lembrava Simon com 9 ou 10 anos, todo óculos, piscadas confusas e *orelhas*.

— Max é como um gato. Consegue dormir em qualquer lugar. — Jace esticou o braço e tirou os óculos do rosto dele, ajeitando-os na mesa próxima. Ele tinha uma expressão no rosto que Clary nunca tinha visto antes, uma suavidade protetora e feroz que a surpreendeu.

— Ah, deixe as coisas dele em paz, você vai sujar de lama — disse Isabelle, zangada, desabotoando o casaco molhado. O vestido estava grudado no tórax longo e a água escurecera o cinto grosso de couro na cintura. O brilho do chicote enrolado só era visível onde a alça se projetava da ponta do cinto. Ela estava franzindo o rosto. — Estou sentindo uma gripe chegando. Vou tomar um banho quente.

Jace a viu desaparecer pelo corredor com uma espécie de admiração relutante.

— Às vezes ela me lembra um poema. "Isabelle, Isabelle não se preocupava. Isabelle não gritava ou debandava..."

— Você às vezes tem vontade de gritar? — perguntou Clary.

— Às vezes. — Jace tirou o casaco molhado com um movimento de ombro e o pendurou no cabide perto do de Isabelle. — Mas ela tem razão quanto ao banho quente. Eu certamente não me importaria em tomar um.

— Eu não tenho roupa para vestir — disse Clary, de repente desejando um momento para si. Estava com os dedos coçando para discar o número de Simon no celular, descobrir se ele estava bem. — Eu espero você aqui.

— Não seja boba. Eu te empresto uma camiseta. — Ele estava com a calça ensopada e pendurada baixa no quadril, exibindo um pedaço de pele clara tatuada entre o jeans e a ponta da camiseta.

Clary desviou o olhar.

— Eu não acho...

— Vamos. — Seu tom era firme. — E de qualquer forma tem uma coisa que quero te mostrar.

Furtivamente, Clary checou a tela do celular enquanto seguia Jace pelo corredor até o quarto. Simon não tinha tentado ligar. No peito dela parecia haver gelo cristalizado. Até duas semanas antes, fazia anos desde que ela e Simon tinham brigado. Agora ele parecia chateado com ela o tempo todo.

O quarto de Jace era exatamente como ela se lembrava: completamente arrumado e vazio como a cela de um monge. Não havia nada no quarto que lhe dissesse algo a respeito de Jace: nenhum pôster na parede, nenhum livro na cabeceira. Até a colcha na cama era inteiramente branca.

Ele foi até a cômoda e pegou uma blusa azul de manga comprida em uma gaveta. Jogou-a para Clary.

— Essa encolheu na máquina de lavar — disse. — Provavelmente vai continuar grande em você, mas... — Deu de ombros. — Vou tomar um banho. Grite se precisar de alguma coisa.

Ela fez que sim com a cabeça, segurando a blusa em cima do peito como se fosse um escudo. Ele parecia estar prestes a falar mais alguma coisa, mas aparentemente reconsiderou; com outro movimento de ombros, desapareceu para dentro do banheiro, fechando a porta atrás de si com firmeza.

Clary afundou na cama, com a blusa no colo, e tirou o telefone do bolso. Discou o número de Simon. Depois de quatro toques, foi para a caixa postal. "Oi, você ligou para o Simon. Ou estou longe do telefone, ou estou te evitando. Deixe um recado e..."

— O que você está fazendo?

Jace estava na porta do banheiro. A água corria ruidosamente no chuveiro atrás, e o banheiro estava cheio de vapor. Ele estava descalço e sem camisa, com a calça jeans molhada baixa, exibindo os entalhes sobre os quadris, como se alguém tivesse pressionado os dedos na pele ali.

Clary fechou o telefone e o deixou cair na cama.

— Nada. Vendo a hora.

— Tem um relógio perto da cama — indicou Jace. — Você estava ligando para o mundano, não estava?

— O nome dele é *Simon*. — Clary enrolou a blusa em uma bola entre os punhos. — E você não precisa ser tão babaca com relação a ele o tempo todo. Ele já te ajudou mais de uma vez.

Os olhos de Jace estavam fechados, pensativos. O banheiro estava se enchendo rapidamente de vapor, fazendo com que o cabelo dele enrolasse ainda mais.

— E agora você está se sentindo culpada porque ele fugiu. Eu não perderia o meu tempo ligando para ele. Tenho certeza de que ele está te evitando.

Clary não tentou conter a raiva da voz.

— E você sabe disso porque vocês dois são *tão próximos*?

— Eu sei disso porque vi o olhar dele antes de ele sair — disse Jace. — Você não viu. Você não estava olhando para ele, mas eu estava.

Clary afastou os cabelos ainda molhados dos olhos. As roupas pinicavam onde estavam grudadas na pele, ela suspeitava que ainda cheirava a fundo de lago e não conseguia parar de pensar no rosto de Simon quando olhou para ela na corte Seelie: como se a odiasse.

— A culpa é sua — disse ela repentinamente, o coração se enchendo de raiva. — Você não deveria ter me beijado daquele jeito.

Ele estivera apoiado no batente da porta; agora estava ereto.

— Como eu deveria ter te beijado? Existe outro jeito de que você goste?

— Não. — As mãos dela tremiam no colo. Estavam frias, brancas, enrugadas pela água. Ela entrelaçou os dedos para conter a tremedeira. — Só não quero ser beijada por você.

— Não me pareceu que tivéssemos escolha.

— É isso que eu não entendo! — explodiu Clary. — Por que ela o obrigou a me beijar? A rainha, quero dizer. Por que nos forçar a fazer... aquilo? Que prazer ela pode ter tirado daquilo?

— Você ouviu o que a rainha disse. Ela achou que estivesse me fazendo um favor.

— Isso não é verdade.

— É verdade. Quantas vezes tenho que repetir? O Povo das Fadas não mente.

Clary pensou no que Jace dissera na casa de Magnus. *Descobrem aquilo que você mais quer no mundo e lhe dão, com um veneno no presente que fará com que você se arrependa eternamente por um dia tê-lo desejado.*

— Então ela estava errada.

— Ela não estava errada. — O tom de Jace era amargo. — Ela viu o jeito que eu olhei para você, e que você olhou para mim, e brincou conosco como os instrumentos que somos para ela.

— Eu não olho para você — sussurrou Clary.

— O quê?

— Eu disse: *eu não olho para você.* — Ela soltou as mãos que estavam presas no colo. Havia marcas vermelhas onde os dedos se apertaram. — Pelo menos tento não olhar.

Os olhos dele cerraram, apenas uma linha dourada aparecendo entre os cílios, e ela se lembrou da primeira vez em que o viu, e de como ele lembrara um leão, dourado e mortal.

— Por que não?

— Por que você acha? — As palavras eram quase inaudíveis, mal se qualificavam como um sussurro.

— Então *por quê*? — A voz dele tremeu. — Por que tudo isso com o Simon, por que ficar me evitando, sem me deixar chegar perto de você...

— Porque é *impossível* — disse ela, e a última palavra soou como um ganido, apesar dos esforços para se controlar. — Você sabe tão bem quanto eu!

— Porque você é minha irmã — disse Jace.

Ela fez que sim com a cabeça, em silêncio.

— Possivelmente — disse Jace. — E por causa disso você decidiu que o seu velho amigo Simon é uma boa distração?

— Não é assim — disse ela. — Eu amo Simon.

— Como você ama Luke — disse Jace. — Como você ama a sua mãe.

— Não. — A voz dela era tão fria e afiada quanto uma geleira. — Não me diga como eu me sinto.

Um pequeno músculo se mexeu no canto da boca dele.

— Eu não acredito em você.

Clary se levantou. Não conseguia olhar nos olhos dele, então, em vez disso, fixou o olhar na cicatriz em forma de estrela que ele tinha no ombro, uma lembrança de algum ferimento antigo. *Essa vida de cicatrizes e morte*, Hodge dissera algo assim uma vez. *Você não faz parte dela.*

— Jace — disse ela. — Por que você está fazendo isso comigo?

— Porque você está mentindo para mim. E está mentindo para si mesma. — Os olhos de Jace ardiam. E apesar de estar com as mãos nos bolsos, ela podia ver que estavam cerradas em punhos.

Alguma coisa dentro de Clary se quebrou, e as palavras vieram em enxurrada.

— *O que você quer que eu diga?* A verdade? A verdade é que eu amo Simon como eu deveria amar você, e eu gostaria que ele fosse meu irmão e você não, mas não posso fazer nada quanto a isso, nem você! Ou tem alguma outra ideia, considerando que é tão incrivelmente inteligente?

Jace respirou fundo, e ela percebeu que ele jamais esperava que ela fosse dizer o que tinha acabado de dizer, nem em um milhão de anos. O olhar dele entregava.

Ela se moveu para recuperar a postura.

— Jace, sinto muito, eu não queria...

— Não. Você não sente muito. Não sinta muito. — Ele foi em direção a ela, quase tropeçando nos próprios pés; Jace, que nunca perdia o passo, nunca tropeçava em nada, nunca fazia nenhum movimento que não fosse gracioso. Ele tomou o rosto dela nas mãos; Clary sentiu o calor das pontas dos dedos, a milímetros de si; sabia que tinha que recuar, mas ficou parada, olhando para ele. — Você não entende — disse ele. Sua voz tremia. — Nunca me senti assim em relação a ninguém. Não achei que pudesse. Pensei que, do jeito que eu cresci, o meu pai...

— Amar é destruir — disse ela, entorpecida. — Eu me lembro.

— Pensei que essa parte do meu coração estivesse quebrada. — Tinha uma expressão no olhar enquanto falava como se estivesse surpreso em se ouvir dizendo aquelas palavras, dizendo *meu coração*. — Para sempre. Mas você...

— Jace. Não. — Ela esticou o braço e cobriu a mão dele com a própria, cobrindo os dedos dele com os dela. — É inútil.

— Não é verdade. — A voz era de desespero. — Se nós dois sentimos a mesma coisa...

— O que a gente sente não faz diferença. Não há nada que se possa fazer. — Ela ouviu a própria voz como se fosse um estranho falando: distante, doída. — Para onde a gente iria para ficarmos juntos? Como poderíamos viver?

— Podíamos manter segredo.

— As pessoas iriam descobrir. E não quero mentir para a minha família; você quer?

A resposta dele foi amarga.

— Que família? Os Lightwood me detestam.

— Não, não detestam. E eu nunca poderia contar para Luke. E a minha mãe, e se ela acordasse, o que iríamos *dizer* para ela? Isso, o que queremos, seria repugnante para todas as pessoas de quem gostamos...

— *Repugnante*? — Ele tirou as mãos do rosto dela, como se ela o tivesse empurrado. Jace parecia chocado. — O que nós sentimos, o que eu sinto, é repugnante para você?

Clary perdeu o fôlego ao ver o olhar no rosto dele.

— Talvez — disse ela com um sussurro. — Não sei.

— Então você deveria ter dito isso desde o princípio.

— Jace...

Mas ele já tinha se afastado, com a expressão fechada e trancada como uma porta. Era difícil acreditar que ele algum dia olharia para ela de outro jeito.

— Sinto muito por ter dito alguma coisa, então. — A voz dele era rígida, formal. — Não vou beijar você outra vez. Com isso você pode contar.

O coração de Clary deu uma cambalhota lenta e sem propósito enquanto ele se afastava dela, pegava uma toalha de cima da cama, e ia de volta para o banheiro.

— Mas... Jace, o que você está fazendo?

— Indo tomar banho. E se por sua causa eu tiver acabado com a água quente, vou ficar muito irritado. — Ele entrou no banheiro, fechando a porta com um chute.

Clary caiu na cama e olhou para o teto. Estava tão branco quanto o rosto de Jace antes de se virar para ela. Ao rolar, percebeu que estava em cima da camisa azul dele: tinha até o cheiro dele, de sabão, fumaça e sangue. Curvando-se sobre ela como outrora fizera com seu cobertor favorito quando era muito pequena, ela fechou os olhos.

No sonho, ela olhava de cima o reflexo da água, que se espalhava diante dela como um espelho infinito que refletia o céu noturno. E, como um espelho, era sólida e dura, e ela conseguia andar sobre a água. Ela andou, sentindo o aroma do ar noturno e das folhas molhadas, e o cheiro da cidade, brilhando ao longe como um castelo de fadas coberto por luzes — e por onde andava, rachaduras como teias de aranha se formavam, e lascas de vidro borrifavam como água.

O céu começou a brilhar. Estava aceso com pontos de fogo, como pontas de fósforo queimando. Eles caíam, uma chuva de carvão quente do céu, e ela se protegeu, estendendo os braços para o alto. Um caiu exatamente na frente dela, uma fogueira estalando, mas quando atingiu o chão se transformou em um menino: era Jace, todo em dourado flamejante com olhos e cabelos dourados, e asas branco-douradas brotando das costas, mais largas e cheias de penas do que a de qualquer pássaro.

Ele sorria como um gato e apontava para trás dela, e Clary se virou para ver que um menino de cabelos escuros — Simon? — estava lá, também alado, com penas pretas como a meia-noite, e cada pena tinha sangue nas pontas.

Clary acordou engasgando, com as mãos entrelaçadas na blusa de Jace. Estava escuro no quarto, a única luz vinha de uma janela estreita ao lado da cama. Ela se sentou. A cabeça estava pesada e a nuca doía. Examinou o quarto lentamente e deu um salto quando um pontinho brilhante de luz, como olhos de gato na escuridão, brilhou para ela.

Jace estava sentado em uma poltrona ao lado da cama. Vestia jeans e um casaco cinza, e o cabelo parecia quase seco. Estava segurando alguma coisa que brilhava como metal. Uma arma? Mas do que estaria se protegendo, ali no Instituto, Clary não podia adivinhar.

— Dormiu bem?

Ela fez que sim com a cabeça. Sua saliva parecia espessa.

— Por que você não me acordou?

— Achei que um descanso faria bem. Além disso, você estava dormindo como uma pedra. Até babou — ele acrescentou. — Na minha camisa.

A mão de Clary voou para a boca.

— Desculpe.

— Não é sempre que se vê alguém babando — observou Jace. — Principalmente com tanta despreocupação. Com a boca escancarada e tudo.

— Ah, cale a boca. — Ela apalpou a cama até encontrar o telefone, e verificou mais uma vez, apesar de saber o que indicaria. *Nenhuma chamada.* — São três da manhã — ela notou com espanto. — Você acha que está tudo certo com Simon?

— Acho que ele é estranho, na verdade — disse Jace. — Apesar de isso ter pouco a ver com a hora.

Ela colocou o telefone no bolso da calça.

— Vou trocar de roupa.

O banheiro branco de Jace não era maior do que o de Isabelle, apesar de ser consideravelmente mais organizado. Não havia muita variação entre os quartos do Instituto, pensou Clary, fechando a porta atrás de si, mas pelo menos havia privacidade. Tirou a camiseta molhada e a pendurou no cabide de toalhas, jogou água no rosto e passou o pente no cabelo que encaracolava.

A camisa de Jace era grande demais para ela, mas o tecido era macio. Ela empurrou as mangas para cima e voltou para o quarto, onde o encontrou exatamente onde ele estava antes, olhando de um jeito melancólico para o objeto brilhante nas mãos. Ela se apoiou nas costas da poltrona.

— O que é isso?

Em vez de responder, ele se virou para ela, para que pudesse ver adequadamente. Era um pedaço de vidro quebrado, mas em vez de refletir o rosto dela, trazia a imagem de uma grama verde, um céu azul e galhos de árvores pretos e desnudos.

— Não sabia que você tinha guardado isso — disse ela. — Esse pedaço do Portal.

— Foi por isso que eu quis vir até aqui. Para pegar isso. — Havia desejo e desprezo misturados na voz de Jace. — Fico achando que talvez veja o meu pai em um reflexo. Descubra o que ele está tramando.

— Mas ele não está lá, está? Achei que estivesse em algum lugar aqui. Na cidade.

Jace balançou a cabeça.

— Magnus tem procurado por ele e acha que não.

— Magnus tem procurado por ele? Eu não sabia disso. Como...

— Magnus não se tornou Magnífico Feiticeiro por nada. O poder dele se estende pela cidade e além. Ele pode sentir o que está por aí, até certo ponto.

Clary riu.

— Ele pode sentir perturbações na Força?

Jace virou na cadeira e franziu o cenho para ela.

— Não estou brincando. Depois que aquele feiticeiro foi morto em TriBeCa, ele começou a investigar. Quando fui ficar com ele, Magnus me pediu alguma coisa do meu pai para facilitar a busca. Dei o anel Morgenstern para ele. Ele me disse que avisaria se sentisse a presença do Valentim em algum lugar da cidade, mas por enquanto nada.

— Talvez ele só quisesse o anel — disse Clary. — Ele usa muitas joias.

— Que fique com ele. — A mão de Jace apertou ao redor do pedaço de espelho; Clary percebeu, alarmada, o sangue pingando ao redor das extremidades quebradas onde o cortavam na pele. — Não tem valor nenhum para mim.

— Ei — disse ela, e se inclinou para tirar o vidro da mão dele. — Calma aí. — Ela colocou o fragmento do Portal no bolso do casaco dele, que estava pendurado na parede. As pontas do vidro estavam escuras com sangue, as palmas de Jace marcadas com linhas vermelhas. — Talvez você devesse voltar para a casa de Magnus — disse com a maior delicadeza possível. — Alec já está lá há muito tempo e...

— Por algum motivo, duvido que ele se importe — disse, mas se levantou obediente e estendeu o braço para pegar a estela, que estava apoiada na parede. Ao desenhar um símbolo de cura na parte de trás da mão ensanguentada, ele falou: — Preciso te perguntar uma coisa:

— O quê?

— Quando você me tirou da cela na Cidade do Silêncio, como você fez? Como destrancou a porta?

— Ah. Só usei um símbolo simples de Abertura e...

Ela foi interrompida por um ruído duro ressonante e colocou a mão no bolso antes de perceber que o som que ouvira tinha sido mais alto e agudo do que qualquer um que o seu telefone pudesse produzir. Ela olhou em volta, confusa.

— É a campainha do Instituto — disse Jace, pegando o casaco. — Vamos.

Estavam a meio caminho do vestíbulo quando Isabelle explodiu para fora do próprio quarto, vestindo um roupão de banho de algodão, uma máscara rosa de seda de dormir e uma expressão semiaturdida.

— São três da manhã! — disse ela com um tom que sugeria que a culpa fosse inteiramente de Jace, ou possivelmente de Clary. — Quem está tocando a nossa campainha às três da manhã?

— Talvez seja a Inquisidora — disse Clary, sentindo frio de repente.

— Ela poderia entrar sozinha — disse Jace. — Qualquer Caçador de Sombras poderia. O Instituto só é fechado para mundanos e seres do Submundo.

Clary sentiu o coração se contrair.

— Simon! — disse ela. — Deve ser ele!

— Ah, pelo amor de Deus — bocejou Isabelle —, ele realmente vai acordar numa hora maldita dessas só para provar o amor por você ou coisa do tipo? Ele não podia ter *ligado*? Homens mundanos são tão idiotas. — Tinham chegado ao vestíbulo, que estava vazio; Max provavelmente fora para a cama sozinho. Isabelle atravessou o quarto e tocou um botão na parede. Em algum lugar dentro da catedral um ruído distante era audível. — Pronto — disse Isabelle. — O elevador está a caminho.

— Não acredito que ele não teve a dignidade nem a presença de espírito de ficar bêbado e desmaiar em uma sarjeta — disse Jace. — Devo dizer, estou decepcionado com o carinha.

Clary mal escutou. Uma sensação crescente de medo deixou seu sangue gelado. Ela se lembrou do sonho: os anjos, o gelo, Simon com as asas sangrando. Estremeceu.

Isabelle olhou solidária para ela.

— *Está* frio aqui — observou. Ela esticou o braço e pegou o que parecia um casaco azul de veludo de um dos cabides. — Tome — disse Isabelle. — Vista isso.

Clary colocou o casaco e o envolveu ao redor dela. Era longo demais, mas era quente. E também tinha um capuz, com a borda de cetim. Clary puxou-o para trás para poder ver as portas do elevador se abrindo.

Abriram-se em uma caixa oca cujas laterais espelhadas refletiam sua própria face, pálida e espantada. Sem parar para pensar, ela entrou.

Isabelle olhou confusa para ela.

— O que você está fazendo?

— É Simon lá embaixo — disse Clary. — Eu sei que é.

— Mas...

De repente, Jace estava ao lado de Clary, segurando as portas abertas para Isabelle.

— Vamos, Izzy — disse ele. Com um suspiro teatral, ela foi atrás.

Clary tentou capturar o olhar dele enquanto os três desciam em silêncio — Isabelle prendendo o último fiapo solto do cabelo —, mas Jace não olhava para ela. Ele estava olhando para si mesmo no espelho do elevador, assobiando suavemente como fazia quando estava nervoso. Ela se lembrou do leve tremor no toque dele quando a segurou na corte Seelie. Ela pensou no olhar de Simon quase correndo para se afastar dela, desaparecendo nas sombras na beira do parque. Tinha um nó de pavor no peito e não sabia por quê.

As portas do elevador se abriram na nave da catedral, iluminada com as luzes dançantes de velas. Ela passou por Jace na pressa de sair do elevador e praticamente correu pela passagem estreita entre os bancos. Tropeçou na ponta do casaco que se arrastava e puxou-o impacientemente com as mãos antes de prosseguir em direção às portas duplas. Do lado de dentro havia cavilhas de bronze do tamanho dos braços de Clary. Ao mirar na mais alta, a campainha tocou novamente pela igreja. Ela ouviu Isabelle sussurrar alguma coisa para Jace, em seguida começou a puxar a cavilha, arrastando-a para trás, e sentiu as mãos de Jace sobre as próprias, ajudando-a a puxar as portas pesadas.

O ar noturno entrou, soprando as chamas das velas. O ar cheirava a cidade: sal e fumaça, concreto esfriando e lixo, e, sob aqueles odores familiares, o cheiro de ferro, penetrante como o de uma moeda nova.

Inicialmente Clary pensou que os degraus estivessem vazios. Em seguida piscou e viu Raphael ali, a cabeça de cachos escuros bagunçada com a brisa da noite, a blusa branca aberta no pescoço mostrando a cicatriz no meio das clavículas. Nos braços trazia um corpo. Foi tudo o que Clary viu ao encará-lo com espanto, um *corpo*. Alguém morto, braços e pernas pendendo como cordas flácidas, a cabeça caída para trás expondo a garganta desfigurada. Ela sentiu a mão de Jace enrijecer ao redor do próprio braço como um torno, e foi só então que olhou mais de perto e viu o casaco familiar de veludo com a manga rasgada, a camiseta azul embaixo, agora manchada e respingada com sangue, e gritou.

No entanto, não saiu nenhum som de sua boca. Clary sentiu os joelhos cederem e teria deslizado para o chão se Jace não a estivesse segurando.

— Não olhe — disse ele no ouvido dela. — Pelo amor de Deus, não olhe. — Mas ela não podia deixar de olhar para o sangue que sujava os cabelos castanhos de Simon, a garganta rasgada, os cortes nos pulsos pendentes. Pontos pretos bloquearam a vista de Clary enquanto ela lutava para conseguir respirar.

— *O que você fez com Simon*? — Naquele instante, a voz saiu clara e autoritária, e ela soou exatamente como a mãe.

— *El no es muerto* — disse Raphael, com a voz seca e sem emoção, e colocou Simon no chão, quase aos pés de Clary, com uma delicadeza surpreendente. Ela se esquecera do quão forte ele deveria ser; tinha a força sobrenatural de um vampiro, apesar de ser magro.

À luz que as velas derramavam pela entrada, Clary podia ver que a camiseta de Simon estava ensopada de sangue na frente.

— Você disse... — começou ela.

— Ele não está morto — disse Jace, segurando-a com mais força. — Ele não está morto.

Ela se afastou dele com um impulso e se ajoelhou no concreto. Ela não sentiu nenhum nojo ao tocar na pele ensanguentada de Simon, ao deslizar as mãos sob a cabeça dele, colocando-a no colo. Sentiu apenas o pavor infantil do qual se recordava quando, aos 5 anos de idade, quebrara o abajur Liberty caríssimo da mãe. *Nada*, disse uma voz no fundo da mente, *vai juntar esses pedaços novamente.*

— Simon — sussurrou ela, tocando o rosto dele. Os óculos não estavam mais lá. — Simon, sou eu.

— Ele não consegue ouvi-la — disse Raphael. — Está morrendo.

Ela olhou para ele.

— Mas você disse...

— Eu disse que ele ainda não está morto. Mas em alguns minutos, dez talvez, o coração dele vai desacelerar e parar. Ele já não vê nem ouve nada.

Ela apertou os braços ao redor dele involuntariamente.

— Temos que levá-lo a um hospital, ou chamar Magnus.

— Não vai adiantar nada — disse Raphael. — Vocês não entendem.

— Não — disse Jace, com a voz suave como seda porém com pontas afiadas como agulhas. — Não entendemos. E talvez você devesse se explicar. Caso contrário, vou presumir que você é um vampiro sanguessuga e cortar fora o seu coração. Como deveria ter feito na última vez em que nos encontramos.

Raphael sorriu sem alegria.

— Você jurou não me ferir, Caçador de Sombras. Esqueceu?

— Eu não jurei — disse Isabelle, brandindo um candelabro.

Raphael ignorou-a. Ele continuava olhando para Jace.

— Lembrei-me da noite em que vocês invadiram o Dumort procurando pelo amigo de vocês. Foi por isso que o trouxe aqui — e apontou para Simon — quando o encontrei no hotel, em vez de permitir que os outros bebessem o sangue dele até matá-lo. Vejam bem, ele invadiu, sem permissão, portanto podíamos pegá-lo. Mas o mantive vivo, sabendo que era seu. Não tenho qualquer desejo de entrar em guerra com os Nephilim.

— Ele *invadiu*? — disse Clary, incrédula. — Simon jamais faria algo tão estúpido e insano.

— Mas fez — retrucou Raphael com um indício de sorriso absolutamente discreto —, porque estava com medo de estar se tornando um de nós e queria saber se o processo podia ser revertido. Vocês devem se lembrar de que, quando ele estava sob forma de rato, e vocês vieram buscá-lo, ele me mordeu.

— Muito empreendedor da parte dele — disse Jace. — Eu aprovei.

— Talvez — disse Raphael. — De qualquer forma ele pegou um pouco do meu sangue na boca quando me mordeu. Vocês sabem que é assim que transmitimos poderes uns para os outros. Através do sangue.

Através do sangue. Clary se lembrou de Simon se afastando do filme de vampiros na TV e franzindo o cenho para a luz do sol no McCarren Park.

— Ele achou que estava se tornando um de vocês — disse ela. — E foi para o hotel ver se era verdade.

— Sim — disse Raphael. — O triste é que os efeitos do meu sangue provavelmente teriam desaparecido com o tempo se ele não tivesse feito nada. Mas agora... — Ele gesticulou expressivamente para o corpo flácido de Simon.

— Agora o quê? — disse Isabelle com intensidade na voz. — Agora ele vai morrer?

— E nascer novamente. Agora ele vai ser um vampiro.

O candelabro escorregou para a frente enquanto os olhos de Isabelle se arregalavam de choque.

— *O quê*?

Jace pegou a arma improvisada antes que caísse no chão. Quando se virou para Raphael, seu olhar era desolado.

— Você está mentindo.

— Ele consumiu sangue de vampiro — disse Raphael. — Portanto vai morrer e renascer como uma Criança Noturna. É também por isso que vim. Simon é um dos meus agora. — Não havia nada naquela voz, nem amargura, nem júbilo, mas Clary não podia deixar de imaginar que alegria secreta deveria estar sentindo por conquistar tão oportunamente um objeto de barganha tão eficiente.

— Não há nada que possa ser feito? Nenhuma maneira de reverter o processo? — perguntou Isabelle com a voz tingida por pânico. Clary pensou que era estranho que aqueles dois, Jace e Isabelle, que não amavam Simon tanto quanto ela, fossem os que estavam falando. Mas talvez estivessem falando por ela justamente porque ela não conseguia dizer uma palavra.

— Vocês podem cortar a cabeça dele e queimar o coração em uma fogueira, mas duvido que façam isso.

— Não! — Os braços de Clary se fecharam ao redor de Simon. — Não ouse machucá-lo.

— Não preciso — disse Raphael.

— Eu não estava falando com você. — Clary não levantou os olhos. — Nem pense nisso, Jace. Nem pense.

Fez-se silêncio. Ela podia ouvir a respiração nervosa de Isabelle; Raphael, é óbvio, não respirava. Jace hesitou por um instante antes de falar.

— Clary, o que o Simon quereria? É isso que ele ia querer para si?

Ela levantou a cabeça. Jace estava olhando para ela, o candelabro de metal ainda nas mãos, e de repente uma imagem passou por sua mente: Jace segurando Simon e enfiando a ponta da arma no peito do amigo, fazendo o sangue espirrar como um chafariz.

— *Afaste-se de nós!* — gritou ela de repente, tão alto que viu as figuras distantes andando pela rua na frente da catedral virarem e olharem para trás, como se tivessem se assustado com o barulho.

Jace ficou branco até as raízes do cabelo, tão branco que os olhos arregalados pareciam discos dourados, inumanos e estranhamente fora do lugar.

— Clary, você não acha...

Simon engasgou de repente, arqueando para cima nos braços de Clary. Ela gritou novamente e o agarrou outra vez, puxando-o para junto dela. Estava com os olhos arregalados, cegos e apavorados. Ele esticou o braço. Clary não tinha certeza se ele estava tentando tocá-la no rosto ou arranhá-la, sem saber quem ela era.

— Sou eu — disse ela, empurrando a mão gentilmente pelo peito dele e entrelaçando os dedos nos dele. — Simon, sou eu, Clary. — As mãos dela escorregaram nas dele; quando olhou para baixo, viu que estavam molhadas de sangue e das lágrimas que tinham corrido pelo rosto sem que notasse. — Simon, eu te amo — disse ela.

As mãos dele apertaram as dela. Ele expirou — um som duro e engasgado — e então não respirou mais.

Eu te amo. Eu te amo. Eu te amo. As últimas palavras que dissera a Simon pareciam ecoar nos ouvidos de Clary enquanto ele ficava mole em seus braços. Isabelle de repente estava perto dela, dizendo alguma coisa em seu ouvido, mas Clary não conseguia ouvi-la. O ruído de água correndo, como um maremoto que se aproximava, preencheu seus ouvidos. Ela assistiu enquanto Isabelle tentava afastar suas mãos das de Simon gentilmente, sem conseguir. Clary ficou surpresa. Ela não tinha percebido que estava segurando com tanta força.

Desistindo, Isabelle se levantou e se voltou furiosa para Raphael. Enquanto se retirava, a audição de Clary voltou, como um rádio que finalmente sintonizava uma estação.

— ... e *agora* o que temos que fazer? — gritou Isabelle.

— Enterrá-lo — disse Raphael.

O candelabro balançou novamente na mão de Jace.

— Não tem graça.

— Não é para ter — disse o vampiro, imperturbável. — É como somos feitos. Somos drenados, ensanguentados e enterrados. Quando cava a própria saída do túmulo é quando um vampiro nasce.

Isabelle soltou um leve ruído de nojo.

— Acho que eu não conseguiria fazer isso.

— Alguns não conseguem — disse Raphael. — E se ninguém estiver lá para ajudar, ficam assim, presos como ratos sob a terra.

Um som rasgou a garganta de Clary. Um engasgo tão cru quanto um grito.

— Não vou colocá-lo na terra — disse ela.

— Então ele vai ficar assim — disse Raphael, sem piedade. — Morto, mas nem tanto. Sem jamais acordar.

Estavam todos olhando para ela. Isabelle e Jace pareciam estar prendendo a respiração, esperando que ela respondesse. Raphael não parecia curioso; na verdade, parecia quase entediado.

— Você não entrou no Instituto porque não pode, certo? — disse Clary. — Porque é solo sagrado e você é profano.

— Não é exatamente assim... — começou Jace, mas Raphael o interrompeu com um gesto.

— Devo avisar — disse o vampiro — que não temos muito tempo. Quanto mais esperarmos antes de enterrá-lo, menos provável será que ele consiga cavar o caminho de volta.

Clary olhou para Simon. Ele realmente pareceria estar dormindo, a não ser pelos longos cortes na pele.

— Podemos enterrá-lo — disse ela. — Mas quero que seja em um cemitério judaico. E quero estar lá quando ele acordar.

Os olhos de Raphael se iluminaram.

— Não será agradável.

— Nada é. — Ela contraiu a mandíbula. — Vamos. Só temos algumas horas até o amanhecer.

10

Um Lugar Aprazível e Privado

O cemitério ficava nos arredores de Queens, onde os prédios davam lugar a casas vitorianas pintadas com cores de confeito: rosa pálido, branco e azul-claro. As ruas eram quase todas desertas, e a avenida terminava em um cemitério escuro, exceto por um único poste. Levaram um tempinho com as estelas para conseguir atravessar os portões trancados e mais algum tempo para encontrar um lugar suficientemente recluso para que Raphael começasse a cavar. Ficava no topo de uma colina baixa, protegida da estrada abaixo por uma fila espessa de árvores. Clary, Jace e Isabelle usavam feitiços de disfarce, mas não havia como esconder Raphael, nem o corpo de Simon, então as árvores ofereciam um disfarce bem-vindo.

As laterais da colina que não davam para a rua eram cobertas por grossas camadas de lápides, muitas das quais traziam uma estrela de Davi no topo. Brilhavam brancas e suaves como leite ao luar. A distância havia um lago, com a superfície encrespada por ondulações brilhosas.

Um bom lugar, pensou Clary. Um bom lugar para visitar e colocar flores no túmulo de alguém, para sentar e pensar na vida da pessoa, no que ela significou para você. Não um bom lugar para se ir à noite, sob a cobertura da escuridão, para enterrar seu amigo em terra rasa, sem o privilégio de um caixão ou um velório.

— Ele sofreu? — perguntou ela a Raphael.

Ele parou de cavar e levantou o olhar, apoiando-se no cabo da pá como o coveiro de *Hamlet*.

— O quê?

— O Simon. Ele sofreu? Os vampiros o machucaram?

— Não. A morte por sangue não é tão ruim — disse Raphael, com a voz suave. — A mordida deixa a pessoa drogada. É agradável, como ir dormir.

Uma onda de tontura percorreu seu corpo, e por um instante ela achou que fosse desmaiar.

— Clary. — A voz de Jace a trouxe de volta do devaneio. — Vamos. Você não precisa assistir a isso.

Ele estendeu a mão para ela. Atrás dele, ela podia ver Isabelle de pé com o chicote na mão. Tinham enrolado o corpo de Simon em um cobertor, e ele estava no chão, aos seus pés, como se estivesse guardando a coisa. *A coisa não, ele*, Clary lembrou a si própria ferozmente. *Ele*. Simon.

— Eu quero estar aqui quando ele acordar.

— Eu sei. A gente volta. — Quando ela não se mexeu, Jace a pegou pelo braço, que não ofereceu resistência, e afastou-a da clareira, puxando-a pela lateral da colina. Havia pedregulhos ali, logo acima do primeiro nível de túmulos; ele se sentou sobre um, fechando o casaco. Estava surpreendentemente frio ao ar livre. Pela primeira vez na estação, Clary pôde ver a própria respiração ao expirar.

Ela se sentou no pedregulho ao lado de Jace e ficou olhando para o lago. Podia ouvir as batidas rítmicas da pá de Raphael atingindo a terra, e a terra atingindo o chão. Raphael não era humano; ele trabalhava rápido. Não levaria tanto tempo para cavar uma cova. E Simon não era tão grande assim, de forma que a cova não teria que ser tão profunda.

Ela sentiu uma pontada de dor no estômago e se curvou para a frente, com as mãos na barriga.

— Estou enjoada.

— Eu sei. Foi por isso que eu trouxe você para cá. Estava com cara de que ia vomitar nos pés do Raphael.

Ela emitiu um ronco suave.

— Poderia ter tirado aquele sorrisinho do rosto dele — Jace observou reflexivamente. — Temos que levar isso em consideração.

— Cale a boca. — A dor melhorou. Ela inclinou a cabeça para trás, olhando para a lua, um círculo de prata lascada flutuando em um mar de estrelas. — A culpa é minha.

— A culpa não é sua.

— Você tem razão. A culpa é *nossa*.

Jace voltou-se para ela, a irritação clara nas linhas do rosto.

— E como você chegou a essa conclusão?

Ela olhou para ele em silêncio por um momento. Ele estava precisando cortar o cabelo, que se curvava como as vinhas faziam quando ficavam compridas demais, em gavinhas circulares da cor de ouro branco ao luar. As cicatrizes no rosto e na garganta pareciam ter sido causticadas com tinta metálica. Ele era lindo, ela pensou com tristeza, lindo, e não havia nada nele, nenhuma expressão, nenhuma inclinação de maçã do rosto, formato de mandíbula, ou curva de lábios que evidenciasse qualquer traço familiar em comum com ela ou com a mãe. Ele nem sequer se parecia tanto com Valentim.

— O que foi? — perguntou ele. — Por que está me olhando desse jeito?

Ela queria se jogar nos braços dele e chorar, ao mesmo tempo em que queria socá-lo.

— Se não fosse pelo que aconteceu na corte das fadas, Simon ainda estaria vivo. — Foi só o que disse.

Ele esticou a mão para baixo e arrancou um tufo de grama do chão violentamente. Ainda havia terra nas raízes. Jogou de lado.

— Fomos forçados a fazer o que fizemos. Não é como se tivéssemos feito para nos divertir ou para magoá-lo. Além disso — disse ele com o fantasma de um sorriso —, você é minha irmã.

— Não fale desse jeito...

— O quê, "irmã"? — Ele balançou a cabeça. — Quando eu era pequeno, percebi que se você disser uma palavra diversas vezes e rápido o bastante, ela perde o significado. Eu ficava acordado repetindo as palavras várias vezes para mim mesmo: "açúcar", "espelho", "sussurro", "escuro". "Irmã" — disse, suavemente. — Você é minha irmã.

— Não importa quantas vezes você diga. Vai continuar sendo verdade.

— E não importa o que você não me deixa dizer, também vai continuar sendo verdade.

— Jace! — Outra voz chamou o nome dele. Era Alec, ligeiramente sem fôlego por causa da corrida. Ele estava segurando uma sacola preta de plástico em uma das mãos. Atrás dele vinha Magnus, absurdamente alto e magro, com um olhar um pouco irritado, vestindo um casaco longo de couro que balançava ao vento como a asa de um morcego. Alec parou na frente de Jace e lhe entregou uma bolsa. — Eu trouxe sangue — disse ele. — Como você pediu.

Jace abriu a parte de cima da bolsa, espiou dentro e franziu o nariz.

— Eu quero saber onde você conseguiu isso.

— Em um açougue em Greenpoint — disse Magnus, juntando-se a eles. — Deixam a carne sangrar para fazer abate halal. É sangue animal.

— Sangue é sangue — disse Jace, e se levantou. Ele olhou para Clary e hesitou. — Quando Raphael disse que não seria agradável, ele não estava mentindo. Você pode ficar aqui. Vou mandar Isabelle vir ficar com você.

Ela levantou a cabeça para encará-lo. O luar projetava a sombra dos galhos no rosto dele.

— Você já viu um vampiro nascer?

— Não, mas eu...

— Então não sabe de verdade, sabe? — Ela se levantou, e o casaco azul de Isabelle caiu ao redor dela em dobras grossas. — Eu quero estar lá. Eu *tenho* que estar lá.

Ela só conseguia ver parte do rosto de Jace nas sombras, mas achou que ele pareceu quase impressionado.

— Já sei que não adianta dizer que você não pode fazer alguma coisa — disse ele. — Vamos.

Raphael estava pisando em um retângulo de terra quando voltaram para a clareira, Jace e Clary um pouco à frente, e logo atrás Magnus e Alec, que pareciam estar discutindo sobre alguma coisa. O corpo de Simon não estava mais lá. Isabelle estava sentada no chão, com o chicote enrolado nos calcanhares em um círculo de ouro. Ela estava tremendo.

— Meu Deus, está frio — disse Clary, fechando o casaco de Isabelle ao redor do corpo. O veludo era quente ao menos. Ela tentou ignorar o fato de que a bainha estava manchada com o sangue de Simon. — É como se tivesse virado inverno da noite para o dia.

— Agradeça por não estarmos no inverno — disse Raphael, apoiando a pá no tronco de uma árvore próxima. — O chão fica duro como pedra no inverno. Às vezes é impossível cavar e o incipiente tem que esperar meses, passando fome embaixo da terra, antes de poder nascer.

— É assim que vocês os chamam? Incipientes? — quis saber Clary. A palavra parecia errada, amigável demais de alguma forma. Fazia com que a associasse a patinhos.

— É — disse Raphael. — Significa os que ainda não nasceram ou os recém-nascidos. — Foi então que ele viu Magnus, e por uma fração de segundo pareceu surpreso antes de tornar a expressão do rosto plácida novamente. — Magnífico Feiticeiro — disse ele. — Não esperava vê-lo aqui.

— Fiquei curioso — disse Magnus com olhos de gato brilhando. — Nunca vi uma das Crianças Noturnas ascender.

Raphael olhou para Jace, que estava apoiado em um tronco de árvore.

— Você tem companhias surpreendentemente ilustres, Caçador de Sombras.

— Está falando de si mesmo outra vez? — perguntou Jace. Ele remexeu a terra com a ponta de um dos sapatos. — Parece vaidade.

— Talvez estivesse falando de mim — disse Alec. Todos olharam surpresos para ele. Alec quase nunca fazia piadas. Ele deu um sorriso sem jeito. — Desculpem. Estou nervoso.

— Não há razão para isso — disse Magnus, esticando-se para tocar o ombro de Alec. Alec moveu-se rapidamente para fora do alcance, e a mão esticada de Magnus caiu para o lado.

— Então, o que fazemos agora? — perguntou Clary, abraçando-se para se aquecer. O frio parecia ter penetrado cada poro de seu corpo. Certamente estava frio demais para o fim do verão.

Percebendo o gesto, Raphael deu um rápido sorriso.

— É sempre frio em um nascimento — disse ele. — O incipiente extrai energia das coisas vivas que o cercam, retirando delas a força para ascender.

Clary olhou para ele ressentida.

— Você não parece estar com frio.

— Eu não estou vivo. — Deu um leve passo para trás na ponta do túmulo. Clary se forçou a pensar naquilo como um túmulo, pois era exatamente o que era. Raphael gesticulou para que os outros fizessem o mesmo. — Abram caminho — disse. — Simon não vai conseguir se erguer se todos vocês estiverem por cima dele.

Eles se moveram precipitadamente para trás. Clary sentiu Isabelle agarrando seu cotovelo e virou para ver que a menina estava branca até os lábios.

— Qual é o problema?

— Tudo — disse Isabelle. — Clary, talvez devêssemos tê-lo deixado ir...

— Deixá-lo morrer, você quer dizer. — Clary puxou o braço das garras de Isabelle. — É óbvio que é isso que você acha. Você acha que todos que não são como você estariam melhor se estivessem mortos.

O rosto de Isabelle era o retrato da tristeza.

— Não é isso...

Um som ecoou pela clareira, um ruído diferente de tudo que Clary já havia escutado — uma espécie de ritmo pulsante vindo das profundezas subterrâneas, como se de repente os batimentos cardíacos do mundo tivessem se tornado audíveis.

O que está acontecendo?, pensou Clary, e em seguida o chão se ergueu e se agitou embaixo dela. Ela caiu de joelhos. O túmulo estava ondulando como a superfície de um oceano instável. Apareceram rugas em sua superfície e, de súbito, se rompeu, torrões de areia voando. Uma pequena montanha de terra, como um formigueiro, se levantou. No centro da montanha havia uma pequena mão, com dedos afastados, agarrando a terra.

— *Simon!* — Clary tentou correr para a frente, mas Raphael a conteve. — Me solte! — Ela tentou se libertar, mas a mão de Raphael parecia de aço. — Você não está vendo que ele precisa de ajuda?

— Ele tem que fazer isso sozinho — disse Raphael sem diminuir a força. — É melhor assim.

— É o seu jeito! Não o meu! — Ela se livrou dele e correu para o túmulo, exatamente quando ele pulsou para cima, derrubando-a novamente. Uma forma corcunda estava se forçando para fora da cova cavada precipitadamente, dedos como garras imundas enterradas na terra. Nos braços nus havia listras pretas de sujeira e sangue. Livrou-se da terra que o engolia, arrastou-se por alguns centímetros e desabou no chão.

— Simon — sussurrou ela. Lógico que era Simon. *Simon*, e não uma *coisa*. Ela se levantou cambaleando e correu na direção dele, mas seus tênis não paravam de afundar na terra batida.

— Clary! — gritou Jace. — O que você está fazendo?

Ela tropeçou, o calcanhar girando enquanto a perna afundava na sujeira. Caiu de joelhos ao lado de Simon, que estava deitado, imóvel, como se realmente estivesse morto. Os cabelos estavam imundos e emaranhados com coágulos de sujeira, os óculos tinham sumido, a camiseta estava rasgada na lateral e havia sangue na pele que aparecia.

— Simon — disse ela, e se esticou para tocá-lo no ombro. — Simon, você está...

O corpo dele se contraiu sob os dedos dela, cada músculo enrijecendo, a pele dura como ferro.

—... bem? — concluiu.

Ele virou a cabeça, e ela viu seus olhos. Estavam vazios, sem vida. Com um grito agudo ele rolou e atacou-a, rápido como uma serpente dando o bote. Atingiu-a de frente, derrubando-a sobre a terra.

— Simon! — gritou ela, mas Simon não pareceu ouvir. O rosto dele estava distorcido, irreconhecível enquanto ele se erguia sobre ela, os lábios se contraindo para trás. Clary viu os caninos afiados, dentes em forma de presas, brilhando ao luar como adagas brancas feitas de ossos. Repentinamente apavorada, ela deu um chute nele, mas ele a pegou pelos ombros e forçou-a novamente para a terra. Estava com as mãos cheias de sangue e as unhas quebradas, mas era incrivelmente forte, mais forte até do que seus próprios músculos de Caçadora de Sombras. Os ossos dos ombros de Clary foram espremidos dolorosamente enquanto ele se curvava sobre ela...

De repente ele foi retirado e lançado pelos ares como se não pesasse mais do que uma pedra. Clary se levantou, engasgando, e encontrou o olhar sorridente de Raphael.

— Eu avisei para ficar longe dele — disse, e virou-se para se ajoelhar ao lado de Simon, que tinha aterrissado a uma curta distância e estava curvado, contraindo-se no chão.

Clary respirou fundo. Parecia um gemido.

— Ele não me reconhece.

— Ele reconhece, mas não se importa. — Raphael olhou para Jace por cima do ombro. — Está morrendo de fome. Precisa de sangue.

Jace, que estava pálido e paralisado na borda da cova, deu um passo para a frente e entregou a bolsa de plástico, mudo, como uma oferenda. Raphael pegou-a e abriu. Alguns pacotes plásticos com líquido vermelho caíram. Ele pegou um, resmungando, e o abriu com unhas afiadas, espalhando sangue na frente da camiseta branca suja de terra.

Como se sentisse o cheiro do sangue, Simon se curvou para cima e soltou um grito doloroso. Ele continuava se contorcendo; as unhas quebradas agarravam a terra e os olhos reviravam, mostrando apenas a parte branca. Raphael esticou a mão com o pacote de sangue, deixando um pouco do líquido vermelho cair no rosto de Simon, manchando o branco com escarlate.

— Pronto — disse ele, quase entoando. — Beba, pequeno incipiente. Beba.

E Simon, que era vegetariano desde os 10 anos de idade, que não tomava leite que não fosse orgânico, que desmaiava ao ver agulhas, arrancou o pacote de sangue da mão esguia e marrom de Raphael e o rasgou com os dentes. Engoliu o sangue em alguns goles e jogou o embrulho de lado com mais um grito; Raphael estava pronto com um segundo pacote, que colocou em sua mão.

— Não beba rápido demais — alertou. — Vai acabar passando mal. — Simon, é óbvio, o ignorou; tinha conseguido abrir o pacote sem ajuda e estava tomando gananciosamente o conteúdo. Sangue corria dos cantos da boca, descia pela garganta e manchava-lhe as mãos com gotas espessas vermelhas. Seus olhos estavam fechados.

Raphael virou para olhar para Clary. Ela podia sentir Jace encarando-a também, e os outros, todos com expressões idênticas de nojo e horror.

— Na próxima vez que ele se alimentar — disse Raphael calmamente —, não será tão bagunçado.

Bagunçado. Clary virou-se de costas e tropeçou para fora da clareira, ouvindo Jace chamá-la, mas ignorou e começou a correr ao chegar às árvores. Tinha percorrido metade da colina quando sentiu dor. Caiu de joelhos, tossindo, enquanto tudo em seu estômago jorrava pela boca em uma enchente poderosa. Quando acabou, ela engatinhou um pouco e desabou no chão. Sabia que provavelmente estava deitada no túmulo de alguém, mas não se importava. Recostou o rosto quente na terra fria e pensou, pela primeira vez, que talvez os mortos não fossem tão azarados afinal.

11

Fumaça e Aço

A unidade de tratamento de pacientes em estado crítico do hospital Beth Israel sempre fazia com que Clary se lembrasse de fotos que havia visto da Antártica: era frio e parecia remoto, e tudo era cinza, branco ou azul-claro. As paredes do quarto da mãe eram brancas, os tubos que lhe cercavam a cabeça e a infinidade de instrumentos que apitavam ao redor da cama eram cinza e o cobertor que a cobria até o busto era azul-claro. Estava com o rosto pálido. A única cor em todo o quarto era o vermelho de seus cabelos ruivos, ardentes contra a extensão do travesseiro que parecia neve, como uma bandeira luminosa e incongruente hasteada no polo sul.

Clary ficou imaginando como Luke estaria dando conta de pagar por aquele quarto particular, de onde vinha o dinheiro e como ele tinha conseguido. Ela concluiu que poderia perguntar quando ele voltasse da máquina de café na cafeteria feia do terceiro andar. O café tinha cheiro e gosto de alcatrão mas Luke parecia viciado naquilo.

As pernas de metal da cadeira ao lado da cama chiaram contra o chão quando Clary a puxou e se sentou lentamente, alisando a saia sobre as pernas. Sempre que ia visitar a mãe no hospital, ficava nervosa e com a boca seca, como se estivesse prestes a arrumar encrenca por algum motivo. Talvez porque nas únicas vezes que vira o rosto da mãe daquele jeito, parado e sem expressão, fora quando ela estava prestes a explodir de raiva.

— Mãe — disse ela. Estendeu a mão e pegou a da mãe. Ainda havia uma marca de punção no pulso onde Valentim colocara a ponta de um tubo. A pele da mão de Jocelyn, sempre áspera e rachada, respingada de tinta e turpentina, parecia o tronco seco de uma árvore. Clary entrelaçou os dedos nos da mãe, sentindo um nó se formar na garganta. — Mãe, eu... — Limpou a garganta. — Luke disse que você consegue me ouvir. Não sei se é verdade ou não. Seja como for, vim porque precisava falar com você. Não tem problema se você não puder responder. Então, a questão é, é... — Ela engoliu em seco novamente e olhou pela janela, uma tira de céu azul visível no limite do muro de tijolo na frente do hospital. — É o Simon. Aconteceu uma coisa com ele. Uma coisa que foi culpa minha.

Agora que não estava olhando para o rosto da mãe, a história vazou de dentro dela, tudo: como tinha conhecido Jace e os outros Caçadores de Sombras, a busca pelo Cálice Mortal, a traição de Hodge e a batalha em Renwick, a constatação de que Valentim era seu pai, assim como pai de Jace. E eventos mais recentes também: a visita noturna à Cidade dos Ossos, a Espada da Alma, o ódio que a Inquisidora tinha de Jace, e a mulher com o cabelo prateado. Em seguida ela contou para a mãe sobre a corte Seelie, sobre o preço estipulado pela rainha e sobre o que tinha acontecido com Simon depois. Podia sentir lágrimas queimando em sua garganta enquanto falava, mas era um alívio dizer aquilo tudo, descarregar o fardo em alguém, mesmo alguém que provavelmente não podia ouvi-la.

— Então, basicamente — disse ela — estraguei tudo. Eu me lembro de quando você falava que crescer acontece quando você olha para trás e percebe que há coisas que gostaria de poder mudar. Acho que isso significa que eu cresci. É que eu... eu... — *Pensei que você fosse estar comigo quando isso acontecesse.* Clary sufocou as lágrimas exatamente quando alguém atrás dela limpou a garganta.

Virou-se e viu Luke na porta, com um copo de isopor na mão. Sob as luzes fluorescentes do hospital, ela podia ver como ele aparentava cansaço. Havia fios cinzentos em seus cabelos, e a blusa azul de flanela estava amarrotada.

— Há quanto tempo você está aí?

— Não muito — disse ele. — Eu trouxe café para você. — Ele estendeu o café, mas ela recusou com um aceno.

— Detesto esse negócio. Tem gosto de pé.

Quando disse isso, ele sorriu.

— Como você sabe que gosto pé tem?

— Simplesmente sei. — Ela se inclinou para a frente e beijou a bochecha fria de Jocelyn antes de se levantar. — Tchau, mãe.

A picape azul de Luke estava parada no estacionamento de concreto sob o hospital. Quando entraram na rodovia FDR, ele falou.

— Eu ouvi o que você disse no hospital.

— *Achei* mesmo que você estava ouvindo a nossa conversa — disse ela sem raiva. Não havia nada no que tinha dito para a mãe que Luke não pudesse saber.

— O que aconteceu com Simon não foi culpa sua.

Ela ouviu as palavras, mas elas pareciam rebater, como se houvesse uma parede invisível em torno dela. Como a parede que Hodge havia construído ao seu redor quando a tinha atraído para Valentim, mas dessa vez ela não podia ouvir nada através daquilo, tampouco podia sentir nada. Estava tão entorpecida quanto se tivesse sido encaixotada em gelo.

— Você me ouviu, Clary?

— É muito gentil da sua parte, mas é óbvio que a culpa foi minha. Tudo que aconteceu com ele foi culpa minha.

— Porque ele estava tão irritado com você quando foi para o hotel? Ele não foi para o hotel *porque* estava irritado com você, Clary. Já ouvi falar em situações como essa antes. Chamam de "noturnos" aqueles que estão semitransformados. Ele foi atraído pelo hotel por uma compulsão que não poderia controlar.

— Porque ele tinha o sangue de Raphael em si. E isso nunca teria acontecido se não fosse por mim. Se eu não o tivesse levado para aquela festa...

— Você achou que seria seguro, que não o estava expondo a nenhum perigo ao qual não estivesse se expondo. Não pode se torturar desta maneira — disse Luke enquanto virava na Brooklyn Bridge. A água deslizava sob eles como lençóis de cinza prateado. — Não vai melhorar em nada.

Ela se afundou ainda mais no assento, curvando os dedos nas mangas do casaco tricotado verde com capuz. As bordas estavam desgastadas e os fios faziam cócegas nas bochechas.

— Ouça — prosseguiu Luke. — Em todos os anos em que o conheci, sempre houve exatamente um lugar em que Simon queria estar, e ele lutava com unhas e dentes para se certificar de que estaria lá.

— E onde é isso?

— Onde quer que você estivesse — respondeu Luke. — Lembra quando você caiu daquela árvore na fazenda quando tinha 10 anos e quebrou o braço? Lembra de como ele fez com que o deixassem ir com você na ambulância até o hospital? Ele esperneou e gritou até desistirem.

— Você riu — disse Clary, lembrando-se —, e a minha mãe bateu no seu ombro.

— Era difícil não rir. Uma determinação como aquela em uma criança de 10 anos é algo espantoso. Ele parecia um pitbull.

— Se os pitbulls usassem óculos e fossem alérgicos a pólen.

— Não se pode colocar um preço nesse tipo de lealdade — disse Luke, um pouco mais sério.

— Eu sei. Não faça eu me sentir pior.

— Clary, estou dizendo que ele tomou as próprias decisões. Você está se culpando por *ser o que você é*. E isso não é culpa de ninguém, nem algo que você possa mudar. Você disse a verdade para ele, e ele decidiu sozinho o que fazer a respeito. Todo mundo faz escolhas, e ninguém tem o direito de tirar essas escolhas de nós. Nem mesmo por amor.

— Mas a questão é essa — disse Clary. — Quando você ama alguém, não tem escolha. — Ela pensou em como o próprio coração se contraiu quando Isabelle telefonou para dizer que Jace tinha desaparecido. Ela saiu de casa sem pensar e sem hesitar por um segundo que fosse. — O amor nos tira as escolhas.

— É muito melhor do que a alternativa. — Luke guiou a picape por Flatbush. Clary não respondeu, apenas olhou pela janela. A área na saída da ponte não é uma das partes mais bonitas do Brooklyn: cada um dos lados da avenida era alinhado com grandes edifícios de escritórios e oficinas. Ela normalmente odiava, mas naquele momento os arredores se adequavam bem ao seu humor. — Então, você teve notícias do...? — Luke começou, aparentemente decidindo que era hora de mudar de assunto.

— Simon? Tive, você sabe que tive.

— Na verdade, eu ia perguntar do Jace.

— Ah. — Jace havia telefonado para o celular dela e deixado diversos recados. Ela não tinha atendido nem retornado. Não falar com ele era a penitência a si própria pelo que tinha acontecido com Simon. Era a pior punição em que conseguia pensar. — Não, não tive.

A voz de Luke era cuidadosamente neutra.

— Talvez devesse falar com ele. Só para ver se ele está bem. Provavelmente está passando por maus bocados, considerando...

Clary se mexeu no assento.

— Pensei que você tivesse falado com Magnus. Ouvi você falando com ele sobre Valentim e a reversão da Espada da Alma. Tenho certeza de que ele diria alguma coisa se Jace não estivesse bem.

— Magnus pode me dar notícias sobre a saúde física do Jace. Já a saúde mental dele...

— Esqueça. Não vou ligar para Jace. — Clary ouviu a frieza na própria voz e quase se chocou consigo mesma. — Preciso me dedicar ao Simon agora. Não é como se a saúde mental dele também estivesse bem.

Luke suspirou.

— Se ele está tendo dificuldades em aceitar a própria condição, talvez devesse...

— Óbvio que ele está tendo dificuldades! — Ela lançou um olhar acusatório a Luke, apesar de ele não ter notado, por estar concentrado no trânsito. — Você, mais do que todo mundo, deveria entender como é...

— Acordar como um monstro um dia? — Luke não parecia amargurado, apenas cansado. — Você tem razão, eu entendo. E se ele quiser conversar comigo, falarei com ele com prazer. Ele vai conseguir superar, mesmo que ache que não.

Clary franziu o cenho. O sol estava se pondo atrás deles, fazendo o espelho retrovisor brilhar como ouro. Os olhos dela doíam com a claridade.

— Não é a mesma coisa — disse ela. — Pelo menos você cresceu sabendo que lobisomens existiam de verdade. Antes que ele possa contar a alguém que é um vampiro, terá que convencê-lo de que vampiros *existem*.

Luke estava com cara de quem estava prestes a dizer alguma coisa, mas mudou de ideia.

— Tenho certeza de que tem razão. — Estavam em Williamsburg agora, passando pela Kent Avenue, que estava quase vazia, cercada por armazéns em ambos os lados. — Mesmo assim. Tenho uma coisa para ele. Está no porta-luvas. Por via das dúvidas...

Clary abriu o porta-luvas e franziu a testa. Retirou um panfleto dobrado, do tipo que havia nas estantes de plástico em salas de espera de hospitais.

— *Como sair do armário para os seus pais* — ela leu em voz alta. — Luke, não seja ridículo. Simon não é gay, ele é um vampiro.

— Sei disso, mas o panfleto é sobre como contar verdades difíceis para os pais, coisas que eles não queiram encarar. Talvez ele pudesse adaptar algum dos discursos, ou apenas ouvir o conselho geral...

— Luke! — ela falou de forma tão aguda que ele parou a picape, cantando pneus. Estavam na frente da casa dele e a água do East River brilhava sombria à esquerda, o céu marcado com fuligem e sombras. Outra sombra, mais escura, estava agachada na varanda da frente da casa.

Luke cerrou os olhos. Em forma de lobo, ele dissera a ela, tinha a visão perfeita, mas como humano, permanecia míope.

— Por acaso é...?

— Simon. É. — Ela o conhecia até pelos contornos. — É melhor eu ir falar com ele.

— Certo. Eu vou, bem, resolver algumas coisas. Tenho algumas coisas para pegar.

— Que tipo de coisas?

Ele a dispensou com um aceno de mão.

— Alimentos. Volto em meia hora, mas não fiquem do lado de fora. Entrem e tranquem a porta.

— Você sabe que é isso que eu vou fazer.

Ela assistiu enquanto a caminhonete ganhava velocidade, em seguida virou em direção à casa. Estava com o coração disparado. Tinha falado com Simon algumas vezes por telefone, mas não o via desde que o tinham levado, grogue e sujo de sangue, para a casa de Luke nas primeiras horas sombrias daquela manhã terrível, para limpá-lo antes de levá-lo para casa. Ela achava que ele devia ir para o Instituto, mas é lógico que isso era impossível. Simon jamais voltaria a ver o interior de uma igreja ou sinagoga novamente.

Ela o vira atravessando o caminho até a entrada da casa, com os ombros curvados para a frente como se estivesse andando contra uma ventania pesada. Quando a luz da varanda se acendera automaticamente, ele havia se encolhido para longe, e ela sabia que era porque pensara que era a luz do sol; ela começara a chorar silenciosamente no banco de trás da picape, as lágrimas caindo na Marca preta estranha no braço.

— Clary — sussurrara Jace, e esticara a mão para pegar a dela mas ela se encolhera para longe, exatamente como Simon fizera com a luz. Ela não tocaria nele. Ela jamais voltaria a tocá-lo novamente. Seria sua penitência, a punição pelo que havia feito com Simon.

Agora, enquanto andava até a varanda de Luke, a boca estava seca e a garganta inchada com a pressão das lágrimas. Disse a si mesma para não chorar. Chorar só o faria se sentir pior.

Ele estava sentado nas sombras no canto na varanda, observando-a. Ela podia ver o brilho dos olhos de Simon na escuridão. Ficou imaginando se eles tinham aquela espécie de brilho antes mas não conseguiu se lembrar.

— Simon?

Ele se levantou em um único movimento gracioso que fez calafrios percorrerem a espinha de Clary. Havia uma coisa que Simon nunca havia sido: gracioso. Havia mais alguma coisa nele, algo diferente...

— Desculpe se eu a assustei — disse ele cuidadosamente, quase formalmente, como se fossem estranhos.

— Tudo bem, foi só... Há quanto tempo você está aqui?

— Não muito. Só posso sair depois que o sol começa a se pôr, lembra? Acidentalmente coloquei a mão um centímetro para fora da janela ontem e quase perdi os dedos. Por sorte me curo com facilidade.

Ela pegou a chave, destrancou a porta e abriu. Uma luz pálida se derramou na varanda.

— Luke disse que é melhor ficarmos lá dentro.

— Porque coisas ruins — disse Simon, passando por ela — aparecem no escuro.

A sala estava cheia de uma luz amarela calorosa. Clary fechou a porta atrás deles e passou as trancas. O casaco azul de Isabelle ainda estava pendurado em um cabide perto da porta. Ela tinha a intenção de levá-lo a uma lavanderia, para tirar as manchas de sangue, mas não tivera tempo. Encarou-o por um instante, fortalecendo-se antes de se virar para olhar para Simon.

Ele estava no meio da sala, com as mãos desajeitadas nos bolsos do casaco. Vestia calça jeans e uma camiseta desgastada na qual estava escrito I ❤ NEW YORK que pertencera ao pai. Tudo a respeito dele era familiar para Clary, mas mesmo assim, ele parecia um estranho.

— Os seus óculos — disse ela, percebendo com atraso o que parecera estranho na varanda. — Você não está usando.

— *Você* já viu algum vampiro usando óculos?

— Bem, não, mas...

— Não preciso mais deles. Parece que visão perfeita faz parte do pacote. — Ele se sentou no sofá e Clary se juntou a ele, sentando-se ao lado, mas não muito perto. Mais próxima ela podia ver quão pálida a pele dele estava, traços azuis de veias aparentes logo abaixo da superfície. Sem os óculos seus olhos pareciam grandes e escuros, os cílios, longas pinceladas de tinta. — É evidente que em casa ainda tenho que usar, ou a minha mãe teria um ataque. Terei que dizer para ela que vou usar lentes.

— Você vai ter que contar para ela e ponto — disse Clary com mais firmeza do que estava sentindo. — Não pode esconder a sua... sua condição para sempre.

— Posso tentar. — Ele passou a mão pelo cabelo escuro, a boca tremendo. — Clary, o que eu vou *fazer*? A minha mãe fica me trazendo comida, e eu tenho que jogar pela janela, há dois dias que não saio de casa, mas não sei por quanto tempo posso continuar fingindo que estou gripado. Eventualmente ela vai acabar me levando ao médico, e aí? Não tenho *pulso*. Ele vai dizer para ela que eu estou *morto*.

— Ou classificar você como um milagre da medicina — disse Clary.

— Não tem graça.

— Eu sei, só estava tentando...

— Não paro de pensar em sangue — disse Simon. — Sonho com isso. Acordo pensando. Logo, logo vou estar escrevendo mórbidas poesias emo sobre isso.

— Você não tem aquelas garrafas de sangue que Magnus arrumou? Não estão acabando, estão?

— Estão comigo. No meu frigobar. Mas só tenho mais três — A voz dele parecia fraca com a tensão. — E quando acabar?

— Não vai acabar. A gente arruma mais — disse Clary, tentando passar mais confiança do que estava sentindo. Provavelmente poderia recorrer ao amigável fornecedor local de sangue de cordeiro de Magnus, mas aquele negócio a deixava enjoada. — Ouça, Simon, Luke acha que você deve contar para a sua mãe. Não pode esconder dela para sempre.

— Mas posso muito bem tentar.

— Pense no Luke — disse ela, desesperada. — Você ainda pode viver uma vida normal.

— E a gente? Você quer um namorado vampiro? — ele riu amargamente. — Pois prevejo muitos piqueniques românticos no nosso futuro. Você tomando uma piña colada virgem e eu tomando o sangue de uma virgem.

— Pense nisso como se fosse uma deficiência — argumentou Clary. — Basta se adaptar. Muita gente faz isso.

— Não sei se sou gente. Acho que não sou mais.

— Para mim você é — disse ela. — E de qualquer forma, ser humano é algo superestimado.

— Pelo menos Jace não pode mais me chamar de *mundano*. O que é isso que você está segurando? — perguntou ele, percebendo o panfleto, ainda enrolado na mão esquerda de Clary.

— Ah, isso? — ela levantou. — *Como sair do armário para os seus pais.*

Ele arregalou os olhos.

— Tem alguma coisa para me contar?

— Não é para mim. É para você. — Ela o entregou a ele.

— Eu não tenho que sair do armário para a minha mãe — disse Simon. — Ela já acha que eu sou gay porque não me interesso por esportes e ainda não tenho uma namorada. Pelo menos não que ela saiba.

— Mas você tem que se assumir como vampiro — ressaltou Clary. — Luke acha que você pode, sei lá, aproveitar um dos discursos sugeridos no panfleto, mas usando "morto-vivo" em vez de...

— Entendi, entendi. — Simon abriu o panfleto. — Deixe eu praticar com você. — Ele limpou a garganta. — Mãe, eu tenho uma coisa para te contar. Sou um morto-vivo. Bem, eu sei que você pode ter algumas noções preconcebidas sobre os mortos-vivos. Sei que você pode não ficar confortável com a ideia de eu ser um morto-vivo. Mas estou aqui para dizer que os mortos-vivos são como eu e você. — Ele fez uma pausa. — Bem, OK. Possivelmente mais como eu do que como você.

— SIMON.

— Tudo bem, tudo bem — ele prosseguiu. — A primeira coisa que você tem que entender é que eu sou a mesma pessoa que sempre fui. Ser morto-vivo não é a coisa mais importante ao meu respeito. É só uma parte de quem sou. A segunda coisa que você deve saber é que isso não é uma escolha. Eu nasci assim. — Simon franziu a testa para ela por cima do panfleto. — Desculpe, *renasci* assim.

Clary suspirou.

— Você não está *tentando.*

— Pelo menos posso dizer para ela que vocês me enterraram em um cemitério judaico — disse Simon, abandonando o panfleto. — Talvez eu devesse começar por baixo. Contar primeiro para a minha irmã.

— Eu vou com você, se quiser. Talvez possa ajudá-las a entender.

Ele olhou para ela, surpreso, e ela viu as falhas na armadura de humor amargo dele, e o medo que havia embaixo.

— Você faria isso?

— Eu... — Clary começou e foi interrompida por um barulho ensurdecedor de pneus cantando e vidro quebrando. Levantou-se de um salto e correu para a janela, com Simon ao lado. Abriu a cortina e olhou para fora.

A caminhonete de Luke estava no gramado, com o motor rangendo, listras escuras de borracha queimada na calçada. Um dos faróis brilhava; o outro tinha sido destruído, havia uma mancha escura na grade frontal da picape — e alguma coisa curvada, branca e imóvel, deitada sob as rodas dianteiras. Clary sentiu bile subindo pela garganta. Será que Luke tinha atropelado alguém? Mas não — impacientemente, ela afastou o feitiço da visão como se estivesse tirando sujeira de uma janela. A coisa embaixo das rodas de Luke não era humana. Era suave, branca, quase sem forma, e se contorcia como uma minhoca presa a um quadro por um pino.

A porta do lado do motorista abriu violentamente e Luke saltou para fora. Ignorando a criatura presa sob as rodas, ele atravessou a grama em direção à varanda. Seguindo-o com o olhar, Clary viu que havia uma forma escura espalhada nas sombras. Essa forma *era* humana — pequena, com cabelos claros, trançados...

— É a menina licantrope. Maia. — Simon parecia espantado. — O que *aconteceu*?

— Não sei. — Clary pegou a estela de cima de uma prateleira de livros. Eles desceram os degraus e foram até a sombra onde Luke estava agachado com as mãos nos ombros de Maia, levantando-a e recostando-a gentilmente contra a lateral da varanda. De perto, Clary podia ver que a frente da camisa dela estava rasgada e que havia um talho em seu ombro, de onde sangue escorria lentamente.

Simon parou onde estava. Quase se chocando contra ele, Clary, engasgou-se surpresa e olhou furiosamente para Simon antes de perceber. *O sangue*. Ele estava com medo, com medo de olhar.

— Ela está bem — disse Luke enquanto Maia rolava e resmungava. Ele a estapeou levemente na bochecha, e ela abriu os olhos. — Maia. Maia, você está me ouvindo?

Ela piscou e fez que sim com a cabeça, parecendo entorpecida.

— Luke? — sussurrou. — O que aconteceu? — Ela franziu o cenho. — O meu ombro...

— Vamos, é melhor você entrar. — Luke a levantou nos braços, e Clary se lembrou de que ela sempre pensara que ele era surpreendentemente forte para alguém que trabalhava em uma livraria. Havia concluído que era de tanto carregar caixas pesadas de livros. Agora sabia. — Clary. Simon. Vamos.

Eles voltaram para dentro, onde Luke colocou Maia sobre o sofá de veludo esfarrapado cinza. Ele mandou Simon buscar um cobertor, e Clary, uma toalha molhada. Quando Clary voltou, encontrou Maia escorada em uma das almofadas, parecendo ruborizada e febril. Ela estava falando rápida e nervosamente com Luke.

— Eu estava no gramado quando senti o cheiro de alguma coisa. Alguma coisa podre, como lixo. Virei e a coisa me atingiu...

— O que a atingiu? — disse Clary, entregando a toalha para Luke.

Maia franziu a testa.

— Eu não vi. Me derrubou e depois... tentei chutar para longe, mas foi rápido demais...

— Eu vi — disse Luke, com a voz seca. — Eu estava voltando para casa e vi você atravessando o gramado, em seguida o vi atrás de você, nas sombras. Tentei gritar pela janela, mas você não me ouviu. Em seguida ele a derrubou.

— O que a estava seguindo? — perguntou Clary.

— Um demônio Drevak — disse Luke com a voz sombria. — Eles são cegos. Rastreiam pelo cheiro. Dirigi para cima da grama e o atropelei.

Clary olhou para a picape pela janela. A coisa que estava esmagada sob as rodas não estava mais lá, o que não era nenhuma surpresa — demônios voltam para as dimensões de origem quando morrem.

— E por que ele atacaria Maia? — Ela diminuiu o tom de voz quando lhe ocorreu um pensamento: — Você acha que foi Valentim? Procurando sangue licantrope para o feitiço? Ele foi interrompido da última vez...

— Acho que não — disse Luke, surpreendendo-a. — Demônios Drevak não são sanguessugas e definitivamente não poderiam provocar a mutilação que você viu na Cidade do Silêncio. Essencialmente são espiões e mensageiros. Acho que Maia simplesmente cruzou o caminho dele. — Ele se inclinou para olhar para a menina, que ainda gemia suavemente, com os olhos fechados. — Você pode puxar a manga para cima, para eu ver o seu ombro?

A licantrope mordeu o lábio e fez que sim com a cabeça, em seguida puxou a manga do casaco. Havia um longo talho logo abaixo do ombro. O sangue havia secado e formado uma casca no braço dela. Clary respirou fundo ao ver que o corte vermelho estava alinhado com o que pareciam agulhas pretas finas saindo da pele de forma grotesca.

Maia olhou para o braço com óbvio pavor.

— O que *são* essas coisas?

— Demônios Drevak não têm dentes; eles têm espinhos venenosos na boca — disse Luke. — Alguns dos espinhos se quebraram na sua pele.

Os dentes de Maia começaram a bater.

— Veneno? Eu vou morrer?

— Não se trabalharmos depressa — assegurou Luke. — Mas eu vou ter que tirá-los, e vai doer. Você acha que aguenta?

O rosto de Maia se contraiu em uma careta de dor. Ela conseguiu concordar com a cabeça.

— Apenas... tire-os de mim.

— Tire o quê? — perguntou Simon, entrando na sala com um cobertor enrolado. Ele o deixou cair ao ver o braço de Maia e deu um passo involuntário para trás. — O que são *essas coisas*?

— Não gosta de sangue, mundano? — disse Maia, com um pequeno sorriso torto. Em seguida engasgou. — Ai, isso dói...

— Eu sei — disse Luke, enrolando a toalha gentilmente na parte inferior do braço dela. Do cinto sacou uma faca de lâmina fina. Maia olhou para a faca e fechou os olhos.

— Faça o que tiver que fazer — disse ela em voz baixa. — Mas... eu não quero os outros olhando.

— Entendo — Luke voltou-se para Simon e Clary. — Vão para a cozinha, vocês dois — disse ele. — Liguem para o Instituto. Digam a eles o que aconteceu e peçam para enviarem alguém. Não podem mandar um dos Irmãos, então de preferência que seja alguém com treinamento médico, ou um feiticeiro. — Simon e Clary o encararam, paralisados pela visão da faca e do braço de Maia que ficava roxo lentamente. — Vão! — disse ele, mais forte, e dessa vez eles foram.

12

A Hostilidade dos Sonhos

Simon observava Clary apoiada na geladeira, mordendo o lábio como sempre fazia quando estava nervosa. Ele frequentemente se esquecia do quanto ela era pequena, de ossos leves, e frágil, mas em momentos como aquele — momentos em que ele queria colocar os braços ao redor dela —, era contido pela ideia de que apertá-la demais poderia machucá-la, principalmente agora que não conhecia mais a própria força.

Jace, ele sabia, não se sentia assim. Simon o observara com uma sensação nauseante no estômago, sem conseguir desviar o olhar, enquanto ele a tomara nos braços e a beijara com tanta força que Simon pensara que um deles, ou ambos, poderia se despedaçar. Ele a havia segurado como se quisesse esmagá-la contra seu corpo, como se pudesse fundir os dois em um só.

Era indiscutível que Clary era forte, mais forte do que Simon lhe dava crédito. Ela era uma Caçadora de Sombras, com tudo que isso proporcionava. Mas não importava; o que havia entre eles ainda era frágil como uma chama de vela, delicado como uma casca de ovo — e ele sabia que, se despedaçasse, se de algum jeito deixasse aquilo quebrar, alguma coisa dentro dele se despedaçaria também, algo que jamais poderia ser consertado.

— Simon. — A voz dela o trouxe de volta à Terra. — Simon, você está me ouvindo?

— O quê? Sim, estou. É óbvio. — Ele se apoiou na pia, tentando fazer parecer que estava prestando atenção. A torneira estava pingando, o que o distraiu momentaneamente; cada gota luminosa de água parecia brilhar, perfeita e em forma de lágrima, antes de cair. A visão dos vampiros era algo estranho, pensou. Sua atenção era atraída pelas coisas mais estranhas: o brilho da água, rachaduras em um ponto do pavimento, o brilho de óleo na estrada, como se ele nunca tivesse visto nada daquilo antes.

— Simon! — disse Clary novamente, exasperada. Ele percebeu que ela estava estendendo algo rosa e metálico para ele. O celular novo. — Eu disse que quero que você ligue para Jace.

Isso o trouxe de volta à realidade.

— *Eu* ligar para ele? Ele me odeia.

— Não, ele não o odeia — disse ela, apesar de ele poder perceber por seu olhar que nem ela acreditava totalmente nisso. — E seja como for, eu não quero falar com ele. Por favor?

— Tudo bem. — Ele pegou o telefone dela e procurou o número de Jace. — O que você quer que eu diga?

— Apenas conte o que aconteceu. Ele vai saber o que fazer.

Jace atendeu ao telefone no terceiro toque, parecendo esbaforido.

— Clary — disse, espantando Simon até ele concluir que evidentemente o nome de Clary tinha aparecido na tela do celular de Jace. — Clary, você está bem?

Simon hesitou. Havia um tom na voz de Jace que ele nunca tinha ouvido antes, uma preocupação ansiosa desprovida de qualquer sarcasmo ou defesa. Era assim que ele falava com Clary quando estavam sozinhos? Simon olhou para ela; ela estava olhando para ele com olhos verdes arregalados, roendo a unha do indicador direito conscientemente.

— Clary — disse Jace novamente. — Pensei que você estivesse me evitando...

Uma onda de irritação passou por Simon. *Você é irmão dela*, ele queria gritar pelo telefone, *só isso. Você não é dono dela. Você não tem o direito de soar tão... tão...*

Com o coração partido. Era isso. Apesar de ele nunca ter pensado que Jace tivesse um coração para ser partido.

— Você tem razão — disse afinal, com um tom gelado na voz. — Ela ainda está. Aqui é o Simon.

Fez-se um silêncio tão longo que Simon ficou imaginando se Jace teria deixado o telefone cair.

— Alô?

— Estou aqui. — A voz de Jace estava fria e quebradiça como folhas de outono, sem mais nenhuma vulnerabilidade. — Se você só está me ligando para conversar, mundano, deve estar mais sozinho do que eu pensei.

— Acredite em mim, eu não estaria ligando se tivesse escolha. Estou fazendo isso por Clary.

— Ela está bem? — A voz de Jace continuava fria e quebradiça, porém mais afiada agora, como folhas de outono congeladas com um brilho de gelo sólido. — Se aconteceu alguma coisa com ela...

— Não aconteceu nada. — Simon lutou para manter a raiva longe da voz. Tão breve quanto conseguiu, transmitiu um resumo dos eventos da noite para Jace, e a resultante condição de Maia. Jace esperou até que ele acabasse, em seguida passou algumas instruções. Simon escutou em um torpor e se viu confirmando com a cabeça antes de perceber que, obviamente, Jace não podia vê-lo. Ele começou a falar e notou que estava falando com o silêncio; o outro já tinha desligado. Sem dizer nada, Simon fechou o telefone e o entregou para Clary. — Ele está vindo para cá.

Ela se inclinou sobre a pia.

— Agora?

— Agora. Magnus e Alec vão vir junto.

— Magnus? — disse ela, espantada. — Ah, certo. Jace estava na casa de Magnus. Pensei que ele estivesse no Instituto, mas é óbvio que não. Eu...

Um grito cortante vindo da sala a interrompeu. Ela arregalou os olhos. Simon sentiu os pelos da nuca se arrepiarem.

— Está tudo bem — disse ele, da maneira mais singela que conseguiu. — Luke não machucaria a Maia.

— Ele *está* machucando. Não tem escolha — disse Clary. Ela estava balançando a cabeça. — É assim que tudo tem sido ultimamente. Ninguém tem escolha, nunca. — Maia gritou novamente e Clary agarrou a borda da pia como se ela própria estivesse com dor. — *Odeio* isso! — irritou-se. — Odeio tudo isso! Viver assustada, caçada, sempre imaginando quem vai se machucar em seguida. Gostaria de poder voltar para o que era antes!

— Mas não pode. Nenhum de nós pode — disse Simon. — Pelo menos você ainda pode sair durante o dia.

Ela olhou para ele, com a boca aberta, os olhos arregalados e sombrios.

— Simon, não quis dizer...

— Eu sei que não. — Ele recuou, sentindo-se como se tivesse algo preso na garganta. — Vou ver como eles estão. — Por um instante ela pensou em segui-lo, mas deixou a porta da cozinha se fechar sem protestos.

Todas as luzes estavam acesas na sala. Maia estava deitada com o rosto cinza no sofá, o cobertor que ele tinha trazido cobrindo-a até o peito. Ela estava segurando um chumaço de pano contra o braço direito; o pano estava parcialmente ensopado de sangue. Seus olhos estavam fechados.

— Cadê o Luke? — perguntou Simon, e em seguida franziu a testa, imaginando se o tom tinha sido rígido demais, exigente demais. Ela parecia péssima, os olhos afundados em vazios cinzentos, a boca contraída de dor. Abriu os olhos e fixou-os nele.

— Simon. — Expirou. — Luke foi lá fora tirar o carro do gramado. Ele estava preocupado com os vizinhos.

Simon olhou para a janela. Podia ver a luz do farol varrendo a casa enquanto Luke conduzia o carro para a entrada.

— E você? — perguntou ele. — Tirou aquelas coisas do braço?

Ela fez que sim com a cabeça, entorpecida.

— Só estou cansada — sussurrou através dos lábios rachados. — E... com sede.

— Vou buscar um pouco de água para você. — Havia uma jarra e uma fila de copos no guarda-louça ao lado da mesa de jantar. Simon serviu um copo cheio de líquido tépido e levou-o para Maia. Estava com as mãos levemente trêmulas e um pouco da água entornou quando ela pegou o copo. Ela estava levantando a cabeça, prestes a dizer alguma coisa, *obrigada*, provavelmente, quando seus dedos se tocaram e ela recuou tão rápido que o copo voou. Atingiu a ponta da mesa de centro e se espatifou, derramando água pelo chão de madeira polida.

— Maia? Você está bem?

Ela se encolheu para longe dele, com os ombros pressionados no encosto do sofá, os lábios contraídos e os dentes de fora. Os olhos haviam adquirido um tom amarelo luminoso. Um rosnado baixo veio da garganta dela, o ruído de um cachorro preocupado e acuado.

— Maia? — disse Simon novamente, espantado.

— *Vampiro* — rosnou.

Ele sentiu a cabeça ir para trás, como se ela o tivesse estapeado.

— Maia...

— Pensei que você fosse *humano*. Mas você é um monstro. Um sanguessuga.

— Eu sou humano... quero dizer, eu *era* humano. Fui transformado. Há alguns dias. — A mente dele flutuava; sentia-se tonto e enjoado. — Assim como você foi...

— Jamais se compare a mim! — Ela estava sentada, os olhos amarelos e fantasmagóricos ainda nele, examinando-o com nojo. — Eu ainda sou humana, estou viva... você é uma coisa morta que se alimenta de sangue.

— Sangue *animal*...

— Só porque não consegue sangue humano, ou os Caçadores de Sombra o queimariam vivo...

— Maia — disse ele, e aquele nome em sua boca era meio fúria, meio súplica; ele deu um passo em direção a ela, que estendeu a mão, fazendo unhas aparecerem como garras, de repente impossivelmente longas. Arranharam-no na bochecha, empurrando-o para trás com a mão no rosto. Começou a escorrer sangue da bochecha, até a boca. Ele sentiu o gosto salgado e seu estômago roncou.

Maia estava agachada no braço do sofá agora, com os joelhos para cima, os dedos de garra deixando talhos profundos no veludo cinza. Um rugido baixo saiu da garganta dela, e as orelhas se alongaram e encostaram na cabeça. Quando mostrou os dentes, eles eram afiados — não finos como adagas, como os dele, mas caninos fortes, brancos e afiados. Ela tinha deixado cair o pano ensanguentado que estava enrolando o braço. E ele podia ver as perfurações onde os espinhos tinham entrado, o brilho de sangue, inchando, escorrendo...

Uma dor aguda no lábio inferior disse a ele que os caninos haviam descido. Parte dele queria lutar contra ela, combater e perfurá-la com os dentes, tomar aquele sangue quente. O restante parecia estar gritando. Ele deu um passo para trás, e em seguida outro, com as mãos esticadas, como se pudesse contê-la.

Ela se contraiu para saltar, exatamente quando a porta da cozinha se abriu e Clary entrou na sala. Ela pulou na mesa de centro, aterrissando tão levemente quanto um gato. Tinha alguma coisa nas mãos, algo que brilhava em branco e prateado quando ergueu o braço. Simon viu que era uma adaga, curvada tão elegantemente quanto a asa de um pássaro; uma adaga que passou pelo cabelo de Maia, a milímetros do rosto, e afundou até o cabo no veludo cinza. Maia tentou recuar e engasgou; a lâmina tinha atravessado sua manga e a prendera ao sofá.

Clary puxou a lâmina de volta. Era uma das lâminas de Luke. No instante em que abriu a porta da cozinha e viu o que estava se passando na sala, ela pegou um atalho até o esconderijo de armas de Luke no escritório. Maia podia estar enfraquecida e doente, mas parecia furiosa o suficiente para matar, e Clary não duvidava das habilidades da licantrope.

— Mas qual é o problema de vocês? — Como que a distância, Clary se ouviu falando, e a dureza na própria voz a espantou. — Lobisomens, vampiros... ambos fazem parte do Submundo.

— Lobisomens não machucam pessoas, nem uns aos outros. Vampiros são assassinos. Um deles matou um menino no Hunter's Moon outro dia...

— Aquilo não foi um vampiro. — Clary viu Maia empalidecer com a certeza que trazia na voz. — E se vocês pudessem parar de se culpar o tempo todo por cada coisa ruim que acontece no Submundo, talvez os Nephilim passassem a levá-los a sério e começassem a *fazer* alguma coisa a respeito. — Ela se voltou para Simon. Os cortes horríveis na bochecha dele já estavam se curando e formando linhas vermelho-prateadas. — Você está bem?

— Estou. — A voz dele mal era audível. Ela podia ver a dor que tinha nos olhos, e por um instante lutou contra o impulso de chamar Maia de uma série de nomes de caráter impublicável. — Tudo bem.

Clary se voltou novamente para a licantrope.

— Você tem sorte por ele não ser tão intolerante quanto você, ou eu reclamaria com a Clave e faria todo o bando pagar pelo seu comportamento.

Maia se arrepiou.

— Você não entende. Vampiros são o que são porque estão infectados com energias demoníacas...

— Licantropes também! — disse Clary. — Posso não saber muito, mas isso eu sei.

— Mas é esse o problema. As energias demoníacas nos transformam, nos fazem diferentes. Pode chamar de doença ou do que quiser, mas os demônios que criaram os vampiros e os demônios que criaram os lobisomens vêm de espécies que guerreiam entre si. Detestavam uns aos outros, então esse ódio está no nosso sangue também. Não podemos evitar. Um lobisomem e um vampiro nunca serão amigos por causa disso. — Ela olhou para Simon. Os olhos brilhavam de raiva e mais alguma coisa. — Você vai começar a me odiar em breve — disse ela. — Vai odiar Luke também. Não vai conseguir controlar.

— Odiar o *Luke*? — Simon ficou cinza, mas antes que Clary pudesse tranquilizá-lo, a porta da frente se abriu. Ela olhou em volta, esperando Luke, mas não era ele. Era Jace. Estava todo de preto, duas lâminas serafim presas no cinto que tinha nos quadris. Alec e Magnus vinham logo atrás. Magnus vestia uma capa longa que ondulava e parecia ter sido decorada com pedaços de vidro quebrado.

Com a precisão de um laser, os olhos dourados de Jace se fixaram imediatamente em Clary. Se ela achava que ele poderia estar arrependido, preocupado ou até envergonhado depois do que se passara, estava errada. Ele parecia apenas furioso.

— O que — disse ele com irritação aguda e proposital — você pensa que está fazendo?

Clary olhou para si mesma. Ainda estava empoleirada na mesa de centro, com a faca nas mãos. Ela lutou contra o impulso de escondê-la.

— Tivemos um incidente, mas eu já resolvi.

— Sério? — A voz de Jace destilava sarcasmo. — Você por acaso sabe usar uma faca, Clarissa? *Sem* fazer um buraco em você mesma ou em qualquer outro inocente?

— Eu não machuquei ninguém — Clary disse entredentes.

— Ela esfaqueou o sofá — disse Maia com a voz seca, fechando os olhos. Ainda estava com as bochechas rubras de febre e raiva, mas o restante do rosto estava surpreendentemente pálido.

Simon olhou preocupado para ela.

— Acho que ela está piorando.

Magnus limpou a garganta. Quando Simon não se moveu, ele falou:

— Saia do *caminho*, mundano. — Seu tom era de irritação extrema. Ele empurrou a capa para trás enquanto avançava pela sala, para onde Maia estava no sofá. — Suponho que seja a minha paciente? — perguntou, olhando para ela através de cílios que brilhavam com purpurina.

Maia o encarou com olhos desfocados.

— Sou Magnus Bane — ele prosseguiu em tom tranquilizador, esticando as mãos cheias de anéis. Faíscas azuis haviam começado a dançar entre eles como bioluminescência dançando em água. — Sou o feiticeiro que está aqui para curá-la. Não disseram que eu estava a caminho?

— Eu sei quem você é, mas... — Maia parecia entorpecida. — Você parece tão... tão... *brilhante*.

Alec emitiu um ruído que se parecia muito com uma risada sufocada por uma tosse enquanto as mãos finas de Magnus teciam uma cortina azul brilhante de mágica ao redor da menina licantrope.

Jace não estava rindo.

— Onde está Luke? — perguntou.

— Lá fora — respondeu Simon. — Ele estava tirando a picape do gramado.

Jace e Alec trocaram um rápido olhar.

— Engraçado — disse Jace. Ele não parecia entretido. — Não o vi quando estávamos subindo as escadas.

Uma leve onda de pânico se desenrolou como uma folha no peito de Clary.

— Vocês viram a picape dele?

— Eu vi — disse Alec. — Estava na entrada. Com as luzes apagadas.

Com isso até Magnus, concentrado em Maia, levantou o olhar. Através da rede de encanto que havia tecido ao redor de si e da menina licantrope, suas feições pareciam borradas e indistintas, como se estivesse olhando para eles através da água.

— Não estou gostando disso — disse ele, a voz soando oca e distante. — Não depois de um ataque Drevak. Eles andam em bandos.

Jace já pegava uma das lâminas serafim.

— Eu vou verificar. Alec, fique aqui e mantenha a casa em segurança.

Clary pulou da mesa.

— Eu vou com você.

— Não vai, não. — Ele se dirigiu à porta sem olhar para trás para ver se ela estava vindo.

Ela partiu em velocidade e se jogou entre ele e a porta da frente.

— *Pare.*

Por um instante, ela achou que ele fosse continuar andando, mesmo que tivesse que atravessá-la, mas ele parou a alguns centímetros dela, tão próximo que ela podia sentir o hálito dele no cabelo quando falou.

— Eu *vou* derrubar você se for preciso, Clarissa.

— Pare de me chamar assim.

— Clary — ele disse em voz baixa, e o som do nome dela na boca de Jace era tão íntimo que ela sentiu um calafrio percorrendo a espinha. O dourado nos olhos dele tinha se tornado duro, metálico. Ela imaginou por um instante se ele iria realmente pular em cima dela, como seria se a atingisse, a derrubasse e até a segurasse pelos pulsos. Lutar para ele era como sexo para outras pessoas. A simples ideia de que ele a tocasse daquele jeito levou sangue às bochechas dela em uma onda quente.

Ela falou por cima da falta de ar que prendia sua voz.

— Ele é meu tio, não seu...

Um humor selvagem passou pelo rosto dele.

— Qualquer tio seu é um tio meu, querida irmã — disse —, e ele não tem relação de sangue com nenhum de nós.

— Jace...

— Além disso, não tenho tempo para Marcá-la — disse, os olhos dourados preguiçosos examinando-a. — E tudo que você tem é essa faca. Não vai servir para muita coisa se estivermos lidando com demônios.

Ela jogou a faca na parede ao lado da porta, com a ponta na frente, e foi recompensada com um olhar de surpresa no rosto dele.

— E daí? Você tem duas lâminas serafim, me dê uma.

— Oh, pelo amor de... — era Simon, com as mãos nos bolsos, os olhos queimando como carvão no rosto pálido. — Eu vou.

— Simon, não... — disse Clary.

— Pelo menos não estou perdendo o meu tempo aqui flertando enquanto não sabemos o que aconteceu com Luke. — Ele gesticulou para ela sair da frente da porta.

Jace contraiu os lábios.

— Vamos *todos.* — Para a surpresa de Clary, ele tirou uma lâmina serafim do cinto e a entregou a ela. — Pegue.

— Qual é o nome dela? — perguntou, afastando-se da porta.

— Nakir.

Clary havia deixado o casaco na cozinha, e o ar frio que vinha do East River penetrou a blusa fina dela assim que saiu na varanda.

— Luke? — chamou. — *Luke!*

A picape estava parada na entrada, com uma das portas abertas. A luz no teto estava acesa, emitindo um brilho fraco. Jace franziu o cenho.

— A chave está na ignição. O carro está ligado.

Simon fechou a porta atrás deles.

— Como você sabe?

— Estou ouvindo. — Jace olhou para ele, sem entender. — E você também conseguiria se tentasse, chupa-sangue. — Ele desceu a escada e um riso fraco se perpetuou atrás dele com o vento.

— Acho que gostava mais de "mundano" do que de "chupa-sangue" — resmungou Simon.

— Com ele você não pode escolher o seu apelido ofensivo preferido. — Clary apalpou o bolso da calça jeans até os dedos encontrarem uma pedra fria e lisa. Ela levantou a pedra enfeitiçada na mão, o brilho raiando entre os dedos como a luz de um sol em miniatura. — Vamos.

Jace tinha razão; a picape *estava* ligada. Clary sentiu o cheiro do exaustor enquanto se aproximavam, o coração afundando. Luke jamais teria deixado a porta aberta e a chave na ignição, a não ser que alguma coisa tivesse acontecido.

Jace estava rodeando a picape, com a testa franzida.

— Traga a pedra enfeitiçada mais para perto. — Ele se ajoelhou na grama, passando os dedos levemente sobre ela. De um bolso interno sacou um objeto que Clary reconheceu: um pedaço liso de metal, com símbolos delicados em toda a extensão. Um Sensor. Jace o passou sobre a grama e ele emitiu uma série de cliques altos, como um contador Geiger alucinado. — Definitivamente ação demoníaca. Estou captando rastros pesados.

— Não podem ser restos do demônio que atacou a Maia? — perguntou Simon.

— Os níveis estão altos demais. Mais de um demônio passou por aqui hoje à noite. — Jace se levantou, sério. — Talvez vocês dois devessem entrar. Mandem Alec vir até aqui. Ele já lidou com coisas assim antes.

— Jace... — Clary estava furiosa outra vez. Ela se interrompeu quando algo capturou seu olhar. Era um pequeno movimento do outro lado da rua, perto da margem de cimento do East River. Havia algo se movimentando enquanto um gesto capturou a luz, algo rápido demais, *alongado* demais para ser humano...

Clary esticou o braço, apontando.

— Veja! Perto da água!

O olhar de Jace seguiu o dela, e ele respirou fundo. Em seguida estava correndo, e eles estavam correndo atrás, sobre o asfalto da Kent Street e na grama que ladeava a água. A pedra enfeitiçada sacudia na mão de Clary enquanto ela corria, iluminando partes da margem do rio com uma luz casual: um pedaço de grama aqui, uma saliência de concreto que quase a fez tropeçar, uma pilha de lixo e vidro quebrado — então, ao chegarem perto da água, a figura contorcida de um homem.

Era Luke, Clary percebeu instantaneamente, apesar de as duas formas escuras e corcundas agachadas sobre ele estarem bloqueando o rosto dele da visão. Ele estava de costas, tão perto da água que por um instante de pânico ela imaginou se as criaturas o estavam prendendo embaixo, tentando afogá-lo. Em seguida recuaram, sibilando através de bocas perfeitamente circulares e sem lábios, e ela viu que a cabeça dele estava apoiada na margem. Seu rosto estava cinza e sem energia.

— Demônios Raum — sussurrou Jace.

Os olhos de Simon estavam arregalados.

— São os mesmos que atacaram a Maia...?

— Não. Esses são muito piores. — Jace fez um gesto para que Simon e Clary ficassem atrás dele. — Vocês dois, fiquem para trás. — Ele ergueu a lâmina serafim. — *Israfiel!* — gritou, e houve uma onda quente e repentina de luz. Jace saltou para a frente, atacando o demônio mais próximo com sua arma. Sob a luz da lâmina serafim, a aparência do demônio era desagradavelmente visível: branco, pele com escamas, um buraco escuro como boca, olhos protuberantes como os de um sapo e braços que se transformavam em tentáculos onde deveria haver mãos. Estava atacando com aqueles tentáculos, golpeando-os na direção de Jace com incrível velocidade.

Mas Jace foi mais rápido. Ouviu-se uma espécie de estalo horrível quando Israfiel penetrou o pulso do demônio e o membro tentacular voou pelo ar. A ponta do tentáculo caiu ao pé de Clary, ainda se mexendo. Era branco cinzento, com sugadores vermelhos nas pontas. Dentro de cada sugador havia uma camada de pequenos dentes afiados como agulhas.

Simon fez um ruído de ânsia. Clary estava inclinada a concordar. Ela chutou a massa de tentáculos espasmódicos, fazendo-o rolar pela grama suja. Quando levantou os olhos, viu que Jace havia derrubado o demônio ferido e eles estavam lutando nas pedras da beira do rio. O brilho da lâmina serafim projetava arcos de luz pela água enquanto ele se contorcia e girava para evitar os tentáculos restantes da criatura — sem falar no sangue preto que jorrava do pulso cortado. Clary hesitou — deveria correr para Luke ou ajudar Jace? E naquele instante de hesitação, ouviu Simon gritar.

— Clary, *cuidado*! — Ela girou e viu que o segundo demônio a atacava.

Não havia tempo para alcançar a lâmina serafim no cinto, nem tempo para lembrar o nome e gritá-lo. Ergueu as mãos e o demônio a atingiu, empurrando-a para trás. Ela caiu com um grito, chocando-se dolorosamente contra o solo desigual. Tentáculos escorregadios tocaram sua pele. Um se enrolou no braço dela, apertando dolorosamente; o outro atacou para a frente, enrolando-se na garganta.

Ela agarrou o pescoço freneticamente, tentando puxar o membro flexível para longe da traqueia. Seus pulmões já estavam doendo. Ela chutou e girou...

De repente a pressão sumiu; a coisa não estava mais nela. Inspirou oxigênio com um ruído de assobio e rolou para ficar de joelhos. O demônio estava meio agachado, encarando-a com olhos pretos e sem pupilas. Preparando-se para atacar novamente? Ela agarrou a lâmina e gritou.

— *Nakir!* — E uma lança de luz partiu de seus dedos. Nunca tinha segurado uma faca angelical antes. O cabo tremia e vibrava na mão; parecia viva. — NAKIR! — gritou, levantando-se cambaleante, com a lâmina esticada e apontada para o demônio Raum.

Para sua surpresa, o demônio chegou para trás, os tentáculos se retraindo, quase como se estivesse — mas isso não era possível — com *medo* dela. Viu Simon, correndo em direção a ela com um objeto que parecia um cano de aço na mão; atrás dele, Jace estava se ajoelhando.

Ela não podia ver o demônio com o qual ele estava lutando; talvez o tivesse matado. Quanto ao segundo demônio Raum, estava com a boca aberta, emitindo um ruído gritado e aflito, como um uivo monstruoso. Abruptamente, ele se virou e, agitando os tentáculos, correu em direção ao rio e pulou. Um jato de água escura espirrou para cima e em seguida o demônio desapareceu, sumindo sob a superfície do rio, sem que nem mesmo um conjunto de bolhas marcasse o lugar onde havia submergido.

Jace chegou ao lado dela exatamente quando o demônio sumiu. Ele estava curvado, arfando, sujo de sangue preto de demônio.

— O que... aconteceu? — perguntou ele entre arquejos.

— Eu não sei — admitiu Clary. — Ele me atacou, tentei lutar, mas foi rápido demais e depois simplesmente *me soltou.* Como se tivesse visto alguma coisa que o assustou.

— Você está bem? — Era Simon, parando na frente dela, sem ofegar (ele não respirava mais, ela lembrou a si mesma), mas ansioso, agarrando um pedaço longo de cano na mão.

— Onde você arrumou isso? — perguntou Jace.

— Arranquei da lateral de um poste de telefone. — Simon parecia surpreso com a lembrança. — Acho que se consegue fazer tudo com aquela carga de adrenalina.

— Ou quando se tem a força profana dos amaldiçoados — disse Jace.

— Ah, calem a boca, vocês dois — irritou-se Clary, conquistando um olhar martirizado de Simon e um confuso de Jace. Ela passou pelos dois, indo em direção à margem do rio. — Ou já se esqueceram de Luke?

Luke continuava inconsciente, mas respirando. Ele estava tão pálido quanto Maia estivera, e tinha a manga rasgada no ombro. Quando Clary afastou o tecido manchado de sangue da pele dele, trabalhando com o máximo cuidado possível, viu que no ombro havia um agrupamento de ferimentos vermelhos e circulares onde um tentáculo o tinha atingido. Cada um liberando uma mistura de sangue e fluido escurecido. Respirou fundo.

— Temos que levá-lo para dentro.

Magnus estava esperando por eles na varanda da frente quando Simon e Jace chegaram, carregando Luke pelas escadas. Tendo terminado de tratar Maia, Magnus a tinha colocado na cama do quarto de Luke, então eles deitaram Luke no sofá onde ela estivera, para que Magnus pudesse trabalhar nele.

— Ele vai ficar bem? — perguntou Clary, andando impaciente em volta do sofá enquanto Magnus invocava um fogo azul que brilhava entre suas mãos.

— Ele vai ficar bem. Veneno Raum é um pouco mais complexo do que picada de Drevak, mas nada de que eu não dê conta. — Magnus gesticulou para que ela se afastasse. — Contanto que você saia e me deixe trabalhar.

Relutantemente, ela sentou em uma poltrona. Jace e Alec estavam perto da janela, com as cabeças próximas. Jace gesticulava com as mãos. Ela imaginou que ele estivesse explicando o que havia acontecido com os demônios. Simon, parecendo desconfortável, estava apoiado na parede ao lado da porta da cozinha. Parecia perdido em pensamentos. Sem querer olhar para o rosto enfraquecido e cinza e para os olhos afundados de Luke, Clary deixou os próprios olhos repousarem em Simon, analisando como ele aparentava ser ao mesmo tempo muito familiar e muito estranho. Sem os óculos, seus olhos pareciam duas vezes maiores, e muito escuros, mais pretos do que castanhos. A pele era pálida e lisa como mármore branco, marcada com veias mais escuras nas têmporas e nas maçãs do rosto saltadas e angulares. Até o cabelo parecia mais escuro, em contraste com o branco da pele. Ela se lembrava de ter olhado para a multidão no hotel de Raphael, imaginando por que não parecia haver vampiros feios ou pouco atraentes. Talvez houvesse alguma regra sobre não transformar em vampiros aqueles que não fossem fisicamente encantadores, fora o que pensara na época, mas agora se perguntava se o vampirismo em si não seria transformador, alisando peles marcadas, acrescentando cor e brilho a olhos e cabelos. Talvez fosse uma vantagem evolucionária da espécie. Boa aparência física só podia tornar mais fácil para os vampiros atrair as presas.

Ela percebeu então que Simon a encarava de volta com os olhos arregalados. Despertando do devaneio, virou-se e viu Magnus se levantando. A luz azul não estava mais lá. Os olhos de Luke ainda estavam fechados, mas a pele não tinha mais o tom cinzento feio e a respiração era profunda e regular.

— Ele está bem! — exclamou Clary, e Alec, Jace e Simon foram apressados para olhar. Simon tomou a mão de Clary, e ela entrelaçou os dedos nos dele, satisfeita pelo apoio.

— Então ele vai viver? — perguntou Simon, enquanto Magnus se sentava no braço da poltrona mais próxima. Ele parecia exausto, esgotado e azulado. — Tem certeza?

— Sim, tenho certeza — disse Magnus. — Sou o Magnífico Feiticeiro do Brooklyn, sei o que estou fazendo. — Ele voltou os olhos para Jace, que tinha acabado de dizer alguma coisa para Alec, baixo demais para que o restante deles ouvisse. — O que me faz lembrar — prosseguiu Magnus, parecendo rígido; Clary nunca o tinha escutado soar rígido antes — que não sei exatamente o que vocês pensam que estão fazendo me chamando cada vez que um de vocês tem uma unha encravada que precisa ser cortada. Como Magnífico Feiticeiro, o meu tempo é valioso. Existem vários feiticeiros menores que ficariam felizes em realizar trabalhos para vocês por uma taxa muito mais baixa.

Clary piscou, surpresa.

— Você vai nos *cobrar*? Mas Luke é um amigo!

Magnus puxou um cigarro azul fino do bolso da camisa.

— Não é amigo meu — disse ele. — Eu só estive com ele nas poucas ocasiões em que a sua mãe o trouxe junto quando precisava renovar seus feitiços de memória. — Ele passou a mão na ponta do cigarro, que acendeu com uma chama multicolorida. — Você achou que eu estava ajudando por bondade do meu coração? Ou eu sou o único feiticeiro que você conhece?

Jace ouviu o breve discurso com uma fúria latente transformando a cor de seus olhos de âmbar para dourado.

— Não — disse ele —, mas você *é* o único feiticeiro que conhecemos que está namorando um amigo nosso.

Por um instante todos o encararam — Alec com pavor, Magnus atônito de raiva, e Clary e Simon com surpresa. Foi Alec quem falou primeiro, a voz tremendo.

— Por que você diria uma coisa dessas?

Jace pareceu perplexo.

— Que coisa?

— Que eu estou namorando... que nós estamos... não é *verdade* — disse Alec, a voz subindo e descendo diversas oitavas enquanto ele lutava para controlá-la.

Jace olhou firmemente para ele.

— Eu não disse que ele estava namorando *você*, mas é engraçado que você tenha entendido exatamente o que eu estava pensando, não?

— Não estamos namorando — repetiu Alec.

— Ah? — disse Magnus. — Então você é tão amigável daquele jeito com todo mundo?

— *Magnus.* — Alec olhou suplicante para o feiticeiro. Magnus, no entanto, parecia já ter aturado o bastante. Ele cruzou os braços sobre o peito e se inclinou para trás em silêncio, encarando a cena diante de si com olhos semicerrados.

Alec voltou-se para Jace.

— Você não... — começou. — Quer dizer, você não poderia pensar...

Jace estava balançando a cabeça, confuso.

— O que eu não entendo é você se esforçar desse jeito para esconder a sua relação com o Magnus quando até parece que eu me importaria se você me contasse a respeito.

Se ele queria que essas palavras fossem de conforto, ficou evidente que não eram. Alec ficou cinza pálido e não disse nada. Jace voltou-se para Magnus.

— Ajude-me a convencê-lo — disse — de que realmente não ligo.

— Ah — disse Magnus baixo. — Acho que quanto a isso ele acredita em você.

— Então não... — O rosto de Jace era puro espanto, e por um instante Clary viu a expressão de Magnus e percebeu que ele estava fortemente tentado a responder. Movida por uma pena precipitada de Alec, ela tirou a mão da de Simon e disse:

— Jace, chega. Deixe para lá.

— Deixe o que para lá? — perguntou Luke. Clary girou e o viu sentado no sofá, contraindo-se um pouco de dor, mas fora isso parecendo bastante saudável.

— Luke! — Ela correu para o lado do sofá, considerou a possibilidade de abraçá-lo, mas viu como ele estava segurando o braço e decidiu não fazê-lo. — Você se lembra do que aconteceu?

— Na verdade, não. — Luke passou a mão no rosto. — A última coisa de que me lembro foi de ter saltado da picape. Alguma coisa me atingiu no ombro e me jogou para o lado. Eu me lembro da dor mais incrível... De qualquer forma, devo ter desmaiado depois disso. Em seguida ouvi cinco pessoas gritando. O que aconteceu, afinal?

— Nada — entoaram Clary, Simon, Alec, Magnus e Jace, em uma consonância surpreendente e que provavelmente jamais voltaria a se repetir.

Apesar da óbvia exaustão, as sobrancelhas de Luke se ergueram. Mas "entendo" foi tudo o que respondeu.

Como Maia ainda estava dormindo no quarto de Luke, ele anunciou que ficaria bem no sofá. Clary ofereceu a cama no quarto dela, mas ele se recusou a aceitar. Desistindo de insistir, ela foi para o corredor estreito pegar lençóis e cobertores no armário. Estava arrastando um edredom de uma prateleira mais alta quando sentiu alguém atrás de si. Clary girou, derrubando o cobertor que estava segurando em uma pilha macia a seus pés.

Era Jace.

— Sinto muito por ter assustado você.

— Tudo bem. — Ela se curvou para pegar o cobertor de volta.

— Na verdade, não sinto muito — disse ele. — Foi o máximo de emoção que vi em você em dias.

— Há dias que não me vê.

— E de quem é a culpa? Eu liguei. Você não atende o telefone. E não é como se eu pudesse vir te ver. Estive na prisão, caso tenha se esquecido.

— Não exatamente na prisão. — Ela tentou soar leve enquanto se levantava. — Você tem Magnus para te fazer companhia. E *Gilligan's Island*.

Jace sugeriu que o elenco de *Gilligan's Island* poderia fazer alguma coisa anatomicamente improvável com eles mesmos.

Clary suspirou.

— Você não deveria estar indo com Magnus?

A boca dele se contraiu e ela viu algo quebrar em seu olhar, um esboço de dor.

— Mal pode esperar para se livrar de mim?

— Não. — Ela abraçou o cobertor e olhou para as mãos dele, sem conseguir olhá-lo nos olhos. Os dedos esguios eram marcados e lindos, com uma listra branca fraca onde costumava usar o anel Morgenstern no indicador direito. O desejo de tocá-lo era tão forte que ela queria soltar os cobertores e gritar. — Quero dizer, não, não é isso. Eu não te odeio, Jace.

— Eu também não te odeio.

Ela olhou para ele, aliviada.

— Fico feliz em ouvir isso...

— Gostaria de conseguir odiá-la — disse ele. A voz era suave, a boca curvada em um meio sorriso despreocupado, os olhos doentes de tristeza. — Quero odiar. Tento odiar. Seria muito mais fácil se odiasse. Às vezes acho que odeio, e depois quando te vejo e eu...

As mãos de Clary estavam dormentes com a força com que agarrava o cobertor.

— E você o quê?

— O que você acha? — Jace balançou a cabeça. — Por que eu tenho que te contar tudo sobre como me sinto se você nunca me conta nada? É como dar com a cabeça na parede, só que, se pelo menos eu estivesse batendo com a cabeça na parede, poderia parar.

Os lábios de Clary estavam tremendo com tanta violência que ela teve dificuldade para falar.

— Você acha que é fácil para mim? — perguntou. — Você acha...

— Clary? — Era Simon, entrando no corredor com aquela nova graciosidade silenciosa e lhe dando um susto tão grande que ela derrubou o cobertor outra vez. Ela virou de lado, mas não rápido o suficiente para esconder dele a expressão, ou o olhar que entregava tudo. — Entendi

— disse ele, depois de uma longa pausa. — Desculpe por interromper. — Ele sumiu novamente para a sala, deixando Clary olhando para ele através de uma lente trêmula de lágrimas.

— *Droga.* — Ela olhou para Jace. — Qual é o seu problema? — disse ela com mais crueldade do que pretendia. — Por que você tem que estragar *tudo*? — Ela jogou o cobertor para cima dele e correu atrás de Simon.

Ele já havia saído pela porta da frente. Ela o alcançou na varanda, deixando a porta bater atrás de si.

— Simon! Para onde você está indo?

Ele se virou quase relutante.

— Para casa. Já está tarde... E eu não quero ficar preso aqui com o sol nascendo.

Como o sol só nasceria dali a muitas horas, Clary interpretou aquilo como uma desculpa esfarrapada.

— Você sabe que é muito bem-vindo para passar a noite aqui e dormir durante o dia se quiser evitar a sua mãe. Pode dormir no meu quarto...

— Não acho uma boa ideia.

— Por que não? Não estou entendendo, por que você está indo embora?

Ele sorriu. Era um sorriso triste com mais alguma coisa.

— Sabe qual é a pior coisa que eu consigo imaginar?

Ela piscou.

— Não.

— Não confiar em alguém que eu amo.

Ela botou a mão na manga dele, que não se afastou, mas tampouco respondeu ao toque.

— Você está falando...

— Estou — disse ele, sabendo o que ela estava prestes a perguntar. — Estou falando de você.

— Mas você *pode* confiar em mim.

— Eu achava que podia, mas tenho a sensação de que você prefere sofrer por alguém com quem nunca vai poder ficar do que tentar ficar com alguém que pode.

Não havia propósito em fingir.

— Só preciso de tempo — disse ela. — Só preciso de um tempo para superar... para superar tudo.

— Você não vai me dizer que eu estou errado, vai? — Os olhos estavam muito arregalados e escuros sob a fraca luz da varanda. — Não dessa vez.

— Não dessa vez. Sinto muito.

— Não sinta. — Ele se virou para longe dela e da mão estendida, indo em direção aos degraus. — Pelo menos é a verdade.

Mesmo que isso não seja de muito consolo. Ela colocou as mãos nos bolsos e assistiu enquanto ele se afastava até ser engolido pela escuridão.

No fim das contas, Magnus e Jace não estavam indo embora; Magnus queria passar mais algumas horas na casa para se certificar de que Maia e Luke estavam se recuperando conforme o esperado. Após alguns minutos de conversa desconfortável com um Magnus entediado enquanto Jace, sentado no banco de piano de Luke estudando meticulosamente uma pauta musical, a ignorava, Clary decidiu ir dormir mais cedo.

Mas o sono não veio. Ela podia ouvir o som suave do piano sendo tocado por Jace, mas não era isso que a mantinha acordada. Estava pensando em Simon, indo para uma casa que não parecia mais sua, no desespero na voz de Jace quando disse *quero odiar*, e em Magnus, que não contara a verdade a Jace: que Alec não queria que ele soubesse sobre a relação dos dois porque ainda era apaixonado por ele. Pensou na satisfação que Magnus teria tido ao dizer as palavras em voz alta, mostrar a verdade, e no fato de que não as tinha dito — permitindo que Alec prosseguisse com a mentira e o fingimento — porque era o que Alec queria, e Magnus gostava o suficiente dele para conceder-lhe isso. Talvez fosse verdade o que a rainha Seelie dissera, afinal: o amor transformava as pessoas em mentirosas.

13
Uma Tropa de Anjos Rebeldes

Há três partes distintas em *Gaspard de la Nuit*, de Ravel; Jace havia tocado a primeira quando se levantou do piano, foi até a cozinha, pegou o telefone de Luke e fez uma única ligação. Em seguida voltou para o piano e para *Gaspard*.

Ele já estava na metade da terceira parte quando viu uma luz varrer o gramado na frente da casa de Luke. Foi interrompida um instante mais tarde, deixando a vista da janela escura, mas Jace já estava de pé, pegando o casaco.

Ele fechou a porta da frente silenciosamente e desceu os degraus, dois de cada vez. No gramado perto da entrada havia uma motocicleta, com o motor ainda ressoando. Tinha uma aparência estranhamente orgânica: os canos eram como veias enroladas sobre o chassi, e o farol solitário, agora quase apagado, parecia um olho. De certa forma parecia tão viva quanto o menino que estava apoiado nela, olhando curioso para Jace. Ele vestia uma jaqueta de couro marrom e tinha cabelos ondulados que iam até o colarinho e caíam sobre os olhos estreitos. Estava sorrindo, exibindo dentes brancos pontudos. É óbvio, pensou Jace, nem o menino nem a moto estavam realmente vivos; ambos funcionavam à base de energia demoníaca, alimentados pela noite.

— Raphael — disse Jace, cumprimentando-o.

— Viu — disse Raphael —, eu a trouxe, como me pediu.

— Estou vendo.

— Mas, devo acrescentar, fiquei muito curioso para saber por que você ia querer uma motocicleta demoníaca. Para começar não são exatamente algo para quem faz parte do Pacto, e depois, dizem que você já tem uma.

— Eu tenho uma — admitiu Jace, examinando-a de todos os ângulos. — Mas está no telhado do Instituto e não posso pegar agora.

Raphael riu suavemente.

— Parece que nós dois não somos bem-vindos no Instituto.

— Os chupadores de sangue ainda estão na lista dos Mais Procurados?

Raphael se inclinou para o lado e cuspiu delicadamente no chão.

— Nos acusam de assassinato — disse furioso. — A morte da criatura licantrope, do menino fada, até do feiticeiro, apesar de eu já ter dito a eles que não tomamos sangue de feiticeiro. É amargo e pode provocar mudanças estranhas em quem o consome.

— Você disse isso a Maryse?

— Maryse. — Os olhos de Raphael eram zombeteiros. — Não poderia falar com ela nem que quisesse. Todas as decisões são tomadas pela Inquisidora agora, todos os inquéritos e todas as solicitações passam por ela. A situação é ruim, meu amigo, a situação é bem ruim.

— Você diz isso para mim? — disse Jace. — E nós não somos amigos. Concordei em não contar sobre o que aconteceu com Simon à Clave porque precisava da sua ajuda, não porque eu goste de você.

Raphael sorriu, os dentes brilhando brancos no escuro.

— Você gosta de mim. — Ele inclinou a cabeça para o lado. — É estranho — refletiu. — Achei que você ficaria diferente agora que não está se entendendo com a Clave. Não é mais o filho preferido deles. Pensei que tivesse deixado de lado um pouco dessa arrogância, mas continua o mesmo.

— Acredito em constância — disse Jace. — Vai me deixar ficar com a moto ou não? Só tenho mais algumas horas até o sol nascer.

— Devo entender que você não vai me dar uma carona para casa? — Raphael se afastou graciosamente da moto. Enquanto ele se movia, Jace reparou na corrente de ouro que usava ao redor do pescoço.

— Não. — Jace subiu na moto. — Mas você pode dormir na adega embaixo da casa se estiver preocupado com o sol.

— Hum. — Raphael parecia pensativo; ele era alguns centímetros mais baixo que Jace, e apesar de parecer mais novo fisicamente, tinha olhos mais velhos. — Então já estamos quites pelo Simon agora, Caçador de Sombras?

Jace deu a partida na moto, girando-a em direção ao rio.

— Jamais ficaremos quites, chupa-sangue, mas é um começo.

Jace não tinha andado de moto depois que o tempo mudara e foi pego de surpresa pelo vento gelado que vinha do rio, penetrando o casaco e a calça jeans como dúzias de agulhas. Jace estremeceu, satisfeito por estar ao menos usando luvas de couro para proteger as mãos.

Apesar de o sol ter se posto havia pouco, as cores já pareciam ter sido sugadas do mundo. O rio estava da cor do aço, o céu era cinza como uma pomba, o horizonte uma linha preta pintada ao longe. Luzes piscavam e brilhavam nas pontes de Williamsburg e Manhattan. O ar tinha gosto de neve, apesar de o inverno ainda estar distante.

Na última vez em que tinha sobrevoado o rio, Clary estava com ele, os braços em volta dele e as mãos pequenas enroladas no tecido da jaqueta. Naquela vez ele não tinha sentido frio. Virou a moto furiosamente e sentiu que ela cambaleou para o lado; pensou ter visto uma sombra na água e virou-se afobado. Enquanto se endireitava, viu um navio com laterais metálicas pretas, sem marcação e quase sem luzes, a proa uma lâmina afiada cortando a água à frente. Lembrava um tubarão, esguio, rápido e mortal.

Ele freou e iniciou a descida, sem emitir qualquer ruído, uma folha em uma corrente. Não sentiu como se estivesse caindo, mas sim como se o navio estivesse se erguendo para encontrá-lo, boiando em uma corrente elevada. As rodas da moto tocaram o convés e ele deslizou lentamente até parar. Não havia necessidade de desligar o motor; ele desceu da moto e o rugido decresceu para um ronco, um ronronado, e em seguida, silêncio. Quando olhou novamente, parecia estar brilhando para ele, como um cachorro insatisfeito depois de ter sido ordenado a sossegar.

Ele sorriu para ela.

— Já volto para pegá-la — disse. — Preciso dar uma olhada nesse barco primeiro.

Havia muito a verificar. Ele estava em um convés amplo, a água à esquerda. Tudo era pintado de preto: o convés, a grade metálica que o cercava, até as janelas da cabine longa e estreita eram escuras. O navio era maior do que ele imaginara: provavelmente do comprimento de um campo de futebol americano, talvez mais. Não era como nenhuma embarcação que já tivesse visto antes: grande demais para um iate, pequeno demais para um navio da Marinha, e ele jamais tinha visto um barco em que tudo fosse pintado de preto. Ficou imaginando onde o pai o teria conseguido.

Deixando a moto, começou um lento percurso pelo convés. As nuvens tinham clareado e as estrelas brilhavam, impossivelmente cintilantes. Ele podia ver a cidade iluminada em ambos os lados como se estivesse em uma passagem estreita feita de luz. Suas botas ecoavam ocas no convés. Ele imaginou de repente se Valentim estaria aqui. Jace estivera poucas vezes em lugares que parecessem tão completamente desertos.

Parou por um instante na popa do barco, olhando para o rio que cortava Manhattan e Long Island como uma cicatriz. A água estava agitada em picos cinza, prateados nos topos, e havia um vento forte e constante, o tipo de vento que só soprava em água. Ele esticou os braços e deixou que o vento atingisse o casaco e o soprasse para trás como se fossem asas, esvoaçando os cabelos pelo rosto, ressecando os olhos até lacrimejarem.

Havia um lago perto da casa em Idris. Fora nele que aprendera com o pai a velejar, a língua do vento e da água, da flutuabilidade e do ar.

Todos os homens deveriam saber velejar, o pai tinha dito. Foi uma das poucas vezes que falou daquele jeito, dizendo *todos os homens*, e não *todos os Caçadores de Sombras*, um rápido lembrete de que, o que quer que Jace fosse, ainda fazia parte da raça humana.

Afastando-se da popa com os olhos ardendo, Jace viu uma porta na parede da cabine entre as duas janelas pretas. Atravessando o convés rapidamente, tentou a maçaneta; estava trancada. Com a estela, desenhou um rápido conjunto de símbolos de Abertura no metal, e a porta se abriu, as dobradiças ganindo em protesto e soltando flocos vermelhos de ferrugem. Jace se abaixou para passar pela entrada e se viu em uma escadaria metálica pouco iluminada. O ar cheirava a poeira e desuso. Deu mais um passo à frente e a porta se fechou atrás dele com um baque metálico ecoante, confinando-o na escuridão.

Ele praguejou, apalpando à procura da pedra de luz enfeitiçada no bolso. Suas luvas pareceram repentinamente difíceis de manejar, os dedos rígidos de frio. Sentia mais frio ali dentro do que sentira no convés. O ar era como gelo. Ele tirou a mão do bolso, tremendo, não só por causa da temperatura. O cabelo na nuca estava eriçado, cada nervo gritava. Algo estava errado.

Ele ergueu a pedra, que fulgurou em luz, fazendo seus olhos lacrimejarem ainda mais. Através do borrão viu a figura esguia de uma menina diante dele, as mãos sobre o peito, os cabelos vermelhos contrastando com o metal preto ao redor.

A mão dele estremeceu, enviando flechadas da luz enfeitiçada que saltavam como se um bando de vagalumes tivesse se erguido da escuridão abaixo.

— *Clary?*

Ela o encarou, pálida, com os lábios trêmulos. Perguntas morreram na garganta dele — o que ela estava fazendo ali? Como tinha chegado ao navio? Foi tomado por um espasmo de pavor, pior do que qualquer medo que já tinha sentido. Alguma coisa estava errada com ela, com Clary. Jace deu um passo à frente, exatamente quando ela tirou as mãos do peito e as estendeu para ele. Estavam grudentas de sangue. Sangue cobria a frente do vestido branco como um avental escarlate.

Ele a pegou com um braço enquanto ela cedia para a frente. Quase derrubou a pedra quando o peso da menina caiu sobre ele. Podia sentir as batidas do coração, o toque suave dos cabelos no queixo, tão familiar, mas o cheiro era diferente. O cheiro que ele associava a Clary, uma mistura de sabão floral e algodão limpo, não estava mais lá; só havia cheiro de sangue e metal. A cabeça dela se inclinou para trás, os olhos se revirando. A batida forte do coração estava desacelerando, parando...

— Não! — Ele a sacudiu, forte o bastante para que a cabeça dela rolasse contra o braço dele. — Clary! Acorde! — Ele a sacudiu novamente, e dessa vez os cílios dela bateram; ele sentiu o próprio alívio como um suor frio repentino, em seguida ela estava com os olhos abertos, mas não eram mais verdes; eram de um branco opaco e brilhante, claro e forte como faróis em uma estrada escura. *Já vi esses olhos antes*, ele pensou, em seguida a escuridão se ergueu sobre ele como uma onda, trazendo consigo o silêncio.

Havia buracos na escuridão, pontos brilhantes de luz contra a sombra. Jace fechou os olhos, tentando controlar a própria respiração. Sentia um gosto metálico na boca, como sangue, e percebeu que estava deitado em uma superfície fria de metal e que o frio penetrava pelas roupas para a pele. Contou mentalmente de trás para a frente a partir de cem até a respiração desacelerar. Em seguida abriu os olhos outra vez.

A escuridão continuava, mas se tornara o céu noturno familiar pontuado de estrelas. Ele estava no convés, deitado de costas à sombra da Brooklyn Bridge, que se erguia sobre o navio como uma montanha cinza de metal e pedra. Ele grunhiu e se apoiou nos ombros — em seguida congelou ao se dar conta de que havia outra sombra, incontestavelmente humana, inclinando-se sobre ele.

— Foi um golpe e tanto que levou na cabeça — disse a voz que o assombrava nos pesadelos. — Como está se sentindo?

Jace se sentou e se arrependeu imediatamente ao sentir o estômago revirar. Se tivesse comido alguma coisa nas últimas dez horas, tinha quase certeza de que teria vomitado. Do jeito que estava, o gosto amargo de bile inundou sua boca.

— Estou me sentindo péssimo.

Valentim sorriu. Ele estava sentado sobre uma pilha de caixas vazias e amassadas, usando um terno cinza e uma gravata, como se estivesse sentado atrás da mesa elegante da casa Wayland em Idris.

— Tenho mais uma pergunta óbvia para você. Como me encontrou?

— Torturei o seu demônio Raum — disse Jace. — Foi você que me disse onde eles guardam os corações. Ameacei e ele me contou; bem, não são muito inteligentes, mas conseguiu me contar que tinha vindo de um navio no rio. Procurei e vi a sombra do seu barco na água. Ele também me contou que tinha sido invocado por você, mas isso eu já sabia.

— Entendo. — Valentim parecia estar escondendo um sorriso. — Da próxima vez você deveria ao menos me avisar antes de aparecer. Teria poupado um encontro desagradável com os meus guardas.

— Guardas? — Jace se apoiou contra a fria grade de metal e inspirou o ar frio e puro. — Você quer dizer demônios, não? Você usou a Espada para invocá-los.

— Não nego — disse Valentim. — As feras do Lucian destruíram o meu exército de Renegados, e eu não tinha tempo nem vontade de criar novos. Agora que tenho a Espada Mortal, não preciso mais deles. Tenho outros.

Jace pensou em Clary, ensanguentada e morrendo em seus braços. Colocou a mão na testa. Estava frio onde a grade de metal havia encostado.

— Aquela coisa na escada — ele disse. — Não era Clary, era?

— Clary? — Valentim parecia levemente surpreso. — Foi isso que você viu?

— Por que não seria o que vi? — Jace lutou para manter a voz seca, indiferente. Não era estranho nem se sentia desconfortável com relação a segredos, nem os dele nem os de outras pessoas, mas o que sentia por Clary era algo que já tinha dito a si mesmo que só podia tolerar se não olhasse muito de perto.

Mas aquele era Valentim. Ele olhava tudo de perto, avaliando, analisando de que forma poderia obter alguma vantagem. Nesse aspecto lembrava a rainha da corte Seelie: fria, ameaçadora, calculista.

— O que você encontrou na escada — disse Valentim — foi Agramon, o Demônio do Medo. Agramon assume a forma do que quer que o apavore mais. Quando acaba de se alimentar do seu medo, ele o mata, presumindo-se que até lá você ainda esteja vivo. A maioria dos homens e das mulheres morre de medo antes disso. Você deve ser parabenizado por ter resistido tanto quanto resistiu.

— Agramon? — Jace estava espantado. — É um Demônio Maior. Onde você conseguiu *isso*?

— Paguei um jovem feiticeiro arrogante para invocá-lo para mim. Ele achou que poderia controlar o demônio se ele permanecesse no interior do pentagrama. Infelizmente para ele, o seu maior medo era que o demônio que invocasse rompesse as barreiras do pentagrama e o atacasse, e foi exatamente o que aconteceu quando Agramon veio.

— Então foi assim que ele morreu — disse Jace.

— Assim que quem morreu?

— O feiticeiro — disse Jace. — O nome dele era Elias. Tinha 16 anos. Mas você sabia disso, não sabia? O Ritual da Conversão Infernal...

Valentim riu.

— Você *tem* estado ocupado, não tem? Então sabe por que enviei aqueles demônios à casa do Lucian, não sabe?

— Você queria Maia — disse Jace. — Porque ela é uma filhote licantrope. Precisa do sangue dela.

— Enviei demônios Drevak para espionar a casa do Lucian e me relatar depois — disse Valentim. — Lucian matou um deles, mas quando o outro relatou a presença de uma jovem licantrope...

— Você enviou demônios Raum para que a pegassem. — De repente Jace se sentiu muito cansado. — Porque Luke gosta dela e você queria fazê-lo sofrer se pudesse. — Ele fez uma pausa e em seguida falou, em tom mais calculado: — O que é bem baixo, até para você.

Por um instante uma faísca de raiva acendeu nos olhos de Valentim; em seguida ele jogou a cabeça para trás e rugiu com alegria.

— Admiro a sua teimosia. É muito parecida com a minha. — Ele se levantou e em seguida estendeu a mão para Jace. — Vamos. Venha caminhar pelo convés comigo. Tem uma coisa que quero mostrar.

Jace queria recusar com desprezo a mão oferecida, mas não estava seguro, considerando a dor na cabeça, de que poderia se levantar sem ajuda. Além disso, provavelmente seria melhor não enfurecer o pai tão cedo; por mais que Valentim dissesse que admirava a rebeldia de Jace, ele nunca tinha tido muita paciência com comportamento desobediente.

A mão de Valentim era fria e seca, a firmeza estranhamente confortante. Quando Jace estava de pé, Valentim o soltou e tirou uma estela do bolso.

— Deixe-me curar essas feridas — disse, esticando a mão para o filho.

Jace recuou — após um segundo de hesitação que Valentim certamente notara.

— Não quero a sua ajuda.

Valentim guardou a estela.

— Como quiser. — Ele começou a andar, e após um instante Jace o seguiu, acelerando o passo para alcançá-lo. Jace conhecia o pai bem o suficiente para saber que ele jamais viraria para ver se o filho o tinha seguido, apenas esperaria que o tivesse feito e começaria a falar como se ele estivesse ali.

Tinha razão. Quando Jace chegou perto do pai, Valentim já tinha começado a falar. Estava com as mãos soltas nas costas e se movia com uma graça fácil e descuidada, incomum para um homem grande e de ombros largos. Ele se inclinava para a frente enquanto andava, quase como se estivesse andando a passos largos em uma ventania forte.

— ... se me lembro bem — dizia Valentim —, você está familiarizado com *O paraíso perdido*, de Milton?

— Você só me fez ler dez ou quinze vezes — disse Jace. — É melhor reinar no inferno do que servir no paraíso etc., e por aí vai.

— *Non serviam* — disse Valentim. — "Não servirei." Foi o que Lúcifer escreveu na bandeira quando marchou com sua tropa de anjos rebeldes contra uma autoridade corrupta.

— O que você quer dizer? Que está do lado do diabo?

— Alguns dizem que o próprio Milton estava do lado do diabo. O Satanás dele é certamente uma figura mais interessante do que o seu Deus. — Estavam quase na frente do navio. Ele parou e se apoiou na grade de segurança.

Jace se juntou a ele. Já tinham passado pelas pontes do East River e iam em direção ao mar aberto entre Staten Island e Manhattan. As luzes do centro financeiro brilhavam na água como se estivessem enfeitiçadas. O céu estava cheio de pó de diamante e o rio escondia segredos sob um lençol preto liso, cortado aqui e ali por um brilho prateado que poderia ser a cauda de um peixe — ou de uma sereia. *Minha cidade*, pensou Jace, experimentalmente, mas as palavras ainda traziam à mente Alicante com suas torres de cristal, não os arranha-céus de Manhattan.

Após um instante, Valentim falou.

— Por que você está aqui, Jonathan? Depois que o vi na Cidade dos Ossos fiquei imaginando se o seu ódio por mim era implacável. Já tinha quase desistido de você.

O tom dele era firme, como quase sempre era, mas havia alguma coisa — não vulnerabilidade, mas ao menos uma espécie de curiosidade genuína, como se tivesse percebido que o filho era capaz de surpreendê-lo.

Jace olhou para a água.

— A rainha da corte Seelie queria que eu fizesse uma pergunta a você — disse ele. — Ela me disse para perguntar que sangue corre nas minhas veias.

Surpresa passou pelo rosto de Valentim varrendo toda expressão anterior.

— Você falou com a rainha? — Jace não disse nada. — É o jeito do Povo das Fadas. Tudo que dizem tem mais de um significado. Diga a ela, se perguntar outra vez, que o sangue do Anjo corre nas suas veias.

— E nas veias de todos os Caçadores de Sombras — disse Jace, desapontado. Ele esperava por uma resposta melhor. — Você não mentiria para a rainha da corte Seelie, mentiria?

O tom de Valentim foi direto.

— Não. E você não viria até aqui só para me fazer essa pergunta ridícula. Por que está aqui de verdade, Jonathan?

— Precisava falar com alguém. — Ele não era tão bom em controlar a voz quanto o pai; podia ouvir a dor presente, como um machucado sangrando sob a superfície. — Para os Lightwood eu não passo de um problema. Luke deve me odiar agora. A Inquisidora me quer morto. Fiz alguma coisa que magoou Alec e nem sei ao certo o quê.

— E a sua irmã? — disse Valentim. — E Clarissa?

Por que você tem que estragar tudo?

— Ela também não está muito feliz comigo. — Ele hesitou. — Lembro do que você falou na Cidade dos Ossos, que você nunca teve uma chance de me contar a verdade. Não confio em você — acrescentou. — Quero que saiba disso. Mas achei que devesse dar a chance de me dizer *por quê.*

— Você precisa me perguntar mais do que isso, Jonathan. — Havia um tom na voz do pai que espantou Jace, uma humildade feroz, que parecia endurecer o orgulho de Valentim, como aço poderia ser fortalecido pelo fogo. — Existem muitos porquês.

— Por que você matou os Irmãos do Silêncio? Por que pegou a Espada Mortal? O que está planejando? Por que o Cálice Mortal não foi suficiente? — Jace se interrompeu antes que pudesse fazer mais perguntas. *Por que você me abandonou pela segunda vez? Por que me disse que eu não era mais seu filho depois voltou para mim assim mesmo?*

— Você sabe o que eu quero. A Clave está irrecuperavelmente corrompida e precisa ser destruída e reconstruída. Idris precisa se libertar da influência de raças degeneradas, e a Terra precisa ser protegida contra a ameaça demoníaca.

— É, sobre essa ameaça demoníaca — Jace olhou em volta, quase como se esperasse ver a sombra de Agramon se aproximando —, pensei que você detestasse demônios. Agora os usa como servos. O Ravener, os demônios Drevak, Agramon: são seus *empregados*. Guardas, mordomo, chefe de cozinha, até onde sei.

Valentim tamborilou os dedos na grade.

— Não sou amigo de demônios — disse ele. — Sou um Nephilim, independente do quanto ache o Pacto inútil e a Lei fraudulenta. Um homem não precisa concordar com o governo para ser patriota, precisa? É preciso ser um verdadeiro patriota para dissentir, para dizer que ama o seu país mais do que o seu próprio lugar na ordem social. Fui vilipendiado pela minha escolha, forçado a me esconder, banido de Idris. Mas eu sou, e sempre serei, um Nephilim. Não poderia mudar o sangue que corre nas minhas veias nem que eu quisesse... e não quero.

Eu quero. Jace pensou em Clary. Olhou para a água escura novamente, sabendo que não era verdade. Desistir da caça, da matança, do conhecimento sobre a própria velocidade e habilidade era impossível. Ele *era* um guerreiro. Não podia ser mais nada.

— Você queria? — perguntou Valentim.

Jace desviou o olhar rapidamente, imaginando se o pai estaria lendo a mente dele. Tinham sido só os dois por tantos anos. A certa altura conhecia o rosto do pai melhor do que o próprio. Valentim era a única pessoa da qual ele não conseguia esconder o que sentia. Ou a primeira pessoa, ao menos. Às vezes sentia como se Clary enxergasse através dele, como se ele fosse feito de vidro.

— Não. Eu não queria.

— Quer ser um Caçador de Sombras para sempre?

— Quero — respondeu Jace. — No fim, sou o que você me fez.

— Ótimo — disse Valentim. — Era o que eu queria ouvir. — Ele se inclinou para trás contra a grade, olhando para o céu noturno. Havia cinza em seu cabelo prateado; Jace não notara antes. — Isso é uma guerra — continuou. — A única pergunta é: de que lado você vai ficar?

— Pensei que todos estivéssemos do mesmo lado. Pensei que fôssemos nós contra o mundo demoníaco.

— Se ao menos fosse assim. Você não entende? Se eu achasse que a Clave tem os melhores interesses desse mundo em mente, se eu achasse que eles estão fazendo o melhor que podem, pelo Anjo, por que os combateria? Que razão teria?

Poder, pensou Jace, mas não disse nada. Não tinha mais certeza quanto ao que dizer, muito menos em que acreditar.

— Se a Clave continuar como está — disse Valentim —, os demônios vão perceber a fraqueza e atacar, e a Clave, distraída pela corte interminável de raças degeneradas, não terá condições de combatê-los. Os demônios vão atacar e vão destruir, e não vai sobrar nada.

As raças degeneradas. As palavras tinham uma familiaridade desconfortável; lembravam a infância de Jace de uma maneira que não era inteiramente desagradável. Quando pensava no pai e em Idris, era sempre a mesma lembrança borrada do brilho do sol quente queimando a grama verde na frente da casa de campo, e de uma figura grande, escura e de ombros largos se inclinando para levantá-lo e carregá-lo para dentro. Devia ser muito jovem naquela época, e nunca tinha se esquecido, não de como a grama cheirava — verde, brilhante e recém-cortada — ou de como o sol transformava o cabelo do pai em uma auréola branca, nem da sensação de ser carregado. Mas de se sentir seguro.

— Luke — disse Jace com alguma dificuldade. — Luke não é um degenerado...

— Lucian é diferente. Ele já foi um Caçador de Sombras. — O tom de Valentim era seco e derradeiro. — Não estou falando de seres específicos do Submundo, Jonathan, mas da sobrevivência de todas as criaturas vivas desse mundo. O Anjo escolheu os Nephilim por um motivo. Somos o que há de melhor no mundo e temos a missão de salvá-lo. Somos o que há de mais próximos de deuses e temos que usar esse poder para salvar o mundo da destruição, custe o que custar.

Jace apoiou os cotovelos na grade. Estava frio; o vento gélido penetrava pelas roupas, e as pontas dos dedos estavam dormentes, mas mentalmente ele via colinas verdes, água azul e as pedras cor de mel da casa Wayland.

— No velho conto — disse ele —, Satanás disse a Adão e Eva "vós sereis como deuses" quando os tentou a pecar. E eles foram banidos do jardim por causa disso.

Fez-se uma pausa antes de Valentim rir.

— Viu, é por isso que preciso de você, Jonathan. Você me afasta do pecado do orgulho.

— Existem vários tipos de pecado. — Jace se ajeitou e se virou para encarar o pai. — Não respondeu a minha pergunta sobre os demônios, pai. Como pode justificar invocá-los, se *associar* a eles? Pretende enviá-los contra a Clave?

— Óbvio que sim — disse Valentim, sem hesitar, sem pausar por um único instante para considerar se seria sábio revelar os planos a alguém que poderia compartilhá-los com os inimigos. Nada poderia ter abalado Jace mais do que a confiança do pai no próprio sucesso. — A Clave não se submete à razão, só à força. Tentei construir um exército de Renegados; com o Cálice, eu poderia criar um exército de novos Caçadores de Sombras, mas isso levaria anos. Não tenho anos. *Nós*, a raça humana, não temos anos. Com a Espada posso invocar um exército de demônios obediente. Vão me servir como ferramentas, fazer o que eu mandar. Não terão escolha. E, quando não precisar mais deles, ordenarei que eles se destruam, e eles vão obedecer. — Não tinha emoção na voz.

Jace estava apertando a grade com tanta força que os dedos tinham começado a doer.

— Você não pode matar todos os Caçadores de Sombras que se opuserem a você. Isso é assassinato.

— Não vou precisar. Quando a Clave vir o poder organizado contra eles, vão se render. Não são suicidas. E há alguns entre eles que me apoiam. — Não havia arrogância na voz de Valentim, apenas uma certeza serena. — Vão se apresentar quando chegar o momento.

— Acho que você está subestimando a Clave. — Jace tentou manter a voz firme. — Acho que não entende o quanto eles o odeiam.

— Ódio não é nada quando posto na balança contra a sobrevivência. — A mão de Valentim foi para o cinto, onde o cabo da Espada brilhava. — Mas não aceite a minha palavra. Eu disse que tinha uma coisa para mostrar. Aqui está.

Ele sacou a Espada da capa e a entregou a Jace. Jace já tinha visto Maellartach antes na Cidade dos Ossos, pendurada na parede do pavilhão das Estrelas Falantes. E vira o cabo na capa de ombro de Valentim, mas nunca a examinara de perto. *A Espada do Anjo*. Era de uma prata escura e pesada, que cintilava com um brilho entorpecido. A luz parecia envolvê-la, como se fosse feita de água. Em seu cabo florescia uma rosa flamejante de luz.

Jace falou com a boca seca:

— É muito bonita.

— Quero que a segure. — Valentim estendeu a Espada para o filho, da maneira como sempre ensinara, com o cabo na frente. A Espada parecia brilhar, preta à luz das estrelas.

Jace hesitou.

— Eu não...

— Pegue-a. — Valentim pressionou-a na mão dele.

No instante em que os dedos de Jace se fecharam ao redor do cabo, uma flecha de luz se lançou do cabo da Espada e então voltou. Ele olhou rapidamente para o pai, mas Valentim não tinha qualquer expressão.

Uma dor sombria se espalhou pelo braço de Jace até o peito. Não era que a espada fosse pesada. Ela parecia querer puxá-lo para baixo, arrastá-lo pelo navio, pela água verde do oceano, pela própria crosta frágil da terra. Jace sentiu como se o ar estivesse sendo arrancado de seus pulmões. Levantou a cabeça e olhou ao redor...

E viu que a noite tinha mudado. Havia uma rede brilhante de fios dourados finos no céu, e as estrelas brilhavam através dela, cintilando como cabeças de pregos cravados na escuridão. Jace viu a curva do mundo enquanto escorregava para longe dele e por um instante foi atingido pela beleza de tudo aquilo. Então o céu noturno pareceu se quebrar como vidro, e pela rachadura veio uma horda de formas escuras, curvadas e contorcidas, deformadas e sem rosto, uivando gritos mudos que cauterizavam o interior da mente dele. Vento gelado o queimava enquanto cavalos de seis pernas corriam, deixando rastros sangrentos com os cascos no convés do navio. As coisas que os montavam eram indescritíveis. No alto, criaturas sem olhos e com asas de couro circulavam, guinchando e pingando um limo verde e peçonhento.

Jace se curvou sobre a grade, vomitando incontrolavelmente, a Espada ainda na mão. Abaixo dele demônios flutuavam na água como um ensopado venenoso. Ele viu criaturas espinhosas, com olhos vermelhos em forma de pires lutando enquanto eram arrastadas para baixo sob massas ferventes de tentáculos pretos e escorregadios. Uma sereia presa às garras de uma aranha aquática de dez pernas gritava desesperadamente enquanto a criatura enterrava as garras em sua cauda, os olhos vermelhos brilhando como contas de sangue.

A Espada caiu da mão de Jace e fez um barulho ao atingir o convés. Abruptamente o som e as imagens desapareceram e a noite se calou. Ele continuou segurando a grade, olhando incrédulo para o mar. Estava vazio, a superfície atingida apenas pelo vento.

— O que *foi* isso? — sussurrou. A garganta dele parecia áspera, como se tivesse sido arranhada por uma lixa. Dirigiu um olhar selvagem para o pai, que havia se curvado para pegar novamente a Espada da Alma no convés onde Jace a havia derrubado. — Esses são os demônios que você já invocou?

— Não. — Valentim colocou Maellartach de volta na capa. — Esses são os demônios que foram atraídos para as bordas desse mundo pela Espada. Trouxe o meu navio para cá porque a vigilância é fraca aqui. O que você viu é o meu exército, esperando do outro lado das proteções, esperando que eu os chame para o meu lado. — Os olhos estavam sérios. — Você ainda acha que a Clave não vai se render?

Jace fechou os olhos.

— Nem todos... não os Lightwood... — disse ele.

— Você poderia convencê-los. Se ficar ao meu lado, juro que nenhum mal acontecerá a eles.

A escuridão atrás dos olhos de Jace começou a ficar vermelha. Estivera imaginando as cinzas da velha casa de Valentim, os ossos escurecidos dos avós que não chegou a conhecer. Agora via outros rostos. Alec. Isabelle. Max. Clary.

— Já fiz muito para machucá-los — sussurrou. — Nada mais deve acontecer a nenhum deles. Nada.

— É evidente. Entendo. — E Jace percebeu, para o próprio espanto, que Valentim realmente entendia, que de alguma forma via o que mais ninguém parecia enxergar ou tinha a capacidade de entender. — Você acha que é culpa sua todo o mal que se abateu sobre os seus amigos e a sua família.

— É minha culpa.

— Você tem razão. É. — Ao ouvir isso Jace levantou o olhar, completamente espantado. Estava surpreso por ele ter concordado, lutando contra horror e alívio igualmente.

— É?

— O mal não é intencional, é óbvio, mas você é como eu. Nós envenenamos e destruímos tudo que amamos. Há uma razão para isso.

— Que razão?

Valentim olhou para o céu.

— Temos um propósito maior, você e eu. As distrações do mundo não passam disso: distrações. Se nos permitimos ser tirados do nosso curso por elas, somos punidos.

— E o nosso castigo inclui todos com quem nos importamos? Parece um pouco injusto com *eles*.

— O destino nunca é justo. Você fica preso em uma corrente mais forte do que você, Jonathan; lute contra e não vai se afogar sozinho, mas vai arrastar aqueles que tentarem salvá-lo. Nade com a corrente e sobreviverá.

— Clary...

— Nenhum mal vai ser feito à sua irmã se você se juntar a mim. Irei até o fim do mundo para protegê-la. Eu a levarei para Idris, onde nada poderá acontecer a ela. Isso eu prometo a você.

— Alec. Isabelle. Max...

— Os filhos dos Lightwood também terão a minha proteção.

Jace disse suavemente.

— Luke...

Valentim hesitou.

— Todos os seus amigos serão protegidos. Por que não consegue acreditar em mim, Jonathan? Essa é a única maneira de salvá-los. Juro para você — disse afinal.

Jace não conseguia falar. Fechou os olhos novamente. Dentro dele, o frio do outono combatia a lembrança do verão.

— Tomou uma decisão? — perguntou Valentim. Não conseguia vê-lo, mas conseguia ouvir o caráter definitivo na pergunta. Ele até soava ansioso.

Jace abriu os olhos. A luz das estrelas era uma explosão branca contra suas íris; por um instante ele não conseguiu ver mais nada.

— Sim, pai. Tomei uma decisão.

Parte 3
Dia de Ira

Dia de Ira, aquele dia de Incêndio,
David e Sibila testemunham preocupados,
Todo o mundo se desfará em cinzas.

— Abraham Coles

14

Destemor

Quando Clary acordou, a luz entrava pelas janelas, e ela sentiu uma dor aguda na bochecha esquerda. Ao rolar para ficar de barriga para cima, constatou que tinha dormido sobre o caderno de desenhos, e o canto dele estava enterrado na bochecha. Também tinha deixado cair a caneta na colcha e havia uma mancha preta se espalhando pelo tecido. Com um resmungo, ela se sentou, esfregou a bochecha pesarosamente e foi tomar banho.

No banheiro havia sinais explícitos das atividades da noite anterior: tecidos ensanguentados no lixo e um borrão de sangue seco na pia. Tremendo, Clary entrou no chuveiro com um vidro de sabonete líquido de toranja, determinada a se livrar do sentimento remanescente de desconforto.

Em seguida, enrolada em um dos roupões de Luke e com uma toalha enrolada no cabelo molhado, ela empurrou a porta do banheiro e viu Magnus espreitando do outro lado, segurando uma toalha em uma das mãos e apoiando o cabelo brilhoso na outra. Ele deve ter dormido com ela, pensou Clary, pois um lado das pontas brilhantes parecia amassado.

— Por que meninas demoram tanto no banho? — perguntou ele. — Meninas mortais, Caçadoras de Sombras, feiticeiras, vocês são todas iguais. Não estou rejuvenescendo enquanto espero aqui fora.

Clary saiu do caminho para deixá-lo passar.

— Quantos anos você *tem* aliás? — perguntou curiosa.

Magnus deu uma piscadela para ela.

— Eu estava vivo quando o mar Morto era só um lago que estava se sentindo mal.

Clary revirou os olhos.

Magnus fez um movimento para enxotá-la.

— Agora tire o seu pequeno traseiro daqui. Preciso entrar; o meu cabelo está uma *tragédia*.

— Não use todo o meu sabonete líquido, é caro — Clary disse a ele e foi para a cozinha, onde procurou filtros e ligou a cafeteira Mr. Coffee. O som borbulhante familiar do coador e o cheiro do café afastaram a sensação de desconforto. Enquanto ainda houvesse café no mundo, quão ruim as coisas poderiam ser?

Ela voltou para o quarto para se vestir. Dez minutos depois, com calças jeans e um suéter listrado de verde e azul, ela estava na sala acordando Luke. Ele se sentou com um resmungo, os cabelos desgrenhados e o rosto marcado pelo sono.

— Como você está se sentindo? — perguntou Clary, entregando uma caneca lascada cheia de café.

— Melhor agora. — Luke olhou para o tecido rasgado da camisa; as pontas estavam manchadas de sangue. — Cadê a Maia?

— Ela está dormindo no seu quarto, lembra? Você disse que ela podia ficar lá. — Clary se ajeitou no braço do sofá.

Luke esfregou os olhos.

— Não me lembro muito bem de ontem à noite — admitiu. — Lembro de ter saltado da picape, mas de quase nada depois disso.

— Havia mais demônios escondidos lá fora. Eles atacaram você. Eu e o Jace cuidamos deles.

— Mais demônios Drevak?

— Não. — disse Clary com relutância. — Jace disse que eram demônios Raum.

— Demônios Raum? — Luke se ajeitou. — Isso é sério. Demônios Drevak são bestas perigosas, mas os Raum...

— Tudo bem — disse Clary. — Nós nos livramos deles.

— Você se livrou dele? Ou foi Jace? Clary, não quero você...

— Não foi assim. — Ela balançou a cabeça. — Foi...

— Magnus não estava por aqui? Por que ele não foi com vocês? — interrompeu Luke, visivelmente contrariado.

— Eu estava curando *Maia*, por isso — disse Magnus, entrando na sala com um cheiro forte de toranja. O cabelo estava enrolado em uma toalha, e ele usava uma roupa esportiva azul com listras prateadas na lateral. — Onde está a gratidão?

— *Estou* grato. — Luke parecia estar ao mesmo tempo irritado e tentando não rir. — É que se alguma coisa tivesse acontecido à Clary...

— Maia teria morrido se eu tivesse ido com eles — disse Magnus, sentando-se em uma cadeira. — Clary e Jace cuidaram muito bem dos demônios sozinhos, não cuidaram? — Ele se voltou para Clary.

Ela estremeceu.

— Então, exatamente isso...

— Exatamente o quê? — Era Maia, ainda com as roupas da noite anterior, mas usando uma das blusas de flanela de Luke por cima da camiseta. Ela se moveu rigidamente pela sala, e sentou-se com cuidado em uma cadeira. — Esse cheiro é de café? — perguntou esperançosa, enrugando o nariz.

Honestamente, Clary pensou, não era justo que uma licantrope fosse tão curvilínea e bonita; deveria ser grande e peluda, possivelmente com cabelo saindo das orelhas. *E essa*, Clary acrescentou silenciosamente, *é exatamente a razão pela qual não tenho nenhuma amiga mulher e passo todo o meu tempo livre com Simon. Preciso tomar jeito*. Ela se levantou.

— Quer que eu traga um pouco para você?

— Sim. — Maia fez que sim com a cabeça. — Com leite e açúcar! — gritou enquanto Clary saía da sala; mas quando ela voltou da cozinha com a caneca quente na mão, a menina licantrope estava franzindo o cenho. — Não me lembro muito do que aconteceu ontem à noite — disse ela —, mas tem alguma coisa sobre Simon, alguma coisa que está me incomodando...

— Bem, você tentou matá-lo — disse Clary, se ajeitando novamente no braço do sofá. — Talvez seja isso.

Maia empalideceu, olhando para o café.

— Eu tinha me esquecido. Ele é um vampiro agora. — Ela olhou para Clary. — Não queria machucá-lo. Eu só...

— Sim? — Clary ergueu as sobrancelhas. — Só o quê?

O rosto de Maia ficou vermelho-escuro lentamente. Ela pousou o café na mesa ao lado.

— Talvez seja melhor se deitar — aconselhou Magnus. — Acho que ajuda quando a sensação devastadora de compreensão bate.

Os olhos de Maia se encheram de lágrimas de repente. Clary olhou horrorizada para Magnus — ele parecia igualmente chocado, ela percebeu — e depois para Luke.

— Faça alguma coisa — sibilou baixinho para ele. Magnus podia ser um feiticeiro capaz de curar ferimentos com um fogo azul brilhante, mas Luke era a escolha certa entre os dois para lidar com meninas adolescentes chorando.

Ele começou a tirar o cobertor, em preparação para se levantar, mas antes que pudesse ficar de pé, a porta da frente se abriu e Jace entrou, seguido por Alec, que trazia uma caixa branca. Magnus tirou a toalha apressadamente da cabeça, deixando-a cair atrás da poltrona. Sem o gel e a purpurina, os cabelos eram escuros e lisos, quase nos ombros.

Os olhos de Clary imediatamente encontraram os de Jace, como sempre faziam; ela não podia evitar, mas pelo menos ninguém mais pareceu notar. Jace parecia nervoso, ligado e tenso, mas também exausto, com os olhos cinzentos ocos. Deslizou-os por ela sem expressão e fixou-os em Maia, que continuava chorando silenciosamente e não parecia tê-lo ouvido entrar,

— Todos de bom humor, percebo — observou ele. — Mantendo o ânimo?

Maia esfregou os olhos.

— Droga — murmurou. — Detesto chorar na frente de Caçadores de Sombras.

— Então vá chorar em outro lugar — disse Jace, a voz completamente desprovida de calor. — Nós certamente não precisamos de você choramingando aqui enquanto conversamos, precisamos?

— Jace — começou Luke em tom de aviso, mas Maia já tinha levantado e saído pela porta da cozinha.

Clary virou-se para Jace.

— Conversamos? Não estávamos conversando.

— Mas estaremos — disse Jace, sentando-se no banco do piano e esticando as pernas. — Magnus quer gritar comigo, não quer, Magnus?

— Quero — disse ele, tirando os olhos de Alec por tempo suficiente para franzir o cenho. — Aonde você foi? Pensei que tivesse sido bem entendível quanto a você dever ficar dentro de casa.

— Pensei que ele não tivesse escolha — disse Clary. — Pensei que ele tivesse que ficar onde você estivesse. Sabe, por mágica.

— Normalmente sim — disse Magnus —, mas ontem à noite, depois de tudo que fiz, minha mágica... se esgotou.

— Esgotou?

— É. — Magnus parecia mais furioso do que nunca. — Nem o Magnífico Feiticeiro do Brooklyn tem recursos inesgotáveis. Sou humano. Bem — corrigiu-se —, semi-humano, pelo menos.

— Mas você deveria saber que os recursos tinham se esgotado, não? — disse Luke, de forma não muito gentil.

— Sim, e eu fiz esse desgraçado jurar que ia ficar dentro de casa. — Magnus olhou para Jace. — Agora sei quanto valem seus estimados juramentos de Caçador de Sombras.

— Você precisa aprender a me fazer jurar do jeito certo — disse Jace, imperturbável. — Só um juramento pelo Anjo tem significado.

— É verdade — disse Alec. Foi a primeira coisa que disse desde que entrara na casa.

— Óbvio que é verdade. — Jace pegou a caneca de café intocada de Maia e tomou um gole. Fez uma careta. — Açúcar.

— Onde foi que você esteve durante toda a noite? — perguntou Magnus, com a voz azeda. — Com Alec?

— Não consegui dormir, então fui dar uma caminhada — disse ele. — Quando voltei, encontrei com esse bobo triste na varanda. — E apontou para Alec.

Magnus se alegrou.

— Você ficou na varanda durante a noite inteira? — ele perguntou a Alec.

— Não — respondeu Alec. — Fui para casa e voltei. Estou com roupas diferentes, não estou? Veja.

Todos olharam. Alec vestia uma jaqueta jeans escura, exatamente a que estava usando no dia anterior. Clary decidiu lhe conceder o benefício da dúvida.

— O que tem na caixa? — perguntou.

— Ah. É... — Alec olhou para a caixa como se tivesse se esquecido dela. — Donuts, na verdade — Abriu a caixa e colocou em cima da mesa de centro. — Alguém quer?

Todos, como ficou explícito, queriam um donut. Jace quis dois. Depois de comer a torta que Clary tinha trazido, Luke parecia moderadamente revitalizado; terminou de tirar o cobertor e se sentou, as costas encostadas no sofá.

— Tem uma coisa que não estou entendendo — disse.

— Só uma coisa? Então você está muito adiantado com relação a todos nós — disse Jace.

— Vocês dois foram atrás de mim quando não voltei para casa — disse Luke, olhando de Clary para Jace.

— Nós três — disse Clary. — Simon foi junto.

Luke parecia dolorido.

— Tudo bem. Vocês três. Eram dois demônios, mas a Clary disse que vocês não mataram nenhum. Então o que aconteceu?

— Eu teria matado o meu, mas ele fugiu — disse Jace. — Caso contrário...

— Mas por que ele faria isso? — perguntou Alec. — Dois deles, três de vocês... Talvez tenham se sentido em desvantagem?

— Sem ofensa a nenhum dos envolvidos, mas o único de vocês que parece formidável é Jace — disse Magnus. — Uma Caçadora de Sombras sem treinamento e um vampiro assustado...

— Acho que talvez tenha sido eu — disse Clary. — Acho que talvez eu o tenha assustado.

Magnus piscou os olhos.

— Não acabei de dizer...

— Eu não quis dizer que o assustei porque sou aterrorizante — explicou Clary. — Acho que foi isso. — Ela levantou a mão, virando-a para que pudessem ver a Marca no braço.

Fez-se um silêncio repentino. Jace olhou com firmeza para ela, em seguida desviou o olhar; Alec piscou, e Luke parecia espantado.

— Nunca vi essa Marca antes — disse afinal. — Alguém já viu?

— Não — disse Magnus. — Mas não gostei.

— Não sei ao certo o que é, nem o que significa — disse Clary, abaixando o braço. — Mas não é do *Livro Gray*.

— Todos os símbolos vêm do *Livro Gray*. — A voz de Jace era firme.

— Esse aqui, não — disse Clary. — Eu o vi em um sonho.

— Em um *sonho*? — Jace parecia tão ofendido que era como se ela o tivesse insultado. — Com o que você anda brincando, Clary?

— Não ando brincando com nada. Você não se lembra de quando estávamos na corte Seelie...

A expressão de Jace era de como se ela tivesse batido nele. Clary prosseguiu rapidamente, antes que ele pudesse dizer alguma coisa.

— ... e a rainha Seelie nos disse que nós éramos experimentos? Que o Valentim tinha feito... tinha feito *coisas* conosco, para nos tornar diferentes, especiais? Ela me disse que o meu dom era algo relacionado a palavras que não podiam ser ditas e que o seu era o próprio dom do Anjo.

— Aquilo foi baboseira de fada.

— Fadas não mentem, Jace. Palavras que não podem ser ditas, ela está falando de símbolos. Cada um tem um significado, mas são feitos para serem desenhados, não ditos em voz alta — Clary continuou, ignorando o olhar duvidoso dele. — Lembra quando me perguntou como eu tinha entrado na sua cela na Cidade do Silêncio? Eu disse que só tinha usado um símbolo de Abertura normal...

— Você fez só isso? — Alec parecia surpreso. — Eu cheguei lá logo depois de você e parecia que alguém tinha arrancado aquela porta das dobradiças.

— O meu símbolo não destrancou só a porta — completou Clary. — Destrancou tudo dentro da sala. Abriu as algemas do Jace. — Ela respirou. — Acho que a rainha quis dizer que eu posso desenhar símbolos mais poderosos do que os normais. Talvez até criar novos.

Jace balançou a cabeça.

— Ninguém pode criar símbolos novos...

— Talvez ela possa, Jace. — Alec parecia pensativo. — É verdade, nenhum de nós nunca viu essa Marca no braço dela antes.

— Alec tem razão — disse Luke. — Clary, por que você não pega o seu caderno de desenhos?

Clary olhou para ele surpresa. Os olhos azul-cinzentos pareciam cansados, um pouco fundos, mas tinham a mesma firmeza de quando ela tinha 6 anos de idade e ele prometeu que, se ela escalasse o trepa-trepa no playground do Prospect Park, ficaria embaixo o tempo todo para pegá-la caso caísse. E sempre esteve.

— Tudo bem — disse. — Já volto.

Para chegar ao quarto de hóspedes, Clary teve que atravessar a cozinha, onde encontrou Maia em um banco perto da bancada, completamente abatida.

— Clary — disse ela, descendo do banco. — Posso falar com você um segundo?

— Só estou indo para o meu quarto pegar uma coisa...

— Olha só, sinto muito pelo que aconteceu com Simon. Eu estava delirando.

— Ah, é? E o que aconteceu com aquela conversa de lobisomens estarem destinados a odiar vampiros?

Maia respirou exasperada.

— Nós somos, mas... acho que não preciso acelerar o processo.

— Não explique para mim; explique para Simon.

Maia enrubesceu novamente, as bochechas ficaram vermelho-escuras.

— Duvido que ele queira falar comigo.

— Pode ser que queira. Ele é bom em perdoar.

Maia olhou para ela com mais atenção.

— Não que eu queira me intrometer, mas vocês dois estão juntos?

Clary se sentiu enrubescer e agradeceu às sardas por oferecerem pelo menos um disfarce.

— Por que você quer saber?

Maia deu de ombros.

— Na primeira vez que o vi, ele se referiu a você como melhor amiga dele, mas, na segunda vez, chamou você de namorada. Fiquei imaginando se seria uma daquelas relações em que se termina e reata o tempo todo.

— Mais ou menos. Éramos amigos antes. É uma longa história.

— Entendo. — O rubor de Maia desapareceu e o sorriso de menina durona voltou ao rosto. — Bem, você tem sorte, só isso. Mesmo que ele seja um vampiro agora. Você deve estar acostumada a todos os tipos de coisas estranhas, sendo Caçadora de Sombras, então aposto que isso não te abala.

— Abala, sim — disse Clary, mais grossa do que pretendia. — Não sou Jace.

O sorriso dela se ampliou.

— Ninguém é. E tenho a sensação de que ele sabe disso.

— O que você quer dizer com isso?

— Ah, você sabe. Jace me lembra um antigo namorado. Alguns caras olham para você como se quisessem sexo. Jace olha como se vocês já tivessem *feito* sexo, tivesse sido ótimo e agora vocês são só amigos, mesmo que você queira mais. Enlouquece as meninas. Entende?

Entendo, pensou Clary.

— Não — disse ela.

— Acho que não, sendo irmã dele. Vai ter que acreditar em mim.

— Tenho que ir. — Já estava quase fora da cozinha quando alguma coisa ocorreu a ela. Clary se virou. — O que aconteceu com ele?

Maia piscou os olhos.

— O que aconteceu com quem?

— Com o antigo namorado. O que Jace faz você lembrar.

— Ah — disse Maia. — Foi ele quem me transformou em licantrope.

— Tudo bem, está aqui — disse Clary, voltando para a sala com o caderno de desenhos na mão e uma caixa de lápis de cor na outra. Ela puxou uma cadeira da sala de jantar que quase nunca era utilizada, Luke sempre comia na cozinha ou no escritório, e a mesa vivia cheia de papéis e velhas contas, e se sentou, com o caderno à sua frente. Sentiu-se como se estivesse fazendo uma prova na escola de arte. *Desenhe esta maçã.* — O que você quer que eu faça?

— O que você acha? — Jace ainda estava no banco do piano, com os ombros arqueados para a frente; estava com cara de que não tinha dormido durante a noite. Alec estava apoiado no piano atrás dele, provavelmente porque era o mais longe possível de Magnus.

— Jace, já chega. — Luke estava sentado ereto, mas parecia estar se esforçando para isso. — Você não disse que podia desenhar novos símbolos, Clary?

— Disse que achava que sim.

— Bem, gostaria que você tentasse.

— Agora?

Luke deu um sorriso de leve.

— A não ser que você tenha outra coisa em mente.

Clary abriu o caderno em uma página branca e olhou para ela. Uma folha de papel nunca tinha parecido tão vazia. Podia sentir a quietude na sala, todos olhando para ela: Magnus com uma curiosidade antiga e sólida; Alec preocupado demais com os próprios problemas para se importar muito com os dela; Luke esperançoso; e Jace com uma falta de expressão fria e assustadora. Clary se lembrou dele dizendo que gostaria de conseguir odiá-la e imaginou se algum dia conseguiria.

Largou o lápis.

— Não consigo fazer quando me mandam. Não sem ter uma ideia.

— Que tipo de ideia? — disse Luke.

— Quero dizer, nem sei quais são os símbolos que já existem. Preciso de um significado, uma palavra, antes de desenhar um símbolo que o represente.

— É difícil o bastante para nós lembrar todos os símbolos... — Alec começou, mas Jace, para surpresa de Clary, o interrompeu.

— Que tal destemor?

— Destemor? — ecoou ela.

— Existem símbolos de coragem — disse Jace —, mas nada para tirar o medo. Se, como diz, você pode criar novos... — Ele olhou em volta e viu as expressões surpresas de Alec e Luke. — Eu só me lembrei que não existe nenhum, só isso. E me parece inofensivo o bastante.

Clary olhou para Luke, que deu de ombros.

— Tudo bem — disse ele.

Ela pegou um lápis cinza-escuro da caixa e colocou a ponta no papel. Pensou em formas, linhas, rabiscos; pensou nos símbolos do *Livro Gray*, antigos e perfeitos, encarnações de uma língua perfeita demais para ser posta em palavras. Uma voz suave falou em sua mente: *Quem é você para pensar que pode falar a língua do paraíso?*

O lápis se moveu. Ela tinha quase certeza que não o tinha movido, mas ele atravessou o papel, descrevendo uma linha solitária. Ela sentiu o coração pular. Pensou na mãe, sentada sonhadora diante das telas, criando sua própria visão de mundo em desenhos e tinta a óleo. Ela pensou: *Quem sou eu? Sou a filha de Jocelyn Fray.* O lápis se moveu outra vez, e dessa vez ela prendeu a respiração; percebeu que estava sussurrando a palavra baixinho.

— Destemor, destemor. — O lápis subiu novamente, e agora ela o guiava em vez de ser guiada por ele. Quando terminou, largou o lápis e encarou por um instante, admirada, o resultado.

O símbolo do Destemor era uma matriz de linhas fortemente curvas: um símbolo tão corajoso e aerodinâmico quanto uma águia. Ela arrancou a página e levantou-a para que os outros pudessem ver.

— Pronto — disse, e foi recompensada pelo olhar admirado no rosto de Luke (então ele *não tinha* acreditado nela) e pela pequena fração de segundo durante a qual os olhos de Jace se arregalaram.

— Legal — disse Alec.

Jace se levantou e atravessou a sala, tirando a folha de papel da mão dela.

— Mas funciona?

Clary imaginou se ele estava falando sério ou se só estava provocando.

— Como assim?

— Quero dizer: como sabemos que funciona? Agora é só um desenho, você não pode tirar o medo de uma folha de papel, porque para começar ela nem sequer sente algum. Temos que experimentar em algum de nós antes de ter certeza de que é um símbolo de verdade.

— Não tenho certeza se é uma boa ideia — disse Luke.

— É uma ótima ideia. — Jace colocou o papel de volta na mesa e começou a tirar o casaco. — Tenho uma estela que podemos usar. Quem quer fazer em mim?

— Péssima escolha de palavras — murmurou Magnus.

Luke se levantou.

— Não — disse ele. — Jace, você já se comporta como se nunca tivesse ouvido falar da palavra "medo". Não sei como vamos ver a diferença se *funcionar* em você.

Alec sufocou o que parecia uma risada. Jace simplesmente sorriu um sorriso nada amistoso.

— Já ouvi a palavra "medo" — disse ele. — Simplesmente escolho acreditar que não se aplique a mim.

— É exatamente esse o problema — disse Luke.

— Bem, então por que não tento em você? — disse Clary, mas Luke balançou a cabeça.

— Não se pode marcar seres do Submundo, Clary, pelo menos não com algum efeito. A doença demoníaca que causa a licantropia evita que as Marcas funcionem.

— Então...

— Tente em mim — disse Alec inesperadamente. — Eu bem que preciso de um pouco de destemor. — Ele tirou o casaco, jogou-o sobre o banco do piano e atravessou a sala para ficar na frente de Jace. — Aqui. Pode marcar o meu braço.

Jace olhou para Clary.

— A não ser que você ache que deva fazer...

Ela balançou a cabeça.

— Não. Você provavelmente é melhor em aplicar Marcas do que eu.

Jace deu de ombros.

— Levante a manga, Alec.

Obediente, Alec levantou a manga. Já havia uma Marca permanente na parte superior do braço, um rolo elegante de linhas para lhe dar perfeito equilíbrio. Todos eles se inclinaram para a frente, até Magnus, enquanto Jace traçava os contornos do símbolo do Destemor no braço de Alec, logo abaixo da Marca já existente. Alec franziu o rosto enquanto a estela traçava o caminho flamejante na pele dele. Quando Jace terminou, colocou a estela de volta no bolso e parou um instante, admirando seu trabalho manual.

— Bem, *parece* bonita ao menos — anunciou. — Se funciona ou não...

Alec tocou a Marca nova com as pontas dos dedos, em seguida levantou os olhos para perceber que todos na sala estavam olhando para ele.

— Então? — disse Clary.

— Então o quê? — Alec abaixou a manga, cobrindo a Marca.

— Então, como se *sente*? Alguma diferença?

Alec pareceu considerar.

— Na verdade, não.

Jace jogou as mãos para o alto.

— Então não funciona.

— Não necessariamente — disse Luke. — Pode ser que simplesmente não esteja acontecendo nada para ativá-la. Talvez aqui não haja nada de que o Alec tenha medo.

Magnus olhou para Alec e ergueu as sobrancelhas.

— Búúú — disse ele.

Jace estava sorrindo.

— Vamos, certamente você tem algum medo. O que o assusta?

Alec pensou por um instante.

— Aranhas — respondeu.

Clary olhou para Luke.

— Você tem alguma aranha em algum lugar?

Luke pareceu exasperado.

— Por que eu teria uma *aranha*? Pareço alguém que coleciona aranhas?

— Sem querer ofender — disse Jace —, mas parece.

— Sabe — o tom de Alec era amargo —, talvez esse tenha sido um experimento idiota.

— Que tal o escuro? — sugeriu Clary. — Poderíamos trancá-lo no porão.

— Sou um caçador de demônios — disse Alec, com uma paciência exagerada. — É lógico que *não tenho medo do escuro*.

— Bem, poderia ter.

— Mas não tenho.

Clary foi poupada de ter que responder pelo soar da campainha. Ela olhou para Luke, erguendo as sobrancelhas.

— Simon?

— Não pode ser. É dia.

— Ah, é verdade. — Ela havia se esquecido outra vez. — Você quer que eu atenda?

— Não. — Ele se levantou com apenas um rápido resmungo de dor. — Estou bem. Provavelmente é alguém querendo saber por que a livraria está fechada.

Ele atravessou a sala e abriu a porta. Ficou com o ombro rígido de surpresa; Clary ouviu o som de uma voz feminina completamente furiosa e familiar, e um segundo depois, Isabelle e Maryse Lightwood passaram por Luke e entraram na sala, seguidas pela figura cinza e ameaçadora da Inquisidora. Atrás delas um homem alto e corpulento, de cabelo escuro, pele bronzeada e uma barba preta grossa. Apesar de ter sido tirada muitos anos antes, Clary o reconheceu da velha foto que Hodge havia mostrado: era Robert Lightwood, pai de Alec e Isabelle.

A cabeça de Magnus se ergueu com um estalo. Jace ficou visivelmente pálido, mas não demonstrou qualquer outra emoção. E Alec — Alec olhou da irmã para a mãe, para o pai e depois para Magnus, os olhos azul-claros escureceram com uma resolução sombria. Ele deu um passo para a frente, colocando-se entre os pais e todos os outros na sala.

Ao ver o filho mais velho no meio da sala de Luke, Maryse teve uma reação atrasada.

— Alec, mas que *diabos* você está fazendo aqui? Achei que tivesse deixado bem explicado que...

— Mãe. — A voz de Alec ao interromper a mãe foi firme, implacável, mas não rude. — Pai. Tem uma coisa que preciso contar para vocês. — Ele sorriu para eles. — Estou saindo com uma pessoa.

Robert Lightwood olhou para o filho com alguma irritação.

— Alec — disse ele. — Não é hora para isso.

— É sim. É importante. Entendam, não é uma pessoa qualquer. — As palavras pareciam jorrar da boca de Alec em uma torrente, enquanto os pais o olhavam confusos. Isabelle e Magnus olhavam para ele com expressões quase idênticas de espanto. — Estou saindo com alguém do Submundo. Aliás, estou saindo com...

Os dedos de Magnus se moveram, rápidos como um flash de luz, na direção de Alec. Fez-se um brilho fraco no ar ao redor de Alec, os olhos dele rolaram para cima e ele caiu no chão, abatido como uma árvore.

— Alec! — Maryse levou a mão à boca. Isabelle, que era quem estava mais próxima do irmão, se abaixou ao lado dele, mas Alec já tinha começado a se mexer, as pálpebras se abrindo.

— O que... Por que eu estou no chão?

— É uma boa pergunta. — Isabelle encarou o irmão. — O que *foi* aquilo?

— O que foi o quê? — Alec se sentou, levantando a cabeça. Uma expressão de alarme cruzou seu rosto. — Espere... eu falei alguma coisa? Antes de desmaiar, quero dizer?

Jace riu.

— Sabe como estávamos nos perguntando se aquela coisa que a Clary fez funcionava ou não? — ele perguntou. — Funciona muito bem.

Alec parecia completamente horrorizado.

— O que foi que eu disse?

— Você disse que estava saindo com alguém — disse o pai. — Mas não falou que isso era tão importante.

— Não é — disse Alec. — Quer dizer, não estou saindo com ninguém. E não é importante. Ou não seria se eu estivesse saindo com alguém, coisa que não estou fazendo.

Magnus olhou para Alec como se ele fosse um idiota.

— Alec anda delirando — disse ele. — Efeito colateral de algumas toxinas demoníacas. Uma infelicidade, mas logo ele vai ficar bem.

— Toxinas demoníacas? — A voz de Maryse se tornara um ganido. — Ninguém falou de nenhum ataque demoníaco ao Instituto. *O que* está acontecendo aqui, Lucian? Essa é a sua casa, não é? Você sabe muito bem que se houve um ataque demoníaco você deve relatar...

— Luke foi atacado também — disse Clary. — Ele estava inconsciente.

— Que conveniente. Todos estão inconscientes, ou aparentemente delirando — disse a Inquisidora. Sua voz cortou a sala como uma faca, calando a todos. — Ser do Submundo, você sabe muito bem que Jonathan Morgenstern não deveria estar na sua casa. Ele deveria estar sob os cuidados do feiticeiro.

— Eu tenho nome, sabia? — disse Magnus. — Não que isso importe — acrescentou, aparentemente pensando duas vezes sobre interromper a Inquisidora. — Aliás, pode esquecer.

— Eu sei o seu nome, Magnus Bane — retrucou a Inquisidora. — Você falhou na sua função uma vez; não terá outra chance.

— Falhei na minha função? — Magnus franziu o cenho. — Só por ter trazido o menino aqui? Não havia nada no contrato que assinei que dizia que eu não podia levá-lo comigo de acordo com meu próprio julgamento.

— Não foi essa a sua falha — disse a Inquisidora. — Deixá-lo ver o pai ontem à noite foi a sua falha.

Fez-se um silêncio de espanto. Alec se levantou cambaleando, procurando Jace com os olhos, mas Jace não olhou para ele; seu rosto era uma máscara.

— Isso é ridículo — disse Luke. Clary raramente o vira tão furioso. — Jace nem sabe onde Valentim está. Pare de persegui-lo.

— Perseguir é o meu trabalho, homem do Submundo — retrucou a Inquisidora. — É o meu dever. — Ela se voltou para Jace. — Conte-me a verdade agora, menino, e tudo será muito mais fácil.

Jace levantou o queixo.

— Não tenho que contar nada.

— Se você é inocente, por que não se explicar? Conte-nos onde realmente esteve ontem à noite. Conte-nos sobre o barquinho do prazer do Valentim.

Clary olhou para ele. *Fui dar uma caminhada*, fora o que ele dissera. Mas isso não queria dizer nada. Talvez ele realmente tivesse ido dar uma caminhada. Contudo, no coração, no estômago, ela se sentia enjoada. *Sabe qual é a pior coisa que posso imaginar?* Simon dissera. *Não confiar em alguém que amo.*

Quando Jace não falou, Robert Lightwood se pronunciou com sua voz grave como um baixo.

— Imogen? Você está dizendo que Valentim está... estava...

— Em um barco no meio do East River — disse a Inquisidora. — Isso mesmo.

— Por isso não consegui encontrá-lo — disse Magnus, meio para si mesmo. — Toda aquela água... atrapalhou o meu feitiço.

— O que Valentim está fazendo no meio do rio? — perguntou Luke, espantado.

— Pergunte ao Jonathan — disse a Inquisidora. — Ele pegou uma moto emprestada com o líder do clã de vampiros da cidade e voou até o barco. Não foi, Jonathan?

Jace não disse nada. Era impossível decifrar a expressão dele. A Inquisidora, no entanto, parecia faminta, como se tivesse se alimentando com o suspense na sala.

— Coloque a mão no bolso do seu casaco — disse ela. — Retire o objeto que vem carregando consigo desde que deixou o Instituto.

Lentamente, Jace fez o que ela mandou. Ao retirar a mão do bolso, Clary reconheceu o objeto azul cinzento brilhante que ele segurava. O pedaço do espelho Portal.

— Entregue-o para mim. — A Inquisidora arrancou o objeto da mão dele, que franziu o cenho; a ponta do vidro o cortou, e o sangue se espalhou pela palma. Maryse emitiu um ruído suave, mas não se moveu. — Eu sabia que você ia voltar ao Instituto para buscar isso — disse a Inquisidora, com clara satisfação. — Sabia que o seu sentimentalismo não permitiria que o deixasse para trás.

— O que é isso? — Robert Lightwood parecia espantado.

— Um pedaço de um Portal em forma de espelho — disse a Inquisidora. — Quando o Portal foi destruído, a imagem do último destino foi preservada. — Ela virou o pedaço de vidro nos dedos longos e araneiformes. — Nesse caso, a casa de campo Wayland.

Os olhos de Jace seguiram o movimento do espelho. No pedaço que Clary podia ver, parecia haver um fragmento de céu azul-escuro. Ela imaginou se estava chovendo em Idris.

Com um movimento violento e repentino, incompatível com seu tom calmo, a Inquisidora jogou o pedaço de espelho no chão. O espelho se espatifou instantaneamente em fragmentos minúsculos. Clary ouviu Jace prender a respiração, mas ele não se moveu.

A Inquisidora colocou um par de luvas cinza e se ajoelhou entre os pedaços de espelho, remexendo-os com os dedos, até encontrar o que estava procurando — uma pequena folha de papel fino. Ela se levantou, erguendo-a para que todos na sala pudessem ver o símbolo grosso desenhado em tinta preta.

— Marquei esse papel com um símbolo de rastreamento e o escondi entre o vidro e a parte de trás do espelho. Em seguida recoloquei-o no quarto do menino. Não se sinta mal por não ter percebido — disse ela a Jace. — Mentes mais velhas e mais sábias que a sua já foram enganadas pela Clave.

— Você tem me espionado — disse Jace, e agora sua voz estava temperada com raiva. — É isso que a Clave faz, invade a privacidade dos Caçadores de Sombras para...

— Cuidado com o que diz para mim. Você não é o único que violou a Lei. — O olhar frio da Inquisidora percorreu a sala. — Ao libertaremno da Cidade do Silêncio e deixarem você sob o controle do feiticeiro, os seus amigos fizeram o mesmo.

— Jace não é nosso amigo — disse Isabelle. — Ele é nosso irmão.

— Tome cuidado com o que diz, Isabelle Lightwood — alertou a Inquisidora. — Você pode ser considerada cúmplice.

— Cúmplice? — Para surpresa de todos, quem falou foi Robert Lightwood. — A menina só estava tentando impedi-la de destruir a nossa família. Pelo amor de Deus, Imogen, são apenas crianças...

— Crianças? — A Inquisidora voltou o olhar gelado para Robert. — Assim como vocês eram crianças quando o Ciclo planejou a destruição da Clave? Assim como o meu filho era uma criança quando... — Ela se interrompeu com uma espécie de engasgo, como se estivesse assumindo o controle de si mesma por pura força.

— Então é tudo por causa do Stephen — disse Luke, com uma espécie de pena na voz. — Imogen...

A face da Inquisidora se contraiu.

— Não é pelo Stephen! É uma questão de *Lei*!

Os dedos finos de Maryse giraram enquanto suas mãos mexiam uma na outra.

— E Jace — disse ela. — O que vai acontecer com ele?

— Ele vai voltar para Idris comigo amanhã — disse a Inquisidora. — Você perdeu o direito de saber qualquer coisa além disso.

— Como pode levá-lo de volta para aquele lugar? — perguntou Clary. — Quando ele vai *voltar*?

— Clary, *não* — disse Jace. As palavras eram uma súplica, mas ela continuou.

— O problema aqui não é Jace! Valentim é o problema!

— Deixe para lá, Clary! — gritou Jace. — Para o seu próprio bem, deixe para lá!

Clary não conseguia se controlar. Recuou para longe dele — ele nunca havia gritado com ela assim, nem mesmo quando ela o arrastara para o quarto da mãe no hospital. Ela viu a expressão no rosto dele enquanto ele registrava a cara que ela estava fazendo e desejou que pudesse desfazê-la de alguma forma.

Antes que pudesse dizer qualquer outra coisa, Luke colocou a mão no ombro dela. Ele falou, soando tão sério quanto quando havia contado sua história de vida.

— Se o menino foi até o pai — disse — sabendo o tipo de pai que Valentim é, é porque fracassamos com ele, não porque ele fracassou conosco.

— Economize seu sofisma, Lucian — disse a Inquisidora. — Você ficou mole como um mundano.

— Ela tem razão. — Alec estava sentado na beira do sofá, com os braços cruzados e a mandíbula cerrada. — Jace mentiu para nós. Isso não tem desculpa.

Jace ficou de queixo caído. Ele sempre teve certeza quanto à lealdade de Alec ao menos, e Clary não o culpava. Até Isabelle estava olhando horrorizada para o irmão.

— Alec, como você pode *dizer* uma coisa dessas?

— A Lei é a Lei, Izzy — disse Alec sem olhar para a irmã. — Não há como burlá-la.

Com isso, Isabelle soltou um choramingo engasgado de raiva e espanto e saiu pela porta da frente, deixando-a aberta. Maryse fez menção de segui-la, mas Robert puxou a mulher de volta, dizendo alguma coisa em voz baixa.

Magnus se levantou.

— Acho que é a minha deixa para ir embora também — disse ele. Clary percebeu que ele estava evitando olhar para Alec. — Diria que foi um prazer conhecê-los, mas na verdade não foi; foi bastante desconfortável, e para falar a verdade, espero não encontrar qualquer um de vocês tão cedo.

Alec olhou para o chão enquanto Magnus saía da sala e passava pela porta. Dessa vez ela se fechou com estrondo.

— Dois já foram — disse Jace, com um divertimento fantasmagórico. — Quem é o próximo?

— Já estou cansada de você — disse a Inquisidora. — Me dê as mãos.

Jace estendeu as mãos enquanto a Inquisidora retirava uma estela de algum bolso escondido e procedia para traçar uma Marca ao redor da circunferência dos pulsos dele. Quando afastou as mãos, os pulsos de Jace estavam cruzados um sobre o outro, presos com o que parecia um círculo de chamas.

Clary gritou.

— O que você está fazendo? Vai machucá-lo...

— Estou bem, irmãzinha — Jace disse com calma, mas ela percebeu que ele não conseguia olhar para ela. — As chamas não vão me queimar a não ser que eu tente soltar as mãos.

— Quanto a você — acrescentou a Inquisidora olhando para Clary, o que a surpreendeu bastante. Até aquele momento a Inquisidora mal parecia ter notado que ela estava viva. — Você teve muita sorte por ter sido criada pela Jocelyn e ter escapado do veneno do seu pai. Mesmo assim, ficarei de olho em você.

A mão de Luke apertou o ombro de Clary.

— Isso é uma ameaça?

— A Clave não faz ameaças, Lucian Graymark. A Clave faz promessas, e as cumpre. — A Inquisidora parecia quase alegre. Ela era a única na sala que podia ser descrita assim; todos os outros pareciam chocados, exceto Jace. Ele estava com os dentes expostos em um rosnado que Clary duvidava que estivesse percebendo. Parecia um leão enjaulado.

— Vamos, Jonathan — disse a Inquisidora. — Ande na minha frente. Se fizer qualquer movimento de fuga, cravo uma lâmina entre os seus ombros.

Jace teve que lutar para girar a maçaneta da frente com as mãos atadas. Clary cerrou os dentes para não gritar, em seguida a porta se abriu e Jace não estava mais lá, nem a Inquisidora. Os Lightwood seguiram em uma fila, Alec ainda olhando para baixo. A porta se fechou atrás deles, e Clary e Luke ficaram sozinhos na sala, calados e incrédulos.

15
O Dente da Serpente

— Luke — começou Clary, assim que a porta se fechou atrás dos Lightwood. — O que nós vamos *fazer*...

Luke estava com as mãos pressionadas uma em cada lado da cabeça como se estivesse impedindo que se partisse ao meio.

— Café — ele declarou. — Preciso de café.

— Eu trouxe café para você.

Ele abaixou as mãos e suspirou.

— Preciso de mais.

Clary o seguiu até a cozinha, onde ele se serviu de mais café antes de sentar à mesa e passar as mãos distraidamente pelos cabelos.

— Isso é ruim — disse ele. — Muito ruim.

— Você acha? — Clary não conseguia se imaginar tomando café naquele momento. Seus nervos já pareciam esticados como fios finos. — O que acontece se ele for levado para Idris?

— Vai ser julgado perante a Clave. Provavelmente será considerado culpado. Em seguida vem a punição. Ele é jovem, então pode ser que só tirem as Marcas dele e não o amaldiçoem.

— O que isso quer dizer?

Luke não olhou nos olhos dela.

— Significa que vão retirar as Marcas dele, e o Jace deixará de ser um Caçador de Sombras e será expulso da Clave. Vai se tornar um mundano.

— Mas isso o mataria. De verdade. Ele preferiria morrer.

— Você acha que eu não sei? — Luke terminou o café e olhou demoradamente para a caneca antes de pousá-la novamente. — Mas isso não vai fazer a menor diferença para a Clave. Eles não conseguem pegar Valentim, então vão punir o filho dele.

— E eu? Eu sou filha dele.

— Mas você não é do mundo deles. Jace é. Não que eu não sugira que você fique na sua por um tempo. Gostaria que pudéssemos ir para o sítio...

— Não podemos deixar o Jace nas mãos deles! — Clary estava inconformada. — Eu não vou a lugar nenhum.

— Óbvio que não vai — Luke descartou o protesto dela. — Eu disse que gostaria que pudéssemos, não que achava que devêssemos. Há a questão sobre o que Imogen vai fazer agora que sabe onde Valentim está. Poderemos nos ver no meio de uma guerra.

— Eu não me importo se ela quiser matar o Valentim. Ela pode ficar com ele e fazer o que quiser. Só quero trazer o Jace de volta.

— Talvez isso não seja tão fácil — disse Luke —, considerando que nesse caso ele realmente fez o que está sendo acusado de ter feito.

Clary estava enfurecida.

— O quê? Você acha que ele matou os Irmãos do Silêncio? Você acha...

— Não. Eu não acho que ele matou os Irmãos do Silêncio. Acho que ele fez exatamente o que a Imogen o viu fazendo: foi ver o pai.

Lembrando-se de alguma coisa, Clary perguntou:

— O que você quis dizer quando disse que nós falhamos com ele, e não o contrário? Quis dizer que não o culpa?

— Culpo e não culpo. — Luke parecia esgotado. — É uma coisa estúpida a fazer. Não se pode confiar em Valentim. Mas, quando os Lightwood viraram as costas para ele, o que esperavam que ele fizesse? O Jace ainda é apenas uma criança, ainda precisa de pais. Se não o quiserem, ele vai procurar quem queira.

— Pensei que talvez ele estivesse procurando *você* para isso.

Luke parecia indescritivelmente triste.

— Também pensei, Clary. Também pensei.

Muito ao longe, Maia podia ouvir vozes vindo da cozinha. Os gritos na sala já haviam terminado. Era hora de sair. Ela dobrou o bilhete que havia escrito apressadamente, deixou-o na cama de Luke e atravessou o quarto até a janela cuja abertura tinha passado os últimos vinte minutos forçando. O ar frio passou por ela — era um daqueles dias do início do outono quando o céu parecia impossivelmente azul e distante e no ar havia um leve cheiro de fumaça.

Ela subiu no parapeito e olhou para baixo. Seria um salto preocupante se ela não estivesse Transformada; parou apenas por um segundo para pensar no ombro machucado antes de pular. Aterrissou agachada no concreto rachado do jardim de Luke. Recompondo-se, olhou para a casa, mas ninguém abriu nenhuma porta nem pediu para ela voltar.

Maia reprimiu uma vaga pontada de decepção. Não era como se eles tivessem prestado tanta atenção quando ela *estava* na casa, pensou, subindo a grade que separava o jardim de Luke do beco, então por que perceberiam que tinha saído? Ela obviamente era alguém em quem só se pensava depois, como sempre fora. O único que a tratara como se ela tivesse alguma importância fora Simon.

Pensar em Simon a fez franzir a testa enquanto caía do outro lado da cerca e corria pelo beco até a Kent Avenue. Ela tinha dito a Clary que não se lembrava da noite anterior, mas não era verdade. Lembrava-se do olhar no rosto dele quando se afastou — como se estivesse impresso no interior de suas pálpebras. O mais estranho era que naquele momento ele ainda parecera humano para ela, mais humano do que quase todas as pessoas que ela já havia conhecido.

Maia atravessou a rua para evitar passar na frente da casa de Luke. A rua estava praticamente deserta, os habitantes do Brooklyn dormindo o sono da manhã dominical. Ela foi em direção ao metrô na Bedford Avenue, o pensamento ainda em Simon. Havia um lugar oco na boca do estômago que doía quando ela pensava nele. Ele fora a primeira pessoa em quem ela quisera confiar em anos, mas tinha tornado isso impossível.

Então, se confiar nele é impossível, por que você está indo vê-lo agora?, disse o sussurro no fundo da mente que sempre falava com ela na voz de Daniel. *Cale a boca*, disse ela firmemente. *Mesmo que não possamos ser amigos, ao menos devo a ele um pedido de desculpas.*

Alguém riu. O som ecoou pelas paredes altas da fábrica à esquerda. Com o coração se contraindo com um medo repentino, Maia se virou, mas a rua atrás dela estava vazia. Havia uma senhora passeando com os cachorros perto do rio, mas ela duvidava que estivesse ao alcance de um grito.

Acelerou assim mesmo. Conseguia andar mais rápido do que quase todos os humanos, lembrou a si mesma, sem falar em correr. Mesmo nas condições atuais, com o braço doendo como se alguém tivesse batido com uma marreta em seu ombro, não era como se ela tivesse que temer algum assaltante ou estuprador. Dois meninos adolescentes armados com facas tinham tentado agarrá-la enquanto andava pelo Central Park uma noite, pouco depois de ter se mudado para a cidade, e a única coisa que a impedira de matá-los fora Morcego.

Então por que ela estava tão assustada?

Olhou para trás. A senhora não estava mais lá; a Kent Avenue estava vazia. A velha fábrica de açúcar Domino abandonada erguia-se na frente dela. Tomada por um impulso repentino de sair da rua, ela entrou no beco ao lado.

Viu-se em um espaço estreito entre dois prédios, cheio de lixo, garrafas vazias e ratos se movendo. Os telhados acima dela se tocavam, bloqueando o sol e fazendo com que ela sentisse como se tivesse entrado em um túnel. As paredes eram de tijolos e tinham janelas pequenas e sujas, muitas das quais haviam sido quebradas por vândalos. Através dela podia ver o chão da fábrica abandonada, fileiras e mais fileiras de caldeiras de metal, fornalhas e tanques. O ar cheirava a açúcar queimado. Ela se apoiou em uma das paredes, tentando acalmar as batidas aceleradas do coração. Estava quase conseguindo se acalmar quando uma voz impossivelmente familiar falou com ela através das sombras.

— Maia?

Ela se virou. Ele estava na entrada do beco, o cabelo brilhando com a luz, como uma auréola ao redor do lindo rosto. Olhos escuros sob cílios longos a olhavam curiosos. Ele vestia jeans e, apesar do ar frio, uma camiseta de manga curta. Ainda parecia ter 15 anos.

— Daniel — sussurrou ela.

Ele foi em direção a ela com passos silenciosos.

— Quanto tempo, maninha.

Maia queria correr, mas suas pernas pareciam sacos de água. Ela se encolheu contra a parede como se pudesse desaparecer nela.

— Mas...você está morto.

— E você não chorou no meu enterro, chorou, Maia? Nenhuma lágrima para o seu irmão mais velho?

— Você era um monstro — sussurrou. — Você tentou me matar...

— Não o suficiente. — Havia algo longo e afiado na mão dele agora, algo que brilhava como fogo prateado à pouca luz. Maia não sabia ao certo o que era; sua visão estava embaçada pelo terror. Ela escorregou para o chão enquanto ele se movia em direção a ela; as pernas não conseguiam mais sustentá-la.

Daniel se ajoelhou ao lado dela. Ela podia ver o que ele tinha na mão agora: um pedaço afiado de vidro de uma das janelas quebradas. O pavor emergiu e caiu sobre ela como uma onda, mas não era o medo da arma na mão do irmão que a devastava, era o vazio nos olhos dele. Ela podia olhar para eles e ver apenas escuridão.

— Você se lembra — disse ele — de quando eu disse que cortaria a sua língua antes de permitir que você me dedurasse para a mamãe e o papai?

Paralisada com o medo, ela só conseguia encará-lo. Já podia sentir o vidro cortando a pele, o gosto engasgado do sangue preenchendo a boca, e desejou estar morta, qualquer coisa era melhor do que aquele horror e aquele pânico...

— Chega, Agramon. — A voz de um homem rasgou a neblina na mente dela. Não era a voz de Daniel; era suave, culta, inegavelmente humana. Lembrava alguém, mas quem?

— Como quiser, *lorde Valentim.* — Daniel respirou, um suspiro suave de decepção, em seguida seu rosto começou a desaparecer e se despedaçar. Em um instante desaparecera, e com ele o senso de horror paralisante e destruidor que ameaçara arrancar-lhe a vida. Ela respirou desesperada.

— Ótimo. Ela está respirando. — A voz do homem novamente, agora irritada. — Realmente, Agramon, mais alguns segundos e ela estaria morta.

Maia levantou o olhar. O homem — Valentim — estava sobre ela, muito alto, todo vestido de preto, até as luvas nas mãos e as botas de solas grossas nos pés. Ele usou a ponta de uma das botas para forçá-la a olhar para cima. A voz dele enquanto falava era fria, superficial.

— Quantos anos você tem?

O rosto que olhava para o dela era estreito, de estrutura óssea afiada, sem cor, olhos pretos e cabelos tão brancos que pareciam o negativo de uma foto. Do lado esquerdo do pescoço, logo acima do colarinho do casaco, havia uma Marca em espiral.

— Você é Valentim? — sussurrou ela. — Mas pensei que você...

A bota desceu na mão dela, enviando uma pontada aguda de dor pelo braço. Ela gritou.

— Eu lhe fiz uma pergunta — disse ele. — Quantos anos você tem?

— Quantos *anos* eu tenho? — A dor na mão, misturada ao odor pungente de lixo fez seu estômago revirar. — Vá se danar.

Uma barra de luz pareceu pular entre os dedos dele e desceu tão depressa no rosto dela, que ela não teve tempo de desviar. Uma linha quente de dor foi queimando até a bochecha; ela colocou a mão no rosto e sentiu o sangue entre os dedos.

— Agora — disse Valentim, com a mesma voz precisa e culta. — Quantos anos você tem?

— Quinze. Tenho 15 anos.

Ela sentiu que ele sorria.

— *Perfeito.*

Uma vez de volta ao Instituto, a Inquisidora levou Jace para longe dos Lightwood e pelas escadas até a sala de treinamento. Ao se ver nos longos espelhos que cobriam toda a parede, ele enrijeceu em choque. Não se via havia dias, e a noite anterior tinha sido ruim. Em volta dos olhos havia sombras pretas, e a camisa estava manchada de sangue seco e da lama suja do East River. O rosto parecia oco e esgotado.

— Admirando a si mesmo? — A voz da Inquisidora interrompeu o devaneio. — Não vai ficar tão bonitinho quando a Clave terminar com você.

— Você realmente parece obcecada com a minha aparência. — Jace virou-se de costas para o espelho com algum alívio. — Será que tudo isso é porque você se sente atraída por mim?

— Não seja asqueroso. — A Inquisidora tinha retirado quatro tiras longas de metal de uma bolsa cinza que trazia pendurada na cintura. Lâminas angelicais. — Você poderia ser meu filho.

— Stephen. — Jace se lembrou do que Luke dissera na casa. — É este o nome dele, não é?

A Inquisidora se virou para ele. As lâminas que segurava vibravam com fúria.

— *Nunca diga o nome dele.*

Por um instante Jace imaginou se ela realmente tentaria matá-lo. Ele não disse nada enquanto ela recuperava o controle. Sem olhar para ele, ela apontou uma das lâminas.

— Fique ali no centro da sala, por favor.

Jace obedeceu. Apesar de tentar não olhar para os espelhos, ele podia ver o próprio reflexo — e o da Inquisidora — com o canto do olho, os espelhos refletindo um no outro até que houvesse uma quantidade infinita de Inquisidoras ali, ameaçando uma quantidade infinita de Jaces.

Ele olhou para baixo, para as mãos presas. Os pulsos e ombros tinham passado de doloridos a uma dor rígida, pungente, mas ele não franziu o rosto enquanto a Inquisidora olhava para uma das lâminas, nomeava-a Jophiel e a colocava nos tacos de madeira polida no chão a seus pés. Ele esperou, mas nada aconteceu.

— Bum? — disse eventualmente. — Era para acontecer alguma coisa ali?

— Cale a boca. — O tom da Inquisidora era decisivo. — E fique onde está.

Jace ficou assistindo com curiosidade crescente enquanto ela ia para o outro lado dele, nomeava uma segunda lâmina Harahel e colocava-a nos tacos também.

Na terceira lâmina — Sandalphon —, ele percebeu o que ela estava fazendo. A primeira tinha sido cravada no chão ao sul dele, a seguinte, ao leste, e a terceira, ao norte. Ela estava marcando os pontos de uma bússola. Ele lutou para se lembrar do que isso poderia significar, mas não chegou a nenhuma conclusão. Era evidentemente um ritual da Clave, algo além de qualquer coisa que tivesse aprendido. Quando ela fincou a última lâmina, Taharial, as palmas das mãos dele estavam suando, irritando-se onde se roçavam.

A Inquisidora se ajeitou, parecendo satisfeita consigo mesma.

— Pronto.

— Pronto o quê? — perguntou Jace, mas ela levantou a mão.

— Ainda não, Jonathan. Falta uma coisa. — Ela foi até a lâmina mais ao sul e se ajoelhou diante dela. Com um rápido movimento produziu uma estela e marcou um único símbolo escuro no chão abaixo da faca. Ao se levantar, uma harmonia doce e aguda de sons ressoou pela sala, o som de um sino delicado tocando. Luz brilhou das quatro lâminas angelicais, tão forte que Jace virou o rosto, semicerrando os olhos. Quando virou-se de volta um instante mais tarde, viu que estava dentro de uma jaula cujas paredes pareciam ter sido tecidas com filamentos de luz. Não eram estáticas, mas se moviam como lençóis de chuva iluminada.

A Inquisidora agora era uma figura borrada atrás de uma parede brilhante. Quando Jace disse o nome dela, até a voz dele parecia trêmula e oca, como se a chamasse através da água.

— O que é isso? O que você fez?

Ela riu.

Jace deu um passo irritado para a frente, em seguida mais um; seu ombro roçou uma das paredes brilhantes. Como se tivesse tocado uma cerca elétrica, o choque pulsou por ele como um golpe, derrubando-o no chão. Ele caiu desajeitadamente, sem conseguir usar as mãos para amortecer a queda.

A Inquisidora riu novamente.

— Se você tentar *atravessar* a parede, vai levar mais do que um choque. A Clave chama esse castigo em particular de Configuração Malaquias. Essas paredes não podem ser rompidas enquanto as lâminas serafim estiverem onde estão. Eu não tentaria — acrescentou, enquanto Jace, ajoelhado, fez um gesto em direção à lâmina mais próxima dele. — Toque as lâminas e morrerá.

— Mas *você* pode tocá-las — disse ele, sem conseguir conter o ódio da voz.

— Eu posso, mas não vou.

— E comida? Água?

— Tudo em seu tempo, Jonathan.

Ele se levantou. Através da parede borrada, viu quando ela deu meia-volta como se fosse se retirar.

— Mas as minhas mãos... — Ele olhou para os pulsos presos. O metal ardente corroía sua pele como ácido. Sangue se acumulava ao redor das algemas em chamas.

— Você deveria ter pensado nisso antes de ir se encontrar com Valentim.

— Você não está me fazendo temer a vingança do Conselho. Não podem ser piores do que você.

— Ah, você não vai ao Conselho — disse a Inquisidora. Havia uma calma suave no tom dela da qual Jace não gostou.

— Como assim, não vou ao Conselho? Pensei que você tivesse dito que ia me levar para Idris amanhã.

— Não. Estou planejando devolvê-lo ao seu pai.

O choque das palavras quase o derrubaram no chão.

— *Meu pai?*

— Seu pai. Estou planejando trocar você pelos Instrumentos Mortais.

Jace encarou-a.

— Você só pode estar brincando.

— De jeito nenhum. É mais simples do que um julgamento. É evidente que você será banido da Clave — acrescentou, como se isso tivesse lhe ocorrido depois —, mas imagino que já esperasse isso.

Jace estava balançando a cabeça.

— Você pegou o cara errado. Espero que saiba.

Um olhar de irritação passou pelo rosto dela.

— Pensei que já tivéssemos deixado para trás a sua simulação de inocência, Jonathan.

— Não estou falando de mim. Estou falando do meu pai.

Pela primeira vez desde que a conhecera, ela parecia confusa.

— Não entendi o que quis dizer.

— O meu pai não vai trocar os Instrumentos Mortais por mim. — As palavras eram amargas, mas o tom de Jace não. Era preciso. — Ele deixaria você me matar na frente dele antes de entregar a Espada ou o Cálice.

A Inquisidora balançou a cabeça.

— Você não entende — disse ela, e havia um traço confuso de ressentimento em sua voz. — Crianças nunca entendem. Não existe nada igual ao amor de um pai por um filho. Nenhum outro amor consome tanto. Nenhum pai, nem mesmo o Valentim, sacrificaria o filho por um pedaço de metal, não importa quão poderoso ele seja.

— Você não conhece o meu pai. Ele vai rir na sua cara e oferecer a você dinheiro para enviar o meu corpo para Idris.

— Não seja absurdo...

— Tem razão — disse Jace. — Pensando bem, ele provavelmente vai fazer você mesma pagar pelo envio.

— Vejo que você ainda é filho do seu pai. Não quer que ele perca os Instrumentos Mortais, seria uma perda de poder para você também. Não quer viver a vida como o filho desgraçado de um criminoso, então vai dizer qualquer coisa para mudar a minha decisão, mas não me engana.

— Ouça. — O coração de Jace estava acelerado, mas ele tentou falar com calma. A mulher *tinha* que acreditar. — Eu sei que você me odeia. Sei que acha que eu sou um mentiroso como o meu pai, mas estou dizendo a verdade agora. O meu pai acredita piamente no que está fazendo. Você acha que ele é mau, mas ele acha que está *certo*. Ele acha que está fazendo o trabalho de Deus. Não vai abrir mão disso por mim. Você estava me rastreando quando eu fui até lá, deve ter ouvido o que ele disse...

— Eu o *vi* falando com ele — disse a Inquisidora. — Não *ouvi* nada.

Jace praguejou entre dentes.

— Eu faço qualquer juramento que quiser para provar que não estou mentindo. Ele está usando a Espada e o Cálice para invocar demônios e controlá-los. Quanto mais tempo perder comigo, mais ele vai aumentar o próprio exército. Quando perceber que ele não vai fazer a troca, não terá chance contra ele...

A Inquisidora virou-se de costas e fez um murmúrio de desgosto.

— Estou cansada das suas mentiras.

Jace recuperou o ar, incrédulo, enquanto ela virava de costas para ele e saía pela porta.

— *Por favor!* — suplicou.

Ela parou na porta e virou-se para olhar para ele. Jace só podia ver as sombras angulares do rosto dela, o queixo pontudo e os buracos escuros nas têmporas. As roupas cinza desapareceram nas sombras de modo que ela parecia uma cabeça flutuando sem corpo.

— Não pense que devolvê-lo ao seu pai é o que *quero* fazer. É mais do que Valentim Morgenstern merece.

— O que ele merece?

— Segurar o corpo do filho morto nos braços. Ver o filho morto e saber que não há nada que possa fazer, nenhum feitiço, nenhum encanto, nenhum acordo com o inferno para trazê-lo de volta... — Ela se interrompeu. — Ele precisa *saber* — disse ela com um sussurro e empurrou a porta, as mãos passando pela madeira. A porta fechou-se atrás dela com um clique, deixando Jace, com os pulsos queimando, olhando para ela, confuso.

* * *

Clary desligou o telefone com o cenho franzido.

— Ninguém atendeu.

— Para quem você estava tentando ligar? — Luke estava bebendo a quinta caneca de café e Clary estava começando a se preocupar com ele. Certamente devia haver alguma espécie de intoxicação por excesso de cafeína. Ele não parecia à beira de um ataque ou coisa parecida mas ela desligou a máquina discretamente a caminho da mesa, por via das dúvidas. — Simon?

— Não. Eu me sinto estranha acordando-o durante o dia, apesar de ele ter dito que não o incomoda, desde que ele não precise ver a *luz do dia.*

— Então...

— Eu estava ligando para a Isabelle. Queria saber o que está acontecendo com a Jace.

— Ela não atendeu?

— Não. — O estômago de Clary revirou. Ela foi até a geladeira, pegou um iogurte de pêssego e o tomou de forma mecânica, sem sentir gosto de nada. Já tinha tomado metade do pote quando se lembrou de alguma coisa. — Maia — disse. — É melhor vermos se ela está bem. — Ela pousou o iogurte na mesa. — Eu vou ver.

— Não, eu sou o líder do bando dela. Ela confia em mim. Posso acalmá-la se ainda estiver chateada — disse Luke. — Já volto.

— Não diga isso — implorou Clary. — Detesto quando as pessoas dizem isso.

Ele sorriu um sorriso torto e seguiu pelo corredor. Em alguns minutos estava de volta, parecendo espantado.

— Ela foi embora.

— Embora? Embora como?

— Saiu sorrateiramente de casa. Deixou isso. — Ele jogou um pedaço de papel dobrado em cima da mesa. Clary o pegou e leu as frases com o cenho franzido.

Desculpe por tudo. Fui consertar as coisas. Obrigada por tudo que fez. Maia.

— Foi consertar as coisas? O que isso quer dizer?

Luke suspirou.

— Esperava que você soubesse.

— Você está preocupado?

— Os demônios Raum são cães de busca. Eles encontram pessoas e as levam para quem os invocou. Aquele demônio ainda pode estar procurando por ela.

— Ah — Clary disse em voz baixa. — Bem, o meu palpite seria que ela foi procurar Simon.

Luke pareceu surpreso.

— Ela sabe onde ele mora?

— Não sei — admitiu Clary. — Eles pareciam próximos de alguma forma. Pode ser que sim. — Ela pegou o telefone no bolso. — Vou ligar para ele.

— Pensei que se sentisse estranha ligando para ele.

— Não tão estranha quanto me sinto sem saber o que está acontecendo. — Ela procurou na agenda até encontrar o número de Simon. O telefone tocou três vezes antes de ele atender, parecendo grogue.

— Alô?

— Sou eu. — Ela se virou de costas para Luke enquanto falava, mais por hábito do que por vontade de esconder a conversa dele.

— Você sabe que sou noturno agora — disse ele resmungando. Ela podia ouvi-lo rolando sobre a cama. — Isso quer dizer que passo o dia dormindo.

— Você está em casa?

— Estou, onde mais estaria? — A voz dele se afiou, o sono desaparecendo. — O que foi, Clary, o que aconteceu?

— Maia fugiu. Ela deixou um bilhete dizendo que talvez fosse até a sua casa.

Simon parecia confuso.

— Bem, não veio. Ou se veio, ainda não chegou.

— Tem alguém além de você em casa?

— Não, a minha mãe está no trabalho e Rebecca na aula. Por que, você realmente acha que ela vai aparecer por aqui?

— Apenas nos ligue se ela aparecer...

Simon a interrompeu.

— Clary. — O tom dele era de urgência. — Espere um segundo. Acho que alguém está tentando invadir a minha casa.

O tempo passava na prisão, e Jace observava a chuva de prata brilhante caindo em volta dele com uma espécie de desinteresse. Seus dedos começaram a ficar dormentes, o que ele suspeitava ser um mau sinal, mas não conseguia se importar. Imaginava se os Lightwood sabiam que ele estava lá em cima, ou se alguém entrando na sala de treinamento teria uma surpresa desagradável quando o encontrasse preso ali. Mas não, a Inquisidora não seria descuidada dessa forma. Ela os teria proibido de entrar na sala até que se desfizesse do prisioneiro da maneira que considerasse mais apropriada. Ele supôs que deveria estar furioso, até temeroso, mas tampouco conseguia se importar com isso. Nada mais parecia real: nem a Clave, nem o Pacto, nem a Lei, nem mesmo o pai.

Um suave ruído de passos o alertou para a presença de mais alguém na sala. Estava deitado, olhando para o teto; sentou-se, percorrendo a sala com o olhar. Podia ver uma forma escura além da cortina de chuva brilhante. *Deve ser a Inquisidora*, de volta para zombar dele um pouco mais. Ele se endireitou, em seguida viu, com um movimento rápido, o cabelo escuro e o rosto familiar.

Talvez ainda houvesse coisas com as quais se importasse.

— Alec?

— Sou eu. — Alec se ajoelhou do outro lado da parede brilhante. Era como olhar para alguém através de água clara ondulada com uma corrente; Jace podia ver Alec nitidamente agora, mas ocasionalmente suas feições pareciam se mover e dissolver enquanto a chuva de fogo brilhava e ondeava.

Era de deixar qualquer um enjoado.

— Pelo Anjo, o que é isso? — Alec se esticou para tocar a parede.

— Não. — Jace se esticou, mas recuou rapidamente antes de fazer contato com a parede. — Você vai levar um choque, talvez até morra se tentar atravessar.

Alec recolheu a mão com um assobio baixo.

— A Inquisidora estava falando sério.

— Óbvio que sim. Sou um criminoso perigoso. Ou você não soube? — Jace ouviu a acidez na própria voz, viu Alec se contrair e maldosamente se sentiu bem por um momento.

— Ela não o chamou de criminoso, exatamente...

— Não sou apenas um menino levado. Faço todos os tipos de coisas ruins. Chuto gatinhos. Faço gestos grosseiros para freiras.

— Não faça brincadeiras. Isso é sério. — Os olhos de Alec estavam sombrios. — Que diabos você estava pensando, indo até Valentim? Quero dizer, sério, o que estava passando pela sua cabeça?

Diversas respostas inteligentes ocorreram a Jace, mas ele percebeu que não queria dizer nenhuma delas. Estava cansado demais.

— Estava pensando que ele é meu pai.

Alec parecia contar mentalmente até dez, para manter a paciência.

— Jace...

— E se fosse o seu pai? O que você faria?

— *Meu* pai? O meu pai nunca faria as coisas que Valentim...

A cabeça de Jace se ergueu.

— O seu pai *fez aquelas coisas*! Ele fez parte do Ciclo com o meu pai! A sua mãe também! Os nossos pais eram iguais. A única diferença é que os seus foram pegos e punidos e o meu, não!

O rosto de Alec enrijeceu.

— A *única* diferença? — foi tudo o que ele disse.

Jace olhou para as próprias mãos. As algemas ardentes não deveriam permanecer tanto tempo. A pele embaixo delas estava marcada com gotas de sangue.

— Só quis dizer — disse Alec — que não entendo como você pôde querer vê-lo, não depois de tudo que ele fez, mas depois do que ele fez com *você*.

Jace não disse nada.

— Todos aqueles anos — disse Alec. — Ele o deixou pensar que estava morto. Talvez você não se lembre de como era quando você tinha 10 anos, mas eu me lembro. Ninguém que o ame poderia fazer... poderia fazer algo como aquilo.

Linhas de sangue desciam pelas mãos de Jace, como uma corda vermelha desenrolando.

— Valentim me disse — ele fez uma pausa — que se eu o apoiasse contra a Clave, se eu fizesse isso, ele se certificaria de que ninguém de quem eu gosto se machucaria. Você, Isabelle e Max. Clary. Os seus pais. Ele disse...

— Ninguém se machucaria? — Alec ridicularizou. — Quer dizer *ele* não os machucaria pessoalmente. Muito gentil.

— Eu vi o que ele é capaz de fazer, Alec. O tipo de força demoníaca que ele pode invocar. Se ele mandar o exército de demônios contra a Clave, *haverá* uma guerra. E as pessoas se machucam em guerras. Morrem em guerras. — Hesitou. — Se você tivesse a chance de salvar todas as pessoas que ama...

— Mas que espécie de chance é essa? De que vale a palavra do Valentim?

— Se ele jura pelo Anjo que vai fazer alguma coisa, ele faz. Eu o conheço.

— *Se* você o apoiar contra a Clave.

Jace fez que sim com a cabeça.

— Ele deve ter ficado bastante irritado quando você disse que não — observou Alec.

Jace levantou os olhos dos pulsos ensanguentados e o encarou.

— O quê?

— Eu disse...

— Eu sei o que você disse. O que o faz pensar que eu disse não?

— Bem, você disse. Não disse?

Lentamente, Jace fez que sim com a cabeça.

— Eu conheço você — disse Alec com extrema confiança e se levantou. — Você contou à Inquisidora sobre o Valentim e os planos dele, não contou? Ela não se importou?

— Eu não diria que ela não se importou. Foi mais o caso de não ter acreditado de verdade em mim. Ela tem um plano que acha que vai cuidar do Valentim. O único problema é que o plano dela é uma droga.

Alec fez que sim com a cabeça.

— Você pode me contar mais tarde. Primeiro o mais importante: temos que arranjar um jeito de tirá-lo daqui.

— *O quê?* — Jace ficou levemente tonto de descrença. — Achei que você tivesse defendido que eu fosse direto para a cadeia, não ficasse impune. "A Lei é a Lei, Isabelle." O que foi aquilo?

Alec pareceu espantado.

— Você não pode ter achado que eu *falei sério*. Só queria que a Inquisidora confiasse em mim para não ficar de olho o tempo todo, como está na Izzy e no Max. Ela sabe que eles estão do seu lado.

— E você? Você está do meu lado? — Jace podia ouvir a aspereza na própria voz e foi oprimido pelo quanto a resposta significava para ele.

— Estou com você — respondeu Alec —, sempre. Por que precisa perguntar? Posso até respeitar a Lei, mas o que a Inquisidora está fazendo com você não tem nada a ver com a Lei. Não sei exatamente o que está acontecendo, mas o ódio dela é pessoal. Não tem nada a ver com a Clave.

— Ela se sente atraída por mim — disse Jace. — Não posso evitar. Burocratas do mal me irritam.

Alec balançou a cabeça.

— Também não é isso. É um ódio antigo. Posso sentir.

Jace estava prestes a responder quando os sinos da catedral começaram a soar. Tão perto do teto, o som ecoava muito alto. Ele olhou para cima — ainda esperava ver Hugo voando entre os caibros de madeira, em círculos lentos e pensativos. O corvo sempre gostara daquele alto entre os caibros que arqueavam o teto de pedra. Na época Jace achara que o pássaro gostava de enterrar as garras na madeira macia; agora percebia que os caibros ofereciam um ótimo ponto de observação para espionagem.

Uma ideia começou a se formar no fundo da mente de Jace, escura e amorfa.

— Luke disse alguma coisa sobre a Inquisidora ter um filho chamado Stephen. Ele disse que ela estava tentando se vingar por ele. Perguntei sobre ele, e ela deu um ataque. Acho que pode ter alguma coisa a ver com a razão para me odiar tanto. — Foi só o que disse em voz alta.

Os sinos tinham parado de tocar.

— Talvez. Poderia perguntar para os meus pais, mas duvido que me contassem — disse Alec.

— Não, não pergunte a eles. Pergunte a Luke.

— Quer dizer ir até o Brooklyn? Sair daqui vai ser quase impossível...

— Use o telefone da Isabelle. Mande uma mensagem de texto para a Clary. Peça a ela para perguntar ao Luke.

— Tudo bem — Alec fez uma pausa. — Quer que eu diga mais alguma coisa a ela? A Clary, quero dizer, não a Isabelle.

— Não — disse Jace. — Não tenho nada para dizer a ela.

— Simon! — Agarrando o telefone, Clary virou-se para Luke. — Ele disse que tem alguém tentando invadir a casa dele.

— Diga a ele para sair de lá.

— Não posso sair daqui — Simon respondeu rigidamente. — A não ser que eu queira entrar em combustão.

— Luz do dia — disse ela para Luke, mas viu que ele já tinha percebido o problema e estava procurando alguma coisa nos bolsos. As chaves do carro. Ele as levantou.

— Diga ao Simon que estamos indo. Diga a ele para se trancar em algum cômodo até chegarmos.

— Ouviu isso? Vá se trancar em algum lugar.

— Ouvi. — A voz de Simon soava tensa. Clary podia ouvir um leve ruído de raspagem, em seguida uma batida forte.

— Simon!

— Estou bem. Só estou empilhando coisas contra a porta.

— Que tipo de coisas? — Ela estava na varanda agora, tremendo com o casaco fino. Atrás dela, Luke estava trancando a casa.

— Uma mesa. — Simon disse com alguma satisfação. — E a minha cama.

— A sua *cama*? — Clary subiu na caminhonete ao lado de Luke, lutando com uma das mãos para colocar o cinto de segurança enquanto Luke saía pela entrada e acelerava pela Kent Avenue. Ele alcançou o cinto e o afivelou para ela. — Como você levantou a sua cama?

— Você se esqueceu que agora tenho superforça vampiresca?

— Pergunte o que ele está ouvindo — disse Luke. Eles estavam acelerando pela rua, o que não teria sido um problema se a margem do rio no Brooklyn fosse mais bem-conservada. Clary engasgava cada vez que passavam por um buraco.

— O que você está ouvindo? — perguntou ela, recuperando o fôlego.

— Ouvi a porta da frente. Acho que alguém deve ter arrombado. Depois o Yossarian entrou correndo no meu quarto e se escondeu embaixo da cama. Foi assim que eu soube com certeza que havia alguém na casa.

— E agora?

— Agora não estou ouvindo nada.

— Isso é bom, certo? — Clary voltou-se para Luke. — Ele disse que não está ouvindo nada agora. Talvez tenham ido embora.

— Talvez. — Luke parecia em dúvida. Estavam na via expressa agora, acelerando em direção ao bairro de Simon. — Mantenha-o na linha assim mesmo.

— O que você está fazendo agora, Simon?

— Nada. Coloquei tudo que tem no quarto contra a porta. Agora estou tentando tirar o Yossarian de trás da abertura do aquecedor.

— Deixe-o onde está.

— Isso tudo vai ser muito difícil de explicar para a minha mãe — disse Simon, e o telefone ficou mudo. Fez-se um clique, em seguida não se ouviu mais nada. LIGAÇÃO FINALIZADA brilhou na tela.

— Não. *Não*! — Clary apertou o botão de rediscagem, os dedos tremendo.

Simon atendeu imediatamente.

— Foi mal. Yossarian me arranhou e eu deixei cair o telefone.

A garganta dela queimou de alívio.

— Tudo bem, contanto que ainda esteja bem e...

Um ruído como um tufão passou pelo telefone, apagando a voz de Simon. Ela afastou o aparelho do ouvido. A tela ainda exibia CHAMADA CONECTADA.

— *Simon!* — gritou ela ao telefone. — Simon, você está me ouvindo?

O barulho devastador parou. Ela ouviu o som de algo se espatifando e um uivo agudo, de outro mundo; Yossarian? Em seguida o ruído de alguma coisa pesada atingindo o chão.

— Simon? — sussurrou ela.

Fez-se um clique, e em seguida uma voz entretida, arrastada, falou ao ouvido de Clary.

— Clarissa — disse. — Eu devia ter imaginado que seria você do outro lado da linha.

Ela fechou os olhos com força, o estômago desabando como se ela estivesse em uma montanha russa que tivesse acabado de sofrer a primeira queda.

— Valentim.

— Você quer dizer "pai" — disse ele, soando genuinamente irritado. — Deploro esse hábito moderno de se referir aos pais pelos primeiros nomes.

— O que eu realmente quero usar para chamá-lo é muito mais impublicável do que o seu nome — irritou-se ela. — Cadê o Simon?

— Você está falando do menino vampiro? Companhia questionável para uma Caçadora de Sombras de boa família, não acha? De agora em diante espero poder opinar sobre as suas escolhas de amizade.

— *O que você fez com Simon?*

— Nada — disse Valentim, entretido. — Ainda.

E desligou.

Quando Alec voltou à sala de treinamento, Jace estava deitado no chão, visualizando fileiras de meninas dançando em uma tentativa de ignorar a dor nos pulsos. Não estava funcionando.

— O que você está fazendo? — perguntou Alec, ajoelhando-se o mais próximo da parede brilhante que podia. Jace tentou lembrar a si mesmo que quando Alec fazia esse tipo de pergunta, falava sério, e que era algo que já tinha achado amável em vez de irritante. Não conseguiu.

— Pensei em ficar deitado no chão me contorcendo de dor por um tempo — resmungou. — Acho relaxante.

— Acha? Ah... Você está sendo sarcástico. É um bom sinal, provavelmente — disse Alec. — Se puder se sentar, pode ser que queira fazer isso. Vou tentar passar uma coisa pela parede.

Jace se sentou tão depressa que a cabeça girou.

— Alec, não...

Mas Alec já tinha começado a empurrar alguma coisa na direção dele com as duas mãos, como se estivesse rolando uma bola para uma criança. Uma esfera vermelha passou pela cortina brilhante e foi até Jace, batendo gentilmente no joelho dele.

— Uma maçã. — Ele a pegou com alguma dificuldade. — Que apropriado.

— Achei que pudesse estar com fome.

— Estou. — Jace deu uma mordida na maçã; o suco escorreu pelas mãos dele e chiou nas chamas azuis que lhe algemavam o pulso. — Você mandou a mensagem para a Clary?

— Não. Isabelle não me deixa entrar no quarto dela. Ela só joga coisas na porta e grita. Disse que se eu entrasse, pularia pela janela. E pularia mesmo.

— Provavelmente.

— Entendo — disse Alec, e sorriu. — Ela não me perdoou por tê-lo traído, como acha que fiz.

— Boa menina — disse Jace com apreço.

— Eu não o traí, idiota.

— O que vale é a intenção.

— Ótimo, porque eu trouxe mais uma coisa. Não sei se vai funcionar, mas vale a pena tentar. — Ele deslizou um objeto pequeno e metálico pela parede. Era um disco prateado mais ou menos do tamanho de uma moeda. Jace deixou a maçã de lado e pegou o disco com curiosidade.

— O que é isso?

— Eu peguei na mesa da biblioteca. Já vi os meus pais usarem para tirar retenções. Acho que é um símbolo de Destrancar. Vale a pena tentar...

Ele parou de falar quando Jace tocou o disco com os pulsos, segurando-o desajeitadamente entre dois dedos. No instante em que tocou a linha de chama azul, a algema piscou e desapareceu.

— Obrigado — Jace esfregou os pulsos, cada um cercado por uma linha de pele irritada e ensanguentada. Ele estava começando a sentir as pontas dos dedos novamente. — Não é uma surpresa escondida em um bolo de aniversário, mas vai impedir que as minhas mãos caiam.

Alec olhou para ele. As linhas ondulantes da cortina de chuva faziam com que ficasse com o rosto alongado, preocupado — ou talvez *estivesse* preocupado.

— Sabe, me ocorreu uma coisa quando estava falando com a Isabelle mais cedo. Eu disse que ela não podia pular da janela, e que não tentasse, ou acabaria se matando.

Jace fez que sim com a cabeça.

— Sábio conselho de irmão mais velho.

— Mas depois fiquei imaginando se aconteceria o mesmo com você; quer dizer, já o vi fazer coisas que eram praticamente voar. Já o vi cair de uma altura de três andares e aterrissar como um gato, pular do chão para o teto...

— Ouvir os meus feitos é certamente gratificante, mas não sei se estou entendendo aonde você quer chegar, Alec.

— Quero dizer que há quatro paredes nessa prisão, não cinco.

Jace o encarou.

— Então Hodge não estava mentindo quando disse que de fato usaríamos geometria no nosso dia a dia. Você tem razão, Alec. Há quatro paredes nessa jaula. Agora, se a Inquisidora tivesse feito duas, eu poderia...

— JACE — disse Alec, perdendo a paciência. — Quero dizer que não há telhado na prisão. Nada entre você e o teto.

Jace esticou a cabeça para trás. Os caibros pareciam oscilar vertiginosamente sobre ele, perdidos na sombra.

— Você é louco.

— Talvez — disse Alec. — Ou talvez eu apenas saiba o que você consegue fazer. — Ele deu de ombros. — Você poderia tentar pelo menos.

Jace olhou para Alec — para o rosto despreocupado, sincero, para os olhos azuis firmes. *Ele é louco*, pensou Jace. Era verdade, no calor da luta, ele já havia feito coisas incríveis, mas todos eles já tinham. Sangue de Caçadores de Sombras, anos de treinamento... Mas ele não conseguia saltar 9 metros no ar.

Como você sabe que não consegue, disse uma voz suave na cabeça dele, *se nunca tentou*?

Era a voz de Clary. Ele pensou nela e nos símbolos, na Cidade do Silêncio e na algema se soltando como se tivesse quebrado sob enorme pressão. Ele e Clary partilhavam o mesmo sangue. Se Clary conseguia fazer coisas que não deveriam ser possíveis...

Ele se levantou, quase relutante, e olhou em volta, examinando lentamente a sala. Ainda podia ver os espelhos que iam até o teto e a grande quantidade de armas penduradas nas paredes, com as lâminas brilhando, através da cortina de fogo prateado que o cercava. Ele se curvou e pegou a maçã parcialmente comida do chão; olhou para ela por um instante pensativo, em seguida recolheu o braço e a lançou com o máximo de força possível. A maçã voou pelo ar, atingiu uma parede de prata brilhante e irrompeu em uma coroa de chamas azuis.

Jace ouviu Alec engasgar. Então a Inquisidora *não* estava exagerando. Se ele atingisse uma das paredes da prisão com muita força, morreria.

Alec estava de pé, titubeando repentinamente.

— Jace, não sei...

— Cale a boca, Alec. E não fique me olhando. Não está ajudando.

O que quer que Alec tenha dito em resposta, Jace não ouviu. Ele estava girando no lugar, com os olhos focados nos caibros. Os símbolos que lhe davam visão excepcionalmente longa se ativaram, e os caibros entraram em foco: ele podia ver as pontas lascadas, as espirais e os nós, as manchas pretas decorrentes do tempo. Mas eram sólidos. Sustentavam o teto do Instituto havia centenas de anos. Poderiam aguentar um adolescente. Ele flexionou os dedos, respirando fundo, de forma controlada, exatamente como o pai havia ensinado. Mentalmente se viu saltando, flutuando, agarrando-se a um caibro com graça e se balançando para cima dele. Era leve, disse a si mesmo, leve como uma flecha, e voava facilmente pelo ar, veloz e impossível de deter. Seria fácil, ele disse a si mesmo. Fácil.

— Sou a flecha de Valentim — sussurrou Jace. — Quer ele saiba, quer não.

E pulou.

16

A Pedra do Coração

Clary apertou o botão para ligar de volta para Simon, mas caiu direto na caixa postal. Lágrimas quentes escorreram pela bochecha, e ela jogou o telefone no painel.

— Droga, droga...

— Estamos quase chegando — disse Luke. Eles já tinham saído da via expressa e ela nem sequer notara. Pararam na frente da casa de Simon, uma construção de madeira, de uma família só, cuja frente era pintada de um vermelho alegre. Clary já estava fora do carro, correndo pela calçada da frente antes que Luke tivesse puxado o freio de mão. Ela podia ouvi-lo gritando seu nome enquanto subia os degraus e batia violentamente na porta.

— Simon! — gritou ela. — *Simon!*

— Clary, chega — Luke alcançou-a na varanda frontal. — Os vizinhos...

— Danem-se os vizinhos. — Ela procurou o chaveiro no cinto, encontrou a chave certa e colocou-a na fechadura. Empurrou a porta para abri-la e entrou no corredor, Luke logo atrás. Espiaram pela primeira porta à esquerda, que dava para a cozinha. Tudo parecia exatamente como sempre, desde o balcão meticulosamente limpo até os ímãs de geladeira. Lá estava a pia onde beijara Simon havia apenas alguns dias. A luz do sol brilhava pelas janelas, enchendo o ambiente de um brilho amarelo-claro. Uma luz capaz de transformar Simon em cinzas.

O quarto de Simon era o último no fim do corredor. A porta estava levemente aberta, apesar de Clary não conseguir enxergar nada além de escuridão pela abertura.

Ela tirou a estela do bolso e agarrou-a com força. Sabia que não era uma arma, mas a sensação de segurá-la na mão a acalmava. Dentro, o quarto estava escuro, cortinas pretas cobrindo as janelas; a única luz vinha do relógio digital na mesa de cabeceira. Luke estava esticando a mão para acender a luz quando alguma coisa — alguma coisa que sibilava e rosnava como um demônio — se lançou sobre ele na escuridão.

Clary gritou enquanto Luke a pegava pelos ombros, empurrando-a para o lado. Ela tropeçou e quase caiu; quando se endireitou, virou e viu Luke espantado, segurando um gato branco que miava e não parava de se debater, os pelos inteiramente arrepiados. Parecia uma bola de algodão com garras.

— Yossarian! — exclamou Clary.

Luke largou o gato. Yossarian imediatamente correu entre as pernas dele e desapareceu pelo corredor.

— Gato idiota — disse Clary.

— Não é culpa dele. Os gatos não gostam de mim. — Luke alcançou o interruptor e acendeu a luz. Clary se espantou. O quarto estava completamente arrumado, nada fora do lugar, nem o tapete embolado. Até a colcha estava cuidadosamente dobrada sobre a cama.

— É um feitiço de disfarce?

— Provavelmente não. Provavelmente apenas magia. — Luke foi até o centro do quarto, olhando em volta pensativamente. Enquanto se movia para abrir uma das cortinas, Clary viu alguma coisa brilhando no chão.

— Luke, espere. — Ela foi até onde ele estava e se ajoelhou para pegar o objeto. Era o celular prateado de Simon, completamente destruído, a antena arrancada. Com o coração acelerado, ela abriu o telefone. Apesar da rachadura que se estendia por toda a tela, uma mensagem ainda era visível: *Agora tenho todos eles.*

Clary se deixou afundar na cama, entorpecida. Ao longe, sentiu Luke tirar o telefone de sua mão. Ela o ouviu respirar fundo enquanto lia a mensagem.

— O que isso quer dizer? "Agora tenho todos eles"? — perguntou Clary.

Luke colocou o telefone de Simon na mesa e passou a mão no rosto.

— Temo que signifique que ele está com Simon e, temos que encarar a verdade, com Maia também. Significa que ele tem tudo de que precisa para o Ritual de Conversão.

Clary o encarou.

— Quer dizer que isso não é só para atingir a mim... e a você?

— Tenho certeza de que Valentim encara isso como um efeito colateral agradável, mas não é o objetivo principal. O objetivo principal é reverter as características da Espada da Alma. E para isso ele precisa...

— Do sangue de crianças do Submundo. Mas Maia e Simon não são crianças. São adolescentes.

— Quando aquele feitiço foi criado, o feitiço para transformar a Espada da Alma em escuridão, a palavra "adolescente" nem sequer tinha sido inventada. Na sociedade dos Caçadores de Sombras, você se torna adulto apenas aos 18 anos. Antes disso é uma criança. Para os propósitos do Valentim, Maia e Simon são crianças. Ele já tem o sangue de uma criança fada e o sangue de um feiticeiro criança. Só precisava de um licantrope e um vampiro.

Clary sentiu como se o ar tivesse sido arrancado dela.

— Então por que não fizemos alguma coisa? Por que não pensamos em protegê-los de alguma forma?

— Até agora Valentim fez o que era conveniente. Nenhuma das vítimas foi escolhida por um motivo além de estarem disponíveis. O feiticeiro foi fácil de encontrar; tudo que o Valentim precisou fazer foi contratá-lo sob o pretexto de querer invocar um demônio. É bastante fácil encontrar fadas no parque se souber onde procurar. E o Hunter's Moon é exatamente o lugar para onde se deve ir se quiser encontrar um lobisomem. Se submeter a esse perigo extra só para nos atacar quando nada mudou...

— Jace — disse Clary.

— O que quer dizer com Jace? O que tem ele?

— Acho que é Jace que ele quer atingir. Jace deve ter feito alguma coisa ontem à noite no barco, alguma coisa que deve ter irritado o Valentim seriamente. Irritado o bastante para que ele abandonasse qualquer que fosse o plano de antes e bolasse um novo.

Luke parecia espantado.

— O que a faz pensar que a mudança de planos do Valentim teve alguma coisa a ver com o seu irmão?

— Porque — disse Clary com total certeza — só Jace pode irritar alguém *tanto* assim.

— Isabelle! — Alec bateu na porta da irmã. — Isabelle, abra a porta. Sei que você está aí.

Uma fresta da porta se abriu. Alec tentou espiar por ela, mas não parecia haver ninguém do outro lado.

— Ela não quer falar com você — disse uma voz conhecida.

Alec olhou para baixo e viu olhos cinzentos encarando-o por trás de um par de óculos.

— Max — disse ele. — Vamos, maninho, me deixe entrar.

— Eu também não quero falar com você. — Max começou a empurrar a porta para fechá-la, mas Alec, rápido como o chicote de Isabelle, colocou o pé na abertura.

— Não me faça derrubá-lo, Max.

— Você não faria isso. — Max empurrou com toda a força.

— Não, mas eu poderia chamar os nossos pais, e tenho a impressão de que a Isabelle não quer isso. Quer, Izzy? — perguntou, levantando a voz o suficiente para que a irmã, que estava dentro do quarto, ouvisse.

— Ah, pelo amor de Deus. — Isabelle parecia furiosa. — Tudo bem, Max, deixe ele entrar.

Max se afastou e Alec entrou, deixando que a porta se fechasse atrás dele. Isabelle estava ajoelhada na abertura da janela ao lado da cama, com o chicote dourado enrolado no braço esquerdo. Vestia roupa de caça, as calças pretas e a saia justa com símbolos prateados quase invisíveis. As botas estavam abotoadas até os joelhos, e o cabelo balançava à brisa que entrava pela janela aberta. Ela olhou para ele, por um instante não lembrando ninguém além de Hugo, o corvo preto de Hodge.

— Que diabos você está fazendo? Tentando se matar? — ele perguntou, dando passos furiosos até a irmã.

O chicote dela se lançou, enrolando-se nos tornozelos dele. Alec parou onde estava, sabendo que com um único giro de pulso Isabelle poderia arrancá-lo de onde estava e fazê-lo aterrissar no chão de madeira.

— Não se aproxime nem mais um passo, Alexander Lightwood — disse ela com sua voz mais furiosa. — Não estou me sentindo muito caridosa em relação a você neste momento.

— Isabelle...

— Como você pôde trair o Jace daquele jeito? Depois de tudo que ele passou? Você também fez aquele juramento de cuidarmos uns dos outros...

— Não — ele fez questão de lembrá-la — se significasse violar a Lei.

— A *Lei*! — Isabelle irritou-se. — Existe uma lei maior que a Clave, Alec. A lei da família. Jace é sua família.

— A lei da família? Nunca ouvi falar nela antes — disse Alec, aborrecido. Ele sabia que deveria estar se defendendo, mas era difícil não se distrair pelo hábito constante de corrigir irmãos menores quando estão errados. — Talvez seja porque você acabou de inventar.

Isabelle mexeu o pulso. Alec sentiu os pés saírem de baixo dele e girou para absorver o impacto da queda com as mãos e os pulsos. Caiu, rolou de costas e levantou os olhos para ver Isabelle sobre ele. Max estava ao lado dela.

— O que devemos fazer com ele, Maxwell? — perguntou Isabelle. — Deixá-lo amarrado para os nossos pais o encontrarem?

Alec já estava de saco cheio. Ele tirou uma lâmina da bainha no pulso, girou e cortou o chicote que o envolvia pelos tornozelos. O fio de electrum se partiu com um estalo e ele se levantou enquanto Isabelle recolhia o braço, o fio sibilando ao redor.

Um riso baixo quebrou a tensão.

— Tudo bem, tudo bem, você já o torturou bastante. Estou aqui.

Isabelle arregalou os olhos.

— Jace!

— O próprio. — Jace entrou no quarto de Isabelle, fechando a porta atrás de si. — Vocês dois não precisam brigar... — Ele franziu o cenho quando Max pulou para ele, gritando seu nome. — Cuidado — disse, soltando o menino gentilmente. — Não estou na minha melhor forma.

— Estou vendo — disse Isabelle, examinando-o ansiosamente com os olhos. Ele estava com os pulsos ensanguentados, os cabelos claros grudados de suor no pescoço e na testa, o rosto e as mãos manchados de sujeira e sangue. — A Inquisidora machucou você?

— Não muito. — Os olhos de Jace encontraram os de Alec do outro lado do quarto. — Ela só me trancou na galeria de armas. O Alec me ajudou a sair.

O chicote murchou como uma flor na mão de Isabelle.

— Alec, isso é verdade?

— É. — Alec esfregou a sujeira das roupas com exagero deliberado. Não pôde resistir a acrescentar: — Viu só?

— Bem, você deveria ter *dito*.

— E você deveria ter confiado em mim...

— Chega. Não temos tempo para brigas — disse Jace. — Isabelle, que tipo de armas você tem aqui? E curativos, algum curativo?

— Curativos? — Isabelle deixou o chicote de lado e tirou a estela da gaveta. — Posso curá-lo com um *iratze*...

Jace ergueu os pulsos.

— Um *iratze* seria bom para os meus machucados, mas não ajudaria em nada com isso. São queimaduras de símbolos. — Pareciam ainda piores sob a luz clara do quarto de Isabelle; as cicatrizes circulares eram pretas e rachadas em alguns pontos, de onde fluía um sangue claro. Ele abaixou as mãos enquanto Isabelle empalidecia. — E eu vou precisar de algumas armas também antes de...

— Curativos primeiro. Armas depois. — Ela colocou a estela em cima da cômoda e conduziu Jace para o banheiro com uma porção de pomadas, gazes e ataduras. Alec os observou pela porta entreaberta, Jace apoiado na pia enquanto a irmã adotiva lavava seus pulsos e os enrolava em gaze branca. — Pronto, agora tire a camisa.

— Sabia que você tinha algum interesse na situação. — Jace tirou o casaco e puxou a camiseta pela cabeça, franzindo o rosto. A pele encobria músculos tensos. Marcas pretas giravam pelos braços. Um mundano poderia achar que as cicatrizes brancas, resquícios de símbolos, o deixavam imperfeito, mas Alec não. Todos eles tinham aquelas cicatrizes; eram distintivos de honra, não defeitos.

— Alec, você pode pegar o telefone? — disse Jace, ao vê-lo assistindo pela porta entreaberta.

— Está na cômoda. — Isabelle não levantou o olhar. Ela e Jace estavam conversando em voz baixa; Alec não conseguia ouvi-los, mas suspeitava que não quisessem assustar Max.

Alec olhou.

— *Não* está na cômoda.

Enquanto desenhava um *iratze* nas costas de Jace, Isabelle praguejou irritada:

— Inferno. Deixei o telefone na cozinha. Droga, não quero procurar, caso a Inquisidora esteja por aí.

— Eu pego — ofereceu-se Max. — Ela não se importa comigo, sou novo demais.

— Talvez — Isabelle parecia relutante. — Para que você precisa do telefone, Alec?

— Nós apenas precisamos — disse Alec, impaciente. — Izzy...

— Se for para mandar uma mensagem para o Magnus dizendo “Te acho legal”, vou te matar.

— Quem é Magnus? — perguntou Max.

— É um feiticeiro — disse Alec.

— Um feiticeiro muito, muito sexy — disse Isabelle a Max, ignorando o ar de fúria de Alec.

— Mas feiticeiros são maus — protestou Max, parecendo espantado.

— Exatamente — disse Isabelle.

— Não entendi — disse Max. — Mas vou buscar o telefone. Já volto.

Ele saiu pela porta enquanto Jace vestia a camisa e o casaco novamente e entrava no quarto, onde começou a procurar armas nas pilhas dos pertences de Isabelle, que estavam embolados no chão.

— Qual é o plano agora? Vamos todos fugir? A Inquisidora vai ter um ataque quando perceber que você não está mais lá.

— Não tanto quanto vai ter quando o Valentim a ignorar. — De forma concisa, Jace delineou o plano da Inquisidora. — O único problema é que ele nunca vai aceitar.

— O... *único* problema? — Isabelle estava tão furiosa que estava quase gaguejando, algo que não fazia desde os 6 anos de idade. — Ela não pode fazer isso! Não pode simplesmente trocar você com um psicopata. Você é membro da Clave! Você é nosso *irmão*!

— A Inquisidora não pensa assim.

— Não ligo para o que ela pensa. Ela é uma vaca nojenta e *tem* que ser impedida.

— Quando descobrir que o plano é seriamente falho, pode ser que caia em si — observou Jace. — Mas não vou ficar aqui para descobrir. Vou dar o fora.

— Não vai ser fácil — disse Alec. — A Inquisidora trancou esse lugar com mais força do que um pentagrama. Sabia que está cheio de guardas lá embaixo? Ela convocou metade do Conclave.

— Deve ter uma ótima opinião ao meu respeito — disse Jace, empurrando uma pilha de revistas.

— Talvez não esteja enganada. — Isabelle olhou pensativa para ele. — Você realmente saltou 9 metros do chão sobre uma Configuração Malaquias? Ele pulou, Alec?

— Pulou — confirmou ele. — Nunca vi nada igual.

— Eu nunca vi nada igual a *isso*. — Jace levantou uma adaga de 25 centímetros do chão. Um dos sutiãs cor-de-rosa de Isabelle estava preso na ponta afiada. Isabelle o pegou de volta com uma careta.

— A questão não é essa. Como foi que você *fez*? Sabe?

— Eu pulei. — Jace tirou dois discos giratórios de baixo da cama. Estavam cobertos de pelo cinza de gato. Ele os soprou, espalhando pelos. — *Chakhrams*. Legal. Principalmente se eu encontrar algum demônio com alergia a pelo de gato.

Isabelle jogou o sutiã nele.

— Você não está me respondendo!

— Porque eu não sei, Izzy. — Jace se levantou. — Talvez a rainha Seelie tenha razão. Talvez eu tenha poderes que nem sequer sei que existem, pois nunca os testei. Clary com certeza tem.

Isabelle franziu a testa.

— Ela tem?

Os olhos de Alec se arregalaram.

— Jace... aquela moto vampiresca que você tem ainda está no telhado?

— Possivelmente. Mas ainda é dia, então não serve para muita coisa.

— Além disso — disse Isabelle —, não cabemos todos nela.

Jace colocou os *chakhrams* no cinto, junto com a adaga de 25 centímetros. Várias lâminas angelicais foram para os bolsos do casaco.

— Não importa — disse ele. — Vocês não vão comigo.

Isabelle falou atabalhoada.

— Como assim, não... — Ela se interrompeu quando Max voltou, arfando, com o telefone rosa nas mãos. — Max, você é um herói. — Ela arrancou o telefone dele, dirigindo um olhar a Jace. — Já falo com você em um minuto. Enquanto isso, para quem vamos ligar? Para a Clary?

— Eu ligo... — começou Alec.

— Não. — Isabelle afastou a mão dele. — Ela gosta mais de mim. — Ela já estava discando; pôs a língua para fora enquanto levava o telefone ao ouvido. — Clary? É a Isabelle. Eu... *o quê*? — A cor no rosto dela desapareceu como se tivesse sido apagada, deixando-a cinza e com os olhos vidrados. — Como isso é possível? Mas por quê?

— Como o que é possível? — Jace estava ao lado dela em dois passos. — Isabelle, o que aconteceu? Clary...

Isabelle tirou o telefone do ouvido, os nós dos dedos brancos.

— Valentim. Ele pegou Simon e Maia. Vai usá-los para completar o Ritual.

Com um movimento suave, Jace se esticou e tirou o telefone da mão de Isabelle. Colocou-o ao próprio ouvido.

— Venha até o Instituto — disse. — Não entre. Espere por mim. Encontro você lá fora. — Ele fechou o telefone e o entregou a Alec. — Ligue para o Magnus — disse. — Diga a ele para nos encontrar na margem do rio no Brooklyn. Ele pode escolher o lugar, mas tem que ser deserto. Vamos precisar da ajuda dele para chegar ao barco do Valentim.

— Nós? — Isabelle se alegrou visivelmente.

— Magnus, Luke e eu — esclareceu Jace. — Vocês dois ficam para lidar com a Inquisidora. Quando Valentim não cumprir com a parte do acordo, são vocês que vão ter que convencê-la a mandar todos os reforços do Conclave no encalço dele.

— Não entendo — disse Alec. — E como você pretende sair daqui?

Jace sorriu.

— Observe — disse e pulou no parapeito da janela de Isabelle. Isabelle gritou, mas Jace já estava abaixando a cabeça para passar pela abertura. Ele balançou por um instante do lado de fora do parapeito e em seguida não estava mais lá.

Alec correu para a janela e olhou horrorizado, mas não havia nada para ver: apenas o jardim do Instituto muito abaixo, marrom e vazio, e a trilha estreita que passava pela porta da frente. Não havia pedestres gritando na 96th, e nenhum carro parou ao ver um menino caindo. Era como se Jace tivesse desaparecido no ar.

O som da água o acordou. Era um ruído forte e repetitivo — água batendo contra algo sólido, sem parar, como se ele estivesse deitado na base de uma piscina que se esvaziava e se enchia rapidamente. Tinha um gosto metálico na boca e sentia cheiro de metal por toda a parte. Sentia uma dor persistente e irritante na mão esquerda. Com um grunhido, Simon abriu os olhos.

Estava deitado em um chão duro e desigual de metal, pintado com um tom feio de cinza esverdeado. As paredes eram do mesmo metal verde. Havia uma única janela redonda no alto de uma parede, que permitia uma entrada bastante limitada de luz do sol, mas era o suficiente. Ele estava deitado com a mão no caminho da luz e seus dedos estavam vermelhos e cheios de bolhas. Com outro grunhido, ele rolou para longe da luz e sentou.

Percebeu que não estava sozinho ali. Apesar de as sombras serem densas, ele enxergava bem no escuro. Diante dele, com as mãos atadas e acorrentadas a um cano, estava Maia, com as roupas rasgadas e um hematoma enorme na bochecha esquerda. Ele podia ver onde as tranças tinham sido arrancadas em um dos lados da cabeça, o cabelo sujo de sangue. Assim que ele se sentou, ela o encarou e imediatamente começou a chorar.

— Pensei — ela soluçou entre choramingos — que você... estivesse morto.

— *Estou* morto — disse Simon. Ele estava olhando para a mão. Enquanto observava, as bolhas diminuíram, a dor foi passando e a pele voltou ao normal.

— Eu sei, mas quis dizer... morto morto. — Ela limpou o rosto com as mãos atadas. Simon tentou se mover em direção a ela, mas alguma coisa o conteve. Uma algema de metal no tornozelo fincada no chão. Valentim não estava disposto a correr riscos.

— Não chore — disse ele, e imediatamente se arrependeu. Não era como se a situação não exigisse lágrimas. — Estou bem.

— Por enquanto — disse Maia, esfregando o rosto molhado na manga. — Aquele homem, o de cabelo branco, o nome dele é Valentim?

— Você o viu? — disse Simon. — Eu não vi nada. Só a porta do meu quarto explodindo e uma figura enorme que me atropelou como um trem.

— Ele é *o* Valentim, certo? De quem todo mundo fala. O que deu início à Ascensão.

— Ele é o pai da Clary e do Jace — disse Simon. — É tudo que sei.

— Achei que a voz dele soava familiar. Ele fala exatamente como o Jace. — Ela parecia levemente pesarosa. — Não é a toa que o Jace é tão babaca.

Simon só podia concordar.

— Então você não... — Maia se interrompeu. Tentou novamente. — Ouça, sei que isso soa estranho, mas quando Valentim foi buscá-lo, você viu alguém conhecido com ele, alguém que já está morto? Como um fantasma?

Simon balançou a cabeça, espantado.

— Não. Por quê?

Maia hesitou.

— Eu vi o meu irmão. O fantasma do meu irmão. Acho que o Valentim estava me fazendo ter alucinações.

— Bem, ele não tentou nada disso comigo. Eu estava ao telefone com Clary. Lembro de ser derrubado quando a figura avançou até mim... — Ele deu de ombros. — Só isso.

— Com Clary? — Maia parecia quase esperançosa. — Então talvez descubram onde nós estamos. Talvez venham atrás de nós.

— Talvez — disse Simon. — Mas onde nós estamos afinal?

— Em um navio. Eu ainda estava consciente quando me trouxeram. É uma coisa de metal gigantesca. Não tem luzes e há... *coisas* por todos os lados. Uma delas pulou em cima de mim e eu comecei a gritar. Foi então que ele pegou a minha cabeça e bateu com ela na parede. Desmaiei pouco depois.

— Coisas? Como assim, coisas?

— Demônios — disse ela e deu de ombros. — Ele tem todos os tipos de demônios aqui: grandes, pequenos, alados. Fazem tudo que ele manda.

— Mas Valentim é um Caçador de Sombras. E, até onde sei, *odeia* demônios.

— Bem, os demônios não parecem cientes disso — disse Maia. — O que eu não entendo é o que ele pode querer conosco. Sei que detesta todos do Submundo, mas parece um pouco de excesso de esforço para matar dois. — Ela começou a tremer, batendo os dentes como se fosse um brinquedo de criança. — Ele deve estar querendo alguma coisa dos Caçadores de Sombras. Ou do Luke.

Eu sei o que ele quer, pensou Simon, mas não adiantava nada contar para Maia; ela já estava abalada o suficiente. Ele tirou o casaco com um movimento de ombros.

— Toma — disse e lançou-o através da sala para ela.

Girando as algemas, ela conseguiu colocá-lo desajeitadamente pelos ombros. Deu um sorriso abatido, porém agradecido.

— Obrigada. Mas você não está com frio?

Simon balançou a cabeça. A queimadura na mão já não estava lá.

— Não sinto frio. Não mais.

Ela abriu a boca e fechou novamente. Uma luta se passava por trás de seus olhos.

— Sinto muito por ter reagido a você daquela forma ontem. — Ela fez uma pausa, quase prendendo a respiração. — Morro de medo de vampiros — sussurrou afinal. — Quando vim para a cidade, havia um bando com o qual eu andava, o Morcego e dois outros meninos, Steve e Gregg. Estávamos no parque uma vez e encontramos uns vampiros chupando sacos de sangue embaixo de uma ponte. Houve uma briga e basicamente me lembro de um deles pegando o Gregg e simplesmente rasgando-o em dois... — A voz dela se elevou, e ela pôs a mão na boca. Estava tremendo. — Em dois — sussurrou. — Todas as entranhas dele saíram. E depois eles começaram a comer.

Simon sentiu uma pontada de nojo dominá-lo. Ficou quase feliz por sentir repulsa ao ouvir a história, e não outra coisa. Tipo fome.

— Eu não faria isso — disse ele. — Gosto de lobisomens. Gosto do Luke...

— Sei que gosta. É que quando o conheci você parecia tão *humano*. Fez com que eu me lembrasse de como eu era antes.

— Maia — disse Simon. — Você ainda é humana.

— Não, não sou.

— Das maneiras que importam, é sim. Assim como eu.

Ela tentou sorrir. Ele podia perceber que ela não acreditava nele, e não podia culpá-la. Não tinha certeza se ele próprio acreditava em si mesmo.

O céu tinha se tornado metálico como uma arma, denso com nuvens pesadas. À luz cinzenta o Instituto se erguia, enorme como a lateral de uma montanha chapada. O telhado angular brilhava como prata não polida. Clary pensou que tivesse visto criaturas encapuzadas se movendo perto da porta da frente, mas não tinha certeza. Era difícil perceber qualquer coisa com clareza quando estavam estacionados a um quarteirão de distância, espiando por frestas na caminhonete de Luke.

— Quanto tempo já passou? — perguntou ela; não tinha certeza se pela quarta ou quinta vez.

— Cinco minutos desde a última vez que perguntou — disse Luke. Ele estava apoiado no banco, com a cabeça para trás, parecendo completamente exausto. A barba fina que cobria o queixo e a bochecha era cinza prateada e havia bolsas escuras de sombras sob os olhos dele. Todas aquelas noites no hospital, o ataque demoníaco e agora isso, pensou Clary, repentinamente preocupada. Ela podia perceber por que ele e a mãe tinham escondido essa vida por tanto tempo. Ela própria gostaria de se esconder dela mesma.

— Quer entrar?

— Não. Jace disse para esperarmos. — Ela espiou novamente pela janela. Agora tinha certeza que havia cinco figuras na entrada. Quando uma delas se virou, Clary pensou ter visto um flash de cabelo prateado...

— Veja. — Luke estava sentado ereto, abrindo a janela precipitadamente.

Clary olhou. Nada parecia ter mudado.

— Você está falando das pessoas na entrada?

— Não. Os guardas já estavam ali antes. Veja no telhado. — Ele apontou.

Clary pressionou o rosto contra a janela da caminhonete. O telhado da catedral era um tumulto de torres e pináculos góticos, anjos esculpidos e vãos arqueados. Ela estava prestes a dizer, irritada, que não estava vendo nada além de algumas gárgulas velhas, quando um flash de movimento chamou sua atenção. Havia alguém no telhado. Uma figura escura e esguia, movimentando-se graciosamente entre as torres, saltando de uma para a outra e caindo para descer aquele teto impossivelmente íngreme — alguém de cabelos claros que brilhavam como bronze...

Jace.

Clary estava fora da caminhonete antes de perceber o que estava fazendo, correndo pela rua em direção à igreja, Luke gritando atrás dela. O edifício enorme parecia se mover acima, muito alto, um penhasco de pedra. Jace estava na ponta do telhado agora, olhando para baixo, e Clary pensou, *não pode ser, ele não faria isso, não o Jace*, e em seguida ele saltou do telhado para o ar, tão calmamente quanto se estivesse descendo uma varanda. Clary berrou alto enquanto ele caía como uma pedra...

E aterrissava com leveza exatamente na frente dela. Clary o encarou boquiaberta enquanto ele se levantava e sorria para ela.

— Se eu fizer alguma piadinha sobre aparecer sem avisar — disse ele —, você vai achar que é um clichê?

— Como... como você... como você *fez isso*? — sussurrou ela, sentindo como se estivesse prestes a vomitar. Ela podia ver Luke fora da picape, com as mãos atrás da cabeça, olhando para além dela. Clary girou para ver os dois guardas da porta da frente correndo em direção a eles. Um deles era Malik; a outra era a mulher de cabelo prateado.

— Droga. — Jace agarrou a mão dela e a puxou atrás dele. Eles correram em direção à caminhonete e entraram ao lado de Luke, que ligou o motor e decolou com a porta do lado do carona ainda aberta. Jace se esticou por cima de Clary e a fechou com força. A picape passou pelos dois Caçadores de Sombras. Malik, Clary viu, tinha o que parecia uma faca de arremesso na mão. Ele estava mirando em um dos pneus. Ela ouviu Jace xingando enquanto procurava uma arma no casaco. Malik retraiu o braço, a lâmina brilhando, e a mulher de cabelos prateados se jogou nas costas dele, agarrando-lhe o braço. Ele tentou se desvencilhar dela, Clary se virou no assento, engasgando, em seguida a caminhonete dobrou a esquina e se perdeu no trânsito da York Avenue, o Instituto ficando para trás a distância.

Maia havia caído em um cochilo irregular encostada no cano de vapor, com o casaco de Simon nos ombros. Simon observava a luz da fresta passear pelo local onde estava e tentava calcular a hora, em vão. Ele geralmente via as horas pelo telefone celular, mas não o tinha mais — procurou nos bolsos à toa. Devia ter deixado cair quando Valentim entrou no quarto.

Mas tinha problemas maiores. Estava com a boca seca e parecendo papel, a garganta doendo. Sentia sede de uma forma como se toda a sede e a fome que já havia conhecido tivessem se misturado em uma espécie de tortura incrível. E só ia piorar.

Era de sangue que ele precisava. Pensou no sangue na geladeira ao lado da cama em casa, e suas veias queimaram como fios elétricos passando sob a pele.

— Simon? — Era Maia, levantando a cabeça um pouco grogue. Ela estava com a bochecha marcada com entalhes brancos onde tinha ficado apoiada no cano. Enquanto ele assistia, o branco se tornou rosa conforme o sangue voltava ao rosto.

Sangue. Ele passou a língua seca nos lábios.

— Oi?

— Por quanto tempo dormi?

— Três horas. Talvez quatro. Já deve ser tarde agora.

— Ah. Obrigada por ficar de olho.

Não era o que tinha feito.

— Imagina. Sem problemas. — Sentiu-se vagamente envergonhado ao dizê-lo.

— Simon...

— Oi?

— Espero que entenda o que eu quero dizer: sinto muito que esteja aqui, mas estou feliz por estar comigo.

Ele sentiu um sorriso se formando no rosto. O lábio inferior seco rachou e ele sentiu gosto de sangue na boca. Seu estômago roncou.

— Obrigado.

Ela se inclinou em direção a ele, e o casaco escorregou dos ombros. Tinha olhos âmbar acinzentados que mudavam enquanto ela se movia.

— Consegue me alcançar? — ela perguntou, esticando a mão.

Simon se esticou para ela. A corrente que o prendia pelo pé bateu enquanto ele esticava a mão o máximo que podia. Maia sorriu quando os dedos se tocaram...

— Que gracinha. — Simon recolheu a mão, olhando fixamente. A voz que havia falado das sombras era fria, culta, vagamente estrangeira de uma maneira que ele não conseguia classificar. Maia deixou cair a mão e se virou, empalidecendo enquanto olhava para o homem na entrada. O sujeito havia entrado tão silenciosamente que nenhum dos dois escutara. — As crianças da Lua e da Noite se entendendo, afinal.

— Valentim — sussurrou Maia.

Simon não disse nada. Não conseguia parar de olhar. Então aquele era o pai de Clary e Jace. Com aquele cabelo branco prateado e os olhos pretos ardentes, não se parecia muito com nenhum dos dois, apesar de haver algo de Clary naquela estrutura óssea pronunciada e no formato dos olhos, e algo de Jace na insolência com que se movia. Era um homem grande, de ombros largos, com um corpo pesado que não lembrava nenhum dos filhos. Entrou na sala de metal verde como um gato, apesar de trazer consigo o peso do que pareciam armas suficientes para equipar um pelotão. Alças espessas de couro com fivelas de prata cruzavam o peito, sustentando uma espada prateada com cabo largo nas costas. Em volta da cintura havia outra alça grossa na qual havia diversas facas de açougueiro, adagas e lâminas estreitas brilhantes como agulhas enormes.

— Levante-se — disse ele para Simon. — Mantenha as costas na parede.

Simon ergueu o queixo. Podia ver que Maia olhava para ele, pálida e assustada, e sentiu uma onda feroz de senso de proteção. Ele impediria Valentim de machucar Maia mesmo que fosse a última coisa que fizesse na vida.

— Então você é o pai de Clary — disse. — Sem querer ofender, mas dá para perceber por que ela o odeia.

O rosto de Valentim ficou impassível, quase petrificado. Seus lábios mal se moveram quando ele falou.

— E por que ela me odeia?

— Porque — respondeu Simon — você é obviamente psicótico.

Então Valentim sorriu. Um sorriso que não moveu nenhuma parte do rosto além dos lábios, que apenas se contraíram levemente. Então ele ergueu o punho. Estava cerrado; por um instante Simon pensou que Valentim fosse atacá-lo e se retraiu reflexivamente. Mas Valentim não desferiu um soco. Em vez disso, abriu os dedos, revelando o que parecia uma pilha de purpurina no centro da mão. Virando-se em direção a Maia, ele abaixou a cabeça e soprou o pó nela, em uma paródia grotesca de um beijo soprado. O pó se estabilizou em volta dela como um enxame de abelhas brilhantes.

Maia gritou. Engasgando e se debatendo furiosamente, foi de um lado para o outro como se pudesse se livrar do pó girando, a voz se transformando em um grito lamentoso.

— O que você fez com ela? — gritou Simon, levantando de um salto. Ele correu em direção a Valentim, mas a corrente na perna o segurou. — *O que você fez*?

O sorriso fino de Valentim se alargou.

— Pó de prata — disse. — Queima licantropes.

Maia havia parado de se contorcer e estava curvada em posição fetal no chão, choramingando. Sangue corria de feridas vermelhas horríveis nas mãos e nos braços dela. O estômago de Simon revirou enquanto ele caía contra a parede, enojado consigo mesmo, com tudo.

— Desgraçado — disse enquanto Valentim tirava o resto do pó dos dedos. — Ela é só uma menina, não ia machucá-lo, está *acorrentada*, pelo...

Ele engasgou, a garganta queimando.

Valentim riu.

— Pelo amor de Deus? — provocou ele. — Era isso que você ia dizer?

Simon não disse nada. Valentim esticou o braço por cima do ombro e sacou a pesada Espada de prata das costas. A luz era refletida pela lâmina como água caindo de uma parede de prata brilhante, como se a própria luz do sol se refratasse. Os olhos de Simon queimaram e ele virou a cara.

— A lâmina do Anjo o queima, assim como o nome de Deus o faz engasgar — disse Valentim, a voz fria afiada como cristal. — Dizem que aqueles que morrem por sua ponta chegam aos portões do céu. Nesse caso, morto-vivo, estou lhe fazendo um favor. — Ele abaixou a lâmina de modo que a ponta tocou a garganta de Simon. Os olhos de Valentim pareciam água escura e não havia nada neles: nenhuma raiva, nenhuma compaixão, nem sequer ódio. Eram vazios como uma cova. — Alguma última palavra?

Simon sabia o que devia dizer. *Sh'ma Yisrael, adonai elohanu, adonai echod*. Ouvi, oh, Israel, o Senhor nosso Deus, o Senhor é Único. Tentou proferir as palavras, mas uma dor profunda lhe queimou a garganta.

— *Clary* — foi o que sussurrou no lugar.

Uma expressão de irritação passou pelo rosto de Valentim, como se o som do nome da filha na boca de um vampiro o desagradasse. Com um simples giro de pulso, ele endireitou a Espada e golpeou com um único gesto suave a garganta de Simon.

17

A Leste do Éden

— Como você fez aquilo? — Clary perguntou enquanto a picape acelerava, Luke curvado sobre o volante.

— Como eu subi no telhado? — Jace estava encostado no assento, com os olhos semicerrados. Havia ataduras brancas ao redor dos pulsos e manchas de sangue seco na cabeça. — Primeiro saí pela janela do quarto da Isabelle e escalei a parede. Há muitas gárgulas que servem de apoio. Além disso, gostaria de informá-los de que a minha moto não está mais onde eu a deixei. Aposto que a Inquisidora a levou para um passeio por Hoboken.

— *Eu quis dizer* como você saltou do telhado da catedral e não morreu?

— Não sei. — O braço dele roçou no dela enquanto ele levantava as mãos para esfregar os olhos. — Como você criou aquele símbolo?

— Também não sei — sussurrou ela. — A rainha Seelie tinha razão, não tinha? Valentim, ele... ele *fez* coisas conosco. — Ela olhou para Luke, que fingia estar totalmente concentrado em virar à esquerda. — Não fez?

— Não é hora de falar sobre isso — disse Luke. — Jace, você tinha algum destino específico em mente ou só queria se afastar do Instituto?

— O Valentim levou Maia e Simon para o navio para executar o Ritual. Ele vai querer fazê-lo o mais rápido possível. — Jace estava puxando uma das ataduras do pulso. — Tenho que ir até lá e impedi-lo.

— Não — Luke disse sem deixar margem para dúvidas.

— Tudo bem, *nós* temos que ir até lá e impedi-lo.

— Jace, não vou permitir que você volte àquela embarcação. É perigoso demais.

— Você viu o que eu acabei de fazer — disse Jace, a voz carregada de incredulidade — e está preocupado comigo?

— Estou preocupado com você.

— Não temos tempo para isso. Depois que o meu pai matar os seus amigos, ele vai convocar um exército de demônios que você nem pode imaginar. Depois *disso*, será impossível contê-lo.

— Então a Clave...

— A Inquisidora não vai fazer nada — disse Jace. — Ela bloqueou o acesso dos Lightwood à Clave. Não quis convocar reforços, nem quando eu disse a ela o que o Valentim planeja. Está obcecada com um plano insano que bolou.

— Que plano? — perguntou Clary.

A voz de Jace era amarga.

— Ela queria me trocar com o meu pai pelos Instrumentos Mortais. Eu disse a ela que Valentim jamais aceitaria, mas ela não acreditou. — Ele riu, uma risada mordaz e curta. — Isabelle e Alec vão contar a ela o que aconteceu com Simon e Maia, mas não estou muito otimista. Ela não acredita no que eu disse sobre Valentim e não vai querer desistir do plano só para salvar dois seres do Submundo.

— Não podemos simplesmente esperar para termos notícias deles, de qualquer forma — disse Clary. — Temos que ir para o navio agora. Se você puder nos levar até lá...

— Detesto ter que dizer isso, mas precisamos de um barco para chegarmos ao outro — disse Luke. — Acho que nem mesmo Jace pode andar sobre a água.

Naquele instante o telefone de Clary tremeu. Era uma mensagem de texto de Isabelle. Clary franziu o cenho.

— É um endereço. Perto da margem do rio.

Jace olhou por cima do ombro dela.

— É para lá que temos que ir para encontrar Magnus. — Ele leu o endereço para Luke, que, irritado, fez um retorno proibido e voltou para a direção sul. — Magnus vai nos ajudar a atravessar a água — explicou Jace. — O navio está cercado por barreiras protetoras. Antes eu consegui entrar porque o meu pai queria que eu entrasse. Dessa vez não vai querer. Precisaremos do Magnus para lidar com as barreiras.

— Não estou gostando nada disso. — Luke tamborilou os dedos no volante. — Acho que eu deveria ir, e vocês dois deveriam ficar com Magnus.

Os olhos de Jace brilharam.

— Não, tem que ser eu.

— Por quê? — perguntou Clary.

— Porque Valentim está usando um demônio do medo — explicou Jace. — Foi assim que ele conseguiu matar os Irmãos do Silêncio. Foi o que aniquilou o feiticeiro, o lobisomem no beco atrás do Hunter's Moon, e provavelmente o que matou o menino fada no parque. E é a razão pela qual os Irmãos do Silêncio tinham aquelas expressões. Aquelas expressões de pavor. Literalmente morreram de medo.

— Mas o sangue...

— Ele drenou o sangue depois. E no beco foi interrompido por um dos licantropes. Por isso não teve tempo suficiente para pegar o sangue de que precisava. E por isso ainda precisa da Maia. — Jace passou a mão pelo cabelo. — Ninguém suporta um demônio do medo. Ele entra na cabeça e destrói a mente da pessoa.

— Agramon — disse Luke, que estivera em silêncio, olhando através do para-brisa. O rosto dele estava sombrio e atormentado.

— É, foi assim que Valentim o chamou.

— Ele não é um demônio do medo. Ele é *o* demônio do medo. O Demônio do Medo. Como Valentim conseguiu invocar Agramon? Até um feiticeiro teria dificuldades de controlar um Demônio Maior, e *fora* do pentagrama... — Luke respirou fundo. — Foi assim que o menino feiticeiro morreu, não foi? Invocando Agramon?

Jace fez que sim com a cabeça e explicou rapidamente o truque que Valentim tinha usado com Elias.

— O Cálice Mortal — concluiu — permite que ele controle Agramon. Aparentemente confere a ele alguma espécie de poder sobre demônios. Mas não com a Espada.

— Agora estou menos inclinado ainda a deixá-lo ir — disse Luke. — É um Demônio Maior, Jace. Seriam necessários todos os Caçadores de Sombras da cidade para lidar com ele.

— Eu sei que é um Demônio Maior. Mas a arma dele é o medo. Se Clary conseguir colocar o símbolo do Destemor em mim, posso derrotá-lo. Ou pelo menos tentar.

— Não! — protestou Clary. — Não quero que a sua segurança dependa de um dos meus símbolos estúpidos. E se não funcionar?

— Já funcionou — disse Jace enquanto saíam da ponte e voltavam para o Brooklyn. Estavam passando pela estreita Van Brunt Street, entre fábricas altas de tijolos cujas janelas e portas trancadas com cadeados não ofereciam a menor pista quanto ao que havia dentro. A distância, a água do rio brilhava entre os prédios.

— E se dessa vez eu errar?

Jace virou a cabeça para ela e por um instante seus olhares se encontraram. O dele era o dourado distante do sol.

— Não vai errar — disse ele.

— Tem certeza quanto a esse endereço? — perguntou Luke, parando a picape lentamente. — Magnus não está aqui.

Clary olhou em volta. Eles estavam diante de uma fábrica grande, que aparentava ter sido destruída por um terrível incêndio. As paredes ocas de tijolo e gesso ainda estavam de pé, mas estruturas metálicas despontavam através delas, curvadas e manchadas de queimaduras. Ao longe, Clary podia ver o distrito financeiro de Manhattan, e a corcunda preta da Governors Island, mais distante no mar.

— Ele vai vir — disse ela. — Se disse a Alec que vinha, vai vir.

Eles desceram da caminhonete. Apesar de a fábrica ficar em uma rua ladeada de prédios semelhantes, estava quieta mesmo para um domingo. Não havia ninguém ao redor, e nenhum dos sons de comércio — caminhões recuando, homens gritando — que Clary associava aos distritos de armazéns. Em vez disso havia silêncio, uma brisa suave vinda do rio e o choro de pássaros marinhos. Clary vestiu o capuz, puxou o zíper do casaco e estremeceu.

Luke fechou a porta da picape e ofereceu a Clary um par de grossas luvas de lã. Ela as colocou e agitou os dedos. Eram tão grandes que era como se estivesse vestindo uma pata. Olhou ao redor.

— Espere... cadê o Jace?

Luke apontou. Jace estava ajoelhado perto da água, uma figura escura cujos cabelos brilhantes eram o único ponto de cor contra o céu azul cinzento e o rio marrom.

— Você acha que ele quer privacidade? — perguntou.

— Nessa situação, a privacidade é um luxo que nenhum de nós pode ter. Vamos. — Luke avançou a passos largos pela rua, e Clary o seguiu. A fábrica ia até próximo da água, mas havia uma praia ampla perto. Ondas rasas batiam nas pedras cobertas de algas. Galhos haviam sido postos em um quadrado malfeito ao redor de um ponto preto onde uma fogueira havia queimado. Havia latas enferrujadas e garrafas espalhadas por todos os lados. Jace estava perto da beira da água, sem o casaco. Enquanto Clary assistia, ele jogou algo pequeno e branco na direção da água, algo que a atingiu com uma borrifada e desapareceu.

— O que você está fazendo? — perguntou ela.

Jace virou-se para encará-los, o vento soprando os cabelos claros por cima do rosto.

— Mandando um recado.

Por cima do ombro dele Clary pensou ter visto uma linha brilhante — como um pedaço de alga marinha — emergir da água cinza com algo branco nas garras. Um instante depois desapareceu e ela ficou observando, confusa.

— Um recado para quem?

Jace franziu o cenho.

— Ninguém. — Ele se virou de costas para a água e caminhou pela praia de pedras até onde tinha deixado o casaco. Havia três longas lâminas sobre ele. Enquanto virava, Clary viu os discos afiados de metal presos no cinto dele.

Jace passou os dedos pelas lâminas — eram lisas e branco acinzentadas, esperando para serem nomeadas.

— Não tive chance de ir ao arsenal, então essas são as armas que temos. Eu achei que era melhor nos prepararmos o máximo possível antes de Magnus chegar. — Ele levantou a primeira lâmina. — *Abrariel.* — A lâmina serafim brilhou e mudou de cor ao ser nomeada. Jace entregou-a para Luke.

— Estou bem — disse Luke, e abriu o casaco para mostrar a *kindjal* no cinto.

Jace entregou Abrariel a Clary, que pegou a arma silenciosamente. Estava quente, como se uma vida secreta brilhasse dentro dela.

— *Camael* — Jace disse para a segunda lâmina, fazendo-a estremecer e brilhar. — *Telantes* — disse para a terceira.

— Você alguma vez usa o nome de Raziel? — Clary perguntou enquanto Jace colocava as lâminas no bolso e vestia o casaco outra vez, levantando-se.

— Nunca — disse Luke. — Não se faz isso. — O olhar dele examinou a estrada atrás de Clary, procurando por Magnus. Ela podia sentir a ansiedade dele, mas antes que pudesse dizer qualquer outra coisa, seu telefone vibrou. Ela o abriu e o entregou silenciosamente a Jace. Ele leu a mensagem, erguendo as sobrancelhas.

— Parece que a Inquisidora deu até o pôr do sol para Valentim decidir se me quer mais do que quer os Instrumentos Mortais — disse ele. — Ela e Maryse estão brigando há horas, então ela ainda não percebeu que eu fugi.

Ele devolveu o telefone para Clary. Seus dedos se tocaram, e Clary recolheu a mão, apesar da luva grossa que cobria a pele. Ela viu uma sombra passando pelas feições de Jace, mas ele não disse nada. Em vez disso, voltou-se para Luke e fez uma pergunta surpreendentemente repentina.

— O filho da Inquisidora morreu? É por isso que ela é assim?

Luke suspirou e colocou as mãos nos bolsos do casaco.

— Como você chegou a essa conclusão?

— Pela maneira como ela reage quando alguém menciona o nome dele. É a única coisa que a faz ter alguma reação que demonstre que tem sentimentos humanos.

Luke expirou. Ele tinha tirado os óculos e estava com os olhos cerrados contra o vento forte do rio.

— A Inquisidora é do jeito que é por uma série de razões. Stephen é apenas uma delas.

— É estranho — disse Jace. — Ela não parece ser alguém que nem sequer *goste* de crianças.

— Não das dos outros — disse Luke. — Com o dela era diferente. Stephen era o menino de ouro dela. Aliás, era o menino de ouro de todo mundo... de todos que o conheciam. Era uma daquelas pessoas que tinha talento para tudo, extremamente gentil sem ser tedioso, bonito sem que ninguém o odiasse. Bem, talvez o odiássemos um pouquinho.

— Ele estudou com você? — perguntou Clary. — E a minha mãe... e Valentim? Foi assim que o conheceram?

— Os Herondale tinham a função de comandar o Instituto de Londres, e Stephen estudava lá. Eu passei a vê-lo mais depois que todos nos formamos, quando ele voltou para Alicante. E houve um tempo em que o via com muita frequência. — Os olhos de Luke tinham se tornado distantes, do mesmo azul cinzento do rio. — Depois que ele se casou.

— Então ele fazia parte do Ciclo? — perguntou Clary.

— Naquela época não — disse Luke. — Ele se juntou ao Ciclo depois que eu... bem, depois do que aconteceu comigo. Valentim precisava de um novo segundo no comando e queria Stephen. Imogen, que era incrivelmente leal à Clave, ficou histérica, e implorou a Stephen para reconsiderar, mas ele não deu atenção. Não falou mais com ela, nem com o pai. Ficou absolutamente escravizado por Valentim. Ia atrás dele para todos os lugares, como uma sombra. — Luke fez uma pausa. — A questão era que Valentim não achava que a esposa de Stephen fosse adequada para ele. Não para alguém que ia ser o segundo homem no comando do Ciclo. A mulher tinha... conexões familiares indesejáveis. — A dor na voz de Luke surpreendeu Clary. Será que ele realmente se importava tanto assim com aquelas pessoas? — Valentim forçou Stephen a se divorciar de Amatis e se casar novamente. A segunda mulher era uma menina muito jovem, de apenas 18 anos, chamada Céline. Ela também foi muito influenciada pelo Valentim, fazia tudo que ele mandava, não importava quão absurdo fosse. Então o Stephen foi morto em uma invasão do Ciclo a um ninho de vampiros. Céline se matou quando soube. Ela estava grávida de oito meses na época. E o pai do Stephen morreu também, de tristeza. Então se foi toda a família da Imogen, todos mortos. Nem sequer puderam enterrar as cinzas da nora e do neto na Cidade dos Ossos, porque Céline se suicidou. Ela foi enterrada em um cruzamento fora de Alicante. Imogen sobreviveu, mas... se transformou em gelo. Quando o Inquisidor foi morto na Ascensão, o cargo foi oferecido a ela, que voltou de Londres para Idris, mas nunca mais, até onde sei, falou sobre o Stephen novamente. Mas isso explica por que ela odeia Valentim tanto assim.

— Por que meu pai envenena tudo que toca? — Jace disse de forma amarga.

— Porque o seu pai, com todos os pecados que cometeu, ainda tem um filho, e ela não. E porque ela o culpa pela morte do Stephen.

— E tem razão — disse Jace. — A culpa foi dele.

— Não completamente — disse Luke. — Ele deu uma escolha ao Stephen, e Stephen escolheu. Quaisquer que sejam os seus outros defeitos, Valentim nunca ameaçou nem chantageou ninguém para entrar no Ciclo. Ele só queria seguidores que quisessem segui-lo. A responsabilidade pelas escolhas do Stephen foi toda dele.

— Livre-arbítrio — disse Clary.

— Não há nada de livre — disse Jace. — Valentim...

— Ele ofereceu a você uma escolha, não ofereceu? — perguntou Luke. — Quando você foi vê-lo. Ele queria que você ficasse, não queria? Ficasse e se unisse a ele?

— Queria. — Jace olhou para a água em direção a Governors Island. — Queria, sim. — Clary podia ver o rio refletido em seus olhos; pareciam de aço, como se a água cinzenta tivesse extraído todo o dourado.

— E você disse não — disse Luke.

Jace o encarou.

— Eu queria que as pessoas parassem de adivinhar o que eu disse. Está fazendo com que eu me sinta previsível.

Luke virou como que para esconder um sorriso e disse:

— Vem vindo alguém.

Alguém de fato estava vindo, alguém muito alto com cabelos pretos ao vento.

— Magnus — disse Clary. — Mas ele parece... diferente.

Ao se aproximar, ela viu que o cabelo, normalmente arrepiado e brilhante como um globo de discoteca, estava limpo, preso atrás das orelhas como um lençol de seda preta. As calças de couro arco-íris tinham sido substituídas por um terno antigo escuro e um fraque preto com botões prateados cintilantes. Seus olhos de gato brilhavam em âmbar e verde.

— Vocês parecem surpresos em me ver.

Jace olhou para o relógio.

— Realmente nos perguntamos se você viria.

— Eu disse que viria, então vim. Só precisava de tempo para me preparar. Isso não é um truque de cartola, Caçador de Sombras. Vai exigir magia séria. — Ele se voltou para Luke. — Como está o braço?

— Bem. Obrigado. — Luke sempre era educado.

— Aquela é a sua caminhonete estacionada perto da fábrica, não é? — Magnus apontou. — É extremamente máscula para um vendedor de livros.

— Ah, não sei — disse Luke. — Toda a história de arrastar caixas de livros pesadas, subir em prateleiras, organizar em ordem alfabética...

Magnus riu.

— Você pode destrancar a caminhonete para mim? Quero dizer, eu mesmo o faria — ele balançou os dedos —, mas me parece grosseiro.

— Lógico. — Luke deu de ombros enquanto voltavam para a fábrica, mas quando Clary fez menção de segui-los, Jace a pegou pelo braço.

— Espere. Quero falar com você um segundo.

Clary observou enquanto Magnus e Luke iam até a picape. Eles formavam uma dupla estranha, o feiticeiro alto com um casaco preto e longo, e o homem mais baixo e mais forte com calça jeans e blusa de flanela, mas eram ambos do Submundo, ambos estavam presos no mesmo espaço entre os mundos dos mundanos e dos sobrenaturais.

— Clary — disse Jace. — Planeta Terra chamando. Onde você está?

Ela olhou de volta para ele. O sol estava se pondo na água atrás dele agora, deixando seu rosto na sombra e transformando os cabelos em uma auréola dourada.

— Desculpe.

— Tudo bem. — Ele tocou o rosto dela gentilmente com as costas da mão. — Você às vezes desaparece completamente na sua própria cabeça. Gostaria de poder segui-la.

Você segue, ela queria dizer. *Você vive na minha cabeça o tempo todo.*

— O que você queria me dizer? — foi o que disse no lugar.

Ele abaixou a mão.

— Quero que faça o símbolo do Destemor em mim. Antes que o Luke volte.

— Por que antes que ele volte?

— Porque ele vai dizer que é uma péssima ideia, mas é a única chance de derrotarmos o Agramon. Luke nunca... o encontrou, ele não sabe como é, mas eu sei.

Ela examinou o rosto dele.

— Como foi?

Os olhos dele ficaram ilegíveis.

— Você vê o que mais teme no mundo.

— Eu nem sei o que é.

— Confie em mim. Não quer saber. — Ele olhou para baixo. — Você está com a sua estela?

— Sim, está aqui. — Ela tirou a luva de lã da mão direita e pegou a estela. A mão tremia um pouco ao sacá-la. — Onde você quer a Marca?

— Quanto mais perto do coração, mais eficiente. — Ele se virou de costas e tirou o casaco, deixando-o cair no chão. Levantou a camisa, expondo as costas. — Na omoplata seria bom.

Clary colocou uma das mãos no ombro dele para se apoiar. A pele dele ali era de um pouco mais clara do que nas mãos e no rosto, e macia onde não havia cicatrizes. Ela traçou a ponta da estela na omoplata de Jace e o sentiu se contraindo um pouco, os músculos enrijecendo.

— Não aperte com tanta força...

— Desculpe. — Ela diminuiu a pressão, deixando o símbolo fluir na mente, pelo braço, até a estela. A linha que deixou parecia queimada, uma linha de cinzas. — Pronto. Acabei.

Ele se virou, colocando a camisa outra vez.

— Obrigado. — O sol estava queimando além do horizonte agora, inundando o céu com sangue e rosas, transformando a beira do rio em ouro líquido, suavizando a feiura do lixo urbano ao redor. — E você?

— O que tem eu?

Ele deu um passo mais para perto.

— Puxe a manga para cima. Eu Marco você.

— Ah. Certo. — Ela fez o que ele pediu, puxando as mangas para cima e estendendo os braços nus para ele.

A picada da estela na pele era como o leve toque de uma agulha arranhando sem perfurar. Ela assistiu às linhas escuras aparecerem com uma espécie de fascínio. A Marca que tinha recebido no sonho ainda era visível, apagada um pouquinho apenas nas pontas.

— "*E o Senhor disse a ele: Portanto quem quer que ataque Caim, a vingança se abaterá sobre ele sete vezes. E o Senhor fez uma Marca em Caim, para que nada que o encontre possa matá-lo.*"

Clary virou-se, puxando as mangas para baixo. Magnus os observava, o casaco preto parecia voar em volta dele na brisa. Um pequeno sorriso se esboçou no rosto dele.

— Você sabe citar a Bíblia? — perguntou Jace, abaixando para pegar o casaco.

— Nasci em um século profundamente religioso, garoto — disse Magnus. — Sempre achei que Caim havia tido a primeira Marca. Certamente o protegeu.

— Mas ele não foi bem um dos anjos — disse Clary. — Ele não matou o irmão?

— Não estamos planejando matar o nosso pai? — disse Jace.

— É diferente — disse Clary, mas não teve chance de argumentar sobre *quão* diferente era, pois naquele instante a caminhonete de Luke encostou na praia, espalhando pedras com os pneus. Luke se inclinou para fora da janela.

— Pronto — disse para Magnus. — Vamos lá. Entrem.

— Vamos dirigindo até o barco? — disse Clary, espantada. — Pensei que...

— Que barco? — cacarejou Magnus, enquanto entrava na caminhonete ao lado de Luke. Ele apontou para trás com o polegar. — Vocês dois, entrem atrás.

Jace subiu na traseira da picape e se inclinou para ajudar Clary. Enquanto se ajeitava no step, ela viu que um pentagrama preto dentro de um círculo havia sido pintado no chão de metal da carroceria da picape. As pontas do pentagrama eram decoradas com símbolos curvilíneos. Não eram exatamente os símbolos aos quais estava acostumada — havia algo em olhar para eles que era como se estivesse tentando entender uma pessoa falando uma língua que fosse parecida, porém não exatamente a sua.

Luke se inclinou para fora da janela e olhou para eles.

— Você sabe que eu não gosto nada disso — disse, a voz abafada pelo vento. — Clary, você vai ficar na picape com o Magnus. Eu e o Jace vamos para o navio. Entendeu?

Clary fez que sim com a cabeça e foi para um canto. Jace se sentou ao lado dela, abraçando os próprios pés.

— Isso vai ser interessante.

— O que... — começou Clary, mas a caminhonete deu a partida, pneus rugindo contra as pedras, abafando suas palavras. Lançou-se para a frente na água rasa na beira do rio. Clary foi jogada contra a janela de trás da caminhonete enquanto ela se movia para a frente no rio — será que Luke estava planejando afogá-los? Ela se virou e viu que a cabine estava cheia de colunas azuis de luz, ondulando e girando. A caminhonete pareceu atingir algo rígido, como se tivesse passado por cima de um tronco de árvore. Em seguida estavam se movendo suavemente para a frente, quase deslizando.

Clary se esforçou para ajoelhar, olhando pelo lado da caminhonete, já quase certa do que veria.

Eles estavam se movendo — não, *dirigindo* — sobre a água escura, a base dos pneus tocando a superfície do rio, espalhando pequenas ondas junto com o banho de faíscas azuis criado por Magnus. Tudo ficou repentinamente muito quieto, exceto pelo ronco fraco do motor, e o canto de pássaros marítimos no alto. Clary olhou para Jace, que estava sorrindo.

— Isso vai *realmente* impressionar Valentim.

— Não sei — disse Clary. — Outros heróis ganham bumerangues e o poder de escalar paredes; nós temos o Aquatruck.

— Se não gosta, Nephilim — a voz de Magnus veio fraca de dentro da cabine —, fique à vontade para ver se consegue andar sobre a água.

— Acho que deveríamos entrar — disse Isabelle, a orelha pressionada contra a porta da biblioteca. Ela sinalizou para Alec se aproximar. — Consegue ouvir alguma coisa?

Alec se inclinou ao lado da irmã, com cuidado para não deixar cair o telefone que estava segurando. Magnus dissera que ligaria se tivesse notícias ou se alguma coisa acontecesse. Até então nada.

— Não.

— Exatamente. Pararam de gritar uma com a outra. — Os olhos de Isabelle brilharam. — Estão esperando por Valentim.

Alec se afastou da porta e foi pelo corredor até a janela mais próxima. O céu lá fora tinha cor de carvão semiafundado em cinzas de rubi.

— O sol está se pondo.

Isabelle alcançou a maçaneta da porta.

— Vamos.

— Isabelle, espere...

— Não quero que ela minta para nós sobre o que o Valentim disser — retrucou Isabelle. — Ou sobre o que acontecer. Além disso, quero vê-lo. O pai de Jace. Você não quer?

Alec voltou para a porta da biblioteca.

— Quero, mas não é uma boa ideia porque...

Isabelle empurrou a maçaneta da porta da biblioteca e a abriu inteiramente. Com um olhar semientretido para trás em direção a ele, ela entrou; praguejando para si mesmo, Alec a seguiu.

A mãe e a Inquisidora estavam em extremidades opostas da mesa enorme, como boxeadores se encarando em um ringue. As bochechas de Maryse estavam completamente rubras, o cabelo caindo sobre o rosto. Isabelle lançou um olhar a Alec como se dissesse: *Talvez não devêssemos ter entrado. Mamãe parece irritada.*

Por outro lado, se Maryse parecia irritada, a Inquisidora parecia absolutamente demente. Ela girou quando a porta da biblioteca se abriu, com a boca contorcida em um formato horroroso.

— O que vocês estão fazendo aqui? — gritou.

— Imogen — disse Maryse.

— Maryse! — A voz da Inquisidora se elevou. — Já aturei bastante de você e dos seus filhos delinquentes...

— *Imogen* — disse Maryse outra vez. Havia algo na voz, uma urgência, que fez até a Inquisidora virar e olhar.

O ar perto do globo de bronze brilhava como água. Uma forma começou a surgir, como tinta escura sendo jogada em uma tela branca, transformando-se na figura de um homem com ombros largos. A imagem estava tremida demais para Alec identificar mais do que um homem alto, com cabelos curtos e brancos como sal.

— Valentim. — A Inquisidora pareceu ter sido pega de surpresa, pensou Alec, apesar de que certamente o esperava.

O ar perto do globo brilhava mais violentamente agora. Isabelle prendeu a respiração enquanto um homem saía do ar estremecido, como se estivesse surgindo através de camadas de água. O pai de Jace era um homem formidável, mais de 1,80 metro de altura, peito largo e rígido, braços grossos e músculos fortes. Tinha o rosto quase triangular, que se afinava em um queixo duro e pontudo. Ele podia ser considerado bonito, pensou Alec, mas era surpreendentemente diferente de Jace, não tinha nada da aparência áurea do filho. O cabo de uma espada era visível sobre seu ombro esquerdo — a Espada Mortal. Não era como se ele precisasse estar armado, uma vez que a presença não era corporal, então ele devia estar portando a espada para irritar a Inquisidora. Não que ela precisasse ficar mais irritada do que já estava.

— Imogen — disse Valentim, os olhos escuros examinando a Inquisidora com um ar de entretenimento satisfeito. *Isso é Jace, esse olhar*, pensou Alec. — E Maryse, minha Maryse... realmente *faz* muito tempo.

Engolindo em seco, Maryse falou com alguma dificuldade.

— Não sou a sua Maryse, Valentim.

— E esses devem ser os seus filhos — prosseguiu Valentim, como se ela não tivesse falado. Os olhos dele repousaram em Isabelle e Alec. Um leve tremor passou por Alec, como se algo tivesse cutucado seus nervos. As palavras do pai de Jace eram perfeitamente ordinárias, até mesmo educadas, mas havia alguma coisa naquele olhar predador vazio que fez Alec querer se colocar diante da irmã e bloqueá-la da visão de Valentim. — São muito parecidos com você.

— Deixe os meus filhos fora disso, Valentim — disse Maryse, lutando para manter a voz firme.

— Bem, isso não me parece justo — disse Valentim —, considerando que você não deixou o *meu* filho fora disso. — Ele olhou para a Inquisidora. — Recebi o seu recado. Certamente não é o melhor que pode fazer.

Ela não havia se movido; agora piscava os olhos lentamente, como um lagarto.

— Espero que os termos da minha oferta tenham ficado perfeitamente entendidos.

— O meu filho em troca dos Instrumentos Mortais. Era isso, certo? Caso contrário você o mataria.

— *Mataria?* — repetiu Isabelle. — MÃE!

— Isabelle — disse Maryse com firmeza. — Fique quieta.

A Inquisidora lançou um olhar venenoso para Isabelle e Alec, os olhos semicerrados.

— Os termos são esses, Morgenstern.

— Então a minha resposta é não.

— *Não?* — Parecia que a Inquisidora tinha dado um passo à frente e o chão tinha cedido sob os pés. — Você não pode blefar comigo, Valentim. Farei exatamente o que prometi.

— Ah, eu não duvido de você, Imogen. Sempre foi uma mulher determinada e implacável. Reconheço essas qualidades em você, pois eu mesmo as possuo.

— Não sou nada como você. Sigo a Lei...

— Mesmo quando a Lei a instrui a matar um menino ainda adolescente apenas para punir seu pai? Isso não é uma questão de Lei, Imogen, é uma questão de que você me odeia e me culpa pela morte do seu filho, e essa é sua maneira de se vingar. Não vai fazer a menor diferença. Não vou abrir mão dos Instrumentos Mortais, nem mesmo pelo Jonathan.

A Inquisidora simplesmente o encarou.

— Mas ele é seu filho — disse ela. — Sua *criança*.

— Filhos fazem escolhas próprias — disse Valentim. — Isso é algo que você nunca entendeu. Ofereci segurança a ele se ficasse comigo, mas ele desdenhou e voltou para você. E você vai concluir a sua vingança nele, como avisei a ele que faria. Você não é nada, Imogen — concluiu —, além de previsível.

A Inquisidora não pareceu perceber o insulto.

— A Clave vai insistir na morte dele caso não me dê os Instrumentos Mortais — disse ela, como alguém preso em um pesadelo. — Não poderei impedi-los.

— Estou ciente disso — disse Valentim —, mas não há nada que eu possa fazer. Dei uma chance a ele, e ele não aceitou.

— Maldito! — Isabelle gritou repentinamente e fez menção de correr para a frente; Alec agarrou-a pelo braço e arrastou-a para trás, segurando-a ali. — Ele é um desgraçado — sibilou ela, e em seguida levantou a voz, gritando para Valentim: — Você é um...

— *Isabelle!* — Alec cobriu a boca da irmã com a mão enquanto Valentim lançava um olhar entretido aos dois.

— Você... ofereceu a ele... — A Inquisidora estava começando a lembrar a Alec um robô cujo circuito estava falhando. — E ele *recusou*? — Ela balançou a cabeça. — Mas ele é o seu espião... a sua arma...

— Foi o que você pensou? — disse ele, com uma surpresa aparentemente legítima. — Não tenho o menor interesse em espiar os segredos da Clave. Só estou interessado na destruição, e para isso tenho armas muito mais poderosas do que um menino no meu arsenal.

— Mas...

— Acredite no que quiser — disse Valentim, dando de ombros. — Você não é nada, Imogen Herondale. A figura superior de um regime cujo poder logo será estilhaçado, cuja supremacia chegará ao fim. Você não pode me oferecer nada que eu possa querer.

— Valentim! — A Inquisidora se lançou para a frente, como se pudesse impedi-lo, agarrá-lo, mas suas mãos apenas o atravessaram, como se ele fosse água. Com um olhar de nojo supremo, ele deu um passo para trás e desapareceu.

O céu foi lambido pelas últimas línguas de um fogo que se apagava; a água havia se tornado ferro. Clary puxou o casaco mais para perto do corpo e estremeceu.

— Está com frio? — Jace estava na parte de trás da traseira da picape, olhando para as marcas que o carro deixara para trás: duas linhas brancas de espuma cortando a água. Ele se aproximou e escorregou ao lado dela, com as costas na janela traseira da cabine. A janela em si estava quase completamente nublada com a fumaça azulada.

— Você não?

— Não. — Ele balançou a cabeça e tirou o casaco, entregando-o a ela. Clary vestiu, apreciando a maciez do couro. Era grande demais de uma maneira confortável. — Você vai ficar na picape como Luke mandou, certo?

— Eu tenho escolha?

— No sentido literal, não.

Ela tirou a luva e estendeu a mão para ele. Ele a tomou, agarrando-a com força. Ela olhou para os dedos entrelaçados, os dela tão pequenos, com pontas quadradas, os dele longos e finos.

— Você vai encontrar Simon para mim — disse ela. — Sei que vai.

— Clary. — Ela podia ver toda a água que os cercava refletida nos olhos dele. — Ele pode estar... quero dizer, pode ser...

— Não. — Seu tom não deixava espaço para dúvidas. — Ele vai estar bem. Tem que estar.

Jace expirou. Suas íris brilhavam como água azul-escura; como lágrimas, pensou Clary, mas não eram lágrimas, apenas reflexos.

— Tem uma coisa que preciso perguntar — disse ele. — Antes eu tinha medo de perguntar, mas agora não tenho medo de nada. — A mão dele se moveu para tocar o rosto dela, a palma quente contra a pele fria, e ela percebeu que o próprio medo havia desaparecido, como se ele pudesse transmitir o poder do símbolo do Destemor pelo toque. Ela levantou o queixo, os lábios se abrindo em expectativa, a boca dele tocou a dela levemente, tão levemente que parecia uma pena, a lembrança de um beijo, e em seguida ele recuou, arregalando os olhos. Ela viu a parede preta refletida neles, erguendo-se para bloquear o dourado incrédulo: a sombra do navio.

Jace a soltou com uma exclamação e se levantou. Clary se levantou sem jeito, o casaco de Jace desequilibrando-a. Faíscas azuis voavam das janelas da cabine, e à luz ela podia ver que a lateral da embarcação era metal escuro corrugado, que havia uma escada fina descendo por um lado, e que uma grade de metal cercava o topo. O que pareciam pássaros grandes e estranhos empoleiravam-se na grade. Ondas de frio pareciam vir do barco como o ar gélido de um iceberg. Quando Jace a chamou, a respiração veio em fumaças brancas, suas palavras perdidas no ronco repentino do motor do navio.

Ela franziu o cenho para ele.

— O quê? O que você disse?

Ele a agarrou, deslizando a mão sob o casaco, tocando sua pele nua com as pontas dos dedos. Ela gemeu surpresa. Ele pegou do cinto a lâmina serafim que havia lhe dado mais cedo e pressionou-a na mão de Clary.

— Eu disse — e a soltou — para você pegar Abrariel, pois eles estão vindo.

— Quem está vindo?

— Os demônios. — Ele apontou para cima. Primeiro Clary não viu nada. Em seguida notou os pássaros enormes e estranhos que tinha visto antes. Estavam saindo da grade, um por um, caindo como pedras pela lateral do barco, em seguida se estabilizando e indo diretamente para a caminhonete, que flutuava sobre as ondas. Ao se aproximarem, ela viu que não se tratava de pássaros, mas coisas voadoras feias como pterodátilos, com asas largas, que pareciam de couro, e cabeças ossudas e triangulares. As bocas eram cheias de dentes serrilhados como os de tubarões, fileiras e fileiras deles, e as garras brilhavam como lâminas.

Jace subiu para o teto da cabine, Telantes brilhando em sua mão. Quando a primeira das coisas voadoras os alcançou, ele atacou com a lâmina. Atingiu o demônio, cortando o topo do crânio como alguém cortaria o topo de um ovo cozido. Com um grito agudo e lamentoso, a coisa caiu de lado, as asas em espasmos. Quando atingiu o oceano, a água ferveu.

O segundo demônio atingiu o capô da picape, deixando longas linhas no metal com as garras. Lançou-se contra o para-brisa, rachando o vidro em forma de teia de aranha. Clary gritou para Luke, mas outro deles mergulhou sobre ela, caindo como uma flecha do céu de aço. Ela arregaçou a manga do casaco de Jace, exibindo o braço para mostrar o símbolo defensivo. O demônio *gritou* como o outro havia feito, batendo as asas para trás — mas já tinha se aproximado demais, estava ao alcance dela. Ela viu que não tinha olhos, apenas entalhes em ambos os lados do crânio, enquanto enfiava Abrariel em seu peito. A criatura explodiu, deixando um rastro de fumaça preta atrás.

— Muito bem — disse Jace. Ele havia saltado de cima da cabine para despachar outra das criaturas voadoras que berravam. Empunhava uma adaga agora, cujo cabo estava sujo de sangue preto.

— O que *são* essas coisas? — arfou Clary, girando Abrariel em um arco amplo que rasgou o peito de um demônio voador. Ele cacarejou e tentou atacá-la com uma das asas. Perto assim, ela podia ver que as asas terminavam em pontas de ossos afiadas como lâminas. O demônio atingiu a manga do casaco de Jace e o rasgou.

— Meu *casaco* — disse Jace furioso e golpeou a coisa enquanto ela levantava, perfurando-lhe a coluna. A criatura berrou e desapareceu. — Eu *adorava* esse casaco.

Clary o encarou, em seguida girou quando o ruído de metal arranhando agrediu seus ouvidos. Dois dos demônios voadores estavam com as garras no teto da cabine, arrancando-o da carroceria. O ar foi preenchido com o barulho de metal rasgando. Luke estava no capô da picape, atacando os bichos com a *kindjal*. Um deles caiu pela lateral da caminhonete, desaparecendo antes de atingir a água. O outro irrompeu no ar, o teto da cabine preso nas garras, berrando triunfante, e voou de volta para o barco.

Por enquanto o céu estava claro, e Clary correu para espiar a cabine. Magnus estava jogado no assento, com o rosto acinzentado. Estava escuro demais para enxergar se ele estava ferido.

— Magnus! — gritou ela. — Você está machucado?

— Não. — Ele se esforçou para conseguir se sentar ereto, e caiu novamente contra o assento. — Só estou... esgotado. Os feitiços de proteção nesse navio são fortes. Rompê-los, contê-los é... difícil. — A voz dele diminuiu. — Mas se eu não o fizer, qualquer um além do Valentim que pisar nessa embarcação morrerá.

— Talvez você devesse vir conosco — disse Luke.

— Não posso trabalhar as barreiras se estiver no barco. Tenho que fazer daqui. É assim que funciona. — O sorriso de Magnus parecia dolorido. — Além disso, não sou bom de briga. Os meus talentos são outros.

Ainda olhando para dentro da cabine, Clary começou:

— Mas e se precisarmos...

— *Clary*! — gritou Luke, mas era tarde demais. Nenhum deles tinha visto a criatura voadora parada na lateral do veículo que se lançou para a frente, batendo as asas de lado, as garras afundando no casaco de

Clary, um borrão de asas sombrias e dentes afiados e fétidos. Com um grito uivado de triunfo, a criatura voou pelos ares com Clary pendurada indefesa nas garras.

— *Clary!* — Luke gritou novamente e correu para a ponta do capô da caminhonete, onde parou, encarando impotente a forma alada e o fardo que carregava.

— Ele não vai matá-la — disse Jace, juntando-se a ele no capô. — Está capturando-a para Valentim.

Algo naquele tom enviou calafrios pelo sangue de Luke. Ele se virou para encarar o menino ao seu lado.

— Mas...

Ele não concluiu. Jace já havia pulado da caminhonete, em um único movimento suave. Ele caiu na água imunda do rio e partiu em direção ao barco, dando braçadas fortes.

Luke virou-se novamente para Magnus, cujo rosto pálido era visível pelo para-brisa, uma mancha branca contra a escuridão. Luke estendeu a mão e pensou ter visto Magnus acenar com a cabeça em resposta.

Guardando a *kindjal* na lateral do corpo, ele mergulhou no rio atrás de Jace.

Alec soltou Isabelle, meio esperando que ela fosse começar a gritar assim que ele tirasse a mão de sua boca. Ela ficou ao lado dele e observou enquanto a Inquisidora balançava levemente o rosto cinza pálido.

— Imogen — disse Maryse. Não havia qualquer sentimento na voz, nem mesmo raiva.

A Inquisidora não pareceu escutar. Permaneceu com a expressão inalterada enquanto afundava na velha cadeira de Hodge.

— Meu Deus — disse ela, olhando para a mesa. — O que foi que eu fiz?

Maryse olhou para Isabelle.

— Chame o seu pai.

Aparentando estar mais apavorada do que Alec jamais havia visto, Isabelle fez que sim com a cabeça e se retirou.

Maryse atravessou a sala até a Inquisidora e olhou para ela.

— O que você fez, Imogen? — disse ela. — Você entregou a vitória a Valentim. Foi isso que você fez.

— Não. — A Inquisidora suspirou.

— Você sabia exatamente que o Valentim estava planejando quando trancafiou Jace. Recusou-se a deixar a Clave se envolver, pois teria atrapalhado seu plano. Você queria fazer Valentim sofrer como ele a fez sofrer; para mostrar que você tinha o poder de matar o filho dele como ele matou o seu. Você queria humilhá-lo.

— Queria...

— Mas Valentim não se deixa ser humilhado — disse Maryse. — Eu poderia ter dito isso a você. Nunca teve qualquer poder sobre ele. Ele só fingiu considerar a sua oferta para se certificar, além de qualquer dúvida, que não haveria tempo para chamar reforços de Idris. E agora é tarde demais.

A Inquisidora levantou o olhar rapidamente. Seu cabelo havia soltado do coque e pendia em mechas finas ao redor do rosto. Era o mais humano que Alec a vira, mas ele não sentiu qualquer prazer nisso. As palavras da mãe o fizeram gelar: *tarde demais*.

— Não, Maryse — disse ela. — Ainda podemos...

— Ainda podemos *o quê*? — A voz de Maryse falhou. — Chamar a Clave? Não temos os dias, nem sequer as horas que levariam para chegar aqui. Se formos encarar Valentim, e Deus sabe que não temos escolha,...

— Teremos que fazê-lo agora — interrompeu uma voz profunda. Atrás de Alec, sombrio, vinha Robert Lightwood.

Alec olhou fixamente para o pai. Fazia anos desde que o vira com roupas de combate pela última vez; seu tempo havia sido tomado por tarefas administrativas, conduzindo o Conclave e lidando com questões do Submundo. Algo sobre ver o pai com roupas pesadas e armadas, a espada presa nas costas, fez com que Alec se lembrasse de como era ser criança outra vez, quando o pai era o maior, mais forte e mais assustador dos homens que poderia imaginar. Não o via desde aquele momento constrangedor na casa de Luke. Tentou capturar seu olhar, mas Robert estava olhando para Maryse.

— O Conclave está pronto — disse Robert. — Os barcos estão esperando no porto.

As mãos da Inquisidora passearam pelo próprio rosto.

— Não adianta — disse ela. — Não é o suficiente... não podemos...

Robert a ignorou. Em vez disso, olhou para Maryse.

— Temos que ir logo — disse, e em seu tom havia o respeito que faltara quando se dirigiu à Inquisidora.

— Mas a Clave — começou a Inquisidora — precisa ser informada.

Maryse jogou o telefone com força sobre a mesa, em direção à Inquisidora.

— *Você* conta para eles. Conte o que fez. É o seu dever, afinal de contas.

A Inquisidora não disse nada, apenas olhou para o telefone, com uma das mãos sobre a boca.

Antes que Alec pudesse começar a sentir pena dela, a porta se abriu novamente e Isabelle entrou, com equipamento de Caçadora de Sombras, o longo chicote dourado claro em uma das mãos e uma *naginata* de lâmina de madeira na outra. Ela franziu o cenho para o irmão.

— Vá se arrumar — disse. — Estamos indo para o navio de Valentim agora.

Alec não pôde evitar; o canto da boca se curvou para cima. Isabelle era sempre tão *determinada*.

— Isso é para mim? — perguntou, indicando a *naginata*.

Isabelle afastou-a dele.

— Arrume a sua própria!

Algumas coisas nunca mudam. Alec foi em direção à porta, mas foi contido pela mão de alguém em seu ombro. Olhou para cima surpreso.

Era o pai. Ele estava olhando para Alec, e apesar de não estar sorrindo, havia um olhar de orgulho no rosto marcado e exaurido.

— Se você precisa de uma lâmina, Alexander, a minha *guisarme* está na entrada se quiser usá-la.

Alec engoliu em seco e fez que sim com a cabeça, mas antes que pudesse agradecer ao pai, Isabelle falou de trás dele:

— Aqui, mãe — disse ela. Alec virou e viu a irmã entregando a *naginata* para a mãe, que a pegou e girou na mão, demonstrando *experiência*.

— Obrigada, Isabelle — disse Maryse, e com um movimento rápido como qualquer um da filha, abaixou a lâmina, de modo a apontar diretamente para o coração da Inquisidora.

Imogen Herondale levantou o olhar para Maryse, com os olhos vazios e despedaçados de uma estátua em ruínas.

— Você vai me matar, Maryse?

Maryse sibilou entredentes.

— Passou longe — disse ela. — Precisamos de todos os Caçadores de Sombras da cidade, e nesse momento isso inclui você. Levante-se, Imogen, e prepare-se para a batalha. De agora em diante, as ordens aqui partirão de *mim*. — Ela sorriu sombriamente. — E a primeira coisa que você vai fazer é libertar o meu filho daquela Configuração Malaquias amaldiçoada.

Ela estava magnífica enquanto falava, pensou Alec com orgulho, uma verdadeira guerreira e Caçadora de Sombras, cada uma de suas linhas ardendo em fúria.

Alec detestava estragar o momento, mas elas iam descobrir que Jace não estava mais lá de qualquer jeito. Era melhor que alguém amortecesse o choque.

Ele limpou a garganta.

— Na verdade — disse —, tem uma coisa que vocês provavelmente deveriam saber...

18

Escuridão Visível

Clary sempre detestara montanhas-russas, detestava aquela sensação do estômago subindo até a boca quando o carrinho despencava. Ser arrancada da caminhonete e arrastada pelo ar como um rato nas garras de uma águia era dez vezes pior. Ela gritou com força enquanto os pés deixavam a picape e o corpo voava para cima, inacreditavelmente rápido. Gritou e girou, até olhar para baixo e ver quão alto já tinha subido e perceber o que aconteceria se o demônio voador a soltasse.

Ficou parada. A picape parecia um brinquedo abaixo, boiando nas ondas de forma impossível. A cidade balançava ao redor. Paredes borradas com luzes cintilantes. Talvez tivesse sido lindo se ela não estivesse tão assustada. O demônio parou e mergulhou, e de repente em vez de estar subindo ela estava caindo. Pensou na criatura derrubando-a centenas de metros pelo ar até cair na água escura e gelada e fechou os olhos — mas cair cega pela escuridão era pior. Ela os abriu novamente e viu o convés preto do navio se erguendo embaixo dela como uma garra prestes a arrancá-los do céu. Gritou mais uma vez enquanto caíam até o convés e depois por um quadrado escuro cortado na superfície. Agora estavam dentro do navio.

A criatura voadora diminuiu o ritmo. Estavam descendo pelo centro do barco, cercados por grades metálicas. Clary viu maquinarias escuras, nenhuma das quais parecia funcionar bem, e havia motores e ferramentas abandonados em diversos lugares. Se houvera luz elétrica, não funcionava mais, apesar de um brilho fraco que permeava tudo. O que quer que controlasse o navio antes, não o fazia mais; Valentim agora o comandava com outra coisa.

Algo que sugava o calor diretamente da atmosfera. Ar gélido golpeava o rosto de Clary enquanto o demônio chegava à base do navio e entrava por um corredor mal iluminado. Não estava sendo particularmente cuidadoso com ela. Seu joelho atingiu um cano enquanto a criatura dobrava uma esquina, gerando uma dor chocante que percorreu sua perna. Ela gritou e ouviu uma risada aguda no alto. Em seguida o demônio a soltou e ela despencou. Girando no ar, Clary tentou pôr as mãos e os joelhos embaixo de si antes de atingir o chão. Quase funcionou. Ela bateu no piso com um impacto forte e rolou para o lado, transtornada.

Estava deitada sobre uma superfície rígida de metal, na quase escuridão. Aquilo provavelmente tinha sido um espaço de armazenamento em determinado momento, pois as paredes eram lisas e não havia portas, somente uma abertura quadrada sobre ela, através da qual a luz entrava. Seu corpo inteiro doía.

— Clary? — uma voz sussurrou. Ela rolou para o lado, franzindo o cenho. Uma sombra se ajoelhou ao seu lado. Enquanto ajustava os olhos à escuridão, viu a figura pequena e curvada, cabelos trançados, olhos castanho-escuros. *Maia.* — Clary, é você?

Clary se sentou, ignorando a dor atroz na coluna.

— Maia. Maia, meu Deus. — Ela olhou fixamente para a outra menina, em seguida ao redor da sala. Estava vazia, exceto pelas duas. — Maia, cadê ele? Cadê Simon?

Maia mordeu o lábio. Estava com os pulsos ensanguentados, Clary reparou, e o rosto marcado por lágrimas secas.

— Clary, sinto muito — disse ela, com a voz suave e rouca. — Simon está morto.

Ensopado e quase congelado, Jace colidiu com o convés do navio, água pingando dos cabelos e das roupas. Olhou para o céu noturno nublado, engasgando-se ao tentar respirar. Não tinha sido fácil escalar a escada de ferro, mal presa à lateral metálica do navio, principalmente com mãos escorregadias e roupas encharcadas atrapalhando.

Não fosse pelo símbolo do Destemor, refletiu, provavelmente teria se preocupado que algum dos demônios voadores o arrancasse das escadas como um pássaro catando um inseto em uma vinha. Felizmente, eles pareciam ter voltado para o barco depois de pegar Clary. Jace não conseguia imaginar por que, mas havia muito tinha desistido de tentar especular sobre as razões pelas quais o pai fazia qualquer coisa.

Acima dele apareceu uma cabeça, destacando-se contra o céu. Era Luke, chegando ao topo da escada. Ele subiu com esforço na grade e se jogou para o outro lado. Olhou para Jace.

— Você está bem?

— Estou. — Jace se levantou. Estava tremendo. Fazia frio no barco, mais do que tinha sentido na água, e ele estava sem o casaco, que dera para Clary.

Ele olhou em volta e continuou:

— Em algum lugar existe uma porta que leva para o interior do navio. Eu a encontrei da última vez. Só precisamos andar pelo convés para encontrar de novo.

Luke começou a caminhar.

— Eu vou na frente — acrescentou Jace, colocando-se diante dele. Luke o olhou extremamente confuso e pareceu que ia dizer alguma coisa, mas finalmente caminhou ao lado de Jace enquanto se aproximavam da proa do navio, onde Jace tinha estado com Valentim na noite anterior. Ele podia ouvir as batidas oleosas da água contra o casco bem abaixo.

— O seu pai — disse Luke —, o que ele disse para você quando o viu? O que ele prometeu?

— Ah, você sabe. O de sempre. Ingressos para os jogos dos Knicks até o fim da vida. — Jace falou com leveza, mas a lembrança o agrediu com mais força do que o frio. — Ele disse que se certificaria de que nenhum mal seria feito a mim, nem a ninguém de quem eu goste se eu deixasse a Clave e voltasse para Idris com ele.

— Você acha... — Luke hesitou. — Você acha que ele machucaria Clary para se vingar de você?

Eles circularam a proa e Jace viu rapidamente a Estátua da Liberdade ao longe, um pilar de luz brilhante.

— Não. Acho que ele a pegou para nos fazer subir no barco como estamos fazendo, para ter um objeto de barganha. Só isso.

— Não tenho certeza de que ele precise de um objeto de barganha. — Luke falou com a voz baixa enquanto sacava a *kindjal*. Jace virou para seguir o olhar dele e por um instante só conseguiu olhar.

Havia um buraco escuro no convés no lado oeste do navio, um buraco que era como um quadrado cortado no metal, e de suas profundezas jorrava uma nuvem preta de monstros. Jace teve um flashback da última vez em que estivera ali, com a Espada Mortal na mão, olhando em volta horrorizado enquanto o céu no alto e o mar abaixo se transformavam em massas giratórias de pesadelos. Só que agora estava na frente deles, uma cacofonia de demônios: o Raum branco como osso que os atacara na casa de Luke; demônios Oni com corpos verdes, bocas largas e chifres; demônios Kuri, pretos, escorregadios e aracnídeos, com braços de oito pontas e garras pingando veneno que saíam das cavidades oculares...

Jace não conseguia contá-los. Ele se apalpou para encontrar Camael, e o retirou do cinto, iluminando o convés com seu brilho branco. Os demônios sibilaram ao vê-lo, mas nenhum deles recuou. O símbolo do Destemor na omoplata de Jace começou a queimar. Ele imaginou quantos demônios poderia matar antes que a Marca se desgastasse.

— Pare! *Pare!* — A mão de Luke, segurando a camisa de Jace, puxou-o para trás. — São muitos, Jace. Se conseguirmos voltar para a escada...

— Não podemos. — Jace se soltou das garras de Luke e apontou. — Estão nos cercando por todos os lados.

Era verdade. Uma falange de demônios Moloch, expelindo chamas dos olhos vazios, bloqueava o recuo. Luke xingou, irritada e profusamente.

— Pule sobre a lateral, então. Eu os detenho.

— Pule *você* — disse Jace. — Estou bem aqui.

Luke lançou a mão para trás. As orelhas estavam pontudas e quando rosnou para Jace, os lábios se contraíram sobre os caninos, repentinamente afiados.

— Você... — Ele se interrompeu quando um demônio Moloch saltou sobre ele com as garras estendidas. Jace o esfaqueou casualmente na espinha enquanto passava, e o monstro cambaleou para cima de Luke uivando. Luke o agarrou e o lançou por cima da grade. — Você usou o símbolo do Destemor, não usou? — disse Luke, voltando-se novamente para Jace, os olhos brilhando em âmbar.

Ouviu-se um *splash* distante.

— Você não está errado — admitiu Jace.

— Meu Deus — disse Luke. — Você o colocou em você mesmo?

— Não. Clary colocou para mim. — A lâmina serafim de Jace cortou o ar como fogo branco; dois demônios Drevak caíram. Havia outras dúzias de onde tinham vindo aqueles, cercando-os com as mãos pontudas e afiadas como agulhas esticadas. — Ela é boa nisso, sabe?

— *Adolescentes* — disse Luke, como se fosse a pior palavra que conhecesse, e se lançou contra a horda que se aproximava.

— Morto? — Clary olhou fixamente para Maia, como se ela tivesse falado búlgaro. — Ele não pode estar morto.

Maia nada disse, apenas olhou para ela com olhos tristes e sombrios.

— Eu saberia. — Clary pressionou a mão, que estava cerrada em um punho, contra o peito. — Eu saberia *aqui* dentro.

— Eu pensei a mesma coisa uma vez — disse Maia. — Mas você não sabe. Nunca sabe.

Clary se levantou cambaleando. O casaco de Jace pendia de seus ombros, as costas quase inteiramente rasgadas. Ela o retirou impacientemente e o jogou no chão. Estava arruinado, as costas cortadas por uma dúzia de marcas de garras afiadas. O *Jace vai ficar irritado por eu ter estragado o casaco*, pensou. *Eu deveria comprar um novo para ele. Eu deveria...*

Ela respirou fundo. Podia ouvir o próprio coração acelerando, mas isso também soava distante.

— O que... aconteceu com ele?

Maia ainda estava ajoelhada no chão.

— O Valentim nos pegou; nós dois — disse ela. — E nos acorrentou juntos em uma sala. Em seguida entrou com uma arma, uma espada, muito grande e cintilante, como se brilhasse. Ele jogou pó de prata em mim, para eu não poder lutar, e... golpeou o Simon na garganta. — Sua voz se tornou um sussurro. — Ele abriu os pulsos dele e colocou o sangue em vasilhas. Algumas dessas criaturas demoníacas vieram e o ajudaram a levá-lo. Depois ele simplesmente deixou o Simon deitado aí, como um brinquedo que tivesse destruído e não tivesse mais utilidade. Eu gritei... mas sabia que ele estava morto. Em seguida um dos demônios me pegou e me trouxe aqui para baixo.

Clary pressionou as costas da mão na boca, pressionou e pressionou, até sentir o gosto salgado de sangue. O gosto pronunciado do sangue pareceu dissipar a névoa em seu cérebro.

— Temos que sair daqui.

— Sem ofensas, mas isso é óbvio. — Maia se levantou, franzindo o cenho. — Não há como sair daqui. Nem mesmo uma Caçadora de Sombras. Talvez se você fosse...

— Se eu fosse o quê? — perguntou Clary, andando de um lado para o outro da cela. — O Jace? Bem, não sou. — Ela chutou a parede. O som ecoou de forma oca. Ela vasculhou o bolso e puxou a estela. — Mas tenho meus próprios talentos.

Passou a ponta da estela na parede e começou a desenhar. As linhas pareciam fluir de dentro dela, escuras e queimadas, quentes como sua raiva furiosa. Ela atacou a parede com a estela repetidas vezes, as linhas pretas fluindo como chamas da ponta. Quando recuou, respirando fundo, viu Maia olhando para ela com espanto.

— Menina — disse a licantrope —, o que você *fez*?

Clary não sabia ao certo. Parecia que tinha jogado um balde de ácido na parede. O metal ao redor do símbolo estava derretendo e pingando como sorvete em um dia quente. Ela deu um passo para trás, olhando com cansaço enquanto um buraco do tamanho de um cachorro grande se abria na parede. Clary podia ver as estruturas de aço atrás, mais das entranhas metálicas do navio. As bordas do buraco ainda chiavam, apesar de ele ter parado de se espalhar. Maia deu um passo para a frente, empurrando o braço de Clary.

— Espere. — Clary de repente estava nervosa. — O metal derretido pode ser, sei lá, tóxico ou alguma coisa.

Maia riu.

— Sou de Nova Jersey. *Nasci* em metal tóxico. — Ela marchou até o buraco e espiou através dele. — Tem uma passarela de metal do outro lado — anunciou. — Aqui... vou passar. — Ela se virou e passou os pés pelo buraco, depois as pernas, movendo-se lentamente. Sorriu quando terminou de atravessar o corpo, em seguida congelou. — Ai! Meus ombros estão entalados. Pode me empurrar? — Ela estendeu as mãos.

Clary fez o que a outra pedia. O rosto de Maia ficou branco, depois vermelho — e de repente ela se libertou, como uma rolha de champagne tirada de uma garrafa. Com um grito, cambaleou para trás. Fez-se um ruído e Clary colocou a cabeça ansiosamente pelo buraco.

— Você está bem?

Maia estava deitada em uma passarela de metal muitos centímetros abaixo. Ela rolou lentamente e se sentou outra vez, fazendo uma careta.

— O meu tornozelo... mas vou ficar bem — acrescentou, vendo o rosto de Clary. — Nós nos curamos rápido, sabe?

— Eu sei. Tudo bem, minha vez. — A estela de Clary cutucou desconfortavelmente seu estômago enquanto ela se curvava, preparada para atravessar o buraco atrás de Maia. A queda até a passarela intimidava, mas não tanto quanto a ideia de esperar em um armazém pelo que quer que fosse resgatá-las. Ela virou de frente, passando os pés pelo buraco...

Alguma coisa a pegou pelas costas, puxando-a para cima. A estela caiu do cinto e atingiu o chão. Ela se engasgou com o choque e a dor repentinos; o colarinho da camisa apertou sua garganta e ela sufocou. Um segundo depois, foi solta. Atingiu o chão, os joelhos batendo no metal com um ruído oco. Tossindo, ela rolou e olhou para cima, sabendo o que iria ver.

Valentim estava de pé sobre ela. Em uma das mãos segurava uma lâmina serafim, que brilhava com luz branca. A outra, que a tinha agarrado pelo colarinho, estava cerrada em um punho. O rosto pálido entalhado estava esculpido em uma expressão de desdém.

— Sempre filha da sua mãe, Clarissa — disse ele. — O que você fez agora?

Clary se levantou dolorida e ficou de joelhos. Estava com a boca cheia de sangue, que corria do lábio cortado. Ao olhar para Valentim, a raiva floresceu como uma planta venenosa no peito. Aquele homem, seu pai, havia matado Simon e o deixara morto no chão como se fosse lixo. Ela achava que já tinha odiado pessoas na vida, mas estava errada. *Aquilo* era ódio.

— A menina licantrope — prosseguiu Valentim, franzindo a testa —, onde ela está?

Clary se inclinou para a frente e cuspiu o sangue da boca nos sapatos dele. Com uma exclamação de nojo e surpresa, ele deu um passo para trás, erguendo a lâmina na mão, e por um instante Clary viu a raiva descontrolada em seu olhar e achou que ele realmente fosse matá-la bem ali, onde estava agachada a seus pés, por ter cuspido nos sapatos dele.

Lentamente, ele baixou a lâmina. Sem uma palavra, passou por Clary e olhou pelo buraco que ela tinha feito na parede. Lentamente, ela se virou, examinando o chão com os olhos até vê-la. A estela da mãe. Esticou-se para alcançá-la, prendendo a respiração...

Ao virar, Valentim, viu o que ela estava fazendo. Com um único passo, estava do outro lado da sala. Ele chutou a estela para fora do alcance; o objeto rolou pelo chão de metal e caiu pelo buraco na parede. Ela semicerrou os olhos, sentindo a perda da estela como a perda da mãe outra vez.

— Os demônios vão encontrar a sua amiguinha do Submundo — disse Valentim, a voz fria e controlada, guardando a lâmina serafim em uma bainha na cintura. — Ela não tem para onde fugir. Ninguém tem para onde fugir. Agora levante-se, Clarissa.

Lentamente, Clary se levantou, seu corpo inteiro dolorido pelo golpe que havia sofrido, e então engasgou em surpresa quando Valentim a pegou pelos ombros, virando-a de modo que ficou de costas para ele. Ele assobiou; um ruído agudo, afiado e desagradável. O ar rodava no alto e ela ouviu a batida feia de asas de couro. Com um pequeno grito, tentou se soltar, mas Valentim era forte demais. As asas envolveram os dois, que em seguida estavam subindo juntos pelo ar, Valentim segurando-a nos braços, como se realmente fosse seu pai.

Jace havia pensado que ele e Luke já estariam mortos àquela altura. Não sabia ao certo por que não estavam. O convés do navio estava escorregadio com o sangue. Ele estava coberto de sujeira. Mesmo o cabelo estava molhado e grudento de sangue, e os olhos ardiam com sangue e suor. Tinha um corte longo no alto do braço direito, e não havia tempo para entalhar um símbolo de Cura na pele. Toda vez que levantava o braço, uma dor profunda ardia em sua lateral.

Eles tinham conseguido se proteger em um recesso na parede de metal do navio e lutavam desse abrigo enquanto os demônios os atacavam. Jace havia utilizado ambos os *chakhrams* e só restavam a última lâmina serafim e a adaga que tinha conseguido com Isabelle. Não era muito — ele não teria saído para encarar alguns demônios com tão poucas armas e agora estava encarando uma horda. Deveria estar apavorado, sabia disso, mas não sentia quase nada — apenas desprezo pelos demônios, que não pertenciam a esse mundo, e raiva de Valentim, que os havia invocado. Ao longe, ele sabia que a ausência de medo não era inteiramente boa. Ele não tinha medo nem da quantidade de sangue que estava perdendo pelo braço.

Um demônio aracnídeo partiu para cima de Jace, chiando e lançando uma peçonha amarela. Ele desviou, não rápido o suficiente para impedir que algumas gotas de veneno espirrassem em sua camisa. O veneno sibilou enquanto corroía o tecido, e ele sentiu a picada que queimava a pele como uma dúzia de pequenas agulhas ferventes.

O demônio aracnídeo expirou em satisfação e lançou outro jato de veneno. Jace desviou e a substância tóxica atingiu um demônio Oni que vinha em direção a ele pela lateral; o Oni gritou em agonia e partiu em direção ao outro com as garras estendidas. Os dois se engalfinharam, rolando pelo convés.

Os demônios ao redor se afastaram do veneno espalhado, o que criou uma barreira entre eles e o Caçador de Sombras. Jace tirou vantagem do breve instante para virar para Luke, ao seu lado. Ele estava quase irreconhecível. As orelhas estavam inteiramente pontudas, como as de um lobo; os lábios estavam contraídos até o focinho em um riso permanente; as garras nas mãos estavam pretas com sangue de demônio.

— É melhor irmos para a grade. — A voz de Luke era quase um rosnado. — Temos que sair do navio. Não podemos matar todos eles. Talvez o Magnus...

— Acho que não estamos indo tão mal. — Jace girou a lâmina serafim, o que foi uma péssima ideia, pois estava com a mão molhada de sangue e a lâmina quase escorregou. — Considerando tudo.

Luke emitiu um ruído que podia ser um rosnado ou uma risada, ou uma combinação de ambos. Em seguida algo enorme e amorfo caiu do céu, derrubando os dois no chão.

Jace caiu com força, e a lâmina serafim voou de sua mão. Atingiu o convés, deslizando pela superfície metálica até a borda do barco, longe do alcance da vista. Jace xingou e se levantou.

A coisa que havia aterrissado sobre eles era um demônio Oni, extraordinariamente grande para a sua espécie — sem falar que era extraordinariamente esperto por ter pensado em subir no telhado e se atirar sobre eles. Estava sobre Luke agora, atacando-o com os espinhos afiados que cresciam da testa. Luke estava se defendendo da melhor maneira que conseguia com as próprias garras, mas já estava ensopado de sangue; sua *kindjal* estava a meio metro de distância dele no convés. Ele tentou alcançá-la e o Oni o agarrou por uma das pernas com uma das mãos, que parecia uma espada, trazendo a perna para baixo como um galho de árvore sobre o joelho. Jace ouviu o osso quebrar com um estalo enquanto Luke gritava.

Ele mergulhou para pegar a *kindjal*, alcançou-a e rolou para ficar de pé, lançando a adaga com força na nuca do Oni. Atingiu-o com força suficiente para decapitar a criatura, que cambaleou para a frente, sangue preto jorrando do pescoço. Um segundo depois o demônio tinha desaparecido. A *kindjal* caiu com estrondo no convés ao lado de Luke.

Jace correu para ele e se ajoelhou.

— A sua perna...

— Está quebrada. — Luke lutou para conseguir se sentar. O rosto estava contorcido de dor.

— Mas você se cura rapidamente.

Luke olhou ao redor, com o rosto sombrio. O Oni poderia estar morto, mas outros demônios tinham aprendido rápido com o exemplo; estavam subindo no telhado. Jace não conseguia afirmar, à luz fraca, quantos eram. Dúzias? Centenas? Depois de um determinado número, não importava mais.

Luke fechou a mão ao redor do cabo da *kindjal*.

— Não rápido o bastante.

Jace sacou a adaga de Isabelle do cinto. Era a última das armas e de repente parecia lamentavelmente pequena. Uma emoção afiada o penetrou — não medo, ele já estava além disso, mas tristeza. Viu Alec e Isabelle como se estivessem diante dele, sorrindo, em seguida viu Clary com os braços estendidos, como se o estivesse recepcionando em casa.

Levantou-se enquanto os demônios caíam do telhado em onda, uma maré de sombra encobrindo a lua. Ele se moveu para tentar bloquear Luke, mas não adiantou; os demônios estavam por todos os lados. Um recuou para cima dele. Era um esqueleto de 1,80 metro, sorrindo com dentes quebrados. Pedaços de bandeiras de prece tibetanas coloridas pendiam dos ossos apodrecidos. Segurava uma espada *katana* na mão ossuda, o que era incomum — a maioria dos demônios não usava armas. A lâmina, marcada com símbolos demoníacos, era mais longa do que o braço de Jace, curvilínea, afiada e mortal.

Jace atacou com a adaga, que atingiu as costelas do demônio e ficou presa ali. O demônio mal pareceu notar; simplesmente continuou se movendo, inexorável como a morte. O ar ao redor cheirava a morte e cemitério. Ele ergueu a *katana* com a mão cerrada...

Uma sombra cinza cortou a escuridão na frente de Jace, uma sombra que se conduzia com movimentos giratórios, precisos e mortais. O movimento para baixo da *katana* produziu o chiado de metal contra metal; a figura sombria empurrou a *katana* de volta para o demônio, esfaqueando-o para cima com a outra mão, tão rápido que o olho de Jace mal conseguiu segui-la. O demônio caiu para trás, o crânio estilhaçando-se ao cair no vazio. Ao redor podiam-se ouvir os gritos de demônios, uivando em surpresa. Girando, ele viu que dúzias de formas — formas *humanas* — estavam escalando as grades, caindo no chão e correndo para perto da massa de demônios que se arrastavam, serpenteavam, sibilavam e voavam sobre o convés. Empunhavam lâminas de luz e vestiam roupas escuras e espessas de...

— *Caçadores de Sombras?* — disse Jace, tão espantado que falou em voz alta.

— Quem mais? — Um sorriso brilhou na escuridão.

— Malik? É você?

Malik inclinou a cabeça.

— Desculpe pelo que aconteceu mais cedo — disse ele. — Eu estava cumprindo ordens.

Jace estava prestes a dizer a Malik que o fato de ter acabado de salvar sua vida mais do que compensava a tentativa anterior de impedi-lo de deixar o Instituto quando um grupo de demônios Raum partiu para cima deles, lançando tentáculos no ar. Malik girou e partiu ao encontro deles com um grito, a lâmina serafim brilhando como uma estrela. Jace estava a ponto de segui-lo quando alguém o agarrou e o puxou de lado.

Era uma Caçadora de Sombras, toda de preto, o capuz escondendo o rosto embaixo.

— Venha comigo.

A mão puxou a manga insistentemente.

— Preciso chegar até o Luke. Ele está ferido. — Jace puxou o braço esquerdo. — Me *solte*.

— Ah, pelo amor do Anjo... — A figura o soltou e se esticou para puxar o capuz, revelando um rosto estreito e pálido e olhos cinzentos que ardiam como lascas de diamante. — *Agora* você pode obedecer, Jonathan?

Era a Inquisidora.

Apesar da velocidade com que voaram girando pelo ar, Clary teria chutado Valentim se conseguisse, mas ele a segurou como se tivesse braços de ferro. Os pés dela se libertaram, mas não importava o quanto lutasse, não parecia conseguir atingir nada.

Quando o demônio parou e desviou repentinamente, ela soltou um grito, mas Valentim riu. Em seguida estavam rodando por um túnel de metal, chegando a uma sala maior e mais ampla. Em vez de soltá-los sem cerimônia, o demônio voador os colocou gentilmente no chão.

Para grande surpresa de Clary, Valentim a soltou. Ela se livrou dele e tropeçou até o meio da sala, olhando desesperadamente em volta. Era um espaço amplo, provavelmente alguma espécie de sala de maquinário em outros tempos. Ainda havia máquinas alinhadas contra as paredes, fora do caminho, para criar um espaço quadrado amplo no centro. O chão era feito de metal espesso, sujo aqui e ali com manchas mais escuras. No meio do espaço vazio havia quatro bacias, grandes o suficiente para lavar cachorros. O interior das duas primeiras estava manchado com uma ferrugem marrom escura. A terceira estava cheia de um líquido vermelho-escuro. A quarta estava vazia.

Havia um baú de metal atrás das bacias. Um tecido escuro tinha sido colocado sobre ele. Ao se aproximar, ela viu que em cima do pano havia uma espada prateada que brilhava uma luz escura, quase uma falta de luminosidade: uma escuridão radiante e visível.

Clary se virou e olhou fixamente para Valentim, que a observava em silêncio.

— Como você pôde fazer isso? — perguntou. — Como pôde matar o Simon? Ele era só... ele era só um menino, um humano comum...

— Ele não era humano — disse Valentim, com a voz suave. — Tinha se tornado um monstro. Você só não conseguia enxergar, Clarissa, porque ele vestia a face de um amigo.

— Ele não era um monstro. — Ela se aproximou um pouco mais da Espada. Era enorme, pesada. Imaginou se conseguiria levantá-la; mesmo que conseguisse, será que seria capaz de manejá-la? — Ainda era Simon.

— Não pense que não sou solidário com a sua situação — disse Valentim. Ele ficou parado no único feixe de luz que entrava pela escotilha no teto. — Senti o mesmo quando Lucian foi mordido.

— Ele me contou. — Ela se irritou. — Você entregou a ele uma adaga e mandou que se matasse.

— Aquilo foi um erro — disse Valentim.

— Pelo menos você admite...

— Eu mesmo deveria tê-lo matado. Teria demonstrado que me importava.

Clary balançou a cabeça.

— Não se importava coisa nenhuma. Você nunca se importou com ninguém. Nem mesmo com a minha mãe. Nem com Jace. Eram apenas coisas que pertenciam a você.

— Mas o amor não é isso, Clarissa? Posse? "Sou do meu amado e o meu amado é meu", como diz a canção das canções.

— Não. E não cite a Bíblia para mim. Não acho que você entenda. — Ela estava muito perto do baú agora, o cabo da espada ao seu alcance. Os dedos estavam molhados de suor e ela os secou rapidamente na calça jeans. — Não é só que alguém pertence a você, é que você que se dá ao outro. Duvido que *você* já tenha dado alguma coisa a alguém. A não ser talvez pesadelos.

— Dar-se a alguém? — O sorriso fino não cedeu. — Como você se deu a Jonathan?

A mão dela, que estava se levantando em direção à Espada, cerrou-se em um punho. Ela a puxou novamente em direção ao peito, olhando para ele incrédula.

— O quê?

— Você acha que não reparei como vocês se olham? Como ele pronuncia o seu nome? Você pode achar que eu não tenha sentimentos, mas isso não significa que eu não consiga ver os sentimentos dos outros. — O tom de Valentim era suave, cada palavra um pedaço de gelo agredindo-lhe os ouvidos. — Suponho que só possamos culpar a nós mesmos, sua mãe e eu, por termos mantido vocês dois afastados por tanto tempo que acabaram não desenvolvendo a repulsa um pelo outro que seria mais natural entre irmãos.

— Não sei do que você está falando. — Os dentes de Clary estavam batendo.

— Acho que me expliquei muito bem. — Ele havia se afastado da luz. Seu rosto estava coberto pelas sombras. — Eu vi Jonathan quando ele encarou o demônio do medo, sabia? O demônio se mostrou para ele como você, e isso me disse tudo que eu precisava saber. O maior medo da vida do Jonathan é o amor que ele sente pela irmã.

— Eu não faço o que me mandam — disse Jace —, mas posso fazer o que você quiser se me pedir com gentileza.

A Inquisidora parecia querer revirar os olhos, mas parecia ter se esquecido como.

— Preciso falar com você.

Jace olhou para ela.

— *Agora?*

Ela colocou a mão no braço dele.

— Agora.

— Você está louca. — Jace olhou para o convés do navio. Parecia uma pintura de Bosch do inferno. A escuridão estava cheia de demônios: fazendo ruídos, uivando, ganindo e atacando com garras e dentes. Os Nephilim iam para a frente e para trás, as armas brilhantes à sombra. Jace podia ver que não havia Caçadores de Sombras suficientes. Nem perto de suficientes. — Impossível... Estamos no meio de uma batalha...

A mão ossuda da Inquisidora era surpreendentemente forte.

— *Agora.* — Ela o puxou, e ele deu um passo para trás, surpreso demais para fazer qualquer outra coisa, depois mais um, até estarem no recuo de uma parede. Ela soltou Jace e apalpou os bolsos da capa escura, sacando duas lâminas serafim. Sussurrou os nomes, em seguida diversas palavras que Jace não conhecia, e as jogou no convés, uma de cada lado dele. Elas se prenderam, com as pontas para baixo, e um lençol solitário de luz azul e branca se espalhou diante deles, separando Jace e a Inquisidora do restante do navio.

— Você está me prendendo *outra vez*? — perguntou Jace, olhando incrédulo para a Inquisidora.

— Isso não é uma Configuração Malaquias. Pode sair se quiser. — As mãos dela se apertaram com força. — Jonathan...

— Você quer dizer Jace. — Ele não conseguia mais enxergar a batalha através da parede de luz branca, mas ainda podia ouvir os ruídos, os gritos e uivos dos demônios. Se virasse a cabeça, podia ver uma pequena parte do oceano, brilhando com a luz como diamantes espalhados sobre a superfície de um espelho. Havia mais ou menos uma dúzia de barcos lá, os trimarãs esguios e de cascos múltiplos utilizados nos lagos de Idris. Barcos de Caçadores de Sombras. — O que você está fazendo aqui? Por que veio?

— Você estava certo — respondeu ela. — Sobre Valentim. Ele não aceitou a troca.

— Ele disse a você para me deixar morrer. — Jace sentiu-se tonto de repente.

— Assim que ele recusou, é óbvio, convoquei o Conclave e os trouxe aqui. Eu... eu devo um pedido de desculpas a você e à sua família.

— Registrado — disse Jace. Ele detestava desculpas. — Alec e Isabelle? Estão aqui? Não serão castigados por me ajudarem?

— Estão aqui, e não, não serão castigados. — Ela ainda estava olhando para ele com olhos investigativos. — Não consigo entender Valentim. Um pai jogar fora a vida de um filho, seu único menino...

— É — disse Jace. A cabeça dele doía, e ele gostaria que a mulher se calasse, ou que um demônio os atacasse. — É um horror, de fato.

— A não ser que...

Agora ele olhou surpreso para ela.

— A não ser que o quê?

Ela apontou o dedo para o ombro dele.

— Onde arrumou isso?

Jace olhou para baixo e viu que o veneno do demônio aracnídeo havia feito um buraco em sua blusa, deixando um bom pedaço do ombro exposto.

— A camisa? Na Macy's. Liquidação de inverno.

— A *cicatriz*. Essa cicatriz aqui no seu ombro.

— Ah, isso. — Jace ficou intrigado com a intensidade do olhar. — Não tenho certeza. Alguma coisa aconteceu quando eu era muito jovem, foi o que o meu pai disse. Uma espécie de acidente. Por quê?

O ar saiu sibilado entre os dentes da Inquisidora.

— Não pode ser — murmurou ela. — *Você* não pode ser...

— Não posso ser o quê?

Havia uma nota de incerteza na voz da Inquisidora.

— Todos esses anos — continuou ela — enquanto estava crescendo... você *realmente* achava que era filho de Michael Wayland?

Uma fúria cortante atravessou Jace e foi ainda mais dolorosa por causa da pontada de decepção que a acompanhou.

— Pelo Anjo — irritou-se —, você me arrastou até aqui, no meio de uma batalha, para me fazer a mesma maldita pergunta outra vez? Não acreditou em mim na primeira vez, e ainda não acredita. Nunca vai acreditar, apesar de tudo o que aconteceu, apesar de tudo o *que eu disse ser verdade*. — Ele apontou para o que quer que estivesse acontecendo do outro lado da parede de luz. — Eu deveria estar lá, lutando. Por que está me segurando aqui? Para, depois que tudo isso acabar, se algum de nós ainda estiver vivo, você poder ir até a Clave e dizer a eles que eu não lutei ao seu lado contra o meu pai? *Boa* tentativa.

Ela estava ainda mais pálida do que ele acreditava ser possível.

— Jonathan, não é isso que eu...

— O meu nome é Jace! — gritou ele. A Inquisidora se contraiu, com a boca entreaberta, como se ainda estivesse prestes a dizer alguma coisa. Jace não queria ouvir. Ele passou por ela, quase derrubando-a de lado, e chutou uma das lâminas serafim no convés. Ela caiu e a parede de luz desapareceu.

Além dela reinava o caos. Formas escuras se chocavam no convés, demônios em cima de corpos contorcidos, e o ar estava cheio de fumaça e gritos. Ele se esforçou para enxergar alguém que conhecesse no meio. Onde estava Alec? E Isabelle?

— Jace! — A Inquisidora correu atrás dele, o rosto enrijecido de medo. — Jace, você não tem uma arma, ao menos leve...

Ela se interrompeu quando um demônio surgiu na frente de Jace como um iceberg na proa de um navio. Não era como os que ele tinha visto até então; aquele tinha um rosto enrugado e mãos ágeis como as de um macaco gigante, mas o rabo afiado de um escorpião. Os olhos eram giratórios e amarelos. Sibilou para ele entre dentes quebrados que pareciam agulhas. Antes que Jace pudesse desviar, a cauda voou para a frente com a velocidade de uma serpente atacando. Ele viu a ponta de agulha indo em direção ao seu rosto...

E pela segunda vez na noite, uma sombra passou entre ele e a morte. Sacando uma faca de lâmina longa, a Inquisidora se jogou na frente dele a tempo de a picada do escorpião atingi-la no peito.

Ela gritou, mas se manteve de pé. O rabo do demônio recuou, pronto para um novo ataque, mas a faca da Inquisidora já havia deixado sua mão, voando reta e certeira. Os símbolos marcados na lâmina brilhavam enquanto ela cortava a garganta do demônio. Com um chiado, como ar escapando de um balão furado, ele se contorceu para dentro, a cauda retorcendo-se em espasmos enquanto desaparecia.

A Inquisidora caiu no chão do convés. Jace se ajoelhou ao lado dela, colocando uma das mãos em seu ombro e virando-a de barriga para cima. Sangue se espalhava na frente da blusa cinza. Seu rosto estava imóvel e pálido, e por um instante Jace pensou que já estivesse morta.

— Inquisidora? — Ele não conseguia dizer o primeiro nome dela, nem mesmo agora.

Ela abriu os olhos. As partes brancas já estavam se entorpecendo. Com grande esforço ela sinalizou para que ele se aproximasse. Ele se curvou para perto, perto o suficiente para ouvi-la sussurrando ao seu ouvido, sussurrando um último suspiro...

— O quê? — disse Jace, espantado. — O que isso significa?

Não houve resposta. A Inquisidora havia desabado novamente no convés, os olhos abertos e vidrados, a boca curvada no que parecia quase um sorriso.

Jace se sentou, entorpecido e com olhos fixos. Ela estava morta. Morta por causa dele.

Algo agarrou a parte de trás de sua camisa e o puxou para cima. Jace colocou a mão no cinto — percebeu que estava desarmado — e virou-se para ver um par de olhos familiares encarando-o com total incredulidade.

— Você está vivo — disse Alec. Foram três palavras curtas, mas havia uma profusão de sentimentos por trás delas. O alívio no rosto dele era evidente, assim como a exaustão. Apesar do frio, os cabelos pretos estavam grudados nas bochechas e na testa com suor. As roupas e a pele estavam manchadas de sangue e havia um longo rasgo na manga do casaco da armadura, como se algo denticulado e afiado a tivesse rasgado. Ele tinha uma *guisarme* ensanguentada na mão direita, e o colarinho de Jace na outra.

— Parece que sim — admitiu Jace. — Mas não vou sobreviver por muito tempo se você não me der uma arma.

Com um rápido olhar em volta, Alec soltou Jace, tirou uma lâmina serafim do cinto e a entregou a ele.

— Aqui — disse. — Se chama Samandiriel.

Jace mal acabara de pegar a lâmina quando um demônio Drevak de tamanho médio avançou na direção deles, tremendo imperiosamente. Jace ergueu Samandiriel, mas Alec já havia despachado a criatura com um golpe fulminante da *guisarme.*

— Bela arma — disse Jace, mas Alec estava olhando além dele, para a figura cinza curvada no convés.

— É a Inquisidora? Ela está...?

— Está morta — disse Jace.

A mandíbula de Alec enrijeceu.

— Já foi tarde. O que houve?

Jace estava prestes a responder quando foi interrompido por um berro:

— *Alec! Jace!*

Era Isabelle, apressando-se na direção deles através do odor e da fumaça. Vestia uma jaqueta preta justa, manchada com sangue amarelado. Correntes de ouro penduradas com pingentes de símbolos circundavam seus pulsos e calcanhares, e o chicote se estendia em volta dela como uma rede de fio electrum.

Ela estendeu os braços.

— Jace, achamos que...

— Não. — Alguma coisa fez Jace dar um passo para trás, afastando-se do toque dela. — Estou coberto de sangue, Isabelle. Não.

Uma expressão de mágoa cruzou o rosto da menina.

— Mas todos nós estávamos procurando você... A mamãe e o papai, eles...

— *Isabelle!* — Jace gritou, mas era tarde demais: um demônio aracnídeo enorme surgiu atrás dela, liberando veneno amarelo das presas. Isabelle gritou quando o veneno a atingiu, mas o chicote voou com velocidade extraordinária, cortando ao meio o demônio, que caiu ruidosamente no convés e em seguida desapareceu.

Jace correu em direção a Isabelle exatamente quando ela caiu para a frente. O chicote escorregou da mão quando ele a pegou, embalando-a desajeitadamente contra o corpo. Ele podia ver quanto veneno a atingira: se espalhara principalmente pelo casaco, mas algumas partes atingiram a garganta, e queimava e chiava onde havia tocado a pele. De forma quase inaudível, ela gemeu — Isabelle, que nunca demonstrava dor.

— Me dê ela. — Era Alec, derrubando a arma enquanto se apressava para ajudar a irmã. Ele pegou Isabelle dos braços de Jace e deitou-a gentilmente no convés. Ajoelhando-se ao lado dela com a estela na mão, ele olhou para Jace. — Contenha o que quer que se aproxime enquanto eu a curo.

Jace não conseguia afastar os olhos de Isabelle. Sangue pingava do pescoço na jaqueta, ensopando o cabelo dela.

— Temos que tirá-la desse barco — disse ele asperamente. — Se ela ficar aqui...

— Vai morrer? — Alec estava traçando a ponta da estela da forma mais gentil que conseguia sobre a garganta da irmã. — Todos vamos morrer. Eles são muitos. Estamos sendo massacrados. A Inquisidora mereceu morrer por isso: é tudo culpa dela.

— Um demônio escorpião tentou me matar — disse Jace, imaginando por que estava falando, por que estava defendendo alguém que odiava. — A Inquisidora se jogou na frente e salvou a minha vida.

— *Salvou*? — O espanto era nítido no tom de Alec. — Por quê?

— Acho que ela decidiu que valia a pena me salvar.

— Mas ela sempre... — Alec se interrompeu, mudando para uma expressão de alarme. — Jace, atrás de você, dois deles...

Jace girou. Dois demônios se aproximavam, um Ravener, com corpo de crocodilo e dentes serrados, rabo de escorpião curvado para a frente sobre as costas, e um Drevak, cuja carne branca de verme brilhava ao luar. Jace ouviu Alec atrás dele se assustar; em seguida Samandiriel deixou sua mão, cortando um rastro prateado pelo ar. Cortou a cauda do Ravener logo abaixo da bolsa de veneno pendurada na ponta do ferrão.

O Ravener uivou. O Drevak virou, confuso, e foi atingido pela bolsa tóxica na cara. A bolsa se abriu, ensopando o Drevak com veneno. Ele emitiu um único uivo incompreensível e desabou, a cabeça corroída até o osso. Sangue e veneno se espalharam pelo convés enquanto o Drevak se esvaía. O Ravener, com sangue jorrando da cauda, se arrastou por mais alguns passos antes de também desaparecer.

Jace se curvou e pegou Samandiriel cuidadosamente. O convés de metal ainda estava chiando onde o veneno do Ravener havia espirrado, furando nele pequenos buracos espalhados, como em uma gaze.

— Jace. — Alec estava de pé, segurando uma Isabelle pálida, porém firme, pelo braço. — Temos que tirar Isabelle daqui.

— Tudo bem — disse Jace. — Você tira ela daqui. Eu vou cuidar *daquilo*.

— Do quê? — disse Alec, espantado.

— Daquilo — Jace disse novamente e apontou. Algo vinha em direção a eles através da fumaça e das chamas, algo enorme, corcunda e pesado. Facilmente cinco vezes maior do que qualquer outro demônio no navio, tinha um corpo blindado, com muitos membros, cada apêndice acabando em uma garra espinhosa e quitinosa. Tinha patas de elefante, enormes e achatadas. A cabeça parecia a de um mosquito gigante, Jace viu enquanto se aproximava, olhos de inseto e a tromba vermelho-sangue pendurada.

Alec respirou fundo.

— Que diabos é isso?

Jace pensou por um instante.

— Grande — disse ele, afinal. — Muito.

— Jace...

Jace virou-se e olhou para Alec, em seguida para Isabelle. Alguma coisa dentro dele lhe disse que aquela poderia ser a última vez que os via, mas mesmo assim não sentia medo, não por ele. Queria dizer alguma coisa a eles, talvez que os amava, que qualquer um deles valia mais do que milhares de Instrumentos Mortais e os poderes que podiam proporcionar, mas as palavras não saíam.

— Alec — ele se ouviu dizer —, leve Isabelle para a escada agora ou todos morreremos.

Alec encontrou o olhar de Jace e o prendeu por um instante. Em seguida assentiu e empurrou Isabelle, que ainda protestava, em direção à grade. Ele a ajudou a subir, e, com grande alívio, Jace viu a cabeça escura desaparecendo enquanto ela descia a escada. *Agora você, Alec*, pensou. *Vá.*

Mas Alec não estava indo. Isabelle, agora fora do alcance visual, soltou um grito agudo enquanto o irmão subia novamente pela grade e pulava para o convés do navio. A *guisarme* estava no chão onde ele a havia deixado; Alec a pegou e foi para perto de Jace, encarar o demônio que se aproximava.

Contudo ele não chegou até lá. O demônio em cima de Jace desviou repentinamente e correu em direção a Alec, a tromba sangrenta indo para a frente e para trás, faminto. Jace girou para bloquear Alec, mas o convés de metal em que estava em pé, apodrecido com veneno, cedeu sob ele. Jace ficou com o pé preso e caiu pesadamente sobre o convés.

Alec teve tempo apenas de gritar o nome de Jace, e em seguida o demônio estava em cima dele. Ele o esfaqueou com a *guisarme*, enfiando a ponta afiada profundamente na carne da criatura, que recuou, soltando um grito estranhamente humano, sangue preto jorrando do ferimento. Alec recuou, tentando pegar outra arma, justamente quando o demônio girou a garra, derrubando-o no convés. Em seguida, o tubo de alimentação se enrolou ao seu redor.

Em algum lugar, Isabelle estava gritando. Jace lutava desesperadamente para tirar a perna do convés; pontas afiadas de metal o feriam enquanto ele se libertava e cambaleava.

Ele ergueu Samandiriel. Uma luz brilhou na frente da lâmina serafim, cintilante como uma estrela cadente. O demônio se contorceu para trás, soltando um leve ruído sibilado. Diminuiu a força com que segurava Alec e, por um instante, Jace pensou que fosse soltá-lo. Em seguida, ele virou a cabeça com uma velocidade repentina e espantosa e jogou Alec para longe com uma força descomunal. Alec atingiu o convés escorregadio, deslizou por ele e caiu, com um único grito rouco, pela lateral da embarcação.

Isabelle gritava o nome de Alec e seus gritos eram como flechas perfurando o ouvido de Jace. Samandiriel ainda brilhava na mão dele. A luz iluminou o demônio que vinha em direção a ele, o olhar de inseto ardente e predatório, mas só o que ele conseguia ver era Alec; Alec caindo pela lateral do navio, Alec se afogando na água escura abaixo. Pensou estar sentindo o gosto de água do mar na boca ou talvez tivesse sido sangue. O demônio estava quase nele; ergueu Samandiriel e a lançou — o demônio ganiu, um som agudo e agonizante, em seguida, o convés cedeu sob Jace com um ruído de metal se quebrando e ele caiu na escuridão.

19

Dies Irae

— Você está errado — disse Clary, mas não havia convicção na voz. — Você não sabe nada sobre mim nem sobre Jace. Só está tentando...

— Tentando o quê? Estou tentando alcançá-la, Clarissa. Fazê-la entender. — Não havia qualquer sentimento na voz de Valentim que Clary pudesse detectar além de um divertimento remoto.

— Você está debochando de nós. Acha que pode me usar para magoar Jace, então está debochando de nós. Nem está mais com raiva — acrescentou. — Um pai de verdade estaria furioso.

— Eu sou um pai de verdade. O mesmo sangue que corre nas minhas veias corre nas de vocês.

— Você não é meu pai. Luke é meu pai — disse Clary, quase exausta. — Já conversamos sobre isso.

— Você só vê Luke como pai por causa da relação dele com a sua mãe...

— A *relação* deles? — Clary riu. — Luke e a minha mãe são amigos.

Por um instante, ela pensou ter visto uma expressão de surpresa passar pelo rosto dele. Mas "É mesmo?" foi tudo que ele disse. Em seguida:

— Você realmente acha que Lucian suportou tudo isso, essa vida de silêncio, esconderijos e fugas, essa devoção à proteção de um segredo que nem ele entendia completamente, apenas por *amizade*? Na sua idade, você sabe muito pouco sobre as pessoas, Clary, e menos ainda sobre os homens.

— Você pode fazer as insinuações que quiser a respeito do Luke. Não vai fazer a menor diferença. Está enganado em relação a ele, assim como está enganado sobre o Jace. Você precisa atribuir motivos repulsivos para tudo que fazem, porque motivos repulsivos são tudo o que você entende.

— É isso que seria se ele amasse a sua mãe? Repulsivo? — disse Valentim. — O que há de tão repulsivo no amor, Clarissa? Ou será porque no fundo você sente que o seu precioso Lucian não é verdadeiramente humano, nem verdadeiramente capaz de ter sentimentos da maneira que entendemos...

— Luke é tão humano quanto eu — Clary jogou na cara dele. — Você não passa de um preconceituoso.

— Ah, não — disse Valentim. — Se tem uma coisa que não sou é preconceituoso. — Ele se aproximou dela um pouco mais, e ela foi para a frente da espada, bloqueando-a da visão do pai. — Você pensa isso ao meu respeito porque olha para mim e para o que faço através das lentes da sua compreensão mundana do mundo. Humanos mundanos criam distinções entre eles mesmos, distinções que parecem ridículas a qualquer Caçador de Sombras. As distinções deles são baseadas em raça, religião, nacionalidade, ou qualquer um dentre dúzias de rótulos irrelevantes. Para os mundanos parece lógico, porque eles não podem ver, entender nem reconhecer os mundos demoníacos, mas, enterrados em algum lugar em suas memórias antigas, eles sabem que existem aqueles que caminham nesta terra que são *outros*. Que não pertencem, que querem apenas causar o mal e a destruição. Como a ameaça demoníaca é invisível aos mundanos, eles precisam atribuir ameaças a outros de sua própria espécie. Colocam a face do inimigo na face do vizinho, e assim se perpetuam gerações de tormento. — Ele deu mais um passo à frente, e Clary recuou instintivamente; estava encostada no baú agora. — Eu não sou assim — ele prosseguiu. — Consigo enxergar a verdade das coisas. Os mundanos veem através de um espelho, como um enigma, mas os Caçadores de Sombras, nós vemos face a face. Sabemos a verdade sobre o mal, e sabemos que, apesar de ele caminhar entre nós, não faz *parte* de nós. O que não pertence ao nosso mundo não pode se enraizar nele, crescer como uma flor venenosa e extinguir toda a vida.

Clary tinha a intenção de pegar a Espada primeiro, depois atacar Valentim, mas as palavras dele a desestabilizaram. Sua voz era tão suave, tão persuasiva, e não era como se ela achasse que *devesse* ser permitido aos demônios permanecer na terra, reduzi-la a cinzas como haviam feito com tantos mundos... O que ele dizia quase fazia sentido, mas...

— Luke não é um demônio — disse ela.

— Parece, Clarissa — disse Valentim —, que você tem muito pouca experiência para determinar o que é um demônio e o que não é. Você encontrou alguns seres do Submundo que pareceram gentis o suficiente para você, e é através da lente da sua bondade que você enxerga o mundo. Demônios para você são criaturas horríveis que saltam das sombras para atacar. E essas criaturas existem. Mas há também os demônios de grande sutileza e discrição, demônios que caminham entre humanos livremente e sem ser reconhecidos. E mesmo assim eu já os vi fazerem coisas tão terríveis que os seus colegas bestiais até parecem gentis em comparação. Havia um demônio em Londres que conheci uma vez que se fazia passar por um financista poderoso. Nunca estava sozinho, então era difícil chegar perto dele para matá-lo, apesar de eu saber o que ele era. Mandava os criados trazerem animais e crianças, qualquer coisa que fosse pequena e indefesa...

— Pare. — Clary colocou as mãos nos ouvidos. — Não quero ouvir isso.

Mas a voz de Valentim continuou se arrastando, inexorável, abafada, mas não inaudível.

— Ele os comia lentamente, durante muitos dias. Tinha seus truques, maneiras de mantê-los vivos por meio das piores formas de tortura imagináveis. Se puder imaginar uma criança tentando se arrastar até você com metade do corpo dilacerado...

— *Pare!* — Clary tirou as mãos dos ouvidos. — Chega, *chega*!

— Demônios se alimentam de morte, dor e loucura — continuou Valentim. — Quando mato, é porque preciso. Você cresceu em um paraíso falsamente lindo, cercado por paredes frágeis de vidro, minha filha. A sua mãe imaginou o mundo em que ela queria viver e a criou nele, mas nunca contou a você que não passava de uma ilusão. E que o tempo todo os demônios estavam esperando com suas armas de sangue e terror para estilhaçar o vidro e libertá-la da mentira.

— Você derrubou as paredes — sussurrou Clary. — *Você* me arrastou para isso. Ninguém além de você.

— E o vidro que a cortou, a dor que sentiu, o sangue? Também me culpa por isso? Não fui eu que a coloquei naquela prisão.

— Pare. Apenas pare de falar. — A cabeça de Clary estava zumbindo. Ela queria gritar com ele: *Você sequestrou a minha mãe, você fez isso, a culpa é sua*! Mas ela estava começando a entender o que Luke queria dizer quando afirmava que era impossível discutir com Valentim. De alguma forma ele havia tornado impossível discordar dele sem que parecesse que estava defendendo demônios que partiam crianças ao meio. Ficou imaginando como Jace tinha aguentado tantos anos vivendo à sombra daquela personalidade exigente e opressora. Começou a ver de onde vinha a arrogância de Jace, a arrogância e as emoções cuidadosamente controladas.

A borda do baú atrás dela estava ferindo a parte de trás das pernas. Ela podia sentir o frio que vinha da Espada, deixando os cabelos de sua nuca arrepiados.

— O que você quer de mim? — perguntou a Valentim.

— O que a faz pensar que quero alguma coisa de você?

— Se não quisesse, não estaria falando comigo. Já teria golpeado a minha cabeça e estaria esperando por... por qualquer que seja o próximo passo depois disso.

— O próximo passo — disse Valentim — envolve os seus amigos Caçadores de Sombras encontrando você, e eu dizendo a eles que se a quiserem viva terão que me dar a menina licantrope. Ainda preciso do sangue dela.

— Eles nunca vão trocar Maia por mim!

— Aí é que você se engana — disse Valentim. — Eles sabem o valor de um ser do Submundo quando comparado a uma criança Caçadora de Sombras. Farão a troca. A Clave exige.

— A Clave? Você quer dizer que é parte da Lei?

— Codificada em sua própria existência — disse Valentim. — Agora você entende? Não somos muito diferentes, a Clave e eu, ou Jonathan e eu, Clarissa. Apenas discordamos quanto ao método. — Ele sorriu e deu um passo à frente para diminuir o espaço entre eles.

Movendo-se mais depressa do que achou que pudesse, Clary colocou a mão atrás de si e pegou a Espada da Alma. Era tão pesada quanto ela tinha imaginado que fosse, tão pesada que ela quase se desequilibrou. Esticando a mão, levantou-a, apontando a lâmina diretamente para Valentim.

A queda de Jace foi interrompida abruptamente quando ele atingiu a superfície de metal com força suficiente para que seus dentes chacoalhassem. Ele tossiu, sentindo gosto de sangue, e se levantou dolorosamente.

Estava sobre uma passarela de metal pintada de verde. O interior do navio era oco, uma grande câmara de metal com paredes externas escuras que produziam eco. Olhando para cima, Jace podia ver um pequeno fragmento de céu estrelado através do buraco fumegante no casco acima.

O interior do navio era um labirinto de passarelas e escadas que pareciam não levar a lugar nenhum, entrelaçando-se como as entranhas de uma cobra gigante. Fazia muito frio; Jace podia ver a própria respiração transformando-se em nuvens pálidas quando expirava. Havia pouca luz e ele semicerrou os olhos nas sombras até alcançar no bolso a pedra de luz enfeitiçada.

O brilho iluminou a escuridão. A passarela era longa, com uma escada na ponta que levava a um nível inferior. Enquanto Jace seguia na direção dela, algo se acendeu aos seus pés.

Ele se agachou. Era uma estela. Não pôde se conter e olhou em volta, como se esperasse alguém se materializar das sombras; mas *como* uma estela de Caçador de Sombras podia ter ido parar ali? Ele a pegou com cuidado. Todas as estelas tinham uma espécie de aura, um registro espectral da personalidade do dono. Aquela fez com que uma pontada de reconhecimento doloroso o percorresse. *Clary*.

Uma risada suave e repentina interrompeu o silêncio. Jace girou, colocando a estela no cinto. Sob o brilho da pedra enfeitiçada, podia ver uma figura escura na extremidade da passarela. O rosto estava encoberto pela sombra.

— Quem está aí? — perguntou.

Não houve resposta, apenas a sensação de que alguém estava rindo dele. A mão de Jace foi automaticamente para o cinto, mas ele tinha deixado cair a lâmina serafim ao despencar. Estava desarmado.

Mas o que seu pai havia ensinado? Se utilizado corretamente, quase tudo pode ser uma arma. Ele andou lentamente em direção à figura, registrando diversos detalhes ao redor — um suporte no qual poderia se pendurar e dar um chute; um pedaço de metal quebrado exposto contra o qual poderia jogar o adversário, perfurando sua espinha. Todos esses pensamentos passaram pela cabeça dele em uma fração de segundo, antes de a figura no final da passarela se virar, os cabelos brancos brilhando à luz enfeitiçada, e Jace reconhecê-lo.

Ele parou onde estava.

— Pai? É você?

A primeira coisa que Alec sentiu foi o frio gélido. A segunda foi que não conseguia respirar; ao tentar, o corpo sofreu um espasmo. Sentou-se ereto, expelindo a água suja do rio dos pulmões em uma torrente amarga que o fez engasgar e sufocar.

Finalmente conseguiu inspirar, apesar de os pulmões parecerem estar pegando fogo. Tossindo, olhou em volta. Estava sentado em uma plataforma de metal corrugado — não, era a traseira de uma caminhonete, flutuando no meio do rio. De seus cabelos e de suas roupas pingava água fria. Magnus Bane estava sentado diante dele, olhando-o fixamente com seus olhos de gato âmbar que brilhavam no escuro.

Alec começou a bater os dentes.

— O que... o que *aconteceu*?

— Você tentou beber o East River — disse Magnus, e Alec viu pela primeira vez que as roupas de Magnus também estavam ensopadas, grudadas ao corpo como uma segunda pele escura. — Eu o tirei da água.

A cabeça de Alec estava latejando. Ele apalpou o cinto à procura da estela, mas não estava lá. Tentou se lembrar: o navio, cheio de demônios; Isabelle caindo e Jace amparando-a; sangue por todos os lados no chão, o demônio atacando...

— Isabelle! Ela estava descendo quando eu caí...

— Ela está bem. Chegou até um barco. Eu vi. — Magnus esticou a mão para tocar a cabeça de Alec. — Você, por outro lado, pode ter tido uma concussão.

— Preciso voltar para a batalha. — Alec afastou a mão. — Você é um feiticeiro. Não pode, sei lá, me levar *voando* de volta para o barco ou algo do tipo? E consertar a minha concussão ao mesmo tempo?

Com a mão ainda esticada, Magnus se apoiou na lateral da traseira da caminhonete. Sob a luz das estrelas seus olhos eram lascas de verde e dourado, duras e lisas como joias.

— Desculpe — disse Alec, percebendo como tinha soado apesar de ainda achar que Magnus deveria perceber que levá-lo de volta ao barco era a coisa mais importante. — Eu sei que você não tem que nos ajudar... é um favor...

— Pare. Eu não faço favores para você, Alec. Eu faço as coisas para você porque... Bem, por que você acha que eu faço?

Algo subiu na garganta de Alec, cortando sua resposta. Era sempre assim quando estava com Magnus. Era como se houvesse uma bolha de dor ou arrependimento que morava dentro do coração dele, e quando ele queria dizer alguma coisa, qualquer coisa, que parecesse significativa ou verdadeira, a bolha se erguia e sufocava as palavras.

— Preciso voltar para o barco — disse afinal.

Magnus parecia cansado demais para sequer soar indignado.

— Eu o ajudaria — disse ele —, mas não posso. Tirar as proteções do navio já foi difícil o bastante. É um encanto forte, muito forte, demoníaco. E quando você caiu, tive que lançar um feitiço rápido na picape para que ela não afundasse quando eu perdesse a consciência. E eu vou perder a consciência, Alec. É só uma questão de tempo. — Ele passou uma das mãos nos olhos. — Não queria que você se afogasse. O feitiço deve aguentar o suficiente para que você consiga levar a caminhonete de volta para a terra.

— Eu... não sabia. — Alec olhou para Magnus, que tinha 300 anos de idade mas sempre parecia atemporal, como se tivesse parado de envelhecer mais ou menos aos 19 anos. Agora havia linhas acentuadas na pele ao redor dos olhos e da boca. Os cabelos pendiam sobre a testa, e os ombros abaixados não representavam sua postura usual, mas exaustão completa.

Alec estendeu as mãos. Estavam pálidas ao luar, enrugadas pelo tempo na água e marcadas com dúzias de cicatrizes prateadas. Magnus olhou para elas, depois de volta para Alec, confusão escurecendo seu olhar.

— Pegue as minhas mãos — disse Alec. — E pegue a minha força também. O que quer que consiga pode usar para... se manter de pé.

Magnus não se moveu.

— Pensei que você tivesse que voltar para o navio.

— Tenho que lutar — disse Alec —, mas é isso que você está fazendo, não é? Você faz tão parte da luta quanto os Caçadores de Sombras no navio, e sei que pode tomar um pouco da minha força, já ouvi falar de feiticeiros que fizeram coisas do tipo, então estou oferecendo. Pegue. É sua.

Valentim sorriu. Vestia sua armadura preta e manoplas que brilhavam como carapaças de insetos pretos.

— Meu filho.

— Não me chame assim — disse Jace, e em seguida sentiu um tremor começando nas mãos. — Onde está Clary?

Valentim continuava sorrindo.

— Ela me desafiou — disse ele. — Tive que dar-lhe uma lição.

— *O que você fez com ela*?

— Nada. — Valentim se aproximou de Jace, perto o bastante para tocá-lo se decidisse esticar a mão. Não o fez. — Nada do que ela não vá se recuperar.

Jace cerrou a mão em punho para que o pai não a visse tremendo.

— Quero vê-la.

— Sério? Com tudo isso acontecendo? — Valentim olhou para cima, como se pudesse ver através do casco do navio até a carnificina no convés. — Achei que fosse querer lutar ao lado do resto dos seus amigos Caçadores de Sombras. Pena que os esforços deles são em vão.

— Você não sabe disso.

— Sei, sim. Para cada um deles, posso invocar mil demônios. Nem os melhores Nephilim conseguiriam suportar essa proporção. Como no caso da pobre Imogen — acrescentou Valentim.

— Como você...

— Vejo tudo que acontece no meu navio. — Os olhos de Valentim se fecharam. — Você sabe que a morte dela foi culpa sua, não sabe?

Jace respirou fundo. Podia sentir o coração acelerando como se quisesse saltar para fora do peito.

— Se não fosse por você, nenhum deles teria vindo ao navio. Acharam que o estavam salvando, sabe? Se fossem apenas dois seres do Submundo, não teriam se incomodado.

Jace já tinha quase se esquecido.

— Simon e Maia...

— Ah, estão mortos. Os dois. — O tom de Valentim era casual, suave até. — Quantos terão que morrer, Jace, até você enxergar a verdade?

A cabeça de Jace parecia estar cheia de fumaça giratória. Seu ombro queimava de dor.

— Já tivemos essa conversa. Você está errado, pai. Pode ter razão no que se refere aos demônios, pode até ter razão sobre a Clave, mas não é assim...

— Eu quis dizer — corrigiu-o — quando você vai enxergar que *é exatamente como eu*?

Apesar do frio, Jace tinha começado a suar.

— O quê?

— Você e eu somos iguais — disse Valentim. — Como me disse antes, você é o que eu fiz de você, e o fiz uma cópia de mim mesmo. Tem a minha arrogância. Tem a minha coragem. E tem aquela qualidade que faz as pessoas darem a vida por você sem questionar.

Algo martelou no fundo da mente de Jace. Algo que ele deveria saber, ou havia esquecido — seu ombro *queimava*.

— Não *quero* pessoas dando a vida por mim — gritou ele.

— Não. Você quer. Você gosta de saber que o Alec e a Isabelle morreriam por você. Que a sua irmã morreria. A Inquisidora *morreu* por você, não morreu, Jonathan? E você ficou parado e deixou que ela...

— Não!

— Você é exatamente como eu. Não é surpreendente, é? Somos pai e filho, por que não deveríamos ser iguais?

— *Não!* — Jace estendeu a mão e alcançou o suporte de metal, que se soltou com um estalo explosivo, a borda quebrada endentada e incrivelmente afiada. — *Não sou como você!* — gritou ele e enfiou a barra de metal no peito do pai.

A boca de Valentim se abriu. Ele cambaleou para trás, a ponta de metal saindo de seu peito. Por um instante, Jace conseguiu apenas olhar, pensando: *Eu estava errado — é realmente ele.* Em seguida, Valentim pareceu desabar em si mesmo, o corpo se contorcendo e desaparecendo como areia. O ar se encheu de cheiro de queimado enquanto o corpo de Valentim se transformava em cinzas e era soprado pelo ar frio.

Jace pôs a mão no ombro. A pele onde o símbolo do Destemor havia sido queimado estava quente ao toque. Uma grande sensação de fraqueza tomou conta dele.

— *Agramon* — sussurrou e caiu de joelhos.

Passaram-se apenas alguns instantes enquanto ele ficou ajoelhado no chão esperando que o pulso acelerado se acalmasse, mas para Jace pareceu uma eternidade. Quando finalmente se levantou, as pernas estavam rígidas de frio. As pontas dos dedos estavam azuis. O ar ainda cheirava a queimado, apesar de não haver sinal de Agramon.

Ainda agarrando a barra de metal, Jace foi até a escada no fim da passarela. O esforço de descer apoiando-se em apenas uma das mãos clareou sua mente. Ele desceu o último degrau e se viu em uma segunda passarela estreita que passava pela lateral de uma grande câmara de metal. Havia dúzias de outras passarelas nas paredes e uma variedade de canos que de vez em quando expeliam o que parecia vapor, apesar de o ar permanecer amargamente frio.

Que belo lugar este aqui, pai, pensou Jace. O interior industrial vazio da embarcação não combinava com o Valentim que ele conhecia, que era minucioso quanto ao tipo de corte de cristal com os quais seus decantadores eram feitos. Jace olhou em volta. Era um labirinto ali embaixo, e não havia como saber em que direção seguir. Ele se virou para descer a escada seguinte e notou uma mancha vermelha escura no chão de metal.

Sangue. Jace raspou-o com a ponta da bota. Ainda estava úmido, ligeiramente pegajoso. Sangue fresco. Seu pulso acelerou. No meio da passarela, viu uma nova mancha vermelha, em seguida outra, mais afastada, como um rastro de pão em um conto de fadas.

Jace seguiu a trilha de sangue, os sapatos ecoando alto na passarela de metal. O padrão de respingos era peculiar, não como se tivesse havido uma briga, mas como se alguém tivesse sido carregado, sangrando, pela passarela...

Ele chegou a uma porta. Era feita de metal preto, prateada em alguns pontos por amassados e lascados. Havia uma marca ensanguentada de mão ao redor da maçaneta. Agarrando a barra de metal afiada com mais força, Jace empurrou a porta.

Uma onda de ar ainda mais frio o atingiu e ele respirou fundo. O recinto estava vazio exceto por um cano de metal que passava por uma parede e o que parecia uma pilha de sacos no canto. Um pouco de luz entrava por uma vigia na parede. Enquanto Jace avançava cautelosamente, a luz do vão caiu sobre a pilha no canto e ele percebeu que não se tratava de uma pilha de lixo afinal, mas sim de um corpo.

O coração de Jace começou a bater loucamente.

O chão metálico estava grudento de sangue. Suas botas se descolavam dele com um barulho de sucção horroroso enquanto ele atravessava a sala e se curvava ao lado da figura no canto. Um menino de cabelos escuros vestindo calça jeans e uma camiseta azul manchada de sangue.

Jace pegou o corpo pelo ombro e o levantou. Ele se virou, flácido e desconjuntado, os olhos castanhos virados para cima. Jace ficou com o ar preso na garganta. *Era* Simon. Estava branco como papel. Havia um rasgo repugnante na base da garganta, e ambos os pulsos tinham sido cortados, deixando ferimentos abertos e feios.

Jace se ajoelhou, ainda segurando o ombro de Simon, e pensou desesperadamente em Clary, na dor que sentiria quando descobrisse, em como havia apertado as mãos nas dele, tanta força em dedos tão pequenos. *Encontre Simon. Eu sei que vai encontrá-lo.*

E ele o fizera. Mas era tarde demais.

Quando Jace tinha 10 anos, seu pai havia explicado todas as maneiras de se matar um vampiro. Empalá-los. Decapitá-los e queimar suas cabeças como abóboras de Halloween. Deixar o sol transformá-los em cinzas. Ou drenar seu sangue. Eles precisam de sangue para viver, funcionam à base de sangue, como carros funcionam à base de gasolina. Olhando para o ferimento na garganta de Simon não era difícil perceber o que Valentim havia feito.

Jace estendeu o braço para fechar os olhos de Simon. Se Clary tivesse que vê-lo morto, era melhor que não fosse assim. Ele passou a mão pelo colarinho da camisa de Simon, querendo puxá-la para cima para cobrir o rasgo.

Simon se moveu. Suas pálpebras tremeram e se abriram, e os olhos reviraram para as partes brancas. Ele gorgolejou, um ruído fraco, os lábios se contraindo e mostrando as pontas das presas de vampiro. Ar saía pela garganta rasgada.

Jace sentiu um nó no fundo da garganta, e as mãos se cerraram no colarinho de Simon. *Ele não estava morto.* Mas, meu Deus, a dor devia ser inacreditável. Ele não podia se curar, não se regenerava, não sem...

Não sem sangue. Jace soltou a camisa de Simon e puxou a própria manga direita com os dentes. Utilizando a ponta afiada da barra de metal, ele fez um corte longo no pulso. Sangue escorreu pela pele. Ele deixou cair a barra, que atingiu o chão com um ruído metálico. Podia sentir o cheiro do próprio sangue no ar, forte e cúprico.

Olhou para Simon, que não se movera. Sangue corria pela mão de Jace e seu pulso ardia. Ele o segurou sobre o rosto de Simon, deixando o sangue escorrer pelos dedos até a boca do vampiro. Não houve reação. Simon não estava se movendo. Jace se aproximou; estava ajoelhado sobre Simon agora, soltando nuvens de fumaça branca no ar gelado enquanto respirava. Ele se inclinou para baixo e pressionou o pulso sangrento contra a boca de Simon.

— Beba o meu sangue, idiota — sussurrou. — *Beba.*

Por um momento nada aconteceu. Então os olhos de Simon se fecharam. Jace sentiu uma pontada afiada no pulso, uma espécie de puxão, uma pressão rígida, então a mão direita de Simon voou para cima e agarrou o braço de Jace logo acima do cotovelo. As costas de Simon se arquearam, a pressão no braço de Jace aumentando à medida que as presas de Simon se afundavam mais. Jace sentiu dor.

— Pronto — disse. — Pronto, chega.

Os olhos de Simon se abriram. As partes brancas tinham sumido, as íris castanhas estavam focadas em Jace. As bochechas estavam coradas, um rubor febril. Os lábios ligeiramente abertos, as presas brancas manchadas de sangue.

— Simon? — disse Jace.

Simon se levantou. Moveu-se com incrível velocidade, derrubando Jace de lado e rolando para cima dele. A cabeça de Jace se chocou contra o chão de metal e suas orelhas zumbiram enquanto os dentes de Simon se enterravam em seu pescoço. Ele tentou girar e se livrar, mas os braços do outro eram como barras de ferro prendendo-o no chão, os dedos enterrados nos ombros.

Mas Simon não o estava machucando — não de verdade —; a dor que havia começado aguda havia diminuído para uma espécie de queimadura, agradável como às vezes a queimadura de uma estela era agradável. Uma sensação sonolenta de paz percorreu as veias de Jace e ele sentiu os músculos relaxarem; as mãos que tentavam empurrar Simon havia poucos instantes agora o puxavam para perto. Ele podia sentir as batidas do próprio coração perdendo velocidade, a força diminuindo para um eco suave. Uma escuridão brilhante se insinuou nos cantos da visão, bela e estranha. Jace fechou os olhos.

Uma dor forte atravessou seu pescoço. Ele engasgou e os olhos se abriram; Simon estava sentado por cima dele, encarando-o com os olhos arregalados e a mão na boca. Os ferimentos tinham desaparecido, apesar de a frente da camisa estar manchada de sangue.

Jace podia sentir a dor dos ombros feridos novamente, o corte no pulso, a garganta perfurada. Não conseguia mais ouvir o coração batendo, mas sabia que estava disparado no peito.

Simon tirou a mão da boca. As presas tinham sumido.

— Eu poderia tê-lo matado — disse ele. Havia uma espécie de desespero na sua voz.

— Eu teria deixado — disse Jace.

Simon olhou para ele, em seguida emitiu um ruído no fundo da garganta. Rolou para longe de Jace e atingiu o chão com os joelhos, abraçando os cotovelos. Jace podia ver os traços escuros das veias de Simon na pele clara da garganta, formando linhas azuis e roxas. Veias cheias de sangue.

O meu sangue. Jace se sentou. Procurou a estela. Arrastá-la pelo braço era como puxar um cano de chumbo por um campo de futebol. Sua cabeça latejava. Quando concluiu o *iratze*, inclinou a cabeça para trás, contra a parede, respirando forte, a dor diminuindo à medida que o símbolo de cura fazia efeito. *O meu sangue nas veias dele.*

— Desculpe — disse Simon. — Eu sinto muito.

O símbolo de cura estava fazendo efeito. A mente de Jace começou a clarear e as batidas no peito desaceleraram. Ele se levantou cuidadosamente, esperando uma onda de tonteira, mas sentiu apenas um pouco de fraqueza e cansaço. Simon continuava ajoelhado, olhando para as próprias mãos. Jace esticou o braço e o pegou pela parte de trás da camisa, obrigando-o a se levantar.

— Não peça desculpas — disse ele, soltando Simon. — Apenas se mexa. Valentim está com Clary, e não temos muito tempo.

No segundo em que seus dedos se fecharam ao redor do cabo da Maellartach, uma onda de frio subiu pelo braço de Clary. Valentim assistiu com uma leve expressão de interesse enquanto ela se espantava com a dor, e os dedos ficavam dormentes. Ela tentou desesperadamente segurar a Espada, mas ela escorregou e caiu no chão aos seus pés.

Clary mal viu Valentim se mover. Um instante depois ele estava diante dela com a Espada na mão. A mão dela ardia. Olhou para baixo e viu que um vergão vermelho e ardente se estendia pela palma.

— Você realmente pensou — disse Valentim, com uma pontada de nojo na voz — que eu a deixaria se aproximar de uma arma que eu pensasse que pudesse *usar*? — Ele balançou a cabeça. — Você não entendeu uma palavra do que eu disse, entendeu? Parece que dos meus dois filhos só um é capaz de entender a verdade.

Clary cerrou a mão machucada em um punho, quase recebendo bem a dor.

— Se está falando de Jace, ele também o odeia.

Valentim levantou a Espada, levando a ponta até a clavícula de Clary.

— Isso é o bastante, vindo de você.

A ponta da Espada era afiada, e quando ela respirava, espetava-lhe a garganta; um rastro de sangue desceu pelo peito. O toque da espada parecia espalhar o frio por suas veias, enviando partículas de gelo pelos braços e pelas pernas e deixando as mãos dormentes.

— Arruinada pela criação que recebeu — disse Valentim. — A sua mãe sempre foi uma mulher teimosa. Era uma das coisas que eu adorava nela no começo. Achava que fosse defender os próprios ideais.

Era estranho, pensou Clary com uma espécie de horror distante, que quando tinha visto o pai anteriormente em Renwick, seu considerável carisma pessoal tivesse sido exibido em favor de Jace. Agora ele nem se incomodava, e sem a máscara de charme, parecia... vazio. Como uma estátua oca, os olhos perfurados mostrando apenas a escuridão interior.

— Diga-me, Clarissa, a sua mãe falava a meu respeito?

— Ela me disse que o meu pai estava morto. — *Não diga mais nada*, alertou a si mesma, mas tinha certeza de que ele podia ler o restante das palavras em seus olhos. *E eu gostaria que fosse verdade.*

— E ela nunca contou que você era diferente? Especial?

Clary engoliu em seco, e a ponta da lâmina cortou um pouco mais fundo. Mais sangue desceu pelo peito.

— Ela nunca me disse que eu era uma Caçadora de Sombras.

— Você sabe por que — disse Valentim olhando para ela do outro lado da Espada — ela me deixou?

Lágrimas queimaram no fundo da garganta de Clary. Ela fez um barulho de engasgo.

— Quer dizer que só houve *uma* razão?

— Ela me disse — ele prosseguiu como se Clary não tivesse falado — que eu tinha transformado o primeiro filho dela em um monstro. E me deixou antes que eu pudesse fazer o mesmo com a segunda. Você. *Mas era tarde demais.*

O frio na garganta e nos membros era tão intenso que ela nem tremia mais. Era como se a Espada estivesse transformando-a em gelo.

— Ela nunca diria isso — sussurrou Clary. — Jace não é um monstro. Nem eu.

— Eu não estava falando de...

A escotilha sobre suas cabeças se abriu e duas figuras escuras caíram do buraco, aterrissando logo atrás de Valentim. A primeira, Clary viu com um choque luminoso de alívio, era Jace, caindo pelo ar como a flecha de um arco, com alvo certo. Atingiu o chão com uma leveza segura. Estava segurando uma barra de aço suja de sangue em uma das mãos, a extremidade quebrada formando uma ponta perversa.

A segunda figura aterrissou ao lado de Jace com a mesma leveza, ainda que não com a mesma graça. Clary viu o contorno de um menino esguio de cabelos escuros e pensou: *Alec.* Foi apenas quando ele se endireitou que ela reconheceu o rosto familiar e percebeu quem era.

Esqueceu-se da Espada, do frio, da dor na garganta, de tudo.

— *Simon!*

Simon olhou através da sala para ela. Seus olhos se cruzaram por apenas um instante, e Clary desejou que ele pudesse ler em seu rosto a sensação avassaladora de alívio. As lágrimas que vinham ameaçando rolar vieram e escorreram pelo rosto. Ela não se moveu para secá-las.

Valentim virou a cabeça para olhar para trás e sua boca se arqueou na primeira expressão espontânea de surpresa que Clary já tinha visto no rosto dele. Valentim se virou para encarar Jace e Simon.

Assim que a ponta da Espada deixou a garganta de Clary, o frio foi se esvaindo dela, levando consigo toda a sua força. Ela caiu de joelhos, tremendo incontrolavelmente. Quando levantou as mãos para limpar as lágrimas do rosto, viu que as pontas dos dedos estavam brancas, começando a congelar.

Jace encarou-a horrorizado, em seguida se voltou para o pai.

— O que você fez com ela?

— Nada — disse Valentim, recuperando o autocontrole. — Ainda.

Para surpresa de Clary, Jace empalideceu, como se as palavras do pai o tivessem chocado.

— Eu é que deveria estar perguntando o que você fez, Jonathan — disse Valentim, e apesar de ter falado com Jace, seus olhos estavam em Simon. — Por que essa coisa ainda está viva? Mortos-vivos podem se regenerar, mas não com tão pouco sangue no corpo.

— Você está falando de mim? — perguntou Simon. Clary olhou fixamente para ele. Simon soava *diferente*. Não parecia um garoto fazendo má-criação para um adulto; soava como alguém que podia encarar Valentim Morgenstern de igual para igual. Alguém que *merecia* enfrentálo em pé de igualdade. — Ah, é verdade, você me deixou para morrer. Quer dizer, morrer *mais*.

— Cale a *boca*. — Jace olhou para Simon; seus olhos estavam bastante escuros. — Deixe-me responder isso. — Ele se voltou para o pai. — Eu deixei Simon beber o meu sangue — disse ele. — Para que ele não morresse.

O rosto já severo de Valentim adquiriu linhas mais rígidas, como se os ossos estivessem saltando da pele.

— Você deixou um vampiro tomar o seu sangue *por vontade própria*?

Jace pareceu hesitar por um instante; olhou para Simon, que encarava Valentim com um ódio intenso. Em seguida, cuidadosamente, respondeu:

— Deixei.

— Você não faz ideia do que fez, Jonathan — disse Valentim com uma voz terrível. — Não faz ideia.

— Salvei uma vida — disse Jace. — Uma vida que você tentou tomar. Isso eu sei.

— Não uma vida humana — disse Valentim. — Você ressuscitou um monstro que vai matar para se alimentar outra vez. A espécie dele vive faminta...

— Estou faminto agora — disse Simon, e sorriu para mostrar as presas que tinham surgido nos caninos. Elas brilhavam brancas e afiadas contra o lábio inferior. — Não me importaria em tomar um pouco mais de sangue. Lógico que o seu sangue provavelmente me faria engasgar, seu venenoso de...

Valentim riu.

— Adoraria vê-lo tentar, morto-vivo — disse ele. — Quando a Espada da Alma o cortar, você vai queimar até a morte.

Clary viu os olhos de Jace se desviarem para a Espada, em seguida para ela. Havia uma pergunta silenciosa neles. Rapidamente ela disse:

— A Espada ainda não foi transformada. Ainda não. Ele não conseguiu o sangue da Maia, então não concluiu a cerimônia...

Valentim virou-se para ela com a Espada empunhada, e Clary o viu sorrir. A Espada pareceu se agitar na mão dele, em seguida alguma coisa a atingiu — foi como se tivesse sido derrubada por uma onda, lançada para baixo, em seguida levantada novamente contra a vontade e jogada pelo ar. Clary rolou pelo chão, incapaz de frear a si mesma, até atingir a parede com uma força extraordinária. Caiu encolhida, engasgando sem fôlego e com dor.

Simon foi correndo até ela. Valentim manejou a Espada da Alma e uma fina camada de chamas ardentes se ergueu, enviando-o aos tropeços para trás com o calor.

Clary se apoiou com dificuldade sobre os cotovelos. Estava com a boca cheia de sangue. O mundo girou ao seu redor, e ela ficou imaginando com que força tinha batido a cabeça e se iria desmaiar. Forçou-se a permanecer consciente.

O fogo retrocedeu, mas Simon continuava agachado no chão, parecendo assombrado. Valentim olhou rapidamente para ele, em seguida para Jace.

— Se você matar o morto-vivo agora — disse —, ainda poderá desfazer o que fez.

— Não — sussurrou Jace.

— Basta pegar a arma que tem nas mãos e enfiá-la no coração dele. — A voz de Valentim era suave. — Um simples movimento. Nada que não tenha feito antes.

Os olhos de Jace encontraram os do pai em um olhar fixo e inabalável.

— Eu vi Agramon — disse ele. — E ele tinha o seu rosto.

— Você *viu* Agramon? — A Espada da Alma brilhou enquanto Valentim se movia em direção ao filho. — E sobreviveu?

— Eu o matei.

— Você matou o Demônio do Medo, mas não quer matar um único vampiro, nem mesmo sob minhas ordens?

Jace ficou parado, observando Valentim sem expressão.

— Ele é um vampiro, é verdade — disse ele. — Mas o nome dele é Simon.

Valentim parou na frente de Jace, com a Espada da Alma nas mãos, queimando com uma luz preta. Clary imaginou por um instante de pavor se Valentim ia esfaquear Jace onde estava, e se Jace ia permitir que fizesse isso.

— Entendo, então — disse Valentim —, que você não mudou de ideia. O que me disse quando veio até mim antes foi a sua palavra final, ou se arrepende de não ter me obedecido?

Jace balançou a cabeça lentamente. Com uma das mãos ainda agarrava o suporte quebrado, mas a outra mão — a direita — estava na cintura, sacando alguma coisa do cinto. Seus olhos, contudo, jamais se desviaram dos de Valentim, e Clary não teve certeza se ele viu o que Jace estava fazendo. Esperava que não.

— Sim — disse Jace. — Eu me arrependo de ter desobedecido.

Não!, pensou Clary, o coração se afundando. Será ele que estava desistindo, será que achava que essa era a única maneira de salvar Simon e ela?

O rosto de Valentim se suavizou.

— Jonathan...

— Principalmente — continuou Jace — considerando que pretendo fazê-lo novamente. Agora mesmo. — A mão dele se moveu, rápida como um flash de luz, e algo foi com grande velocidade em direção a

Clary. Caiu a alguns centímetros dela, atingindo o metal com um ruído e rolando. Ela arregalou os olhos.

Era a estela da mãe.

Valentim começou a rir.

— Uma *estela*? Jace, isso é alguma piada? Ou você finalmente...

Clary não ouviu o resto do que ele disse; levantou-se, engasgando quando uma onda de dor atingiu sua cabeça. Com os olhos lacrimejantes e a visão borrada, esticou a mão trêmula para a estela — e ao tocá-la com os dedos ouviu uma voz, tão clara em sua mente quanto se sua mãe estivesse ao seu lado. *Pegue a Estela. Clary. Use-a. Você sabe o que fazer.*

Ela fechou os dedos sem jeito ao redor da estela e sentou-se, ignorando a onda de dor que passou pela cabeça e desceu pela espinha. Ela era uma Caçadora de Sombras, e dor era algo que tinha que suportar. Vagamente, podia ouvir Valentim chamando seu nome, ouvia os passos dele se aproximando — e ela se jogou na direção da parede, enfiando a estela com tanta força que, quando a ponta tocou o metal, ela pensou ter ouvido o chiado de algo queimando.

Começou a desenhar. Como sempre acontecia quando desenhava, o mundo desaparecia e não existia nada além dela, da estela e do metal sobre o qual estava desenhando. Lembrou-se de ter ficado do lado de fora da cela de Jace, sussurrando para si mesma: *Abra, abra, abra*, e de ter concentrado toda a força para criar o símbolo que havia desfeito as amarras de Jace. E sabia que a força que tinha imprimido naquele símbolo não era um décimo, nem um centésimo da força que estava concentrando *naquilo*. As mãos queimavam e ela gritou enquanto arrastava a estela pela parede de metal, deixando uma linha preta grossa como uma queimadura atrás. *Abra.*

Ainda segurando a estela, a mão caiu no colo. Por um instante fez-se silêncio total ao redor. — Jace, Valentim, e até mesmo Simon olharam junto com ela para o símbolo que ardia na parede do navio.

Foi Simon quem falou, voltando-se para Jace.

— O que quer dizer?

Mas foi Valentim quem respondeu, sem tirar os olhos da parede. Havia um olhar no rosto dele que não se parecia nada com o olhar que

Clary esperava, era um olhar que misturava triunfo e horror, desespero e deleite.

— Diz: *Mene mene tekel upharsin.*

Clary cambaleou.

— Não é isso que diz — sussurrou. — Diz *abra.*

Os olhos de Valentim encontraram os da filha.

— Clary...

O ruído do metal afogou as palavras. A parede em que Clary havia desenhado, uma parede feita de metal sólido, empenou e estremeceu. Parafusos se soltaram dos buracos em que estavam e jatos de água invadiram a sala.

Ela podia ouvir Valentim chamando, mas sua voz fora sufocada pelos ruídos ensurdecedores de metal sendo arrancado de metal enquanto cada prego, parafuso e rebite que sustentava o enorme navio começou a se soltar.

Clary tentou correr em direção a Jace e Simon, mas caiu de joelhos quando uma nova onda de água entrou pelo buraco largo na parede. Dessa vez a onda a derrubou, e água gelada a arrastou para baixo. Em algum lugar Jace a chamava, a voz alta e desesperada sobre os gritos do navio. Ela berrou o nome dele uma vez antes de ser sugada pelo buraco na parede até o rio.

Girou e chutou na água escura. Foi dominada pelo terror, terror da escuridão cega e das profundidades do rio, dos milhões de toneladas de água ao redor, pressionando-a, sufocando o ar de seus pulmões. Não conseguia dizer que caminho levava para cima, ou que direção tomar. Não conseguia mais prender a respiração; encheu o pulmão de água imunda, o peito explodindo de dor, estrelas estourando atrás dos olhos. Nos ouvidos o som de água correndo foi substituído por um cântico agudo e impossivelmente doce. *Estou morrendo*, pensou espantada. Um par de mãos pálidas se esticou da água e puxou-a para perto. Cabelos longos flutuaram ao seu redor. *Mãe*, pensou Clary, mas antes que pudesse ver o rosto da mãe com clareza, a escuridão fechou-lhe os olhos.

Clary recobrou a consciência com vozes ao redor e luzes brilhando em seus olhos. Estava deitada de costas no aço corrugado da caminhonete de Luke. O céu cinza-escuro nadava no alto. Ela podia sentir o cheiro da água do rio ao redor, misturada ao cheiro de fumaça e sangue. Rostos pálidos pairavam sobre ela como balões presos por cordas. Eles entraram de volta em foco enquanto ela piscava os olhos.

Luke. E Simon. Ambos olhavam para ela com expressões de preocupação angustiada. Por um momento ela pensou que o cabelo de Luke tinha ficado branco; em seguida, piscando, percebeu que seus olhos estavam cheios de cinzas. Aliás, o ar em volta também — e tinha gosto de cinzas —, eles estavam com as roupas e a pele manchadas de fuligem.

Ela tossiu, sentindo o gosto de cinza na boca.

— Onde está Jace?

— Ele... — Os olhos de Simon desviaram para os de Luke, e Clary sentiu o coração se contrair.

— Ele está bem, não está? — perguntou. Esforçou-se para sentar e uma dor profunda subiu até a cabeça. — Onde ele está? Onde ele *está*?

— Estou aqui. — Jace apareceu na borda de sua visão, com o rosto nas sombras. Ele se ajoelhou ao lado dela. — Desculpe. Eu deveria ter estado aqui quando você acordou. É que...

A voz dele falhou.

— É que o quê? — Ela o encarou, iluminado por trás pela luz das estrelas, o cabelo mais prateado do que dourado, os olhos desprovidos de cor. Sua pele estava marcada de preto e cinza.

— Ele achou que você também estava morta — disse Luke, e se levantou abruptamente. Estava olhando para o rio, para alguma coisa que Clary não conseguia ver. O céu estava cheio de curvas de fumaça pretas e escarlate, como se estivesse pegando fogo.

— Também? Quem mais...? — Ela se interrompeu quando foi tomada por uma dor nauseante. Jace notou sua expressão e colocou a mão no bolso, tirando a estela.

— Fique parada, Clary. — Ela sentiu uma dor ardente no antebraço, em seguida a mente começou a clarear. Sentou-se e viu que estava sobre uma base molhada na parte de trás da picape. A traseira estava cheia de água espalhada, misturada a redemoinhos de cinzas que desciam do céu como chuva.

Olhou para o lugar onde Jace havia desenhado uma Marca de cura, na parte de dentro do braço. A fraqueza já estava diminuindo, como se ele tivesse enviado uma onda de força por suas veias.

Ele traçou a linha do *iratze* que havia desenhado no braço de Clary com os dedos antes de recuar. Sua mão estava tão fria e molhada quanto as roupas grudadas no corpo.

Ela sentia um gosto pungente na boca, como se tivesse lambido um cinzeiro.

— O que aconteceu? Um incêndio?

Jace olhou para Luke, que olhava para o rio preto acinzentado. A água estava pontuada aqui e ali com barcos pequenos, mas não havia sinal do navio de Valentim.

— O navio do Valentim queimou até a linha da água. Não sobrou nada.

— Onde está todo mundo? — Clary desviou o olhar para Simon, que era o único deles que estava seco. Havia uma fraca sombra verde sobre sua pele pálida, como se ele estivesse doente ou febril. — Onde estão Isabelle e Alec?

— Estão em um dos outros barcos de Caçadores de Sombras. Estão bem.

— E Magnus? — Ela desviou o olhar para a cabine da picape, mas estava vazia.

— Foi chamado para atender alguns dos Caçadores de Sombras com ferimentos mais graves — disse Luke.

— Mas estão todos bem? Alec, Isabelle, Maia... estão bem, não estão? — A voz de Clary soava baixa e fina aos próprios ouvidos.

— Isabelle se machucou — disse Luke. — E Robert Lightwood também. Ele vai precisar de um bom tempo para se recuperar. Muitos dos outros Caçadores de Sombras, inclusive Malik e Imogen, estão mortos. Foi uma batalha muito dura, Clary, e não foi muito boa para nós. Valentim sumiu. A Espada também. O Conclave está em ruínas. Não sei...

Ele se interrompeu. Clary o encarou. Havia algo em sua voz que a assustara.

— Desculpe — disse ela. — A culpa foi minha. Se eu não tivesse...

— Se você não tivesse feito o que fez, Valentim teria matado todos no navio — disse Jace ferozmente. — Você impediu que houvesse um massacre.

Clary o encarou.

— Está falando sobre o que eu fiz com o desenho?

— Você destruiu o navio — disse Luke. — Cada parafuso, cada rebite, tudo que poderia sustentá-lo simplesmente se soltou. A embarcação inteira arrebentou. Os tanques de gasolina também arrebentaram. A maioria de nós mal teve tempo de se jogar na água antes que tudo começasse a pegar fogo. O que você fez... ninguém nunca tinha visto nada igual.

— Ah — disse Clary, com a voz pequena. — Alguém... eu machuquei alguém?

— Muitos demônios se afogaram quando o navio afundou — disse Jace. — Mas nenhum dos Caçadores de Sombras se machucou.

— Porque sabem nadar?

— Porque foram resgatados. Ninfas nos tiraram da água.

Clary pensou nas mãos na água, no canto impossivelmente doce que a havia cercado. Então não tinha sido a mãe, afinal.

— Tipo fadas aquáticas?

— A rainha da corte Seelie acabou nos ajudando, à sua maneira — disse Jace. — Ela realmente nos prometeu a ajuda que estivesse ao seu alcance.

— Mas como... — *Como ela soube?* Clary ia dizer, mas pensou nos olhos sábios e astutos da rainha, e em Jace jogando o papel branco perto da praia em Red Hook, e decidiu não perguntar.

— Os barcos de Caçadores de Sombras estão começando a se mover — disse Simon, olhando para o rio. — Acho que já resgataram todos que podiam.

— Certo. — Luke endireitou os ombros. — Está na hora de partirmos. — Ele foi lentamente até a cabine da picape. Estava mancando, apesar de, além disso, parecer pouco ferido.

Luke foi para o banco do motorista, e no mesmo instante o motor da picape ligou novamente. Eles partiram, deixando marcas na água, as gotas espalhadas pelas rodas refletindo o cinza prateado do céu.

— É tão estranho — disse Simon. — Não paro de esperar que a caminhonete afunde.

— Não posso acreditar que você tenha acabado de passar pelo que passamos e ache que *isso* é estranho — disse Jace, mas não havia malícia na voz, nem irritabilidade. Ele parecia apenas muito cansado.

— O que vai acontecer com os Lightwood? — perguntou Clary. — Depois de tudo que aconteceu... A Clave...

Jace deu de ombros.

— A Clave trabalha de um jeito misterioso, mas vão ficar muito interessados em *você*. E no que é capaz de fazer.

Simon emitiu um ruído. Clary inicialmente pensou que fosse um barulho de protesto, mas quando o olhou de perto viu que estava mais verde do que nunca.

— O que houve, Simon?

— É o rio — disse ele. — Água corrente não faz muito bem aos vampiros; é pura e... nós, não.

— O East River não é exatamente puro — disse Clary, mas estendeu a mão e tocou gentilmente o braço dele de qualquer forma. Ele sorriu para ela. — Você não caiu na água quando o navio foi destruído?

— Não. Tinha um pedaço de metal boiando na água, e o Jace o jogou para mim. Fiquei fora do rio.

Clary olhou para Jace. Podia vê-lo com um pouco mais de clareza agora que a escuridão estava diminuindo.

— Obrigada — disse ela. — Você acha...

Ele ergueu as sobrancelhas.

— Acho o quê?

— Que Valentim pode ter se afogado?

— Nunca acredite que o vilão está morto até ver o corpo — disse Simon. — Isso só leva a tristeza e emboscadas inesperadas.

— Você não está errado — disse Jace. — O meu palpite é que ele não está morto. Caso contrário teríamos encontrado os Instrumentos Mortais.

— A Clave pode continuar sem eles? Independentemente de Valentim estar vivo ou não? — perguntou Clary.

— A Clave sempre continua — disse Jace. — É só o que eles sabem fazer. — Ele virou a cabeça para o horizonte a leste. — O sol está nascendo.

Simon enrijeceu. Clary o encarou surpresa por um instante, em seguida com horror e choque. Ela se virou para seguir o olhar de Jace. Ele tinha razão — a leste o horizonte estava manchado de vermelho-sangue, espalhando-se a partir de um disco dourado. Clary podia ver o primeiro raio de sol marcando a água ao redor deles com tons de verde, escarlate e dourado.

— *Não!* — sussurrou ela.

Jace olhou surpreso para ela, depois para Simon, que estava sentado parado, olhando para o sol nascente como um rato encurralado diante de um gato. Jace se levantou rapidamente e foi até a cabine da caminhonete. Falou com a voz baixa. Clary viu Luke virar para olhar para ela e para Simon, e em seguida olhar novamente para Jace. Ele balançou a cabeça.

A caminhonete se projetou para a frente. Luke provavelmente tinha acelerado. Clary agarrou-se à lateral da traseira da picape para se endireitar. Na frente, Jace gritava para Luke que tinha que haver uma maneira de ir mais rápido, mas Clary sabia que não seriam mais rápidos do que o amanhecer.

— Tem que haver alguma coisa que possamos fazer — disse para Simon. Não conseguia acreditar que em menos de cinco minutos tinha passado de alívio incrédulo para horror incrédulo. — Poderíamos cobri-lo, talvez, com as nossas roupas...

Simon continuava encarando o sol, pálido.

— Um monte de trapos não vai adiantar nada — disse ele. — O Raphael explicou que é preciso paredes para nos proteger da luz do sol. Ela queima através do tecido.

— Mas tem que haver alguma coisa...

— Clary. — Ela conseguia ouvi-lo com clareza agora; à luz cinza que precedia o amanhecer, os olhos dele estavam enormes e escuros no rosto branco. Ele estendeu a mão para ela. — Venha aqui.

Ela se jogou contra ele, tentando cobrir o máximo do corpo dele que conseguia com o próprio. Sabia que não adiantava nada. Quando o sol o tocasse, ele se desmancharia em cinzas.

Ficaram completamente parados por um instante, envolvendo um ao outro com os braços. Clary podia sentir o peito dele descendo e subindo — hábito, lembrou a si mesma, não necessidade. Ele podia não respirar, mas ainda poderia morrer.

— Não vou deixá-lo morrer — disse ela.

— Não acho que tenha escolha. — Ela o sentiu sorrir. — Achei que nunca mais voltaria a ver o sol — disse ele. — Acho que me enganei.

— Simon...

Jace gritou alguma coisa. Clary levantou o olhar. O céu estava inundado com uma luz rosada, como tinta derramada em água clara. Simon ficou tenso.

— Eu te amo. Nunca amei ninguém além de você.

Fios dourados se projetaram no céu rosado como veios dourados em mármore. A água ao redor brilhou com a luz, e Simon ficou rígido, a cabeça caindo para trás, os olhos abertos se enchendo de dourado como se ouro líquido subisse dentro dele. Linhas pretas apareceram em sua pele como rachaduras em uma estátua.

— *Simon!* — gritou Clary. Ela se esticou para tocá-lo, mas foi puxada para trás repentinamente; era Jace, agarrando-a pelos ombros. Ela tentou se desvencilhar, mas ele a segurou com força; estava dizendo alguma coisa ao seu ouvido, e apenas após alguns instantes ela começou a entendê-lo:

— Clary, olhe. *Olhe.*

— Não! — Suas mãos voaram para o rosto. Ela podia sentir o gosto da água que boiava na traseira da caminhonete nas palmas. Era salgada, como lágrimas. — Não quero olhar. Não quero...

— Clary. — As mãos de Jace estavam nos pulsos dela, afastando suas mãos do rosto. A luz do amanhecer atingiu seus olhos. — *Olhe.*

Ela olhou. E ouviu a própria respiração emitir um assobio enquanto se engasgava. Simon estava sentado na traseira da picape, em um pedaço iluminado pelo sol, boquiaberto e olhando para si mesmo. O sol dançava na água atrás dele e as bordas do cabelo brilhavam como ouro. Ele não tinha queimado nem virado cinza, estava sentado sem qualquer queimadura de sol, e na pele pálida do rosto e dos braços não havia marca alguma.

* * *

Fora do Instituto, a noite caía. O pôr do sol vermelho fraco brilhava através das janelas do quarto de Jace enquanto ele encarava a pilha de pertences sobre a cama. O monte era menor do que ele havia pensado. Sete anos de vida naquele lugar, e aquilo era tudo o que ele tinha: meia trouxa de roupa, uma pequena pilha de livros e algumas armas.

Tinha pensado se ia levar as poucas coisas que tinha guardado da casa de campo em Idris quando fosse embora à noite. Magnus tinha devolvido o anel de prata do pai, que ele não se sentia mais confortável para usar. Pendurara-o em um cordão ao redor da garganta. No fim, decidiu levar tudo: não havia razão para deixar qualquer coisa sua naquele lugar.

Estava empacotando a bolsa quando ouviu uma batida na porta. Foi atender, esperando Alec ou Isabelle.

Era Maryse. Usava um vestido preto e o cabelo estava esticado para trás. Parecia mais velha do que ele se lembrava. Duas linhas profundas corriam dos cantos da boca até o queixo. Apenas os olhos tinham alguma cor.

— Jace — disse ela. — Posso entrar?

— Pode fazer o que quiser — respondeu ele, voltando para a cama. — A casa é sua. — Pegou algumas camisas e colocou-as na bolsa com uma força possivelmente desnecessária.

— Na verdade, a casa é da Clave — disse Maryse. — Somos apenas os guardiões.

Jace colocou os livros na bolsa.

— Que seja.

— O que você está fazendo? — Se Jace não a conhecesse, teria pensado que a voz de Maryse havia vacilado um pouco.

— Arrumando a minha mala — respondeu. — É o que as pessoas normalmente fazem quando estão de mudança.

Ela empalideceu.

— Não vá — disse ela. — Se quiser ficar...

— Não quero ficar. Não pertenço a esse lugar.

— Para onde vai?

— Para a casa de Luke — disse ele, e a viu se contrair. — Por um tempo. Depois, não sei. Talvez para Idris.

— É a esse lugar que acha que pertence? — Havia uma tristeza dolorosa na voz dela.

Jace parou de arrumar as coisas por um instante e olhou para a bolsa.

— Não sei a que lugar pertenço.

— O seu lugar é junto da família. — Maryse deu um passo incerto para a frente. — Conosco.

— *Você* me expulsou. — Jace ouviu a severidade na própria voz e tentou suavizá-la. — Sinto muito — disse ele, virando-se para encará-la. — Por tudo que aconteceu. Mas você não me queria antes, e não posso acreditar que me queira agora. Robert vai ficar mal por um tempo, e você vai ter que cuidar dele. Eu só vou atrapalhar.

— Atrapalhar? — Ela parecia incrédula. — Robert quer *vê-lo*, Jace...

— Duvido.

— E Alec? Isabelle, Max... Eles precisam de você. Se não acredita que eu o quero aqui, e não posso culpá-lo por não acreditar, precisa saber que eles querem. Passamos por uma grande dificuldade, Jace. Não os machuque mais do que já estão machucados.

— Isso não é justo.

— Não o culpo se me odiar. — A voz dela *estava* vacilando. Jace virou-se para ela, surpreso. — Mas tudo que eu fiz, mesmo expulsá-lo e tratá-lo da maneira como o tratei, foi para protegê-lo. E porque eu estava com medo.

— Medo de mim?

Ela fez que sim com a cabeça.

— Bem, isso faz eu me sentir *bem* melhor.

Maryse respirou fundo.

— Pensei que fosse partir o meu coração como Valentim fez — disse ela. — Depois dele, você foi a primeira coisa que eu amei que não tinha meu sangue, entende? A primeira criatura viva. E você era apenas uma criança...

— Você achava que eu era outra pessoa.

— Não. Eu sempre soube exatamente quem você era, desde que o vi saltando do navio de Idris pela primeira vez, quando você tinha 10 anos de idade, e você entrou no meu coração, exatamente como os meus filhos quando nasceram. — Ela balançou a cabeça. — Você não pode entender. Nunca teve um filho. Não se ama ninguém como se ama os filhos. E nada pode deixá-lo tão furioso.

— A parte da fúria eu percebi — disse Jace após uma pausa.

— Não espero que me perdoe. Mas se você ficasse por Isabelle, Alec e Max, eu ficaria imensamente grata...

Era a coisa errada a dizer.

— Não quero a sua gratidão — disse Jace, e voltou-se novamente para a bolsa. Não havia mais nada para guardar. Ele puxou o zíper.

— *A la claire fontaine* — disse Maryse —, *m'en allant promener*.

Ele se virou para olhar para ela.

— O quê?

— *Il y a longtemps que je t'aime. Jamais je ne t'oublierai.* É a velha canção francesa que eu cantava para Alec e Isabelle, sobre a qual você me perguntou.

Havia pouca luz no quarto agora, e, na fraca luminosidade, Maryse parecia quase como era quando ele tinha 10 anos, como se não tivesse mudado nada nos últimos sete anos. Parecia séria e preocupada, angustiada... e esperançosa. Ela se parecia com a única mãe que ele conhecia.

— Você estava enganado quanto a eu nunca ter cantado para você — disse ela. — É só que você nunca me ouviu.

Jace não disse nada, mas esticou o braço e abriu o zíper da bolsa, deixando os pertences caírem sobre a cama.

Epílogo

— Clary! — A mãe de Simon abriu um enorme sorriso ao ver a menina na entrada. — Há séculos que não a vejo. Estava começando a ficar preocupada que você e o Simon tivessem brigado.

— Ah, não — disse Clary. — Só não estava me sentindo muito bem, só isso. — *Mesmo quando você tem símbolos mágicos de cura, aparentemente não é invulnerável.* Ela não havia ficado surpresa ao acordar na manhã seguinte à batalha sentindo uma dor de cabeça violenta e com febre; pensou que tivesse pegado um resfriado; quem não teria após congelar em roupas molhadas por horas durante a noite? Mas Magnus disse que o mais provável era que ela houvesse se desgastado ao criar o símbolo que destruíra o navio de Valentim.

A mãe de Simon assentiu solidariamente.

— A mesma coisa que o Simon teve na semana retrasada, aposto. Ele mal conseguia sair da cama.

— Ele já está melhor, não está? — disse Clary. Ela sabia que era verdade, mas não se importava em ouvir outra vez.

— Ele está bem. Está no jardim dos fundos, eu acho. Pode ir pelo portão. — Ela sorriu. — Simon vai ficar feliz em vê-la.

A fila de casas de tijolos na rua de Simon era dividida por cercas brancas de ferro, cada qual com um portão que levava a um pedaço de jardim nos fundos da casa. O céu brilhava azul e o ar estava frio apesar do sol. Clary podia sentir o gosto de neve que viria no ar.

Ela fechou o portão atrás de si e foi procurar por Simon. Ele estava no jardim dos fundos, como prometido, deitado na espreguiçadeira com uma revista em quadrinhos no colo. Ele a colocou de lado quando viu Clary, sentou-se e sorriu.

— Oi, *baby*.

— *Baby?* — Ela se sentou ao lado dele na cadeira. — Você está brincando, não está?

— Estava testando. Não?

— Não — disse com firmeza e se inclinou para beijá-lo na boca. Quando ela recuou, os dedos dele ficaram em seus cabelos, mas os olhos estavam pensativos.

— Fiquei feliz que tenha vindo — disse ele.

— Eu também. Teria vindo antes, mas...

— Você estava doente. Eu sei. — Ela tinha passado a semana trocando mensagens de texto com ele do sofá de Luke, onde ficou deitada, enrolada em um cobertor, assistindo a reprises de *CSI*. Era reconfortante passar um tempo em um mundo em que cada quebra-cabeça tinha uma resposta científica e decifrável.

— Estou melhor agora. — Ela olhou em volta e estremeceu, puxando o casaco branco mais para perto do corpo. — O que você está fazendo deitado do lado de fora nesse tempo? Não está com frio?

Simon balançou a cabeça.

— Não sinto mais frio nem calor. Além disso — sua boca se curvou em um sorriso —, quero passar o maior tempo possível no sol. Ainda sinto sono durante o dia, mas estou lutando contra.

Ela tocou a bochecha dele com a parte de trás da mão. O rosto estava aquecido pelo sol, mas abaixo a pele estava fria.

— Mas o resto continua... continua igual?

— Como assim, quer saber se continuo sendo um vampiro? Sou. Parece que sim. Ainda quero beber sangue, continuo não tendo batimentos cardíacos. Terei que evitar ir ao médico, mas como vampiros não adoecem... — Ele deu de ombros.

— E você falou com Raphael? Ele ainda não faz ideia de por que você pode sair no sol?

— Não. E também parece bem irritado com isso. — Simon piscou sonolento para ela, como se fossem duas da manhã, e não da tarde. — Acho que mexe com as ideias dele sobre como as coisas deveriam ser. Além disso, ele vai ter mais dificuldades de me fazer passear durante a noite quando estou determinado a passear durante o dia.

— Eu achei que ele ficaria satisfeitíssimo.

— Vampiros não gostam de mudanças. São muito tradicionais. — Ele sorriu para ela, que pensou: *Ele vai ficar assim para sempre. Quando eu tiver 50 ou 60, ele vai continuar parecendo ter 16*. Não foi um pensamento feliz. — De qualquer jeito, isso vai ser ótimo para a minha carreira musical. Se toda aquela coisa da Anne Rice estiver certa, vampiros dão ótimos astros de rock.

— Não tenho certeza se essa informação é confiável.

Ele se inclinou para trás na cadeira.

— E o que é? Além de você, é óbvio.

— *Confiável?* É assim que você me vê? — perguntou ela, fingindo indignação. — Isso não é muito romântico.

Uma sombra passou pelo rosto dele.

— Clary...

— O quê? O que foi? — Ela pegou a mão dele e a segurou. — Essa é a sua voz de notícia ruim.

Ele desviou o olhar.

— Não sei se é notícia ruim ou não.

— É um ou outro — disse Clary. — Só me diga que está bem.

— Estou bem — disse ele. — Mas... Acho que não devemos mais sair.

Clary quase caiu da cadeira.

— *Você não quer mais ser meu amigo?*

— Clary...

— É por causa dos demônios? Porque eu transformei você em um vampiro? — A voz dela soava cada vez mais alta. — Sei que as coisas têm sido meio loucas, mas posso mantê-lo afastado de tudo isso. Posso...

Simon estremeceu.

— Você está começando a soar como um golfinho, sabia? Pare.

Clary parou.

— Ainda quero ser seu amigo — disse ele. — É sobre o *resto* que não tenho tanta certeza.

— Resto?

Ele começou a ruborizar. Ela não sabia que vampiros *podiam* ruborizar. Contrastava com a pele clara dele.

— A coisa de namorar.

Ela ficou em silêncio por um longo momento, procurando as palavras. Finalmente falou:

— Pelo menos você não falou "a coisa de beijar". Estava com medo de que você fosse chamar assim.

Ele olhou para as mãos deles, entrelaçadas sobre a cadeira de plástico. Os dedos de Clary pareciam pequenos contra os dele, mas pela primeira vez o tom de pele dela era mais escuro. Ele passou o dedo sobre as juntas e disse:

— Eu não chamaria assim.

— Pensei que fosse o que você queria — disse ela. — Pensei que você tivesse dito...

Ele olhou para ela por trás dos cílios longos.

— Que eu te amo? Eu amo. Mas isso não é tudo.

— É por causa de Maia? — Os dentes dela começaram a bater, apenas em parte por causa do frio. — Porque você gosta dela?

Simon hesitou.

— Não. Quero dizer, sim, gosto dela, mas não desse jeito. É só que quando estou com ela... sei como é quando alguém gosta de *mim* desse jeito. E com você não é assim.

— Mas você não a ama...

— Talvez possa amar um dia.

— Talvez eu possa *te* amar um dia.

— Se isso acontecer — disse ele —, me avise. Você sabe onde me encontrar.

Clary estava batendo os dentes com mais força.

— Não posso perder você, Simon. Não *posso*.

— Nunca vai me perder. Não vou te deixar. Mas prefiro ter o que temos, que é verdadeiro e importante, do que ter você fingindo outra coisa. Quando estamos juntos, quero saber que estou com você de verdade, a Clary de verdade.

Ela apoiou a cabeça na dele, fechando os olhos. Ele ainda parecia o Simon, apesar de tudo; ainda tinha o cheiro de sabão em pó.

— Talvez eu não saiba quem ela é.

— Mas eu sei.

A nova picape de Luke estava dobrando a esquina quando Clary saiu da casa de Simon, fechando o portão atrás de si.

— Você me trouxe, não precisava me buscar também — disse ela, entrando na cabine ao lado dele. Era a cara de Luke trocar a picape velha e destruída por uma nova, igualzinha.

— Desculpe o meu pânico paterno — disse Luke, entregando a ela um copo de café. Ela tomou um gole: sem leite e com muito açúcar, do jeito que gostava. — Fico um pouco nervoso quando você não está bem debaixo do meu nariz.

— Ah, é? — Clary segurou o café com firmeza para evitar que derramasse enquanto passavam por buracos. — Quanto tempo você acha que isso vai durar?

Luke pareceu considerar.

— Não muito. Cinco, talvez seis anos.

— Luke!

— Planejo deixá-la namorar quando tiver 30 anos, se isso ajuda.

— Na verdade, não me parece tão ruim. Posso não estar pronta até os 30.

Ele olhou de lado para ela.

— Você e Simon...?

Ela fez um gesto com a mão que não estava segurando o café.

— Nem pergunte.

— Entendo. — Provavelmente entendia mesmo. — Quer que eu a deixe em casa?

— Você está indo para o hospital, certo? — Ela conseguia perceber pela tensão nervosa por trás das piadas. — Vou com você.

Estavam na ponte agora, e Clary olhou para o rio, segurando com cuidado o copo de café. Ela não se cansava daquela vista, do curso estreito de água entre as margens profundas de Manhattan e do Brooklyn. Brilhava ao sol como uma lâmina de alumínio. Ficou imaginando por que nunca tinha tentado desenhá-lo. Lembrou-se de ter perguntado à mãe uma vez por que nunca a utilizara como modelo, nunca havia desenhado a própria filha. "Desenhar alguma coisa é tentar capturá-la para sempre", Jocelyn dissera, sentada no chão com um pincel pingando azul nos jeans. "Quando você realmente ama alguma coisa, nunca tente conservá-la do mesmo jeito para sempre. Precisa deixá-la livre para mudar."

Mas eu detesto mudança. Respirou fundo.

— Luke, Valentim me disse uma coisa no navio, uma coisa sobre...

— Nada de bom começa com as palavras "Valentim me disse" — resmungou ele.

— Talvez não. Mas foi sobre você e a minha mãe. Ele disse que você era apaixonado por ela.

Silêncio. Estavam parados no trânsito na ponte. Ela podia ouvir o ruído da linha Q do metrô passando.

— Você acha que é verdade? — perguntou Luke finalmente.

— Bem. — Clary podia sentir a tensão no ar e tentou escolher as palavras com cuidado. — Não sei. Quero dizer, ele disse antes e eu simplesmente descartei como paranoia e ódio. Mas depois comecei a pensar e, bem, é um pouco estranho que você sempre tenha estado por perto, sempre tenha sido como um pai para mim... Praticamente morávamos no sítio no verão, e nem você nem minha mãe nunca namoraram ninguém. Então pensei que talvez...

— Você pensou que talvez o quê?

— Talvez vocês tenham passado todo esse tempo juntos e simplesmente não quiseram me contar. Talvez tivessem pensado que eu fosse nova demais para entender. Talvez tivessem medo que eu começasse a fazer perguntas sobre o meu pai. Mas não sou mais tão nova para não entender. Você pode me contar. Acho que é isso que estou dizendo. Pode me contar qualquer coisa.

— Talvez não qualquer coisa. — Fez-se outro momento de silêncio enquanto a caminhonete avançava se arrastando pelo trânsito. Luke semicerrou os olhos com o sol, tamborilando os dedos no volante. Finalmente falou: — Você tem razão. Eu sou apaixonado pela sua mãe.

— Isso é ótimo — disse Clary, tentando soar feliz apesar do nojo provocado pela ideia de pessoas da idade de Luke e da mãe se apaixonando.

— Mas ela não sabe — disse ele, concluindo.

— Ela não sabe? — Clary fez um longo gesto com o braço. Felizmente, o copo de café estava vazio. — Como ela pode não saber? Você não contou?

— Para falar a verdade — disse Luke, pisando no acelerador de modo que o carro avançou —, não.

— Por que não?

Ele suspirou e esfregou o queixo, cansado.

— Porque nunca pareceu o momento certo.

— Essa é uma péssima desculpa, e você sabe disso.

Luke conseguiu emitir um ruído entre uma risada e um resmungo de irritação.

— Talvez, mas é verdade. Quando percebi o que sentia pela Jocelyn, eu tinha a sua idade, 16 anos. E todos nós tínhamos acabado de conhecer Valentim. Eu não tinha como competir com ele. Fiquei até um pouco satisfeito ao perceber que se não era eu que ela queria, era alguém que realmente a merecia. — A voz dele enrijeceu. — Quando percebi o quão enganado estava, era tarde demais. Quando fugimos juntos de Idris, e ela estava grávida de você, eu me ofereci para casar com ela, para cuidar dela. Disse que não importava quem fosse o pai do bebê, que eu o criaria como se fosse meu. Ela pensou que fosse caridade. Não consegui convencê-la de que eu estava sendo tão egoísta quanto era possível ser. Ela me disse que não queria ser um fardo para mim, que era pedir muito de alguém. Depois que me deixou em Paris, voltei para Idris, mas vivia inquieto, nunca fui feliz. Havia sempre uma parte de mim faltando, a parte que era Jocelyn. Sonhava que ela estava em algum lugar precisando da minha ajuda, que estava me chamando e eu não conseguia ouvir. Finalmente fui atrás dela.

— Eu lembro que ela ficou feliz — disse Clary em voz baixa — quando você a encontrou.

— Ficou e não ficou. Ficou feliz em me ver, mas ao mesmo tempo eu representava para ela todo aquele mundo do qual tinha fugido, e do qual não queria fazer parte. Ela concordou em me deixar ficar quando prometi que abriria mão de todos os laços com o bando, a Clave, Idris, tudo. Teria me oferecido para morar com vocês, mas Jocelyn achou que seria muito difícil esconder as minhas transformações de você, e eu tive que concordar. Comprei a livraria, assumi um novo nome e fingi que Lucian Graymark estava morto. E, para todos os propósitos, estava.

— Você realmente fez muito pela minha mãe. Abriu mão de toda uma vida.

— Eu teria feito mais — disse Luke com firmeza. — Mas ela era tão inflexível quanto a não querer nada com a Clave nem com o Submundo, e eu posso fingir o que for, mas ainda sou um licantrope. Sou uma lembrança viva de tudo aquilo. E ela tinha tanta certeza de que não queria que *você* soubesse de nada. Sabe, nunca concordei com as visitas ao Magnus, com alterar as suas lembranças ou a sua Visão, mas era o que ela queria, e eu deixei que fizesse, pois, se tentasse impedi-la, ela me mandaria embora. E de jeito nenhum, de jeito nenhum, ela teria me deixado casar com ela, ser seu pai e não contar a verdade sobre mim. E isso teria arruinado tudo. Todas aquelas barreiras frágeis que tinha se empenhado tanto em construir entre ela e o Mundo Invisível. Não podia fazer isso com ela. Então fiquei quieto.

— Quer dizer que nunca contou a ela o que sentia?

— A sua mãe não é burra, Clary — disse Luke. Ele parecia calmo, mas havia certa rigidez na voz. — Ela devia saber. Eu me ofereci para *casar* com ela. Por mais gentis que tenham sido as recusas, de uma coisa eu sei: ela sabe o que eu sinto, e não sente o mesmo.

Clary ficou em silêncio.

— Tudo bem — disse Luke, tentando soar leve. — Faz muito tempo que aceitei.

Os nervos de Clary cantavam com uma tensão repentina que ela não achava que era proveniente da cafeína. Afastou os pensamentos sobre a própria vida.

— Você se ofereceu para casar com ela, mas disse que era porque a amava? Não é o que parece.

Luke ficou em silêncio, então ela continuou:

— Acho que você deveria ter dito a verdade. Acho que está enganado com relação aos sentimentos dela.

— Não estou, Clary. — A voz de Luke era firme: *agora chega.*

— Lembro quando perguntei a ela uma vez por que ela não namorava — disse Clary, ignorando o tom de advertência dele. — E ela respondeu que era porque já tinha entregado seu coração a alguém. Pensei que estivesse falando do meu pai, mas agora... agora não tenho tanta certeza.

Luke parecia realmente espantado.

— Ela *disse* isso? — Ele se recompôs e acrescentou: — Provavelmente estava falando do Valentim.

— Acho que não. — Ela olhou para ele com o canto do olho. — Além disso, você não odeia não dizer como realmente se sente?

Dessa vez o silêncio durou até saírem da ponte e entrarem na Orchard Street, ladeada por lojas e restaurantes cujas placas eram escritas em belos caracteres chineses curvilíneos dourados e vermelhos.

— Sim, odeio — disse Luke. — Na época achei que o que eu tinha com a sua mãe era melhor do que nada, mas quando você não consegue falar a verdade para as pessoas com quem mais se importa no mundo, eventualmente deixa de conseguir dizer a verdade para si mesmo.

Fez-se um ruído como água correndo no ouvido de Clary. Ao olhar para baixo, ela viu que tinha amassado o copo de papel que estava segurando em uma bola de papel irreconhecível.

— Me leve para o Instituto — disse ela. — Por favor.

Luke olhou surpreso para ela.

— Pensei que você quisesse ir ao hospital.

— Eu o encontro lá quando acabar. Preciso fazer uma coisa primeiro.

O andar mais baixo do Instituto estava cheio de luz do sol e de montículos de poeira. Clary passou pelo corredor entre os bancos, correu para o elevador e apertou furiosamente o botão.

— Vamos logo, *vamos logo* — murmurou. — Vamos...

As portas douradas se abriram. Jace estava no elevador. Ele arregalou os olhos ao vê-la.

— ... logo — concluiu Clary, e baixou o braço. — Ah. Oi.

Ele a encarou.

— Clary?

— Você cortou o cabelo — disse ela sem pensar. Era verdade; as longas mechas metálicas não caíam mais no rosto, mas estavam cuidadosamente aparadas. O que o fazia parecer mais civilizado, até um pouco mais velho. Estava muito bem-vestido também, com um casaco azul-escuro e calças jeans. Algo prateado brilhava em sua garganta, logo abaixo do colarinho do casaco.

Ele levantou a mão.

— Ah. É verdade. Maryse cortou. — A porta do elevador começou a deslizar e fechar; ele a conteve. — Você precisa subir até o Instituto?

Ela fez que não com a cabeça.

— Só queria falar com você.

— Ah. — Ele pareceu um pouco surpreso ao ouvir isso, mas saiu do elevador, deixando a porta se fechar atrás. — Eu estava indo até o Taki's comprar comida. Ninguém está a fim de cozinhar...

— Entendo — disse Clary, em seguida desejou não tê-lo feito. Não era como se a vontade dos Lightwood de cozinhar ou não tivesse alguma coisa a ver com ela.

— Podemos conversar lá — disse Jace. Ele foi para a porta, em seguida parou e olhou para ela. Entre dois dos candelabros acesos, as luzes projetavam uma camada dourada no cabelo e na pele dele, que parecia a pintura de um anjo. O coração de Clary se contraiu. — Você vem ou não? — irritou-se, não soando nada angelical.

— Ah. Certo. Sim. — Ela se apressou para alcançá-lo.

Enquanto andavam até o Taki's, Clary tentou manter a conversa longe de tópicos relacionados a ela, Jace, ou a ela e Jace. Em vez disso, perguntou a ele como estavam Isabelle, Alec e Max.

Jace hesitou. Estavam cruzando a First Avenue e uma brisa fria soprava pela avenida. O céu estava azul e sem nuvens, um perfeito dia de outono em Nova York.

— Desculpe. — Clary franziu o cenho com a própria tolice. — Eles devem estar péssimos. Todas aquelas pessoas que conheciam estão mortas.

— É diferente para os Caçadores de Sombras — disse Jace. — Somos guerreiros. Esperamos a morte de uma maneira que vocês...

Clary não conseguiu conter um suspiro.

— "Vocês, *mundanos*, não esperam." Era isso que ia dizer, não era?

— Era — admitiu ele. — Às vezes é difícil até para mim saber o que você realmente é.

Tinham parado na frente do Taki's, com seu telhado arqueado e a fachada sem janelas. O ifrit que guardava a porta da frente olhou para eles com olhos vermelhos desconfiados.

— Sou Clary — disse ela.

Jace olhou para ela. O vento soprava o cabelo dela para cima do rosto. Ele esticou a mão e o colocou para trás, despreocupadamente.

— Eu sei.

Lá dentro encontraram uma mesa no canto e se sentaram. O restaurante estava quase vazio: Kaelie, a garçonete fada, estava no balcão, batendo as asas azuis e brancas de forma preguiçosa. Ela e Jace já tinham saído uma vez. Um par de lobisomens ocupava outra mesa. Estavam comendo perna de carneiro crua e discutindo sobre quem ganharia numa briga: Dumbledore, dos livros de Harry Potter, ou Magnus Bane.

— Óbvio que Dumbledore ganharia — disse o primeiro. — Ele tem aquela Avada Kedavra potente.

O segundo licantrope rebateu com um argumento sólido.

— Mas Dumbledore não é real.

— Não acho que Magnus Bane seja real — disse o primeiro. — Alguma vez você já o *viu*?

— Isso é tão estranho — disse Clary, afundando na cadeira. — Você está ouvindo a conversa deles?

— Não. É falta de educação ouvir a conversa dos outros. — Jace estava olhando o cardápio, o que deu uma oportunidade a Clary de olhar para *ele*. *Nunca olho para você*, ela dissera. E era verdade, ou pelo menos nunca tinha olhado para ele como queria olhar, com olho de artista. Sempre se perdia, distraída por um detalhe: a curva da maçã do rosto, o ângulo dos cílios, o formato da boca.

— Você está me encarando — disse ele, sem levantar os olhos do cardápio. — Por que está me encarando? Algum problema?

A chegada de Kaelie à mesa deles salvou Clary de ter que responder. A caneta dela, Clary notou, era um galho de madeira prateada. Olhou para Clary curiosa com seus olhos totalmente azuis.

— Já sabem o que querem?

Despreparada, Clary pediu alguns itens aleatórios do cardápio. Jace pediu um prato de batatas-doces fritas e alguns pratos para viagem, para levar para os Lightwood. Kaelie saiu, deixando um suave aroma de flores no ar.

— Diga a Alec e Isabelle que sinto muito por tudo que aconteceu — disse Clary quando a garçonete estava distante. — E diga a Max que o levarei ao Planeta Proibido quando ele quiser.

— Apenas mundanos falam que sentem muito quando o que querem dizer é "compartilho do seu sofrimento" — observou Jace. — Você não teve culpa de nada, Clary. — Os olhos dele brilharam com ódio repentinamente. — A culpa foi de Valentim.

— Suponho que não tenham nenhum...

— Sinal dele? Não. Deve estar enfurnado em algum lugar, até conseguir terminar o que começou com a Espada. Depois disso... — Jace deu de ombros.

— Depois disso, o quê?

— Não sei. Ele é louco. É difícil adivinhar o que um louco vai fazer em seguida. — Mas evitou os olhos dela, e Clary sabia no que ele estava pensando: *guerra*. Era o que Valentim queria. Guerra com os Caçadores de Sombras. E era o que teria. Era uma mera questão de onde atacaria primeiro. — Seja como for, duvido que tenha sido essa a razão pela qual veio falar comigo, ou foi?

— Não. — Agora que o momento havia chegado, Clary tinha dificuldades para encontrar as palavras. Ela viu o próprio reflexo no lado prateado do suporte de guardanapos. Casaco branco, rosto branco, rubor nas bochechas. Tinha a aparência de alguém que estava febril. E também se sentia um pouco assim. — Há alguns dias que eu quero falar com você...

— Me enganou direitinho. — A voz dele era forçadamente brusca. — Todas as vezes que liguei, Luke me disse que você estava doente. Concluí que estava me evitando. Outra vez.

— Não estava. — Clary tinha a impressão de que havia um enorme espaço vazio entre eles, apesar de a mesa não ser tão grande, e de eles não estarem sentados muito afastados um do outro. — Eu queria falar com você. Pensei em você o tempo todo.

Ele emitiu um ruído de surpresa e esticou a mão sobre a mesa. Ela pegou, e uma onda de alívio a invadiu.

— Tenho pensado em você também.

A mão dele era calorosa, reconfortante, e ela se lembrou de como tinha tirado o fragmento de espelho quebrado da mão dele em Renwick — a única coisa que restava de sua antiga vida — e de como ele a tinha tomado nos braços.

— Eu estava doente mesmo — disse ela. — Juro. Quase morri no navio, sabia?

Ele soltou a mão dela, mas continuou a olhá-la fixamente, quase como se quisesse memorizar seu rosto.

— Eu sei — disse ele. — Toda vez que você quase morre, eu quase morro também.

As palavras dele fizeram o coração de Clary disparar como se tivesse acabado de engolir um monte de cafeína.

— Jace, eu vim aqui para dizer que...

— Espere. Deixe-me falar primeiro. — Ele estendeu a mão como para bloquear as palavras dela. — Antes que diga alguma coisa, queria pedir desculpas.

— Desculpas? Por quê?

— Por não te ouvir. — Ele empurrou os cabelos para trás com as mãos, e ela notou uma pequena cicatriz, uma linha prateada, na lateral da garganta. Antes não existia. — Você não parava de dizer que eu não podia ter o que queria de você, e eu fiquei forçando, e forçando, e não dei ouvidos. Eu queria você, e não me importava com nada que qualquer pessoa pudesse dizer a respeito... Nem mesmo você.

De repente, Clary ficou com a boca seca, mas antes que pudesse dizer qualquer coisa, Kaelie estava de volta com as batatas de Jace e vários pratos para Clary. Ela olhou para o que tinha pedido. Um milk-shake verde, o que parecia carne crua de hambúrguer e um prato de grilos cobertos de chocolate. Não que fizesse diferença; o estômago estava embrulhado demais para que ela sequer pensasse em comer.

— Jace — disse ela assim que a garçonete saiu. — Você não fez nada errado. Você...

— Não. Deixe-me terminar. — Ele estava olhando para as batatas como se elas detivessem os segredos do universo. — Clary, tenho que dizer agora, ou... ou não vou conseguir. — As palavras saíram apressadas, em uma torrente: — Pensei que tivesse perdido a minha família. E não estou falando de Valentim. Estou falando dos Lightwood. Pensei que não quisessem mais saber de mim. Achei que não houvesse mais nada além de você no meu mundo. Eu... enlouqueci com a perda e descontei em você, e sinto muito por isso. Você estava certa.

— Não. Eu fui burra. Fui cruel com você...

— Tinha todo o direito de ser. — Ele levantou os olhos para olhar para ela, e estranhamente ela se lembrou de quando tinha 4 anos e estava na praia, chorando porque o vento tinha vindo e desfeito o castelo que tinha construído. A mãe tinha dito que poderia fazer outro se ela quisesse, mas isso não impediu que chorasse, pois o que ela acreditava que era permanente não era permanente afinal, apenas feito de areia que desaparecia com a força do vento ou da água. — O que você disse era verdade. Não vivemos nem amamos em um vácuo. Existem pessoas ao nosso redor que se importam conosco, e que ficariam magoadas, talvez arrasadas, se nos permitirmos sentir o que quisermos sentir. Ser tão egoísta assim, significaria... significaria ser como Valentim.

Ele pronunciou o nome do pai de forma tão definitiva que Clary sentiu como se uma porta se fechasse na cara dela.

— Vou ser apenas seu irmão a partir de agora — disse ele, olhando para ela com uma expectativa cheia de esperança de que ela fosse ficar feliz, o que a fez querer gritar que ele estava despedaçando seu coração e tinha que parar. — Era o que você queria, não era?

Ela demorou um bom tempo para responder, e quando o fez, a própria voz soava como um eco vindo de muito longe.

— Era — disse ela, e ouviu uma carga de ondas nos ouvidos, os olhos ardendo como se tivessem sido atingidos por areia ou por uma rajada de sal. — Era o que eu queria.

Clary caminhou entorpecida até as portas de vidro do Beth Israel. De alguma forma, estava feliz por estar ali e não em outro lugar. O que ela queria mais do que qualquer outra coisa era se jogar nos braços da mãe e chorar, mesmo que nunca pudesse explicar a ela a razão pela qual estava chorando. Como não podia fazer isso, sentar ao lado da cama da mãe e chorar parecia a segunda melhor opção.

Ela tinha se controlado bastante no Taki's, e até dera um abraço de despedida em Jace ao sair. Não começara a chorar até entrar no metrô, e então se vira aos prantos por tudo que ainda não tinha chorado: Jace, Simon, Luke, a mãe e até Valentim. Tinha chorado alto o suficiente para que o homem sentado diante dela oferecesse um lenço, e tinha gritado: *O que você pensa que está fazendo, babaca?* para ele, porque era isso que se fazia em Nova York. Depois disso se sentiu um pouco melhor.

Ao se aproximar do topo das escadas, percebeu que havia uma mulher lá. Vestia uma longa capa escura sobre o vestido, não o tipo de coisa que normalmente se via em uma rua de Manhattan. A capa era feita de um material escuro e aveludado e tinha um capuz largo, que estava levantado, escondendo o rosto. Ao olhar em volta, Clary viu que mais ninguém nos degraus do hospital nem perto das portas parecia notar a visão. Um feitiço, então.

Ela chegou ao topo e parou, olhando para a mulher. Ainda não conseguia ver o rosto. Clary disse:

— Olha só, se você estiver aqui para me ver, diga logo o que quer. Não estou muito a fim de nada que envolva magia e sigilo agora.

Ela notou as pessoas ao redor parando e olhando para a menina maluca falando sozinha. Combateu o impulso de mostrar a língua para eles.

— Tudo bem. — A voz era gentil, estranhamente familiar. A mulher subiu e tirou o capuz. Cabelos prateados caíram sobre os ombros em uma onda. Era a mulher que Clary tinha visto encará-la no jardim do Cemitério de Mármore, a mesma mulher que os salvara da faca de Malik no Instituto. De perto, Clary podia ver que tinha o rosto anguloso, severo demais para ser bonito, apesar de os olhos serem de um castanho intenso e adorável. — O meu nome é Madeleine. Madeleine Bellefleur.

— E...? — disse Clary. — O que você quer de mim?

A mulher — Madeleine — hesitou.

— Eu conhecia a sua mãe, Jocelyn — disse. — Éramos amigas em Idris.

— Você não pode visitá-la — disse Clary. — Nenhum visitante de fora da família até ela melhorar.

— Ela não vai melhorar.

Clary sentiu como se tivesse levado um tapa na cara.

— O quê?

— Desculpe — disse Madeleine. — Não tive intenção de perturbá-la. É que eu sei o que há de errado com Jocelyn, e não há nada que um hospital mundano possa fazer por ela agora. O que aconteceu com ela... foi ela que fez, Clarissa.

— Não. Você não entende. Valentim...

— Ela fez antes de Valentim chegar até ela. Para que ele não pudesse arrancar nenhuma informação dela. Jocelyn planejou isso. Era um segredo, um segredo que dividiu somente com mais uma pessoa, e só a essa pessoa contou como o feitiço poderia ser revertido. Essa pessoa sou eu.

— Quer dizer...

— Sim — disse Madeleine. — Quero dizer que posso mostrar a você como acordar a sua mãe.

Não perca
Alec Lightwood e Magnus Bane em

Rumos do amor verdadeiro (e os primeiros encontros)

UM TRECHO DE *AS CRÔNICAS DE BANE*

Era noite de sexta-feira no Brooklyn, e as luzes da cidade se refletiam no céu: nuvens tingidas de laranja pressionavam o calor de verão nas calçadas, como uma flor entre as páginas de um livro. Magnus caminhou sozinho pelo apartamento e ficou imaginando, apenas com ligeiro interesse, se estaria prestes a levar um bolo.

Ser convidado para um encontro por um Caçador de Sombras estava entre as dez coisas mais estranhas e inesperadas que já aconteceram a Magnus, e ele sempre buscou viver uma vida de imprevistos.

E ficou surpreso ao aceitar o convite.

A última terça-feira tinha sido um dia tedioso em casa, na companhia do gato e a lista de um inventário que incluía sapos com chifres. Então Alec Lightwood, o filho mais velho dos Caçadores de Sombras que controlavam o Instituto de Nova York, apareceu na porta de Magnus, agradeceu-lhe por ter salvado sua vida e o convidou para sair, enquanto enrubescia em todos os tons possíveis. Em resposta, Magnus prontamente perdeu a cabeça, beijou o menino e marcou um encontro para sexta-feira.

A coisa toda havia sido extremamente estranha. Para começar, Alec apareceu e agradeceu a Magnus por ter salvado sua vida. Pouquíssimos Caçadores de Sombras pensariam nisso. Eles pensavam na magia como um direito seu, a ser reclamado quando precisassem, e enxergavam feiticeiros como algo conveniente ou um incômodo. A maioria dos Nephilim teria pensado antes em agradecer a um elevador por chegar ao andar certo.

E ainda tinha o fato de que nenhum Caçador de Sombras jamais convidara Magnus para sair antes. Já pediram toda a sorte de favores: mágicos, sexuais e bizarros. Mas nenhum queria passar tempo com ele, ir ao cinema, dividir a pipoca. Ele nem sabia ao certo se os Caçadores de Sombras *assistiam* a filmes.

Foi algo tão simples, um pedido tão direto — como se nenhum Caçador de Sombras jamais tivesse quebrado um prato só porque Magnus o tocou, ou disparado "feiticeiro" como se fosse uma maldição. Como se todos os ferimentos pudessem ser curados, como se jamais tivessem acontecido, e o mundo pudesse ser como Alec Lightwood o enxergava através de seus olhos azul-claros.

Na hora, Magnus disse sim porque quis dizer sim. Contudo, era bem possível que tivesse dito sim por ser um idiota.

Afinal, o feiticeiro tinha que ficar lembrando a si mesmo que Alec nem estava tão interessado assim nele. Só estava respondendo à única atenção masculina que já havia recebido. Alec não tinha saído do armário, era tímido, evidentemente inseguro e obviamente apaixonado pelo amigo louro, Trace Wayland. Magnus tinha quase certeza de que era esse o nome, mas Wayland inexplicavelmente lembrava Will Herondale, e o feiticeiro não queria pensar em Will. Sabia que a melhor maneira de se poupar de um coração partido era não pensar em amigos perdidos e não voltar a se misturar com Caçadores de Sombras.

Disse a si mesmo que esse encontro seria um pouco de emoção, um incidente isolado em uma vida que havia se tornado um pouco rotineira, e nada mais.

Tentou não pensar em como ofereceu uma saída a Alec, e em como o rapaz o encarou e disse com uma simplicidade devastadora: *eu gosto de você.* Magnus sempre se considerou alguém que envolvia as pessoas com palavras, e dava uma rasteira ou as enganava, quando necessário. Era incrível como Alec simplesmente passou por cima de tudo isso. Mais incrível ainda era o fato de que ele nem parecia se esforçar muito.

Assim que Alec saiu, Magnus ligou para Catarina, fez a amiga jurar segredo e então contou tudo.

— Você concordou em sair com ele porque acha os Lightwood uns idiotas e quer mostrar que pode corromper o garotinho deles? — perguntou Catarina.

Magnus equilibrou os pés sobre Presidente Miau.

— Acho os Lightwood idiotas — admitiu. — E realmente soa como algo que eu faria. *Droga.*

— Não, na verdade não soa. Você é sarcástico 12 horas por dia, mas quase nunca é maldoso. Tem um bom coração por baixo de toda essa purpurina.

Era Catarina quem tinha um bom coração. Magnus sabia exatamente de quem Alec era filho, e de onde viera.

— Mesmo que tenha sido despeito, ninguém pode culpá-lo, não depois do Ciclo, depois de tudo que aconteceu.

Magnus olhou pela janela. Havia um restaurante polonês em frente a sua casa, as luzes brilhantes anunciavam *borscht* e café (de preferência, separado) 24 horas. E pensou nas mãos de Alec tremendo quando este o convidou para sair, e em como ele pareceu espantado e feliz quando Magnus aceitou.

— Não — disse Magnus. — Provavelmente é uma má ideia, talvez a minha pior ideia da década, mas não teve nada a ver com os pais dele. Eu aceitei por causa dele.

Catarina ficou em silêncio por alguns instantes. Se Ragnor estivesse por perto, teria rido, mas ele desapareceu num spa na Suíça para uma série de máscaras faciais complexas que buscavam realçar o verde de sua pele. Catarina tinha o instinto de uma curandeira: sabia quando deveria ser gentil.

— Boa sorte no seu encontro, então — disse, afinal.

— Muito obrigado, mas não preciso de sorte; preciso de ajuda — respondeu o feiticeiro. — Só porque vou ao encontro não quer dizer que vai correr tudo bem. Sou muito charmoso, mas todo tango precisa de um parceiro.

— Magnus, lembre-se do que aconteceu na última vez em que você tentou dançar tango. Seu sapato voou e quase matou uma pessoa.

— Era uma metáfora. Ele é um Caçador de Sombras, é um Lightwood e gosta de homens louros. É um risco sair com ele. Preciso de uma estratégia de fuga. Se o encontro for um desastre completo, vou mandar uma mensagem de texto, dizendo "Esquilo Azul, aqui é Raposa Caliente. Missão abortada com grande prejuízo". Aí você me liga avisando que aconteceu uma emergência terrível e que precisa da minha ajuda especializada de feiticeiro.

— Parece desnecessariamente complicado. É seu telefone, Magnus; não precisamos de codinomes.

— Tudo bem. Escrevo apenas "abortar". — Ele esticou a mão e passou os dedos da cabeça ao rabo de Presidente Miau. O gato se esticou e ronronou, aprovando entusiasmadamente o gosto de Magnus para homens. — Pode me ajudar?

Catarina respirou fundo, de um jeito demorado e irritado.

— Vou ajudar — prometeu. — Mas você já gastou todos os favores no ramo afetivo neste século, e está me devendo uma.

— É uma barganha — respondeu o feiticeiro.

— E, se tudo der certo — argumentou Catarina, fazendo uma vozinha esquisita —, quero ser a madrinha do casamento.

— Vou desligar agora — disse Magnus.

Tinha feito uma barganha com Catarina. Mais do que isso: telefonou e fez reservas em um restaurante. Escolheu a roupa para o encontro: calça Ferragamo vermelha, sapatos combinando e um colete preto de seda que usava sem camisa porque realçava maravilhosamente seus braços e ombros. E foi tudo em vão.

Alec estava meia hora atrasado. O mais provável era que sua coragem tivesse acabado — que ele tivesse examinado a própria vida, pesado a missão de Caçador de Sombras contra um encontro com um cara de quem nem sequer gostava — e ele não fosse aparecer.

Magnus deu de ombros filosoficamente e, com uma despreocupação que ele não sentia, foi até o armário de bebidas e preparou uma mistura empolgante com lágrimas de unicórnio, poção energizante, suco de cranberry e umas gotas de limão. Ele olharia para trás um dia, se lembraria disso e daria risada. Provavelmente amanhã. Bem, talvez depois de amanhã. Amanhã estaria de ressaca.

Talvez ele tenha se sobressaltado quando a campainha soou pelo loft, mas não havia ninguém além de Presidente Miau para ver. Magnus estava perfeitamente recomposto quando Alec subiu as escadas e entrou.

Alec não poderia ser descrito como perfeitamente recomposto. Seus cabelos pretos estavam por todos os lugares, como um polvo caído na fuligem; seu peito subia e descia violentamente sob a blusa azul-clara; havia um leve brilho de transpiração em seu rosto. Era preciso muito esforço para fazer Caçadores de Sombras suarem. Magnus ficou imaginando exatamente a que velocidade ele teria corrido.

— Ora, isso é inesperado — comentou, erguendo as sobrancelhas.

Ainda segurando o gato, Magnus se jogou suavemente no sofá, com as pernas num dos braços de madeira talhada. Presidente Miau estava em sua barriga, miando, em sinal de perplexidade pela mudança súbita na situação.

Magnus talvez estivesse se esforçando demais para parecer relaxado e despreocupado, e, a julgar pela expressão cabisbaixa de Alec, estava conseguindo.

— Desculpe o atraso. — Alec arfou. — Jace quis fazer um treino de armas, e eu não sabia como sair... quero dizer, não podia falar para ele...

— Ah, Jace, é isso — falou Magnus.

— O quê? — perguntou Alec.

— Por um instante, eu esqueci qual era o nome do rapaz louro — explicou Magnus, balançando os dedos com desdém.

Alec pareceu atordoado.

— Ah. Eu... Eu sou Alec.

Magnus interrompeu o gesto no meio. O brilho das luzes da cidade pela janela refletia nas joias azuis em seus dedos, projetando faíscas azuis brilhantes, que pegavam fogo e, em seguida, mergulhavam no azul profundo dos olhos do Caçador de Sombras.

Alec tinha se esforçado, Magnus pensou, apesar de ser necessário um olhar treinado para enxergar isso. A camisa azul-clara lhe caía melhor do que o horroroso moletom cinza que ele usava na terça-feira. Estava com um leve cheiro de colônia. Magnus ficou surpreendentemente sensibilizado.

— Sim — respondeu devagar, e depois sorriu lentamente também. — Do seu nome eu me lembro.

Alec sorriu. Talvez não importasse se o rapaz tivesse algum sentimento pelo Aparentemente-Jace. O Aparentemente-Jace *era* lindo, mas era o tipo de pessoa que sabia disso, e normalmente esse tipo era problemático demais para valer a pena. Se Jace era ouro, atraindo luz e atenção, Alec era prata: tão acostumado com todos olhando para Jace que era para ele que também olhava; tão acostumado a viver na sombra de Jace que não esperava ser notado. Talvez bastasse ser o primeiro a dizer a Alec que ele merecia ser notado antes de qualquer outro no recinto, e também por mais tempo.

E a prata, apesar de poucos saberem, é um metal mais raro do que o ouro.

— Não se preocupe — disse Magnus, levantando-se agilmente do sofá e colocando Presidente Miau nas almofadas, o que fez com que o gato se indignasse com estardalhaço. — Beba alguma coisa.

Magnus colocou seu drinque na mão de Alec; não tinha tomado nem um gole, e poderia preparar mais um. Alec pareceu espantado. Obviamente estava muito mais nervoso do que Magnus imaginara, pois se atrapalhou e derrubou o copo, entornando o líquido vermelho em si e no chão. Ouviu-se um estilhaçar quando o copo bateu na madeira do piso e quebrou.

Alec parecia ter levado um tiro e estava muito envergonhado por isso.

— Uau! — exclamou Magnus. — Vocês fazem uma propaganda bem enganosa sobre seus reflexos de elite Nephilim.

— Ah, pelo Anjo. Sinto muito, muito mesmo.

Magnus balançou a cabeça e fez um gesto com as mãos, deixando um rastro de faísca azul no ar, e a poça de líquido vermelho e vidro desapareceu.

— Não se lamente — falou. — Sou um feiticeiro. Não existe bagunça que eu não possa limpar. Por que você acha que dou tantas festas? Sabe, eu não daria festa alguma se tivesse que esfregar os banheiros pessoalmente. Já viu um vampiro vomitar? É nojento.

— Eu não, hum, conheço nenhum vampiro socialmente.

Os olhos de Alec estavam arregalados e horrorizados, como se estivesse imaginando vampiros devassos vomitando o sangue de inocentes. Magnus estava pronto para apostar que ele não conhecia ninguém do Submundo socialmente. Os Filhos do Anjo se mantinham no próprio círculo.

Magnus ficou imaginando o que exatamente Alec estava fazendo ali em seu apartamento. Apostava que o Caçador de Sombras estava pensando o mesmo.

A noite poderia ser longa, mas pelo menos os dois poderiam estar bem-vestidos. A camiseta demonstrava que Alec estava se esforçando, porém Magnus podia fazer muito melhor.

— Vou pegar uma camisa nova para você. — Magnus se ofereceu e foi até o quarto enquanto Alec continuava protestando discretamente.

O armário do feiticeiro ocupava metade do quarto. Havia tempos que estava para aumentá-lo. Tinha muitas roupas que achava que cairiam muito bem em Alec, mas deu uma olhada nelas e percebeu que o garoto podia não ficar satisfeito por Magnus impor seu peculiar senso fashion.

Optou por uma seleção mais discreta e escolheu a camiseta preta que ele próprio estava usando na terça. Talvez tenha sido um pouco sentimental da parte do feiticeiro.

A camiseta trazia a frase PISQUE SE ME QUISER bordada com lantejoulas, mas era o que ele tinha de mais discreto. Pegou a peça do cabide e rodopiou de volta à sala, onde se deparou com Alec, que já havia tirado a camisa e estava ali um tanto desamparado, com a roupa manchada enrolada na mão.

Magnus parou onde estava.

A sala era iluminada apenas por um abajur para leitura; o restante da luz vinha de fora da janela. Alec estava pintado com as luzes dos postes da rua e do luar; sombras se curvavam em torno dos bíceps e das reentrâncias esguias da clavícula, do tronco liso, magro e da pele exposta até a linha escura dos jeans. Havia símbolos na superfície reta da barriga, e as cicatrizes prateadas de velhas Marcas sobre as costelas, além de uma no quadril. Estava com a cabeça abaixada, os cabelos pretos como tinta, a pele luminosa e branca como papel. Parecia uma obra de arte em *chiaroscuro*, concebida de modo belo e maravilhoso.

Magnus já tinha ouvido muitas vezes a história de como os Nephilim foram criados. Devem ter se esquecido de contar a parte que dizia: *e o Anjo desceu do céu e deu abdomes fantásticos a seus escolhidos.*

Alec olhou para Magnus, e seus lábios se entreabriram como se ele fosse falar. Observou-o com olhos arregalados, encantado por ser observado.

Magnus exerceu um autocontrole heroico, sorriu e ofereceu a camiseta.

— Eu... sinto muito por esse encontro horrível — murmurou Alec.

— Do que você está falando? O encontro está sendo ótimo. Você só está aqui há dez minutos e já tirou metade da roupa.

Alec pareceu ao mesmo tempo constrangido e satisfeito. Tinha dito a Magnus que era novo nisso, então, qualquer coisa que ultrapassasse um leve flerte poderia assustá-lo. Magnus tinha planejado um encontro muito calmo e normal: sem surpresas, nem nada inesperado.

— Vamos — disse Magnus, e pegou um sobretudo de couro vermelho. — Vamos jantar.

A primeira parte do plano de Magnus, chegar ao metrô, parecia muito simples. E muito infalível.

Não lhe ocorrera que um jovem Caçador de Sombras não estivesse acostumado a ser visível e a ter que interagir com mundanos.

O metrô ficava cheio numa noite de sexta, o que não era nenhuma surpresa, mas isso pareceu alarmar Alec. Ele olhava para os mundanos como se estivesse em uma selva cercado por macacos ameaçadores, e ainda parecia traumatizado por causa da camiseta de Magnus.

— Não posso usar um símbolo de invisibilidade? — perguntou ele, enquanto embarcavam no trem F.

— Não. Não vou parecer solitário numa noite de sexta só porque você não quer que os mundanos o encarem.

Eles conseguiram dois assentos, mas aparentemente isso não melhorou a situação. Ficaram sentados, um do lado do outro, constrangidos com as conversas ao redor. Alec estava em completo silêncio. Magnus tinha certeza de que o que ele mais queria era ir para casa.

Havia pôsteres roxos e azuis olhando para eles, exibindo casais mais velhos que trocavam olhares tristes. Os pôsteres traziam as palavras COM O PASSAR DOS ANOS VEM... A IMPOTÊNCIA! Magnus se viu encarando os pôsteres com uma espécie de horror ausente. Olhou para Alec e notou que o rapaz também não conseguia desviar os olhos das imagens. Ficou imaginando se ele sabia que Magnus tinha 300 anos, e se estaria pensando no quão impotente alguém pode ficar depois de tanto tempo.

Dois homens entraram no trem na estação seguinte e abriram um espaço bem na frente de Magnus e Alec.

Um deles começou a dançar de forma dramática na barra de ferro. O outro se sentou com as pernas cruzadas e começou a batucar no tambor que trouxera.

— Olá, senhoras e senhores e o que mais estiver por aqui! — falou o cara com o tambor. — Agora vamos nos apresentar para entreter vocês. Espero que gostem. Chamamos de... "Música do Bumbum".

Juntos começaram um rap. Ficou nítido que a música era de autoria deles.

Rosas são vermelhas, e dizem que o amor não foi feito para durar,
Mas eu sei que essa sua bunda linda, linda nunca vai me cansar.
Toda a gelatina no seu jeans, todo esse popozão,
Tenho que pegar, só de olhar, já fico gamadão.
Se um dia quiser entender por que tenho que te ter,
É porque o bumbum de nenhuma outra me faz enlouquecer.
Dizem que você não é gata, mas pra mim tanto faz.
O que estou olhando é a vista de trás.
Nunca fui romântico, não sei o que é o amor,
Mas olho pro seu jeans sem o menor pudor.
Detesto que se vá, mas adoro te ver indo.
Vira uma vez e sai de novo, amor, devagarinho.
Eu vou logo depois, com minha cantada número um,
Nunca me canso desse lindo bumbum.

A maioria das pessoas pareceu chocada. Magnus não sabia se Alec estava só chocado ou também horrorizado e secretamente entregando a alma a Deus. Sua expressão era extremamente peculiar, e os lábios completamente cerrados.

Em circunstâncias normais, Magnus teria rido, rido e dado uma bela gorjeta. Naquela, ficou muito grato quando chegaram à estação de destino. Ainda assim, deu alguns trocados aos artistas e saltou com Alec.

Mais uma vez, o feiticeiro se lembrou da grande desvantagem da visibilidade mundana quando um homem magrelo e sardento passou por eles. Magnus estava pensando que talvez tenha sentido uma mão em seu bolso quando o cara uivou e gritou.

Enquanto o feiticeiro se perguntava se havia sido furtado ou não, Alec reagiu como um Caçador de Sombras treinado: pegou o braço do sujeito e o jogou pelo ar. O ladrão voou, com os braços esticados e flácidos balançando, como uma boneca de pano. Aterrissou na plataforma com um estrondo e a bota de Alec em sua garganta. Mais um trem passou, cheio de luzes e barulhos; os passageiros de sexta à noite o ignoraram, formando um aglomerado de corpos em roupas justas e brilhantes, e cabelos produzidos, ao redor de Magnus e Alec.

Os olhos de Alec estavam ligeiramente arregalados. Magnus desconfiou que ele tivesse agido por instinto e não tivera a intenção de empregar a força do combate a demônios em um mundano.

O sujeito ruivo gritou, revelando um aparelho dentário, e balançou as mãos no que parecia ser um gesto desesperado de redenção ou uma imitação muito boa de um pato em pânico.

— Cara! — falou. — Desculpa! De verdade! Eu não sabia que você era ninja!

Alec tirou o pé, e lançou um olhar atormentado para os transeuntes que o encaravam, fascinados.

— Não sou ninja — murmurou.

Uma menina bonita, com prendedores de borboleta nos dreadlocks, colocou a mão no braço dele.

— Você foi incrível — disse, com voz musical. — Tem os reflexos de uma cobra dando o bote. Deveria ser um dublê. Sério, com suas maçãs do rosto, deveria ser ator. Muita gente procura pessoas bonitas como você, capazes de fazer as próprias cenas de ação.

Alec lançou um olhar apavorado e cheio de expectativa para Magnus, que ficou com pena e colocou a mão nas costas do rapaz, encostando-se nele. Sua atitude e o olhar que direcionou à moça explicitamente diziam *ele está comigo*.

— Sem ofensa — acrescentou a menina, rapidamente retirando a mão para remexer na bolsa. — Meu cartão. Trabalho em uma agência de talentos. Você pode ser um astro.

— Ele é estrangeiro — explicou Magnus. — Não tem número da seguridade social. Você não pode contratá-lo.

A menina olhou para Alec e abaixou a cabeça, triste.

— Que pena. Ele poderia fazer um *tremendo* sucesso. Veja esses olhos!

— Eu sei que ele é um arraso — disse Magnus. — Mas receio que tenha que tirá-lo daqui. Ele é procurado pela Interpol.

Alec lançou-lhe um olhar confuso.

— Interpol?

Magnus deu de ombros.

— Um arraso? — insistiu Alec.

Magnus ergueu uma sobrancelha para ele.

— Você deve saber que é essa minha opinião. Do contrário, por que eu aceitaria sair com você?

Aparentemente Alec não tinha certeza, apesar de ter dito que tanto Isabelle quanto Jace comentaram isso. Talvez todos os vampiros tenham ido para casa e fofocado sobre o fato de Magnus ter achado um Caçador de Sombras gato. Magnus provavelmente tinha que aprender a ser sutil, e Alec possivelmente não tinha acesso a espelhos no Instituto. Pareceu espantado e satisfeito.

— Achei que talvez... você disse que não era solidário...

— Não faço caridade — respondeu. — Em nenhum aspecto da minha vida.

— Vou devolver a carteira — disse uma voz amável.

O assaltante ruivo interrompeu o que poderia ter sido um momento agradável ao se levantar, pegar a carteira de Magnus e derrubá-la no chão com um grito de dor.

— A carteira me mordeu!

Para aprender a não roubar carteiras de feiticeiros, Magnus pensou, se abaixando para recuperá-la de uma floresta de saltos altos cintilantes no concreto.

Em voz alta, apenas disse:

— Essa não está sendo sua noite, né?

— A sua carteira morde? — perguntou Alec.

— Esta morde pessoas — respondeu o feiticeiro, guardando-a no bolso. Ficou feliz em recuperá-la, não só porque ele gostava de dinheiro, mas porque a carteira combinava com a calça vermelha de couro de crocodilo. — A John Varvatos pega fogo.

— Quem?

Magnus olhou triste para Alec.

— Um designer supercool — disse a menina com os prendedores de borboleta. — Sabe, quando você é astro de cinema, ganha coisas grátis dos designers.

— Sempre posso bater uma carteira Varvatos — concordou o ladrão. — Não que eu fosse roubar e vender alguma coisa de alguém nesta plataforma. Principalmente de vocês. — E lançou a Alec um olhar que beirava a idolatria. — Não sabia que gays conseguiam lutar assim. Tipo, sem ofensa. Foi incrível.

— Você aprendeu duas lições importantes sobre tolerância e honestidade — explicou Magnus, severo. — E ainda conservou todos os dedos após tentar me assaltar em um primeiro encontro. Então, esse é o melhor cenário que você poderia imaginar.

Ouviu-se um murmúrio de solidariedade. Magnus olhou em volta e viu Alec, com os olhos um pouco arregalados, e todo mundo parecendo preocupado. Aparentemente a multidão que tinham reunido de fato acreditava no amor dos dois.

— Ah, cara, foi mal mesmo — disse o ladrão. — Eu jamais teria a intenção de atrapalhar o primeiro encontro de alguém com um ninja.

— Estamos de saída agora — disse Magnus, com sua melhor voz de Alto Feiticeiro. Estava com medo de que Alexander planejasse se jogar na frente do próximo trem.

— Divirtam-se no encontro, meninos — falou a Pregador de Borboletas, enfiando seu cartão no bolso da calça de Alec, que pulou como uma lebre assustada. — Dê uma ligada se mudar de ideia quanto à fama e à fortuna!

— Desculpem mais uma vez! — falou o assaltante, acenando uma despedida animada.

Deixaram a plataforma em meio a um coro de desejos de boa sorte. Alec parecia desejar apenas a doce libertação da morte.

O restaurante ficava na 13th com a 3rd, perto de uma loja de roupas e entre uma fila de prédios velhos de tijolos vermelhos. Era um restaurante que misturava as culinárias etíope e italiana, administrado por seres do Submundo. Estava mais para sombrio e velho; então, os Caçadores de Sombras não frequentavam. Magnus desconfiava seriamente de que Alec não queria correr o risco de ser visto por nenhum Nephilim.

Ele também já tinha levado muitos pretendentes mundanos ali, como forma de introduzi-los aos poucos em seu mundo. O restaurante queria clientes mundanos, porém era mais frequentado por seres do Submundo; portanto, os feitiços eram utilizados, contudo em proporções menores.

Havia um grande dinossauro grafitado obscurecendo a placa. Alec franziu os olhos, mas seguiu Magnus para dentro do restaurante.

Assim que Magnus entrou, percebeu que tinha cometido um grave erro.

No segundo em que a porta se fechou atrás deles, o salão grande e mal iluminado caiu em um terrível silêncio. Fez-se um barulho quando alguém, uma ifrit com sobrancelhas de fogo, mergulhou atrás de uma mesa.

Magnus olhou para Alec e percebeu o que os outros viram: mesmo sem uniforme de combate, seus braços tinham símbolos e as roupas mostravam que trazia armas. *Nephilim*. Magnus poderia ter entrado em um bar na época da Lei Seca, cercado por policiais armados.

Meu Deus, era um saco ter um encontro.

— Magnus Bane! — sibilou Luigi, o dono, ao se aproximar. — Você trouxe um Caçador de Sombras para cá? É uma batida? Magnus, achei que fôssemos amigos! Você poderia ter, ao menos, me avisado com antecedência!

— Estamos aqui socialmente — respondeu o feiticeiro. Levantou as mãos, com as palmas expostas. — Juro. Só para conversar e comer.

Luigi balançou a cabeça.

— Por você, Magnus. Mas, se ele fizer alguma coisa contra meus outros clientes... — gesticulou para Alec.

— Não vou — falou Alec, e limpou a garganta. — Estou... de folga.

— Caçadores de Sombras nunca estão de folga — afirmou Luigi sombriamente, e os arrastou a uma mesa na parte mais remota do restaurante, no canto perto das portas duplas que levavam à cozinha.

Um garçom lobisomem com uma expressão rígida, que indicava tédio ou constipação, foi até lá.

— Olá, meu nome é Erik e serei seu garçom por hoje... Meu Deus, você é um Caçador de Sombras!

Magnus fechou os olhos por um momento doloroso.

— Podemos ir — falou a Alec. — Isso pode ter sido um erro.

Mas uma luz teimosa iluminou os olhos de Alec. Apesar da aparência de porcelana, Magnus conseguia ver o aço por baixo.

— Você está fazendo eu me sentir muito ameaçado — disse Erik, o garçom.

— Ele não está fazendo nada. — Magnus se irritou.

— Não é o que ele está fazendo, é como está fazendo eu me *sentir*. — Erik fungou e bateu com os cardápios como se tivesse sido pessoalmente ofendido. — Tenho úlceras de estresse.

— O mito de que úlceras são provocadas por estresse já caiu por terra há muito tempo — retrucou Magnus. — Na verdade, é uma espécie de bactéria.

— Hum, quais são os pratos do dia? — perguntou Alec.

— Não consigo lembrar com as emoções tão à flor da pele — retrucou o garçom. — Um Caçador de Sombras matou meu tio.

— Eu nunca matei o tio de ninguém — disse Alec.

— Como pode saber? — perguntou Erik. — Quando vai matar alguém, você para e pergunta se a pessoa tem sobrinhos?

— Eu mato *demônios* — explicou Alec. — Demônios não têm *sobrinhos*.

Magnus sabia que isso era apenas tecnicamente verdade. Pigarreou alto.

— Talvez seja melhor eu pedir por nós dois. Que tal dividirmos?

— Lógico — respondeu Alec, descartando o cardápio.

— Quer beber alguma coisa? — O garçom perguntou especificamente a Alec, baixando a voz para dar ênfase. — Ou quer esfaquear alguém? Se for absolutamente necessário, talvez pudesse esfaquear o cara no canto com a blusa vermelha. Ele é péssimo nas gorjetas.

Alec abriu e fechou a boca e, em seguida, abriu outra vez:

— É uma pergunta capciosa?

— Por favor, vá — pediu Magnus.

Alec ficou muito quieto, mesmo depois que Erik, o garçom irritante, se retirou. Magnus tinha quase certeza de que ele estava detestando, e não podia culpá-lo por isso. Vários outros clientes se retiraram, lançando olhares assustados por cima dos ombros enquanto pagavam apressadamente.

Quando a comida chegou, os olhos de Alec se arregalaram ao perceber que Magnus tinha pedido *kifto* cru. Luigi tinha se esforçado: havia também carne vermelha dourada na manteiga, *doro wat*, um ensopado apimentado de cebola vermelha, purê de lentilhas e couve, tudo isso em um pão etíope grosso conhecido como *injera*. A parte italiana da herança cultural de Luigi estava representada pelo macarrão. Alec não teve muito trabalho com a comida e parecia saber que deveria comer com a mão sem precisar que lhe dissessem. Era nova-iorquino, Magnus pensou, mesmo sendo também um Caçador de Sombras.

— É a melhor comida etíope que já comi. Você entende muito sobre culinária? — perguntou o rapaz. — Quero dizer, obviamente entende. Foi uma pergunta idiota.

— Não, não foi — falou Magnus, franzindo o rosto.

Alec se serviu de um pouco de *penne arrabiata*. Imediatamente começou a engasgar. Lágrimas arderam em seus olhos.

— Alexander! — chamou o feiticeiro.

— Estou bem. — Alec engasgou e pareceu horrorizado. Pegou um pedaço de pão, e só percebeu o que era quando tentou esfregá-lo nos olhos. Largou o pão apressadamente e pegou o guardanapo no lugar, escondendo os olhos molhados e o rosto rubro.

— É óbvio que você não está bem! — falou Magnus, provando um pouco do macarrão.

Ardia como o inferno, e Alec continuava respirando no guardanapo. Magnus gesticulou peremptoriamente para o garçom, acrescentando, talvez, faíscas azuis às toalhas de mesa alheias.

As pessoas ao redor se afastaram sutilmente das mesas.

— Este *penne* está muito *arrabiata*, e você fez isso de propósito — disse Magnus, quando o garçom lobisomem se aproximou.

— Direitos licantropes — resmungou Erik. — Esmagar os opressores vis.

— As pessoas não fazem uma revolução com macarrão, Erik — retrucou Magnus. — Agora traga um prato novo ou vou denunciá-lo ao Luigi.

— Eu... — começou Erik, desafiadoramente. Magnus cerrou seus olhos de gato. O rapaz encontrou o olhar de Magnus e decidiu não bancar o garçom heroico. — Claro. Peço desculpas.

— Que idiota — observou Magnus em voz alta.

— É — disse Alec, pegando mais um pedaço do *injera*. — O que os Caçadores de Sombras já fizeram com ele?

Magnus ergueu uma sobrancelha.

— Bem, ele mencionou um tio morto.

— Ah — disse Alec. — Certo.

E voltou a olhar fixamente para a toalha de mesa.

— Mas ele continua sendo um idiota — emendou Magnus.

Alec resmungou alguma coisa que o feiticeiro não conseguiu entender.

Foi então que a porta se abriu e um humano bonito com olhos profundamente verdes entrou. Estava com as mãos nos bolsos do terno caro e cercado por um grupo de jovens fadas — homens e mulheres — lindas.

Magnus se encolheu na cadeira. Richard. Richard era um mortal que fora adotado por fadas como elas faziam às vezes, sobretudo quando eram mortais com dons musicais. Ele também era outra coisa.

Magnus limpou a garganta.

— Rápido, alerta. O cara que acabou de entrar é um ex — avisou. — Bem, mal chega a ser ex. Foi bem casual. E nos separamos amigavelmente.

Nesse momento, Richard o avistou. O rosto inteiro se contorceu; então ele atravessou o salão em dois passos.

— Você é desprezível! — sibilou Richard, em seguida pegou a taça de vinho de Magnus e jogou na cara dele. — Desista enquanto é tempo — continuou para Alec. — Nunca confie em um feiticeiro. Eles enfeitiçam os anos da sua vida e o amor do seu coração!

— Anos? — questionou Magnus. — Não foram nem vinte minutos!

— O tempo é diferente para as fadas — explicou Richard, o idiota pretensioso. — Você desperdiçou os melhores vinte minutos da minha vida!

Magnus pegou o guardanapo e começou a limpar o rosto. Piscou para afastar o borrão vermelho enquanto Richard recuava e Alec assumia uma expressão de espanto.

— Certo — falou. — É possível que eu tenha me enganado quanto à separação amigável. — E tentou esboçar um sorriso, o que era difícil fazer com vinho no cabelo. — Ai, ai. Você sabe como são os ex.

Alec olhou para a toalha de mesa. Obras de arte em museus recebiam menos atenção do que esta toalha de mesa.

— Na verdade, não — falou. — Este é o meu primeiro encontro.

Isso não estava dando certo. Magnus não sabia por que tinha achado que daria. Ele tinha que acabar com o encontro sem ferir muito o orgulho de Alec. Queria sentir a satisfação de ter um plano preparado para isso, mas, ao enviar uma mensagem para Catarina por baixo da mesa, o que sentiu foi uma melancolia opressora.

Magnus ficou ali parado, esperando Catarina ligar, e tentou pensar no que dizer.

— Sem ressentimentos. Gosto mais de você do que de qualquer Caçador de Sombras que tenha conhecido em mais de um século e espero que você encontre um bom rapaz Caçador de Sombras... se houver algum além de você.

O telefone tocou enquanto Magnus ainda se recompunha mentalmente, e soou forte entre o silêncio dos dois. O feiticeiro atendeu com pressa. Não estava com as mãos muito firmes e, por um momento, temeu que fosse derrubar o telefone, como Alec fez com o copo, mas conseguiu atender. A voz de Catarina passou pela linha, clara e inesperadamente urgente. Era evidente que ela era uma atriz metódica.

— Magnus, houve uma...

— Emergência, Catarina? — perguntou o feiticeiro. — Isso é terrível! O que foi que aconteceu?

— Uma emergência de verdade, Magnus!

Magnus apreciou o compromisso de Catarina com a personagem, mas preferia que ela não gritasse tão alto ao seu ouvido.

— Que horror, Catarina. Quero dizer, estou muito ocupado, mas suponho que, se há vidas em risco, não posso dizer n...

— Há vidas em risco, seu idiota falastrão! — gritou Catarina. — Traga o Caçador de Sombras!

Magnus hesitou.

— Catarina, acho que você não está entendendo direito o que tem que fazer aqui.

— Você já está bêbado, Magnus? — perguntou ela. — Está por aí na devassidão, *embebedando* um Nephilim, um Nephilim com menos de 21 anos?

— O único álcool que passou pela minha boca foi do vinho atirado na minha cara — respondeu o feiticeiro. — E não tive a menor culpa nesse incidente também.

Fez-se uma pausa.

— Richard? — perguntou Catarina.

— Richard — confirmou Magnus.

— Ouça, deixe isso para lá. Preste atenção, Magnus, porque estou trabalhando, uma das minhas mãos está coberta de fluido, e só vou falar uma vez.

— Fluido — repetiu Magnus. — Que tipo de fluido?

Alec o encarou.

— Só vou falar uma vez, Magnus. — Catarina repetiu com firmeza. — Tem uma jovem licantrope no Beauty Bar. Ela saiu em uma noite de lua cheia porque queria provar para si mesma que ainda poderia ter uma vida normal. Um vampiro denunciou, e os vampiros não vão ajudar em nada, porque nunca ajudam. A licantrope está se Transformando, num lugar desconhecido e lotado, e provavelmente vai se descontrolar e matar alguém. Não posso sair do hospital. Lucian Graymark está com o telefone desligado, e o bando dele disse que ele está no hospital acompanhando um ente querido. Você não está no hospital, está num encontro idiota. Se foi ao restaurante ao qual disse que ia, é a pessoa mais próxima que pode ajudar. Vai ajudar ou vai continuar desperdiçando meu tempo?

— Vou desperdiçar seu tempo em uma próxima oportunidade, querida — disse Magnus.

Catarina respondeu, e ele pôde ouvir o sorriso torto na voz dela:

— Aposto que sim.

Ela desligou. Catarina costumava ser ocupada demais para se despedir. Magnus percebeu que ele mesmo não tinha tanto tempo assim, mas desperdiçou um instante olhando para Alec.

Catarina tinha dito a Magnus para levar o Caçador de Sombras, mas ela não tinha muito a ver com os Nephilim. Magnus não queria ver Alec arrancando a cabeça de uma pobre menina porque ela transgrediu a Lei: não queria que outra pessoa sofresse porque ele fez um julgamento errado, e não queria odiar Alec como odiou tantos Nephilim.

Também não queria que mundanos fossem mortos.

— Sinto muito por isso — falou. — É uma emergência.

— Hum — disse Alec, encolhendo os ombros. — Tudo bem. Eu entendo.

— Tem uma licantrope descontrolada em um bar aqui perto.

— Ah — disse Alec.

Alguma coisa em Magnus estalou.

— Tenho que ir e tentar controlá-la. Pode me ajudar?

— Ah, é uma emergência real?! — exclamou Alec, e se alegrou imensamente. Por um instante, Magnus ficou feliz por haver uma licantrope enlouquecida por Manhattan, se isso deixava Alec assim. — Achei que fosse uma daquelas situações em que você combina com sua amiga para ela ligar e livrar você de um encontro ruim.

— Há há. Eu não sabia que as pessoas faziam isso.

— Aham. — Alec já estava se levantando e colocando a jaqueta. — Vamos, Magnus.

Sentiu uma explosão de satisfação no peito; parecia um pequeno estouro, agradável e espantoso ao mesmo tempo. Ele gostava que Alexander falasse as coisas que os outros pensavam, mas nunca diziam. Gostava que Alec o chamasse de Magnus, e não de "feiticeiro". E gostava dos ombros de Alec se movendo debaixo da jaqueta (às vezes, ele era superficial).

Ficou feliz por Alec querer ir. Tinha imaginado que o Caçador de Sombras poderia ficar feliz com um pretexto para se retirar de um encontro desagradável, mas talvez tivesse interpretado mal a situação.

Magnus deixou dinheiro na mesa; quando Alec fez um ruído de reprovação, ele sorriu.

— Por favor — falou. — Você não faz ideia de como eu cobro caro pelos meus serviços para os Nephilim. É justo. Vamos.

Enquanto saíam, ouviram o garçom gritar atrás deles:

— Direitos licantropes!

O Beauty Bar normalmente ficava cheio àquela hora, numa sexta à noite, mas as pessoas que corriam para fora não o faziam com o ar casual daqueles que saíam para fumar ou ficar com alguém. Elas demoravam debaixo do sinal luminoso e branco que dizia "Beauty" com letras vermelhas e o que parecia ser a foto de uma cabeça de Medusa dourada embaixo. A multidão tinha o ar de pessoas desesperadas para escapar, mas que ao mesmo tempo ficavam por ali, presas aos lugares por um fascínio horrorizado.

Uma menina agarrou a manga de Magnus e olhou para ele com os cílios postiços cheios de purpurina prateada.

— Não entre — sussurrou. — Tem um monstro aí.

Eu sou um monstro, Magnus pensou. *E monstros são a especialidade* dele.

Mas não falou nada. Em vez disso, declarou:

— Não acredito em você. — E entrou.

E estava falando sério: os Caçadores de Sombras, inclusive Alec, podiam acreditar que Magnus fosse um monstro, mas ele próprio não acreditava. Ensinara a si mesmo a não acreditar nisso, embora sua mãe, o homem que chamou de pai e milhares de outras pessoas já tivessem lhe dito que era verdade.

Ele também não acreditava que a menina ali dentro fosse um monstro, independentemente da sua aparência para mundanos e Caçadores de Sombras. Ela tinha uma alma, e isso significava que podia ser salva.

Estava escuro no bar, e, ao contrário das expectativas de Magnus, ainda havia gente ali dentro. Em uma noite normal, o Beauty Bar era um lugarzinho barato, cheio de pessoas felizes fazendo as unhas com funcionários empoleirados em cadeiras que pareciam cadeiras antigas de salões de beleza com secadores enormes nos encostos, ou dançando no chão de quadrados em preto e branco, que sugeriam um tabuleiro de xadrez.

Hoje ninguém estava dançando, e as cadeiras foram abandonadas. Magnus cerrou os olhos para uma mancha no chão do tabuleiro e viu os azulejos em branco e preto sujos com sangue vermelho brilhante.

Ele olhou para Alec para ver se ele também tinha notado, e o viu inquieto, obviamente nervoso.

— Tudo bem?

— Sempre faço isso com Isabelle e Jace — respondeu Alec. — E eles não estão aqui. E não posso ligar para eles.

— Por que não? — perguntou Magnus.

Alec enrubesceu no exato instante em que Magnus entendeu o que ele queria dizer. O Caçador de Sombras não podia ligar para os amigos porque não queria que soubessem que estava em um encontro com o feiticeiro. Não queria especificamente que Jace soubesse. Não era algo particularmente agradável de se pensar, mas era assunto de Alec.

Também era verdade que Magnus não queria mais Caçadores de Sombras na equação, desejando impor sua dura justiça, mas entendeu o problema de Alec. Pelo que já tinha observado de Jace e da irmã exibida de Alexander, tinha certeza de que o rapaz estava acostumado a protegê-los, defendê-los de suas próprias ações precipitadas, o que significava que Alec estava acostumado a defender, e não a atacar.

— Você vai se sair muito bem sem eles — encorajou-o Magnus. — Eu ajudo.

Alec pareceu duvidar daquilo, o que era ridículo, considerando que Magnus conseguia fazer mágica de verdade, fato que os Caçadores de Sombras gostavam de esquecer enquanto contemplavam profundamente o quanto era superiores. Mas, para crédito de Alec, Magnus assentiu e avançou. E percebeu, meio confuso, que, sempre que tentava avançar,

Alec esticava o braço ou se movia um pouco mais rápido, ficando na sua frente, posicionando-se protetoramente.

As pessoas que permaneceram no bar estavam encostadas nas paredes, como se estivessem presas, imóveis de medo. Alguém soluçava.

Ouviu-se um rugido baixo e trêmulo vindo do lounge que ficava no fundo do bar.

Alec foi em direção ao som, suave e veloz como um Caçador de Sombras, e Magnus o acompanhou.

O lounge era decorado com fotos em preto e branco de mulheres dos anos 1950 e uma bola de discoteca que obviamente não oferecia nenhuma luz útil. Havia um palco vazio, feito de caixas, e um abajur para leitura, que oferecia a única iluminação real. Viam-se sofás no centro da sala, cadeiras ao fundo e sombras por todos os lados.

Uma das sombras se movia e rosnava em meio às outras. Alec avançou, caçando-a, e a licantrope rugiu em desafio.

E, de repente, uma menina esguia com seus cabelos em longos cachos escuros, traçando laços de sangue, olhou para eles. Magnus deu um pulo para a frente e a segurou em seus braços antes que ela pudesse se distrair ou ser atacada por Alec.

— Não deixe que ele a machuque! — Ela gritou ao mesmo tempo que Magnus perguntava:

— O quanto ela a machucou?

O feiticeiro hesitou e disse:

— Acho que estamos num tipo de impasse. Sim ou não: você está muito machucada?

Ele a segurou pelos ombros com delicadeza e olhou para ela. Tinha um arranhão longo e profundo por toda a extensão do braço. Estava cheio de sangue, que caía em gotas espessas no chão enquanto conversavam; ela era a fonte do sangue do lado de fora.

A menina o encarou com expressão severa e mentiu:

— Não.

— Você é mundana, não é?

— Sou... ou não sou licantrope nem nada disso, se é o que quer saber.

— Mas sabe que ela é licantrope.

— Sei, seu burro! — irritou-se a menina. — Ela me contou. Eu sei de tudo. Não me importo. A culpa é minha. Eu a encorajei a sair.

— Não sou eu que estou encorajando licantropes a sair em noite de lua cheia e a atacar pessoas na pista de dança — disse Magnus. — Mas talvez possamos decidir quem de nós é o burro em outra hora, quando nossas vidas não estiverem em risco.

A menina agarrou o braço dele. Ela conseguia ver Alec, visível como Caçadores de Sombras quase nunca eram para mundanos. E conseguia enxergar suas armas. Sangrava muito, e mesmo assim seu medo era por causa de outra pessoa.

Magnus segurou o braço da garota. Teria se saído melhor com ingredientes e poções, mas lançou um poder azul que estalou ao redor do braço da menina para minimizar a dor e conter o sangramento. Quando ele abriu os olhos, viu o olhar dela fixo nele, os lábios partidos e a face confusa. Magnus ficou imaginando se ela sabia que havia pessoas que conseguiam fazer mágica, que existiam criaturas além de lobisomens no mundo.

Por cima do ombro dela, viu Alec correr e entrar em batalha com a loba.

— Uma última pergunta — disse Magnus, falando rápida e suavemente. — Você confia em mim para garantir a segurança da sua amiga?

A menina hesitou, e, em seguida, respondeu:

— Confio.

— Então espere lá fora. Do lado de fora do bar, não nesta sala. Vá lá para fora e tente tirar todos que conseguir. Diga às pessoas que um cão raivoso invadiu o bar, dê a desculpa para que todos queiram sair. Diga que não se machucou muito. Como se chama a sua amiga?

Ela engoliu em seco.

— Marcy.

— Marcy vai querer saber que você está segura, uma vez que eu consiga chegar a ela — explicou o feiticeiro. — Saia daqui, por ela.

A menina assentiu, e, em seguida num movimento rápido e súbito, correu. Ele ouviu os saltos de plataforma batendo nos azulejos enquanto ela corria. Finalmente Magnus conseguiu se voltar para Alec.

Viu dentes brilhando no escuro e não viu Alec, porque ele era um borrão de movimentos, rolando para longe e depois voltando para a loba.

Para Marcy, Magnus pensou, e ao mesmo tempo viu que Alec não tinha esquecido que ela era uma pessoa, ou, ao menos, que Magnus tinha pedido que ele a ajudasse.

Ele não estava usando suas lâminas serafim. Estava tentando não machucar uma pessoa que tinha presas e garras. Magnus não queria que Alec se arranhasse, e definitivamente não queria que ele corresse o risco de ser mordido.

— Alexander — chamou o feiticeiro, e percebeu seu erro quando Alec virou a cabeça e teve que recuar apressadamente para longe do ataque vil da loba. Ele desviou-se e rolou, parando agachado diante de Magnus.

— Você tem que recuar — pediu, arfando.

A licantrope, aproveitando-se da distração de Alec, rosnou e atacou. Magnus lançou uma bola azul de fogo sobre ela, derrubando-a no chão e fazendo-a girar. Alguns gritos emergiram das poucas pessoas que continuavam no bar, todas se apressando em direção às saídas. Magnus não se importava. Sabia que Caçadores de Sombras tinham que proteger civis, e ele definitivamente não era um deles.

— Você tem que lembrar que sou um feiticeiro.

— Eu sei — disse Alec, examinando as sombras. — Eu só quero... — Não estava fazendo o menor sentido, mas a frase seguinte infelizmente fez. — Eu acho — falou, abertamente — que você a irritou.

Magnus seguiu o olhar de Alec. A licantrope estava novamente de pé e os acompanhava, os olhos acesos com um fogo infernal.

— Você é muito bom observador, Alexander.

Alec tentou empurrar Magnus para trás. O feiticeiro agarrou a camisa preta e puxou Alec consigo. Foram lentamente para o fundo do lounge.

A amiga da loba tinha cumprido sua parte: o bar estava vazio, um ambiente sombrio onde a licantrope poderia persegui-los.

Alec surpreendeu Magnus e a licantrope ao se afastar e partir para cima de Marcy. Qualquer que fosse o plano, não funcionou: dessa vez o golpe da licantrope o atingiu no peito. Alec voou contra uma parede rosa-shocking decorada com purpurina dourada. Atingiu o espelho com moldura dourada na parede com força suficiente para rachar todo o vidro.

— Ah, Caçadores de Sombras tolos — resmungou Magnus, baixinho. Mas Alec usou o impacto do corpo na parede como apoio, numa espécie de alavanca, agarrando um lustre brilhante e balançando-se. Em seguida, aterrissou como um gato e se encolheu para atacar mais uma vez, em um rápido movimento. — Caçadores de Sombras sexies e tolos.

— Alec! — chamou Magnus.

Alec tinha aprendido a lição: não olhou nem correu o risco de se distrair. Magnus estalou os dedos, uma chama azul dançante aparecendo neles como se tivesse acendido um isqueiro. Isso chamou a atenção de Alec.

— Alexander. Vamos fazer isso juntos.

Magnus levantou a mão e lançou um feixe de luz azul translúcido dos dedos para assustar a licantrope e proteger os mundanos. Cada feixe de luz emitia uma carga de magia suficiente para fazer a licantrope hesitar.

Alec fez um gestou que os envolveu, e Magnus girou o feixe de luz ao redor ao mesmo tempo. Ficou surpreso com a facilidade com que Alec se movia com sua mágica. Quase todos os Caçadores de Sombras que conheceu ficavam um pouco assustados e espantados.

Talvez pelo fato de Magnus nunca ter tido vontade de ajudar e proteger dessa forma, mas a combinação de sua magia com a força de Alec de algum modo funcionava.

A loba rosnou, encolheu-se e ganiu, seu mundo cheio de uma luz fortíssima, e, em cada lugar que ia, lá estava Alec. Magnus sabia mais ou menos como a loba se sentia.

Ela desabou e ganiu, um feixe de luz azul cortando seu pelo, e Alec montou sobre ela. Com o joelho pressionando a lateral da licantrope, e a mão no cinto. Apesar de tudo, Magnus sentiu um frio na espinha. Ele pôde imaginar a faca, e Alec cortando a garganta da licantrope.

O que Alec sacou foi uma corda. Ele a enrolou no pescoço da loba enquanto a prendia com o corpo. Ela lutou, debateu-se e rosnou. Magnus retirou o feixe mágico de luz e murmurou. As palavras mágicas saíam de sua boca em jatos de fumaça azul, feitiços de cura e ilusões de segurança e calma.

— Vamos, Marcy — disse Magnus. — *Vamos!*

A loba estremeceu e se transformou, ossos estalando e pelos desaparecendo, e, em alguns instantes agonizantes, Alec se viu com os braços em volta de uma menina que vestia apenas os trapos de um vestido. Estava praticamente nua.

Alec pareceu mais inquieto do que quando ela era loba. Ele a soltou rapidamente, e Marcy deslizou para se sentar, com os braços em volta do próprio corpo. Ela chorava baixinho. Magnus tirou seu longo casaco de couro vermelho para enrolá-la. A garota puxou as laterais.

— Muito obrigada — disse Marcy, olhando para Magnus com olhos arregalados. Ela era loura e bonita em sua forma humana, diferentemente de seu aspecto anterior, uma forma engraçada, gigantesca e furiosa de licantrope. Então seu rosto se enrijeceu, angustiado, e nada mais pareceu engraçado. — Eu... por favor, eu machuquei alguém?

— Não — respondeu Alec, com a voz firme, o que era uma raridade. — Não, não machucou ninguém.

— Tinha uma pessoa comigo...

— Ela se arranhou — disse Magnus, mantendo a voz firme e confortante. — Está bem, eu a curei.

— Mas eu a machuquei — falou Marcy, e colocou o rosto entre as mãos sujas de sangue.

Alec esticou o braço e tocou as costas de Marcy, esfregando-a gentilmente, como se essa estranha fosse sua irmã.

— Ela está bem — disse Alec. — Você não... eu *sei* que você não queria machucá-la, que não queria machucar ninguém. Não tem culpa de ser o que é. Você vai se ajustar.

— Ela a perdoa — explicou Magnus, mas a licantrope estava olhando para Alec.

— Meu Deus, você é um Caçador de Sombras — sussurrou Marcy, exatamente como fizera Erik, o garçom, mas com medo na voz, e não desdém. — O que vai fazer comigo? — Ela fechou os olhos. — Não. Sinto muito. Você me conteve. Se não tivesse vindo... o que quer que faça comigo, eu mereço.

— Não vou fazer nada com você — retrucou Alec, e Marcy abriu os olhos e o encarou. — É verdade. Não vou contar para ninguém, prometo.

Alec parecia o mesmo de quando Magnus falou sobre a infância na festa em que se conheceram. Era algo que o feiticeiro quase nunca fazia, mas ele se sentiu estranho e defensivo com a chegada de todos aqueles Caçadores de Sombras em sua casa, com a filha de Jocelyn Fray, Clary, aparecendo sem a mãe e com tantas perguntas para as quais merecia respostas. Ele não esperava olhar nos olhos de um Caçador de Sombras e enxergar solidariedade.

Marcy se sentou e se enrolou no casaco. De repente, ela pareceu digna, como se tivesse percebido que tinha direitos nessa situação. Que era uma pessoa. Que era uma alma, que sua alma havia sido respeitada como merecia.

— Obrigada — disse ela calmamente. — Aos dois.

— Marcy? — A voz da amiga chamou pela porta.

Marcy levantou os olhos.

— Adrienne!

Adrienne correu para dentro, quase escorregando pelo chão de azulejos. Jogou-se ao chão, abraçando Marcy.

— Você se machucou? Deixe-me ver — sussurrou Marcy no ombro dela.

— Está tudo bem, não é nada, estou ótima — falou Adrienne, afagando o cabelo de Marcy.

— Sinto muito — falou a loba, acariciando o rosto de Adrienne. Elas se beijaram, ignorando a presença de Alec e Magnus.

Quando se afastaram, Adrienne balançou Marcy em seus braços e sussurrou:

— Vamos dar um jeito para que nunca mais aconteça. Vamos, sim.

Outras pessoas seguiram Adrienne, e entraram em duplas e trios.

— Você se veste muito bem para um caçador de cachorros — disse um homem que Magnus imaginou se tratar do barman.

Magnus inclinou a cabeça.

— Muito obrigado.

Mais pessoas entraram, de início, com cautela, depois, em números cada vez maiores. Ninguém estava se perguntando exatamente para onde tinha ido o cachorro. Muitos pareciam querer drinques.

Talvez alguns fossem perguntar mais tarde, quando o choque passasse, e o trabalho da noite se tornasse uma situação que precisava ser esclarecida. Magnus, porém, decidiu que era um problema para mais tarde.

— Foi bacana o que você disse a ela — falou Magnus, quando a multidão tinha ocultado completamente Marcy e Adrienne da vista deles.

— Hum... não foi nada — respondeu Alec, inquieto e parecendo constrangido. Os Caçadores de Sombras não aprovavam gentilezas, foi o que Magnus imaginou. — Digo, é para isso que estamos aqui, não é? Caçadores de Sombras, quero dizer. Temos que ajudar a todos que precisam de ajuda. Temos que proteger as pessoas.

Os Nephilim que Magnus conhecera pareciam acreditar que os seres do Submundo eram feitos para ajudarem a *eles mesmos*, e para serem descartados se não ajudassem o bastante.

Magnus olhou para Alec. Ele estava suado e com a respiração um pouco pesada, os arranhões nos braços e rosto se curando rapidamente graças aos *iratzes* na pele.

— Acho que não vamos conseguir bebidas aqui; a fila está muito grande — falou Magnus lentamente. — Vamos tomar um drinque na minha casa.

Caminharam para casa. Apesar de ser um longo caminho, foi um passeio agradável em uma noite de verão, o ar morno nos braços expostos de Magnus, e a lua cheia transformando a Brooklyn Bridge em uma via expressa de luz branca.

— Fiquei muito feliz quando sua amiga ligou para você ajudar aquela menina — confessou Alec, enquanto caminhavam. — E fiquei feliz que tenha me chamado para ir junto. Eu... me surpreendi com isso, pelo modo como as coisas estavam indo antes.

— Eu estava com medo de que você não estivesse se divertindo — explicou Magnus.

Era como se estivesse colocando muito poder nas mãos de Alec, mas este estava sendo honesto com ele, e o feiticeiro se viu possuído pelo estranho impulso de fazer o mesmo.

— Não — disse Alec, e ruborizou. — Não, de jeito nenhum. Eu pareci... desculpe.

— Não se desculpe — respondeu Magnus suavemente.

As palavras pareceram explodir de Alec em uma onda, apesar de que ele gostaria de contê-las, pela expressão de seu rosto.

— A culpa foi minha. Eu fiz tudo errado mesmo antes de aparecer, e você sabia como fazer o pedido no restaurante, e eu tive que me segurar para não rir daquela música no metrô. Eu não faço ideia do que estou fazendo, e você é, hum, glamoroso.

— O quê?

Alec olhou para Magnus, espantado, como se tivesse feito tudo errado outra vez.

Magnus queria dizer *não, eu é que o levei a um restaurante horrível e o tratei como um mundano porque não sabia como sair com um Caçador de Sombras, e quase o abandonei, apesar de você ter tido a coragem de me convidar para sair.*

O que acabou falando foi:

— Eu achei aquela música terrível *hilária.* — E jogou a cabeça para trás e riu. Olhou para Alec e o viu rindo também. Seu rosto todo mudava quando ria, Magnus pensou. Ninguém tinha que se desculpar ou lamentar nada, não hoje.

Quando chegaram à casa de Magnus, o feiticeiro colocou a mão na porta da frente e a abriu.

— Perdi as chaves há uns quinze anos — explicou.

Ele realmente tinha que mandar fazer mais chaves. Não precisava delas, no entanto, e havia muito tempo não tinha ninguém para quem quisesse entregar suas chaves — a quem quisesse oferecer acesso a sua casa porque gostaria de ver a pessoa sempre que ela desejasse vir. Ninguém desde Etta, havia meio século.

Magnus olhou Alec de lado enquanto subiam as escadas bambas. O rapaz reparou no olhar, e sua respiração acelerou; os olhos azuis brilhavam. Alec mordeu o lábio inferior, e Magnus parou de andar.

Foi apenas uma hesitação momentânea. Mas então Alec esticou a mão e o segurou pelo braço, com dedos firmes em seu cotovelo.

— Magnus — falou, com a voz baixa.

Magnus percebeu que Alec estava imitando a forma como ele agarrou seus braços na terça: no dia do primeiro beijo de Alec.

A respiração de Magnus ficou presa na garganta.

Aparentemente foi todo o incentivo de que Alec precisou. Ele se inclinou, com a expressão aberta e ardente na escuridão das escadas, no silêncio do momento. A boca de Alec encontrou a de Magnus, suave e macia. Recuperar o fôlego era uma impossibilidade e não mais uma prioridade.

Magnus fechou os olhos, e imagens espontâneas vieram: Alec tentando não rir no metrô, a admiração espantada ao provar uma comida nova, Alec feliz por não ser abandonado, Alec sentado no chão dizendo a uma licantrope que ela não tinha culpa de ser quem era. Magnus se flagrou com um pouco de medo do pensamento do que quase tinha feito ao cogitar deixar o rapaz antes do fim da noite. Deixar Alec era a última coisa que queria fazer nesse momento. Puxou-o pelo cós da calça, diminuiu toda a distância entre os corpos e tirou o fôlego de Alec com a própria boca.

O beijo pegou fogo, e tudo que ele conseguia enxergar por trás dos olhos fechados eram as faíscas douradas; a única coisa de que tinha consciência era a boca do rapaz, as mãos firmes e gentis que seguraram a licantrope e tentaram não machucá-la, Alec pressionando-o num corrimão tão podre que a madeira rangia de modo assustador, e Magnus nem se importou —, Alec aqui e agora, o gosto de Alec na boca, as mãos puxando o tecido da camiseta preta desbotada para tocar a pele de Alec embaixo dela.

Levaram um tempo constrangedoramente longo para lembrar que Magnus tinha um apartamento, e foram tropeçando para lá, mas não se desvencilharam. Sem olhar, Magnus abriu a porta, que bateu forte na parede e fez o feiticeiro abrir um olho para ver se não a tinha explodido acidentalmente.

Alec beijou o pescoço de Magnus numa linha doce e cuidadosa, que começava abaixo da orelha e ia até a concavidade na base da garganta. A porta estava intacta. Tudo estava ótimo.

Magnus puxou Alec para o sofá, e o rapaz caiu molemente nele. O feiticeiro levou os lábios ao pescoço de Alec. Tinha gosto de suor, sabonete e pele, e Magnus mordeu, torcendo para deixar uma marca na pele pálida, querendo isso. Alec soltou um ganido arfado e aproximou o corpo ainda mais. As mãos de Magnus deslizaram sob a camiseta, delineando a forma do corpo do rapaz. E passou os dedos nos ombros de Alec até a curva das costas, sentindo as cicatrizes da sua profissão e a força dos beijos. Timidamente, o rapaz abriu os botões do colete de Magnus, deixando a pele nua e deslizando para tocar o peito e a barriga do feiticeiro, e Magnus sentiu a seda leve ser substituída por mãos mornas, curiosas e carinhosas. Sentiu os dedos de Alec tremendo na pele.

Magnus esticou a mão e a pressionou na bochecha de Alec; os dedos contrastavam na pele pálida. Alec virou o rosto para a curva da palma de Magnus, e a beijou, e o coração de Magnus quebrou-se.

— Alexander — murmurou, querendo dizer mais do que "Alec", querendo chamá-lo por um nome mais longo e diferente daquele que todos usavam, um nome com peso e valor. Sussurrou o nome como se fizesse uma promessa de que iria com calma. — Talvez devêssemos esperar um instante.

Empurrou Alec, de leve, mas o rapaz entendeu. Entendeu mais do que Magnus gostaria. E saiu cambaleando do sofá, para longe.

— Eu fiz alguma coisa errada? — perguntou Alec, com a voz tremendo também.

— Não — respondeu Magnus. — Longe disso.

— Você está me mandando para casa?

Magnus levantou as mãos.

— Não tenho o menor interesse em lhe dizer o que fazer, Alexander. Não quero persuadi-lo a nada, e nem convencê-lo a nada. Só estou falando que talvez você queira parar e pensar um instante. E então pode decidir; o que quiser decidir.

Alec pareceu frustrado. Magnus foi solidário.

Então o rapaz passou as duas mãos pelo cabelo — já estava uma bagunça, graças a Magnus, e não havia como arruinar mais, pois já chegara ao ápice da ruína — e caminhou de um lado ao outro. Estava pensando, Magnus percebeu e tentou não imaginar no que ele estava pensando: Jace, Magnus, a família, o dever, como ser gentil consigo mesmo.

Ele parou de andar quando chegou à entrada da casa de Magnus.

— Acho melhor ir para casa — falou Alec.

— Provavelmente — disse Magnus com muito pesar.

— Eu não quero ir — disse Alec.

— Nem eu — respondeu Magnus. — Mas, se você não for...

Alec assentiu, rapidamente.

— Tchau, então — falou, e se inclinou para um rápido beijo.

Pelo menos Magnus imaginou que deveria ser rápido. Não sabia ao certo o que aconteceu em seguida, mas de algum jeito estava todo enrolado em Alec, e ambos estavam no chão. Alec arfava e o agarrava, e as mãos de um estavam no cinto do outro, e o rapaz beijou Magnus com tanta força que sentiu gosto de sangue, e Magnus disse *Meu Deus*, e, em seguida...

E, em seguida, Alec estava de pé, segurando a moldura da porta, como se o ar tivesse se tornado uma maré que pudesse levá-lo de volta a Magnus se ele não se segurasse em algum lugar. Parecia lutar contra alguma coisa, e o feiticeiro ficou imaginando se ele iria pedir para ficar afinal ou se ia dizer que a noite toda tinha sido um erro. Magnus sentiu mais medo e mais ansiedade do que conseguiu demonstrar, e percebeu que aquilo importava mais do que deveria, cedo demais.

Esperou, tenso, e Alec disse:

— Podemos nos ver de novo?

As palavras vieram aos tropeços, tímidas, ansiosas e completamente incertas quanto à resposta, e Magnus sentiu a onda de adrenalina e excitação que vinha com o começo de uma nova aventura.

— Podemos — respondeu, ainda no chão. — Eu ia adorar.

— Hum — disse Alec —, então... na próxima sexta?

— Bem...

Alec pareceu imediatamente preocupado, como se achasse que Magnus fosse retirar tudo o que disse, e falar que, na verdade, tinha mudado de ideia. Ele era lindo, esperançoso e hesitante, um arrasador de corações que fazia questão de demonstrar seus sentimentos. Magnus se viu querendo mostrar as cartas, arriscar e ser vulnerável. Reconheceu e aceitou essa nova e estranha sensação: de que preferia se ferir a machucar Alec.

— Sexta seria ótimo — respondeu Magnus, e Alec abriu seu sorriso brilhante, capaz de iluminar o mundo, e saiu, ainda olhando para Magnus. Recuou até o topo da escadaria. Ouviu-se um grito, mas Magnus já tinha levantado e fechado a porta antes de ver Alec tropeçando das escadas, considerando que isso era o tipo de coisa que um homem deveria ter privacidade para fazer.

Mas ele se inclinou pela janela, no entanto, e viu Alec sair pela porta da frente do prédio, alto, pálido e descabelado, e caminhar pela Greenpoint Avenue, assobiando desafinado. E Magnus se flagrou com certa esperança.

Já tinha aprendido tantas vezes que esperança era tolice, mas não conseguia evitar, imprudente como uma criança perto de uma fogueira, se recusando a aprender com a experiência. Talvez agora fosse diferente — talvez esse amor fosse diferente. Parecia diferente; certamente isso tinha que significar alguma coisa. Talvez o ano que viria fosse um bom ano para os dois. Talvez naquele momento as coisas fossem acontecer como Magnus queria.

Talvez Alexander Lightwood não fosse partir seu coração.

Este livro foi composto na tipologia Minion Pro,
em corpo 11,5/15,5, impresso em papel offwhite,
na Geográfica.